双语版石黑一雄作品

浮世画家

An Artist of the Floating World

〔英〕石黑一雄——著

马爱农——译

上海译文出版社

图书在版编目（CIP）数据
浮世画家：汉、英/（英）石黑一雄
（Kazuo Ishiguro）著；马爱农译．— 上海：上海译文
出版社，2019.4
（双语版石黑一雄作品）
书名原文：An Artist of the Floating World
ISBN 978-7-5327-8076-1

Ⅰ.①浮… Ⅱ.①石… ②马… Ⅲ.①长篇小说—英
国—现代—汉、英 Ⅳ.①I561.45

中国版本图书馆CIP数据核字（2019）第039526号

图字：09-2009-244号

浮世画家（双语版）
［英］石黑一雄/著　马爱农/译
责任编辑/管舒宁　装帧设计/张志全工作室

上海译文出版社有限公司出版、发行
网址：www.yiwen.com.cn
200001　上海福建中路193号
苏州市越洋印刷有限公司印刷

开本 890×1240　1/32　印张 12.25　插页 6　字数 274,000
2019年4月第1版　2019年4月第1次印刷
印数：0,001—8,000册

ISBN 978-7-5327-8076-1/I·4964
定价：79.00元

总目录

浮世画家

献给我的父母

前　言

我是于一九八一年九月，在伦敦谢菲德公园的一处地下室公寓里开始写《浮世画家》的。那年我二十六岁。我的第一部小说《远山淡影》即将付印，但当时我并没有明确的理由相信自己会成为一名专职作家。

那年夏天，我和洛娜回到伦敦（此前我们一直住在加的夫），在大城市找到了新的工作，但是没有住所。几年之前，我们俩都是一个松散的关系网的成员，这个关系网里的人年轻、左倾、另类，住在拉德布罗克丛林和哈默史密斯附近的临时住房里，从事慈善工作或组织各种活动。那年夏天，我们就这样来到这座城市，无忧无虑，相信在自己找到合适的房子之前，肯定能跟别人暂时合住，现在想来那种自信真是挺奇怪的。还好，并没有什么事情来挑战我们的自信，我们很快就在喧闹繁华的金贩道附近找到了一小间出租的地下室。

公寓旁边是当时尚属尖端科技的维京唱片公司的录音棚，我们经常看见毛发浓密的大汉，搬着器材在那座没有窗户、墙壁五颜六色的楼房里进进出出。但是楼房的隔音效果堪称典范，当我背对小小的后花园，坐在我们的小餐桌旁时，我感到这种写作环境再理想不过了。

洛娜通勤的时间比我长得多。她在刘易舍姆找到一份地方政府的社会服务工作，在城市的另一边上班。我的工作地点就在一箭之遥——我成了伦敦西区古利奈人组织的“移民工作者”，这是一个深受好评的组织，致力于帮助无家可归的人。为了公平起见，我们俩制定了一个协议：每天早晨同时起床，洛娜出门的时候，我准时坐在桌旁，准备完成每天九十分钟的清晨写作，然后再去上班。

许多从事着挑战性工作的作家，都创作出了超凡的杰作。然而我总是无法一心二用，这说来可悲，甚至有点病态，那几个星期，我坐在餐桌旁试图写作，阳光一点点地洒进地下室，那是我对于“业余”写作所做的唯一尝试。这种尝试不能说完全成功。我发现自己盯着空白的稿纸，拼命克制着想去睡个回笼觉的冲动。（白天的工作很快变得紧张起来，经常不得不加班到深夜。）洛娜坚持让我吃一顿古怪的早餐开始新的一天，早餐由可怕的粗纤维构成，再撒上酵母和麦芽粉——这种绝密配方，吃得我有时在椅子里直不起腰来，但她的做法于事无补。尽管如此，在那些早晨的写作中，《浮世画家》的核心——故事框架和中心前提——在我脑海里差不多完全成型了。我把它写成一个十五页的短篇小说（后由格兰塔出版社出版，书名是《战后之夏》）。我写这个短篇的时候，心里就清楚地知道，我需要一个庞大和复杂得多的结构，来把我已经在想象中看见并受其诱惑的想法，融入小说之中。后来因为工作所迫，我的清晨写作计划彻底中断了。

直到一九八二年的冬天，我才认真地重拾《浮世画家》的创作。那时《远山淡影》已经出版，它作为第一部小说，自然引起了各种争议。这本书被美国和好几个非英语国家引进出版，并使我登上了次年春天揭晓的格兰塔出版社“20位最优秀的英国年轻小说家”榜单。我的写作事业似乎仍然不太稳定，但现在我有理由放开手脚了，于是我辞掉了古利奈人组织的工作，成了一名专职作家。

我们搬到了伦敦的东南部，住在一座高高的维多利亚风格房屋的顶层，那里位于上西德汉姆地区，环境幽静。我们的厨房没有水池，因此不得不把脏盘子都堆在一个旧的活动茶几上，推到卫生间里去。不过，这里离洛娜上班的地方很近，我们不必把闹钟设得那么早了。可怕的配方早餐也停止了。这座房子的主人是迈克尔和莉诺·马歇尔，他们六十出头，是一对可爱的老夫妇，住在楼下。很快我们就养成一个习惯：在上了一天班之后聚集在他们的厨房（那里有水池），跟他们一起喝茶，吃美味的花式蛋糕，轻松地闲聊，我们经常聊的有趣话题是图书、政治、板球、广告业，以及英国人的怪癖。（几年之后，莉诺不幸猝死，我把《长日将尽》这本书献给了她。）差不多也是在这个时候，我得到了即将推出的四频道给我的工作机会，说起来，正是我作为一名电视剧编剧的经历（我最终有两部单集电视剧在那个频道播出）对我《浮世画家》的写作产生了巨大的，也可以说是逆向的影响。

我发现自己近乎痴迷地拿我的剧本——特别是对话加舞台提示部分——跟我已经出版的小说中的章节做对比，并且问我自己："我的小说跟我的剧本有很大不同吗？"厚厚的一部《远山淡影》，在我看来跟一个剧本那么类似——对话，接着是"舞台提示"，接着又是对话。我开始感到沮丧。如果一部小说所提供的体验，跟观众打开电视所获得的没有什么差别，那为什么还要写小说呢？小说作为一种形式，如果不能提供某种独一无二的、其他形式无法替代的东西，那么它在电影和电视的巨大冲击下还有什么生存希望呢？（我必须指出，在上世纪八十年代初期，当代小说的境遇似乎比今天不景气得多。）我在谢菲德公园奋力写作的那些早晨，对自己想写的故事有着清晰的想法。但是如今在西德汉姆，我却进入了一个漫长的实验期，尝试着用各种不同的方式讲述那个故事。我打定主意，我的新小说绝不是一个"散文体的剧本"。那么它会是什么呢？

就在那个时候，我感染了一种病毒，几天卧床不起。最难受的阶段过去之后，我感觉不再需要接连昏睡几小时了，就找到我带到床上的那本书——它被裹在我的羽绒被里到处乱滚，是新近出版的基尔马丁-蒙克利夫翻译的马塞尔·普鲁斯特《追忆似水年华》的第一卷。也许是因为当时身处病榻，使我更能体会这本书的意境（其实我并不是普鲁斯特的铁杆粉丝，当时不是，现在也不是：我认为他长篇累牍的大段描写实在是过于沉闷），但是我完全被“序曲”和“贡布雷”那些部分吸引住了。我读了一遍又一遍。让我深感激动的，除了这些段落的超凡之美，还有我当时脑海中产生（后来写在笔记上）的普鲁斯特的“移动方法”——也就是他从一个情节引入下一个情节的方法。事件和场景的顺序并没有遵循时间表的要求，也不是线性地展开情节。而是一些看似无关紧要的思绪联想，或者变幻莫测的记忆，把小说从一个章节带入另一个章节。有时，看到目前的事件由前一个事件触发，使人不由得产生疑问：“为什么？”究竟什么原因，这两个貌似毫不相关的瞬间，在叙述者的脑海里被放在了一起？于是，我找到了一种令人兴奋的、更加自由的方式来写我的小说，它可以在纸上制造丰富的意境，提供在屏幕上无法捕捉的内心活动。如果我能根据叙述者的思绪联想和流动记忆，从一个段落走向另一个段落，我就差不多能像一位抽象画家那样，自由地选择把形状和色彩安放在画布上。我可以把两天前的一个场景，直接放在二十年前的一个场景旁边，请读者思索两者之间的关系。通常，叙述者自己并不需要完全清楚某一特定的并置关系的深层原因。我看到了一种写作方式，它能恰到好处地提出多层次的自我欺骗和否认，足以蒙蔽任何人对其自身及过往的看法。对一位小说家来说，突破性的时刻经常就像这样，是一些不起眼的、私密的小事件。现在回想起来，我发现那三天在西德汉姆感染病毒，卧床养病，反复研读普鲁斯特的那二十页文字，是我写作生涯中一个关键的转折点——可以这么说，它远比荣获一项大奖，或者在电影首映式上走红地毯重要得多。我后来写的一切，都是由我在那三天里的顿悟所决定的。

我在此还应该谈一谈《浮世画家》里的日本元素。从严格意义上说，这是我所有小说里最日本的一部，故事场景完全在日本，人物也都是日本人。小说的语言——第一人称叙述和对话——被理解为是日语，虽然小说是以英语呈现的。换句话说，你应该把这本书想象成某种翻译作品：在一句句英语文字的背后是日语。这个策略对我写在纸上的每一句话都有影响。我希望语言能够流畅自然，却又不能变得过于口语化——过于"英语"。我经常发现我在逐字逐句地翻译日语的句式和客套话。但大多数时候是在寻找一种典雅但略不自然的表达方式，以暗示自始至终英语后面所流淌着的日语的韵律节奏和繁文缛节。

最后，我想在这里补充一点关于创作这部小说的更大的社会背景。《浮世画家》写于一九八一年至一九八五年之间，那些年英国正在经历关键的、痛苦的、经常难以驾驭的转型期。玛格丽特·撒切尔领导的政府终结了战后的政治共识——关于福利国家和"混合"经济（重要资产和行业均为公有和私有）的愿望。当时有一个公开而强硬的计划，要将英国从一个以制造业和重工业为基础、拥有大量有组织劳动力的国家，转变为一个以服务业为主导的经济体，拥有分散、灵活、非工会化的劳动力资源。在那个时代，出现了矿工罢工、沃平争端、核裁军运动游行、福克纳群岛战争、爱尔兰共和军恐怖主义，还出现了一种名为"货币主义"的经济理论，将大幅削减公共服务作为治疗病态经济的唯一良方。我还记得，我与一位交情最深、关系最亲密的朋友共进晚餐，因为两人对矿工罢工持有相反意见，发生了激烈的争吵。这部小说以二战前后的日本为背景，但很大程度上是根据我当时身处的英国而创作的：各行各业的人们都面临选择政治立场的压力；狂热的、往往是年轻的那些派系的刻板和笃定，渐渐变为自以为是和恶意的咄咄逼人；在政治变革时期“艺术家角色”的苦闷困惑。对我个人来说，我有一种挥之不去的感觉：想要超越受时代局限的教条主义狂热实在太难了；我还有一种恐惧，生怕时代和历史会证明一个人所支持的是一项错误、可耻，甚至邪恶的事业，尽管他怀有良好的心愿，却为此白白浪费了自己最宝贵的时光和才华。

石黑一雄

二〇一六年一月于伦敦

一九四八年十月

如果在一个阳光灿烂的日子，你走过那座在当地仍被称为“犹疑桥”的小木桥，爬上陡峭的小路，走不了多远，就能在两棵银杏树的树梢间看见我家宅子的屋顶。即使在山上没有占据这样显眼的位置，它在周围的房屋间也显得鹤立鸡群，因此，你顺着小路走上来时，会纳闷这宅子的主人会是怎样的富翁。

其实我不是富翁，而且从来没有富过。宅子之所以看上去这样壮观，是因为它是我的前任房主建造的，而他不是别人，正是杉村明。当然啦，你也许刚来到这个城市，还不熟悉杉村明这个名字。凡是二战前住在这里的人，只要一跟他们提起杉村明，他们就会告诉你，三十多年前，杉村无疑是城里最受尊敬、最德高望重的人之一。

你得知了这点，再来到山顶，站在那里看着精美的雪松大门，围墙里大片的庭园，琉璃瓦的屋顶，还有那些美不胜收的雕梁画栋，你会疑惑我这个人何德何能，竟能拥有这样的房产。事实上，我买这座房宅出价低廉——当时甚至不到房产的真正价值的一半。由于那个时候杉村家人发起了一种十分奇特——有人会说是愚蠢——的程序，才使我得以购得这座豪宅。

说起来约莫是十五年前的事了。当时，我的情况每个月都有起色，妻子开始催促我物色一个新居。她以她惯常的远见，振振有词地阐述拥有一座跟我们地位相称的房屋有多重要——不是出于虚荣，而是考虑到孩子们将来的婚配。我觉得她说得有道理，但是我们的长女节子只有十四五岁，我就没有着急物色。不过，有一年左右，每当我听说有合适的房子出售，都会记得去打听打听。记得是我的一个学生来告诉我，说杉村明去世一年之后，他的宅子准备出售。购买这样一座豪宅对我来说是天方夜谭，我以为这个建议是出于我的学生一向对我的过度敬重。不过我还是去打听了，结果得到了意想不到的答复。

一天下午，两位仪态高傲、白发苍苍的女士来访，她们就是杉村明的女儿。当我表示得到这样一个显赫家庭的关注，感到受宠若惊时，那位姐姐冷冷地告诉我，她们这么做不只是出于礼节。前几个月里，许多人都来打听她们先父的宅子，家人最后决定全部回绝，只留下四个候选人。这四个人是家庭成员根据其品行和成就，严格挑选出来的。

“父亲建造的房产必须传给一个他认可和赞赏的人，”她继续说道，“这对我们来说是第一要紧的。当然啦，情形所迫，我们也不得不从经济上来考虑，但这绝对是第二位的。因此，我们定了一个价钱。”

说到这里，一直没有开口的妹妹递给我一个信封，她们神情凝重地注视着我把它打开。里面只有一张纸，上面用毛笔典雅地写着一个数字。我刚想表达对这么低廉的价格的惊讶，却从她们脸上的表情看出，进一步谈论价钱问题会引起反感。姐姐只是说道：“这不是为了让你们互相竞价。我们并不指望得到超过规定价钱的数额。从现在起，我们打算要做的是进行一场信誉拍卖。”

她解释说，她们亲自前来，是代表杉村家族正式请我接受——当然啦，跟另外三位候选人一起——对我的背景和信誉的细致调查。然后从中挑出一个合适的买主。

这是一个奇怪的程序，但我觉得没理由反对。其实，这跟男婚女嫁要走的程序差不多。而且，能被这个古老而保守的家庭认为是一个有资格的候选人，我感到有点受宠若惊。我表示愿意接受调查，并向她们表达了我的谢意，这时，妹妹第一次跟我说话了，她说："小野先生，父亲是个文化人。他对艺术家非常尊重。实际上，他知道您的作品。"

在后来的日子里，我自己也做了些调查，发现妹妹的话果然不假。杉村明确实可算是热衷艺术，曾无数次出资赞助画展。我还听到一些有趣的传言：杉村家族很大一部分人根本不同意出售房宅，曾有过一些激烈的争论。最后，迫于经济压力，不得不变卖房产。交易过程中这些古怪的手续，实际上是那些不愿房产转到外人手中的人所做的一种妥协。这些安排有些专横，这是无需否认的。但在我来说，我愿意体谅一个拥有这样辉煌历史的家族的情感。但妻子对调查一事很不以为然。

"她们以为自己是谁？"她不满地说。"应该告诉她们，我们不想再跟她们发生任何关系。"

"可是有什么害处呢？"我说。"我们没有什么不愿意让她们发现的。不错，我家境不殷实，但这点杉村家的人肯定已经知道了，而她们仍然把我们看作有资格的候选人。就让她们调查去吧，她们只会发现对我们有利的东西。"我还刻意加了一句："实际上，她们所做的事，就跟我们要跟她们联姻差不多。我们必须慢慢习惯这类事情。"

而且，"信誉拍卖"——用那位姐姐的话——的想法确实值得赞许。我奇怪为什么我们没有用这种方法解决更多的问题。这样的竞争要值得称道得多，它用以评判的不是某人的钱包大小，而是他的道德操守和成就。我仍然记得，当我得知杉村一家——经过最为周密彻底的调查之后——认为我最有资格买下他们如此珍视的那座房子时，我内心深处曾感到多么满足。毫无疑问，这座房子也值得我们忍受一些麻烦，它外表壮观、盛气凌人，里面却是精心挑选的色彩柔和的天然木料，我们住在里面之后才发现，这座房子特别有助于放松心情，安享宁静。

然而，在交易期间，杉村一家的专横显而易见，有些家庭成员毫不掩饰他们对我们的敌意，换了一个不太善解人意的买主，准会觉得受到冒犯，放弃这笔买卖。即使到了后来，我有时还会碰到杉村家的一些人，他们不是礼貌地跟我寒暄，而是站在大街上盘问我那所宅子的状况，以及我对它做了什么改造。

最近，我很少听到杉村家人的消息了。不过日本投降后不久，曾经来找我商量售房事宜的两姐妹中的妹妹，突然来访。连年的战争把她变成了一个消瘦的、弱不禁风的老太太。她以他们家族一贯的作风，毫不掩饰地表示她只关心宅子在战争中受的损害，而并不关心住在宅子里的人。听了我妻子和健二的遭遇，她只是淡淡地表示了几句同情，然后就对炸弹造成的破坏提出一大堆问题。这使我一开始对她非常反感，可是后来我注意到，她的目光总是不由自主地打量着房子，还有，她斟词酌句的时候会突然停住话头，于是，我理解了她再次回到这座老宅的百感交集的激动心情。后来我推测，出售房宅时还活着的那些家人如今想必都去世了，我开始对她产生恻隐之心，便提出带她四处看看。

宅子在战争中遭到一些破坏。杉村明在房子东边建了厢房，共有三间大屋，有一道长廊跟主宅相连，长廊横贯主宅一侧的庭园。长廊从头至尾精美繁华，有人说杉村建造长廊——以及东厢房——是为了他的父母，他希望跟父母保持距离。不管怎么说，这道长廊是宅子里最引人注目的特色之一。下午，外面的繁枝茂叶把光和影投洒在整个长廊，人走在里面，就像在庭院隧道里穿行一般。炸弹造成的破坏主要是在这一部分，我们在庭院里审视长廊时，我看见杉村小姐难过得两眼垂泪。此时，我先前对这位老太太的不满情绪早已烟消云散，我一再向她保证，一有机会就把受损的地方修好，让宅子恢复她父亲当初建造的样子。

我信誓旦旦的时候，并不知道物资仍然这么匮乏。日本投降之后很长时间，我们经常要等上好几个星期，才能等来一片木头或一包钉子。在这种情况下，我只能尽量先照顾主宅——它也没有逃过战争的破坏，庭院走廊和东厢房的修理进展缓慢。我想尽办法防止出现严重的衰败，但宅子的那个部分始终没能开放。而且，现在这里只剩下我和仙子，似乎也不需要扩大我们的生活空间。

今天，如果我领你走到宅子后面，拉开厚重的纱门，让你看看杉村庭院里长廊的遗迹，你仍然会感受到它当初的奇妙壮观。但是毫无疑问，你也会注意到我未能阻挡的蛛网和霉斑，以及天花板上大大的裂缝，只用防水帆布盖着，遮挡天空。有时，天刚亮，我拉开纱门，发现一道道绚丽的阳光透过防水帆布照射下来，映出悬在空气中的尘雾，就好像天花板是刚刚塌下来的一般。

除了长廊和东厢房，受损最严重的是阳台。我们家的人，特别是我的两个女儿，以前总是喜欢坐在那里消磨时光，聊天，欣赏园子。因此，日本投降后，节子——我已婚的女儿——第一次来看我们时，阳台的情形让她感到难过极了。那时我已经把破坏最严重的地方修好了，但阳台的一端仍然高低不平，满是裂缝，因为当年的炸弹把地板都掀了起来。阳台顶上也遭到破坏，一到下雨天，我们就不得不在地上摆一排容器，接上面漏下来的雨水。

不过，在过去的这一年，我总算取得了一些进展，到节子上个月又来看我们的时候，阳台已经差不多修复了。因为姐姐回来，仙子专门请假在家，加上天气不错，我的两个女儿许多时间都呆在外面，就像过去一样。我经常跟她们一起凑热闹，有时候，时光又像回到了很久以前，某个阳光灿烂的日子，全家人一起坐在那里，有一搭没一搭地闲聊。上个月的有一天——应该是节子到来后的第二天早晨——我们吃过早饭，一起坐在阳台上，仙子说道：

“节子，你终于来了，我总算松了口气。你可以把爸爸从我手里暂时接过去了。”

“仙子，说实在的……”她的姐姐在垫子上不安地蠕动着。

“爸爸现在退休了，需要人好好照顾呢，”仙子继续说，脸上带着调皮的笑容，“你得让他有点事做，不然他就会感到郁闷。”

“说实在的……”节子紧张地笑笑，然后叹了口气，把目光转向园子。“枫树似乎完全恢复了，看上去多么精神啊。”

“节子大概根本不知道你最近是个什么情况，爸爸。她只记得你当年是个暴君，把我们支使得团团转。你现在温和多了，是不是这样？”

我笑了一声，向节子表明这都是在开玩笑，然而我的长女还是一脸忧心忡忡的样子。仙子又转向姐姐，接着说道，“但是他确实需要人好好照料，整天呆在家里闷闷不乐。”

“她又在胡说八道了，”我插嘴说，“如果我整天郁闷，这些东西是怎么修好的呢？”

“是啊，”节子说着，笑眯眯地转向我。“房子现在看上去棒极了。爸爸一定干得很辛苦。”

“苦活累活都有人来帮他干，”仙子说，“看来你不相信我的话，节子。爸爸现在大不一样了。你不用再害怕他。他脾气温柔随和多了。”

“仙子，说实在的……”

“他偶尔还自己做饭呢。你都不会相信，是不是？最近爸爸的厨艺可是大有长进。”

“仙子，这件事我们已经谈得够多了。”节子轻声说。

“是不是这样，爸爸？你的进步可真不小。”

我又笑了笑，疲惫地摇摇头。我记得就在这时，仙子把脸转向园子，对着阳光闭上双眼，说道：

“我说，等我结了婚，他可不能指望我回来做饭了。我要做的事情已经够多了，哪还有空照顾爸爸。”

仙子说这话的时候，她的姐姐——刚才一直拘谨地望着别处——用询问的目光飞快地看了我一眼。她立刻又转移视线，因为必须回应仙子的笑容。但是节子的神态举止中出现了一种新的、更深沉的不安，幸好这时候她的小儿子在阳台上奔跑，飞快地从我们身边蹿过，使她有机会改变话题，她似乎松了口气。

“一郎，安静点！”她冲着儿子的背影喊道。

一郎一直跟父母住在现代化的公寓里，现在见到我们老宅这么宽敞，毫无疑问是被迷住了。他似乎不像我们这样喜欢在阳台上闲坐，而是喜欢以很快的速度从阳台一头跑到另一头，有时还在擦得铮亮的地板上滑行。他不止一次差点儿打翻了我们的茶盘，他母亲一直叫他安稳地坐下来，但收效甚微。这次也是，节子叫他跟我们一起坐在垫子上，他却不肯，只在阳台那头生气。

“过来，一郎，”我喊道，“我一直跟女人聊天，已经聊腻了。你过来坐在我旁边，我们谈谈男子汉的话题。”

这一招很灵，他立刻就过来了。他把垫子放在我身边，端端正正地坐好，小手背在后面，肩膀挺得笔直。

“外公，”他一本正经地对我说，“我有个问题。”

“好的，一郎，什么问题？”

“我想知道怪兽的事。”

“怪兽？”

“它是史前的吗？”

“史前？这样的词你都知道？你准是一个聪明的孩子。”

这时候，一郎的架子端不住了。他放弃了正襟危坐，仰面滚在地上，开始把双脚悬在半空踢蹬。

“一郎！”节子焦急地压低声音喊道。“在外公面前这么没有教养。快坐好了！”

听了这话，一郎只是让双脚懒洋洋地落到地板上。他把双臂交叉放在胸前，闭上了眼睛。

“外公，”他用困意蒙眬的声音说，“怪兽是史前的吗？”

“什么怪兽，一郎？”

“请原谅他，”节子说，脸上带着紧张不安的笑容，“我们昨天来的时候，火车站外面贴着一张电影海报。他纠缠了出租车司机一路，问了人家许多问题。不巧的是我自己没有看见那张海报。”

“外公！怪兽到底是不是史前的？我想听到一个答案！”

“一郎！”他母亲狠狠瞪了他一眼。

“我不能肯定，一郎。我认为我们必须看了电影才知道。”

“那什么时候看电影呢？”

“唔。你最好跟你母亲商量一下。这种事说不好，也许电影太恐怖了，不适合小孩子看。”

我说这话没有惹恼他的意思，但是外孙的反应吓了我一跳。他一骨碌坐了起来，气呼呼地瞪着我，嘴里喊道：“你怎么敢！你说什么呀！”

“一郎！”节子惊愕地叫道。可是一郎继续用那种最吓人的目光看着我，他母亲只好从自己的垫子上起身，走了过来。“一郎！”她摇晃着他的胳膊，轻声地说。“不许那样瞪着外公。”

听了这话，一郎又躺倒在地，悬空踢蹬双脚。他母亲又朝我不安地笑了笑。

“这么没有教养。”她说。她似乎不知道再说点什么，便又笑了笑。

“一郎君，”仙子说着，站了起来，“你为什么不来帮我收拾收拾早饭的东西呢？”

“女人干的活。”一郎说，两只脚仍然乱踢着。

“这么说一郎不肯帮我喽？这就麻烦了。桌子这么重，我力气这么小，一个人可没法把它搬走。不知道有谁能帮我呢？”

话音未落，一郎一跃而起，看也不看我们一眼，大步走进屋去。仙子呵呵笑着，跟了进去。

节子看了一眼他们的背影，然后端起茶壶，给我斟满。“没想到事情这么严重，”她说，声音压得低低的，“我说的是仙子的婚事。”

“没有那么严重，”我说，摇了摇头，“实际上，八字还没一撇呢。这才刚刚开始。”

“请原谅，可是听了仙子刚才的话，我自然以为事情多半已经……”她的话没有说完，接着又补了一句，“请原谅。”然而听她说话的口气，似乎提出了一个悬而未决的问题。

“仙子恐怕不是第一次这样说话了，”我说，“实际上，自从开始议论这档婚事以来，她的表现就一直有些异样。上个星期，毛利先生来看我们——你还记得他吗？”

“当然记得。他还好吧？”

“挺好的。他只是路过，进来问候一声。问题是，仙子就开始当着他的面谈起了这档婚事。她当时的态度就跟刚才差不多，好像一切都谈妥了似的。真是让人尴尬。毛利先生走的时候还向我表示祝贺，并问我新郎是做什么的。”

“天哪，”节子若有所思地说，“那肯定让人怪难堪的。”

“这可不能怪毛利先生。你自己刚才也听见了。一个陌生人会怎么想呢？”

女儿没有回答，我们在那里默默地坐了一阵。后来，我朝节子看去时，她正出神地看着园子，两只手托着茶杯，似乎已经把它给忘记了。她上个月来看我们的时候，我也有几次——也许是光线照在她身上的样子，或者其他类似的原因——发现自己在仔细端详她的容貌。毫无疑问，随着年岁增长，节子越变越好看了。她小时候，我和她母亲担心她长相平平，以后找不到好婆家。节子小小年纪五官就有点男性化，到了青春期这个特点越发明显。因此，我的两个女儿每次吵架，仙子总是喊姐姐“假小子！假小子！”，使她无言以对。谁知道这样的事情对人格产生了什么样的影响呢？仙子长大后这么任性，节子却这么害羞、腼腆，绝对不是偶然的。可是现在，节子年近三十，容貌却大有改观，看上去自有一种风韵。我还记得她母亲的预言——“我们的节子是夏季开花，”她经常这么说。

我以前以为妻子只是在自我安慰，可是上个月有好几次，我吃惊地发现她的预言多么正确。

节子从深思中回过神来，又朝屋子里看了一眼。然后她说："以我的看法，恐怕去年的事给仙子伤害很大。也许比我们设想的还要严重。"

我叹了口气，点点头。"当时我可能对她不够在意。"

"我相信爸爸已经尽力了。毫无疑问，这样的事对女人来说是个可怕的打击。"

"不得不承认，我当时以为她在演戏，你妹妹有时候就喜欢那样。她一直口口声声说那是'爱情的结合'，后来黄了，便也只好把戏演下去。唉，也许根本就不是演戏。"

"我们当时还把它当笑话，"节子说，"说不定真的是爱情的结合。"

我们又沉默了。我屋里传出一郎的声音，一迭声地嚷嚷着什么。

"请原谅，"节子换了一种口吻说，"有没有听说去年的婚事究竟为什么会泡汤？太让人感到意外了。"

"不知道。现在已经无所谓了，不是吗？"

"那当然，请原谅。"节子似乎琢磨了一会儿，然后说："只是池田总是追问我去年的事，追问三宅家为什么要那样突然反悔。"她轻笑了一声，几乎是对自己笑。"他似乎认准我有什么事情瞒着他，我们都瞒着他。我只能一再地向他保证，我什么也不知道。"

"请你相信，"我有点冷淡地说，"我也不明白其中的奥秘。如果我知道，肯定不会瞒着你和池田的。"

"那当然。请原谅，我不是故意暗示……"她又一次尴尬地停住了话头。

那天早晨我对女儿表现得有点急躁，但节子不是第一次用这样的口气追问我去年的事，以及三宅家解除婚约的原因。她为什么认定我有事瞒着她呢？我不知道。即使三宅家有什么特殊的原因突然毁约，按理也不会如实告诉我的。

按我自己的猜测，这件事并没有什么了不得的内幕。诚然，他们最后一刻突然毁婚，确实令人十分意外，但凭什么就断定其中必有隐情呢？我感觉事情很简单，就是家庭地位过于悬殊。从我对三宅一家的观察来看，他们只是又骄傲又厚道的人，想到儿子要攀高枝，就觉得心里不太舒服。其实，他们早在几年前就想解除婚约的，只是小两口儿口口声声说是“爱情的结合”，再加上这些日子大家都在说新事新办，三宅家就搞不清怎么办才好了。是的，事情的来龙去脉不会比这更复杂了。

也有可能，看到我似乎赞成这桩婚事，他们觉得迷惑不解。我把名声地位之类的东西看得很淡，本能地对此不感兴趣。实际上，我这辈子从来没有对自己的社会地位有很清楚的认识，即使现在，某件事，或某人说的什么话，使我想起我所拥有的较高地位时，我还经常感到惊讶。比如那天晚上，我去了老地方“逍遥区”，在川上夫人的酒馆里喝酒，结果我和绅太郎发现里面只有我们两位客人，这种情况最近越来越频繁了。我们像往常一样，坐在吧台前我们的高凳子上，跟川上夫人闲聊，时间一小时一小时地过去，再没有别的顾客进来，我们的话便越说越亲密。后来，川上夫人说起了她的几个亲戚，抱怨那个年轻人怀才不遇，找不到称心如意的工作，这时绅太郎突然喊了起来：

“你得把他领到先生这儿来，欧巴桑！只要先生在适当的时候说一句好话，你亲戚立马就能找到一个好工作。”

“你在说什么呀，绅太郎？”我不满地说。“我已经退休。现在没有什么关系了。”

“像先生这样地位的人推荐一下，不管是谁都会买账的，”绅太郎不肯罢休。“就让那个小伙子来见见先生好了，欧巴桑。”

绅太郎说得这样肯定，我先是感到很吃惊，接着我意识到，他是又想起了许多年前我为他弟弟做的一件小事。

那应该是一九三五年或一九三六年，记得当时我只是例行公事，给国务院的一个熟人写了一封推荐信，大概就是诸如此类的事情吧。我本来根本没当一回事，可是一天下午，我正在家里休息，妻子来报说门口有客人。

“请他们进来。”我说。

“可他们硬是不肯进来打扰你。”

我来到门口，那里站着绅太郎和他的弟弟——还只是个毛头小伙子。他们一看见我，就开始鞠躬、赔笑。

“请上来吧，”我说，可他们只是一味地鞠躬、赔笑。“绅太郎，请上来，到榻榻米上坐。”

“不了，先生，”绅太郎说，一边不停地鞠躬，满脸堆笑，“我们冒昧到您府上来，实在是太失礼了。实在是太叨扰了。但是我们在家里呆不住，一定要来谢谢您才是。”

“快进来吧。好像节子正在沏茶呢。”

“不了，先生，实在是太叨扰了。太叨扰了。”然后绅太郎转向他弟弟，急促地小声说：“良夫！良夫！”

年轻人这才停止鞠躬，局促地抬头看着我。接着他说：“我将一辈子对您感恩不尽。我一定发奋图强，不辜负您的推荐。我向您保证，绝不让您失望。我要勤勉工作，努力让上司满意。不管我将来有了什么出息，都不会忘记让我事业起步的恩人。”

“其实这不算什么。也是你本来应得的。”

听了这话，两人立刻一迭声地表示反对，然后绅太郎对他弟弟说：“良夫，我们已经占用了先生太多时间。不过在离开之前，你要再好好地看看帮助过你的恩人。我们真是三生有幸，遇到这样德高望重又这样仁慈的恩人。”

“是啊。”年轻人喃喃地说，抬头看着我。

“别这样，绅太郎，弄得怪不好意思的。快请进来，我们喝几杯清酒庆祝一下。”

“不了，先生，我们必须走了。像这样跑来打扰您下午的清静，实在是太叨扰了。可是我们等不及了，必须立刻来向您表示感谢。”

他们的到访——我必须承认——使我体会到某种成就感。在忙碌的事业生涯中，很少有机会停下来观望一下，但偶尔会出现这样的时刻，使你突然看清自己已经走了多远。事实摆在眼前，我几乎浑然不觉地就让一个年轻人的事业有了好的开始。早在几年前，这样的事情是无法想象的，我竟然已经达到了这样高的地位，自己却还没有意识到。

“今非昔比，许多事情都变了，绅太郎，”那天夜里我在川上夫人的酒馆里说道，“我现在退休了，已经没有那么多关系。”

其实我心里也知道，绅太郎的断言也有一定的道理。如果我愿意去试一试，说不定又会为我的影响力之大而感到惊讶。就像我说的，我对自己的地位从来没有清醒的认识。

不管怎样，绅太郎虽说有时候在某些事情上表现得天真幼稚，但决不应该因此就轻视他，现如今，已经很难碰到一个像他这样没有被这个时代的冷漠和怨恨玷污的人了。走进川上夫人的酒馆，看见绅太郎就像过去约十七年的任何一个夜晚一样坐在吧台前，看见他在那里漫不经心地、以他独特的方式一圈圈地转动他的帽子，实在是一件令人欣慰的事情。似乎对绅太郎来说，什么都没有改变。他会彬彬有礼地跟我打招呼，就好像仍旧是我的学生，然后整个晚上，不管他喝得多醉，都会一如既往地称我“先生”，并始终对我毕恭毕敬。有时，他甚至会带着年轻学徒那种恳切的表情，问我一些关于技巧或风格的问题——事实上，绅太郎早就跟艺术分道扬镳了。这些年来，他把时间都用来给图书画插图，而且我得知他目前的专长是画消防车。他整天整天呆在自己的阁楼上，画出一辆又一辆消防车的草图。但是我认为到了晚上，几杯酒下肚之后，绅太郎愿意相信自己仍是当初跟我学画的那个满怀理想的年轻画家。

川上夫人有一股促狭劲儿，绅太郎的这股孩子气经常成为她打趣的对象。比如，最近的一天晚上，外面下着暴雨，绅太郎冲进小酒馆，把帽子里的水挤在门垫上。

“哎哟，绅太郎君！”川上夫人冲他嚷道。“太不像话了！”

听了这话，绅太郎非常痛苦地抬起头，似乎真的犯了什么滔天大罪。然后他开始一迭声地道歉，川上夫人更是得理不饶人。

“我从没见过这么粗野的，绅太郎君。你好像压根儿就不尊重我。”

“得了得了，欧巴桑，”过了一会儿，我恳求她道，“够了，快告诉他你只是在开玩笑。”

“开玩笑？才不是呢。实在是太粗野了。”

就这么一路数落，最后绅太郎的样子惨不忍睹。可是有的时候，别人认认真真地跟绅太郎说话，他却认准了对方是在捉弄他。有一次，他高兴地大声谈论一位刚刚作为战争罪犯被处死的将军，弄得川上夫人十分为难。他嚷嚷道：“我从小就一直很崇拜那个人。不知道他现在怎么样了。肯定已经退休了。”

那天夜里，酒馆里来了几个新的客人，他们都不满地看着他。川上夫人为生意考虑，走到他身前，轻声把将军的遭遇告诉了他，绅太郎却放声大笑起来。

“天哪，欧巴桑，”他大声说，“你的有些玩笑开得真过分。”

绅太郎在这些事情上的无知经常令人吃惊，不过就像我说的，不应该因此而轻视他。如今还有这样没被世态炎凉玷污的人，我们应该感到庆幸才是。实际上，大概就是因为绅太郎的这个特点——始终不受世俗损害的天性——我最近这些年越来越愿意跟他在一起。

至于川上夫人，她虽然尽量不让现行的生活方式影响自己，但不可否认，几年的战争使她衰老了不少。战争前，她或许仍可以被称为“年轻女人”，战争后，似乎她内在的什么东西破碎、萎缩了。

如果想起她在战争中失去的那些亲人，这就不足为怪了。对她来说，生意也越来越难做。她肯定很难相信这里就是她十六七年前开小酒馆的那个地方。我们过去的那个“逍遥地”，现在已几乎荡然无存。她昔日的那些竞争对手早就关门离开了，川上夫人肯定也不止一次考虑过这么做。

回想她的酒馆刚开张的时候，挤在众多酒吧和小吃店中间，我还记得当时有人怀疑它能不能开得下去。确实，只要你走在那些小街小巷，总会碰到数不清的布幌，它们挂在小店的门前，从四面八方朝你逼来，每个布幌上都用醒目的字迹写着店里有吸引力的东西。当时，那片地方热闹非凡，店铺再多也不愁没有生意。特别是比较暖和的夜晚，更是人头攒动，人们不急不忙地从一个酒馆逛到另一个酒馆，或者就站在马路中间聊天。汽车早就不敢往那里开了，就连自行车也只能费力地推着，才能穿过那些挤挤挨挨、目中无人的行人。

我所说的我们的“逍遥地”，充其量就是一个喝酒、吃饭和聊天的地方。要找真正寻欢作乐的场所——要找艺伎馆和戏园子，就必须到市中心去。不过对我来说，我更愿意去我们那片地方。那里吸引了一批活跃而有身份的人，其中许多像我们一样——画家和作家，因为这里可以大声交谈直至深夜，所以都被吸引了过来。我们那群人经常光顾的小店叫“左右宫”，位于三条小街的交汇处，那里有一片铺砌的空地。左右宫不像周围的那些店铺，它占地面积很大，还有二楼，许多女招待穿着西式的或传统的服装。左右宫把所有竞争对手都比了下去，这里也有我的一份小小功劳，他们知道这点，便在角落里专留一张桌子给我们使用。实际上，跟我一起在那里喝酒的都是我的得意门生：黑田，村崎，田中——优秀的年轻人，已经声名鹊起。他们都非常喜欢聊天，我记得在那张桌旁进行过许多激情洋溢的辩论。

应该承认，绅太郎从来不属于那个精英团体。我个人倒不反对他加入我们圈子，但是我的学生中有很强烈的等级观念，绅太郎无疑并不属于第一流。实际上，我记得就在绅太郎和他弟弟到访我家后不久的一天晚上，我在酒馆的桌旁谈到此事。我记得黑田之流大肆嘲笑绅太郎兄弟对区区一个白领工作这样感激涕零。后来，学生们神色凝重地听我谈论我的观点：当一个人辛勤工作，并不刻意追名逐利，只是为了充分发挥自己的聪明才智时，名利就会在不知不觉中找上门来。这时，其中一个学生——无疑就是黑田——探身向前说道：

"一段时间以来，我一直怀疑先生没有意识到他在这个城里人们心目中的崇高地位。确实，他刚才说的那个例子充分证明，如今他的名望已经超出了艺术圈，扩展到生活的各个领域。先生对这样的敬重感到吃惊，这是他一贯的做派。但我们在座的各位却丝毫不觉得意外。实际上可以这么说，虽然芸芸大众都对先生尊重有加，但只有我们这张桌子旁的人才知道，这种尊重还远远不够。我个人毫不怀疑，先生的名望还会与日俱增，在未来的日子里，我们最大的骄傲就是告诉别人，我们曾经是小野增二的弟子。"

这没有什么可吃惊的，每天晚上到了一定的时候，大家喝得有点微醺时，我那些弟子就开始对我百般恭维，大唱赞歌，这似乎已成为一种习惯。特别是黑田，似乎被看做他们的代言人，更是巧舌如簧。当然啦，我一向对他们的话不以为然，但这次不同，当绅太郎和他弟弟站在我们门口鞠躬赔笑时，我体验到了一种暖融融的满足感。

不过，如果凭此断定我只跟得意门生交往，也是不准确的。事实上，当我第一次走进川上夫人的酒馆时，我就相信我这么做是希望那天夜里跟绅太郎好好谈谈。今天，当我试图回忆那个夜晚时，却发现在我的记忆里，它已经跟所有其他夜晚的声色光影融在一起。门口高挂的灯笼，左右宫外聚集的人群的欢声笑语，烹炒煎炸的香味，还有一位吧台女侍者在规劝某人回到妻子身边——四面八方回荡着无数木屐踩在水泥地上的清脆声音。我记得那是一个温暖的夏日夜晚，我发现绅太郎不在他经常光顾的地方，就在那些小酒馆里漫无目的地找了一阵。酒馆之间虽然存在竞争，却维持着一种和睦友善的关系，因此，那天夜里我在一家这样的酒馆打听绅太郎，那位女侍者自然就不带一丝妒意地建议我到“新开的那家”去找找看。

毫无疑问，川上夫人会指出酒馆这么多年产生的无数变化——她所做的小小“改进”。但是在我的印象里，她的小酒馆今天看上去跟那第一个夜晚并无两样。人一走进去，立刻就会感受到两种不同的对比，温暖、低垂的灯盏把吧台照亮，而房间里的其他地方却一片昏暗。大多数客人喜欢坐在吧台那儿的灯光里，这时小酒馆给人一种温馨、亲密的气氛。我记得那第一个夜晚我赞赏地四处环顾，周围的世界已经发生了那么多变化，川上夫人还是一如既往的令人愉快。

可是其余的一切都改变了。今天从川上夫人的酒馆出来，站在门口，你会相信刚才是在远离文明世界的地方喝酒。周围都是一片荒凉的废墟。只有远处几座楼房的背影，使你知道这里离市中心并不遥远。川上夫人称之为“战争的破坏”。但是我记得，日本投降后不久，我走在这片地区时，那些楼房许多都还竖立着。左右宫仍然存在，但窗户都被炸飞了，房顶也塌了一半。我记得当时我穿过那些破损的房屋时，曾经怀疑它们能不能重新恢复生机。后来有一天早晨我再过来，发现推土机已经把它们统统夷为平地。

所以现在小街的另一边只是一片碎石瓦砾。政府肯定有他们的计划，但这个样子已经有三年了。雨水积在小凹坑里，在破砖碎瓦间变成一汪汪死水。川上夫人只好在窗户上蒙一层驱蚊的纱网——虽然她认为这样会影响生意。

川上夫人酒馆这边的房屋倒没有倒塌，但许多都无人居住。比如酒馆两边的房子已经空了一段时间，使川上夫人感到很不舒服。

她经常跟我们说，如果她有一天发了大财，就把那些房子都买下来，扩大营业。现在她只希望有人能搬进去住。她并不在乎别人也像她一样开酒馆，只要她不再感觉像住在墓地里就行。

如果夜幕降临，你走出川上夫人的酒馆，会忍不住伫立片刻，凝望面前的那片废墟。你仍然可以就着暮色分辨出破碎的砖瓦和木头，偶尔还有管子从地上冒出来，如同杂草一样。然后你往前走，一路又经过许多成堆的瓦砾，还有数不清的小水坑在路灯下一闪一闪。

山上就是我们家，你来到山脚，在犹疑桥上停住脚步，回头眺望我们昔日逍遥地的废墟，如果太阳还没有完全落山，你可以看见那排旧的电线杆——上面仍然没有电线——顺着你刚才的来路消失在暮色中。你可以看见黑压压的鸟儿不安地聚集在电线杆顶上，似乎在等待那些曾经横跨天空的电线。

不久前的一天晚上，我站在那座小木桥上，看见远处的碎砖瓦砾间升起两股烟。也许是政府的工人在进行一项慢得永无止境的工程，或者是孩子们在玩某种越轨的游戏。可是这两股被夜空衬托的烟，使我的心情陷入忧郁。它们就像某个废弃的葬礼上的柴堆。就像川上夫人说的，是一片坟地，如果你没有忘记昔日经常光顾这里的那些人，你就会忍不住这样想。

我把话题扯远了。我刚才是想叙述节子上个月在这里小住的情景。

我也许已经说过，节子来的第一天主要是坐在外面的阳台上，跟她妹妹聊天。我记得下午四五点钟的时候，我的两个女儿就女人的话题聊得很深，我离开她们去找我那外孙，他几分钟前跑进屋里去了。

我在走廊的时候，突然听见砰的一声巨响，震得整个房子都摇晃了。我大吃一惊，赶紧走进餐厅。白天的那个时候，餐厅基本上处于阴影之中，我刚从明亮的阳台回来，过了好一会儿才弄清一郎根本不在屋里。接着又是一声巨响，紧跟着又是几声，还伴随着外孙的喊叫声：“呀！呀！”声音是从旁边的钢琴房里传出来的。我走到门口，听了一会儿，然后轻轻地打开门。

钢琴房跟餐厅不同，整个白天都能照到阳光。这里光线明亮充足，如果面积再大一点，在这里吃饭倒是一个理想的地方。有一段时间，我用它来存放画作和材料，但现在除了那架立式德国钢琴，屋里空无一物。毫无疑问，空荡荡的屋子吸引了我的外孙，就像先前阳台吸引了他一样。我发现他在地板上前进，一边奇怪地跺着脚，在我看来是在模仿什么人骑马跑过开阔地。他背对着门，所以过了一会儿才发现我在观察他。

“外公！”他说，气愤地转过身，“你没看见我正忙着吗？”

“对不起，一郎，我没有意识到。”

“我现在不能陪你玩！”

“实在太抱歉了。可是在外面听着声音太刺激了，我就想进来看看。”

外孙继续气呼呼地瞪着我。过了一会儿，他闷闷不乐地说：“好吧。但是你必须坐下来，不许出声。我忙着呢。”

“很好。”我笑着说。“非常感谢，一郎。”

我走过屋子，在窗口坐了下来，外孙一直用眼睛瞪着我。前一天晚上一郎跟母亲来的时候，我送给他一个素描本和一套彩色蜡笔。现在我注意到素描本放在旁边的榻榻米上，周围散落着三四支蜡笔。我看见素描本的前几页已经画了东西，刚要拿过来细看，一郎突然又开始了刚才被我打断的演出。

“呀！呀！”

我注视了他一会儿，但一点也看不懂他演的是哪一出戏。他忽而重复骑马的动作，忽而又似乎跟无数看不见的敌人搏斗。他嘴里一直不出声地嘟囔着几句口号。我努力想听清，结果发现并没有具体的话语，只是用舌头打出声音。

他尽量不理睬我，但显然我的存在还是对他产生了抑制作用。有几次，似乎灵感突然离开了他，他动作做到一半就停住了，然后才又行动起来。过不了多久他就泄了气，一屁股坐在地板上。我不知道是不是应该鼓掌，后来决定不鼓了。

“很精彩，一郎。可是你告诉我，你演的是谁呢？”

“你猜，外公。”

“唔。是不是义经大人[①]？不是？那就是将校的武士？唔。是不是忍者？风的忍者。”

“外公完全猜错了。”

“那就告诉我吧，到底是谁呢？”

“独行侠！”

“什么？”

“独行侠！银马！”

“独行侠？是个牛仔吗？”

“银马！”一郎又开始骑马奔驰，这次嘴里还发出马嘶声。

我注视了外孙一会儿。“你怎么学会扮演牛仔的，一郎？”我终于问道，但他只顾骑马、嘶鸣。

“一郎，”我加重了语气，“等一等，听我说。扮演义经大人那样的角色才有趣呢，比这有趣得多。我告诉你为什么好吗？一郎，听外公说给你听。一郎，你听外公说呀，一郎！”

也许我不经意地提高了声音，只见他停下来望着我，脸上带着惊异的表情。我继续看了他一会儿，然后叹了口气。

“对不起，一郎，我不应该打断你的。当然你想扮演谁就扮演谁，牛仔也行。你必须原谅你的外公。他刚才有点失态了。”

外孙还是瞪着我，我想他快要哭了，或者想跑出屋子。

---

① 日本平安时代末期的武将。

“好了，一郎，你还是照你刚才的那样演吧。”

一郎还是继续瞪着我。然后他突然嚷了起来：“独行侠！银马！”又开始骑马狂奔。他脚跺得比刚才更凶，震得整个屋子都在发抖。我注视了他一会儿，然后伸手拿起了他的素描本。

前面四五页，一郎基本上算是浪费了。他的技巧倒不差，但是那些素描——电车和火车——刚画了一点就半途而废。一郎发现我在查看素描本，赶紧跑了过来。

“外公！谁让你看这些的？”他想把本子从我手里抢过去，但我不让他够到。

“好了，一郎，不要不讲道理。外公想看看你拿他送你的蜡笔做什么了。这是很公平的。”我放下素描本，打开第一张画。“很不错啊，一郎。唔。可是你知道吗，如果你愿意，可以画得更好呢。”

“不许外公看！”

外孙又想把素描本抢走，我不得不用胳膊挡开他的双手。

“外公！把我的本子还给我！”

“好了，一郎，别这样。让外公看看。来，一郎，把那边的那些蜡笔拿给我。把它们拿过来，我们一起画点儿东西。外公教你。”

这话产生了惊人的效果。外孙立刻就不再争夺，跑去把地板上的蜡笔都捡了起来。他回来时，态度完全变了——带有一种专注。他在我身边坐下，把蜡笔递给我，专心地注视着，不再说话。

我把素描本翻到新的一页，放在他面前的地板上。“让我先看你画，一郎。然后外公看看能不能帮你把它画得更好。你想画什么呢？”

外孙变得非常安静。他低头若有思索地看着空白的画纸，并没有动笔。

“你为什么不试着画画昨天看到的东西呢？”我建议道。“你第一次进城看见的东西？”

一郎继续看着素描本。然后他抬起头问道：“外公以前是个有名的画家吗？”

“有名的画家？”我笑了起来。“我想你可以这么说。这是你妈妈说的吗？”

“爸爸说你曾经是个有名的画家，后来不得不结束了。”

“我退休了，一郎。每个人到了一定的年纪都要退休的。年纪大了，应该休息休息了。”

“爸爸说你不得不结束，因为日本战败了。”

我又笑了起来，伸手拿过素描本。我一页页地往后翻，看我外孙画的电车，并把本子举远了端详。“到了一定的年纪，一郎，你就不想再干，想休息了。你爸爸到了我这个年纪，也会停止工作。有朝一日，你像我这样老了，也会想要休息的。好了”——我又翻到那页白纸，把本子重新放到他面前——“你想给我画什么呢，一郎？”

“餐厅里的那幅画是外公画的吗？”

“不是，那是一位叫浦山的画家画的。怎么，你喜欢吗？”

“走廊里的那幅是外公画的吗？”

“那是另一位画家的作品，外公的一位老朋友。”

“那么外公的画在哪里呢？”

“暂时收起来了。好了，一郎，我们还是做要紧的事吧。你给我画什么呢？你记得昨天的什么？你怎么啦，一郎？突然变得这么安静。”

“我想看看外公的画。”

“我相信，像你这样聪明的男孩子，一定能记住各种各样的东西。你看见的那张电影海报怎么样？就是有史前怪兽的那张。我相信你这样的人能把它画得很好。说不定比那张真的海报还要好呢。”

一郎似乎考虑了一会儿。然后他一翻身趴在地上，把脸贴近画纸，开始画了起来。

他拿起一支深棕色的蜡笔，在纸的下部画了一排箱子——很快它们就变成了城市楼房的轮廓。然后，城市上空出现了一个蜥蜴状的大怪物，靠后腿直立着。这时，外孙用一支红蜡笔换掉了深棕色的，开始在蜥蜴周围画出许多鲜红的道道。

“这是什么，一郎？是火吗？”

一郎继续画红道道，没有回答。

“为什么有火，一郎？跟怪兽出现有关吗？”

“电缆。”一郎说着，不耐烦地叹了口气。

“电缆？那倒挺有趣的。我不知道电缆为什么会冒火，你知道吗？”

一郎又叹了口气，继续画着。他又拿起深色蜡笔，开始在纸的底部画一些惊惶失措、四处逃窜的人。

“你画得非常好，一郎，”我评价道，“也许，为了奖励你，外公明天会带你去看电影呢。你愿意吗？”

外孙停住笔，抬起头来。“电影可能太恐怖了，外公不能看。”他说。

“我不相信，”我笑着说，“不过倒可能会吓坏你妈妈和你小姨。”

听了这话，一郎放声大笑。他一翻身，仰面躺着，又笑了几声。“妈妈和仙子小姨肯定会被吓坏的！”他冲着天花板嚷道。

“但是我们男人会喜欢的，对不对，一郎？我们明天就去。你愿意吗？我们把女人也带去，看她们会吓成什么样。”

一郎继续放声大笑。“仙子小姨肯定一下子就吓坏了！”

“可能会的，”我说，又笑了起来，“太好了，我们明天都去。好了，一郎，你还是继续画画吧。”

“仙子小姨会吓坏了的！她会想要离开的！”

“好了，一郎，我们接着画吧。你画得非常好。”

一郎又翻过身，继续画画。可是他刚才的注意力似乎已经消失。他开始在素描底部添加越来越多的逃跑的身影，全都叠在一起，看不清楚了。最后，他索性不再好好画了，开始在画的下部胡乱地涂抹。

“一郎，你在做什么呀？如果你再这么做，我们明天就不去看电影了。一郎，快住手！”

外孙一骨碌爬起来，大声喊道：“银马！”

“一郎，快坐下。你还没有画完呢。”

“仙子小姨在哪儿？”

“她跟你妈妈说话呢。好了，一郎，你的画还没有画完呢。一郎！”

可是我的外孙已经跑出了屋子，一边嘴里喊道：“独行侠！银马！”

我记不清接下来的几分钟我在做什么了。很可能就坐在钢琴屋里，看着一郎的画发呆，脑子里什么也不想，最近我这样的时候越来越多。不过，后来我还是站起来，去找我的家人。

我发现节子独自坐在阳台上，望着外面的园子。太阳还很明亮，但天气凉多了，我走到阳台，节子转过身，把一个垫子放在阳光底下给我坐。

“我们新沏了些茶，”她说，“你想喝吗，爸爸？”

我谢了她，她给我倒茶时，我把目光投向外面的园子。

虽然受到战争的破坏，但我们的园子恢复得不错，仍然能看出是杉村明四十多年前建造的那个园子。在远处靠近后墙的地方，我看见仙子和一郎正在端详一片竹林。那片竹林像园子里的其他花草树木一样，是完全长成之后，杉村先生从城里别的地方移栽过来的。实际上有人传说，杉村先生亲自在城里四处溜达，隔着栅栏往别人的园子里张望，一看到他中意的花草树木，就出大价钱从主人手里买下，移栽过来。如果真是这样，那么他的选择真是巧夺天工。最后的效果非常和谐，直到今天也是如此。整个园子有一种天然的、杂乱无章的感觉，完全没有一点人工的痕迹。

“仙子对孩子总是这么好，”节子看着他们，说道，“一郎非常喜欢她。”

“一郎是个好孩子，”我说，“一点也不像他这个年龄的许多孩子那样腼腆。”

“但愿他刚才没有给你添麻烦。他有时候很任性的。如果他调皮捣蛋，你就尽管骂他。”

“一点儿没有。我们相处得很好。实际上，我们刚才是在一起练习画画来着。”

“真的？他肯定喜欢。”

“他还演戏给我看了，”我说，“动作演得可逼真了。”

“噢，是的。他经常这样自己玩很长时间。”

“那些话是他自己编的吗？我使劲听也听不懂他在说什么。”

女儿用手掩面而笑。“他肯定是在演牛仔呢。他每次演牛仔，就假装在说英语。”

“英语？太神奇了。怪不得呢。”

“有一次，我们带他去看了一部美国牛仔电影。从那以后，他就一直非常喜欢牛仔。我们还不得不给他买了一顶宽边的高呢帽。他相信牛仔能发出他那种滑稽的声音。看上去肯定很奇怪。”

“原来是这样，”我笑着说，“我外孙变成了牛仔。”

园子里，微风轻轻吹拂着树叶。仙子蹲在后墙根的那盏旧石灯旁，指着什么东西给一郎看。

“不过，”我叹了口气说，“就在几年前，还不会允许一郎看牛仔这样的电影呢。”

节子没有回头，仍然望着园子，说：“池田认为，一郎与其崇拜宫本武藏[①]那样的人，还不如喜欢牛仔呢。池田认为，现在对孩子们来说，美国英雄是更好的榜样。”

“是吗？原来池田是这么想的。”

---

① 日本战国末期与德川幕府前期的剑术家、兵法家。

一郎似乎对那个石灯不感兴趣，只见他使劲拽着小姨的胳膊。节子在我身边尴尬地笑了一声。

“他太无礼了。把人拽来拽去的。真是没有教养。”

“对了，”我说，“我和一郎决定明天去看电影。”

“真的？”

我立刻看出节子的态度犹豫不决。

“是的，”我说，“他好像对那个史前怪兽特别感兴趣。别担心，我看了报纸。那个电影非常适合他这个年龄的男孩子。”

“是啊，我相信。”

“实际上，我想我们应该都去。也就是说，全家一起出动。”

节子不安地清了清嗓子。“那肯定特别有意思。只是仙子明天可能还有别的计划。”

“哦？什么计划？”

“我记得她想要我们都去鹿苑。但是没关系，可以换个时间再去。”

“我不知道仙子有什么计划。她肯定没有问过我。而且，我已经跟一郎说了明天要去看电影。他现在心思全在这上面呢。”

“是的，”节子说，“我相信他肯定愿意去看电影。”

仙子顺着花园小径朝我们走来，一郎在前面牵着她的手。毫无疑问，我应该马上跟她商量第二天的事，但是她和一郎没有在阳台上停留，而是进屋洗手去了。所以，直到那天晚上吃过晚饭，我才把这事提了出来。

餐厅虽然白天不见阳光，非常昏暗，但天黑之后，灯罩低低地垂在饭桌上，气氛倒显得很温馨。我们在桌旁坐了几分钟，读报纸，看杂志，然后我对外孙说：

“一郎啊，你有没有把明天的事告诉你小姨呀？”

正在看书的一郎抬起头，一脸疑惑。

“我们带不带女人一起去呀？”我说。“还记得我们说的话吗？她们可能会觉得太恐怖的。”

这次外孙明白了我的意思，笑了。“可能对仙子小姨来说是太恐怖了，”他说，“仙子小姨，你想去吗？”

“去哪儿，一郎？”仙子问。

“看怪兽电影。”

“我想明天大家都去看电影，”我解释说，“也就是说，全家一起出动。”

“明天？”仙子看着我，然后转向我的外孙。“噢，明天可去不成，不是吗，一郎？我们要去鹿苑的，记得吗？”

“鹿苑可以先等一等，”我说，“孩子现在盼着看电影呢。”

“说什么呀，”仙子说，“事情都安排好了。我们在回来的路上要去看望渡边夫人。她一直想见见一郎呢。而且，我们很久以前就决定了。是不是，一郎？”

“爸爸是一片好意，”节子插进来说，“但我知道渡边夫人盼着我们去呢。也许我们应该后天再去看电影吧。”

“可是一郎一直盼着呢，”我不同意，“是不是这样，一郎？这些女人真讨厌。”

一郎没有看我，显然又沉浸在他的书里了。

“你跟这些女人说，一郎。”我说。

外孙只是盯着他的书。

“一郎。”

突然，他把书扔在桌上，站起来跑出餐厅，进了钢琴房。

我轻声笑了一下。“瞧，”我对仙子说，“你们让他失望了。不应该改变计划的。”

“别说傻话了，爸爸。渡边夫人的事早就安排好了。而且，带一郎去看那样的电影是不合适的。他不会喜欢那样的电影，是不是，节子？”

我的长女局促不安地笑了笑。“爸爸是一片好意，”她轻声说，“也许后天吧……”

我叹了口气，摇摇头，又接着看报纸了。过了几分钟，显然我的两个女儿都不准备去把一郎找回来了，我便站起身，走进了钢琴房。

一郎够不着灯罩上的开关，就打开了钢琴顶上的台灯。我发现他在琴凳上坐着，侧着脑袋靠在琴盖上。他的五官挤压着深色的木头，表情气呼呼的。

“真对不起，一郎，”我说，“你不要觉得失望，我们后天再去。”

一郎没有反应，于是我说：“好了，一郎，这没有什么，用不着这么失望。”

我走向窗口。外面已经很黑了，我只能看见我和身后屋子映在玻璃里的影像。我听见另一个屋里传来女人们低低的谈话声。

“开心点吧，一郎，”我说，“没什么可难过的。我们后天再去，我向你保证。”

当我再次转过来看着一郎时，他的脑袋还是那样伏在琴盖上，但手指在琴盖上挪动，像在弹琴一样。

我轻声笑了。“好了，一郎，我们就后天去吧。我们可不能受女人的管制，是不是？”我又笑了一声。“恐怕她们觉得那个电影太恐怖了。嗯，一郎？”

外孙还是没有回答，但他的手指继续在琴盖上移动。我想最好让他自己待一段时间，就又笑了一声，返身回到餐厅。

我发现两个女儿默默地坐在那里看杂志。我坐下来，重重地叹了口气，但她们谁也没有反应。我重新戴上阅读眼镜，刚准备看报纸，仙子突然轻声说道：“爸爸，我们沏点茶好吗？”

“太感谢了，仙子。但我暂时不要。”

我们继续默默地阅读了一会儿。然后节子说：“爸爸明天跟我们一起去吗？那样我们就仍然是全家一起出动。”

“我很想去。可是我明天恐怕还有几件事要做呢。”

“你说什么呀？”仙子插嘴说道。“有什么事要做？”然后转向节子，又说：“别听爸爸的。他最近什么事情也没有。他只是闷闷不乐地在家里转悠，现在他总是这样。”

“如果爸爸跟我们一起去，就太让人高兴了。”节子对我说。

“真遗憾，”我说，又低头去看报纸，“但我确实有一两件事要做。”

“那你准备一个人呆在家里吗？”仙子问。

“如果你们都去，我就只好自己呆着了。”

节子礼貌地咳嗽了一声，然后说道：“不如我也在家呆着吧。我和爸爸还没有机会好好聊聊呢。”

仙子从桌子对面望着姐姐。“你用不着不出去玩。大老远来的，可不能整天在屋里呆着。”

“可是我真的很愿意留在家里陪陪爸爸。我想我们有许多话要聊呢。”

“爸爸，瞧瞧你做的好事。”仙子说。然后她又转向她姐姐：“那么只有我带一郎去了。”

“一郎肯定喜欢跟你去玩一天的，仙子，”节子笑微微地说，“目前你是他最喜欢的人了。”

我很高兴节子决定留在家里，确实，我们很少有机会不受打扰地好好聊聊。一个做父亲的，对于自己已婚女儿的生活，有许多希望了解的东西，而又不能直接发问。但我那天晚上压根儿也没想到，节子希望留在家里陪我，是有她自己的原因的。

也许是因为上了年岁，我现在总喜欢漫无目的地在一个个屋里闲逛。那天下午——节子到来的第二天——她打开客厅的拉门时，我一定是站在那里出神很久了。

“对不起，”她说，“我待会儿再来。”

我转过身，看见女儿跪在门槛上，手里拿着插满鲜花和剪枝的花瓶，不觉小小地吃了一惊。

“不，请进来吧，”我对她说，“我并没有在做什么。”

退休以后，我有了更多自己的时间。确实，退休的好处就是可以按自己的节奏过日子，知道把辛苦和名利都放下了，心里感到很轻松。然而，我竟然不知不觉地走进了客厅——偏偏是客厅——一定是心不在焉了。多年来，我一直坚持父亲灌输给我的观念，一个家里的客厅是专门留着接待重要客人，或祭拜佛坛的，是神圣不可侵犯的，是不能被日常琐事所玷污的。因此，跟别人家相比，我家的客厅总是有一种庄严肃穆的气氛。我虽然没有像父亲那样定下规矩，但孩子们小的时候，除非特别吩咐，平常是不许她们进入客厅的。

我对客厅的尊重可能显得有点过分了，但你必须知道，在我成长的那个家庭——在鹤冈村，从这里乘火车要半天——我在十二岁前是禁止进入客厅的。那间屋子在许多意义上都是家庭的中心，在好奇心的促使下，我凭着偶尔匆匆瞥见的一两眼，在脑海里构想客厅内部的情形。日后，我仅凭匆匆几瞥的印象，便能在画布上再现一副场景，令我的同事们称奇，这个本领大概也要感谢我的父亲，感谢他在我性格成形的那些年里，无意中对我艺术鉴赏力的训练。在我满了十二岁后，“商务会”就开始了，我发现自己每星期要进客厅一次。

“我和增二今天晚上要商量事情。”父亲总是在晚饭时宣布。他说这话有两个目的，一是让我饭后自己前去报到，二是警告家里其他人，那天晚上不得在客厅附近发出声音。

吃过晚饭，父亲就进了客厅，大约十五分钟后再叫我过去。我进去时，房间里没有灯光，只在地板中央竖着一根高高的蜡烛。在那圈烛光里，父亲盘腿坐在榻榻米上，后面放着他的那个木头“商务箱”。他示意我坐在他对面的烛光里，我坐下时，明亮的烛光使房间的其他地方都处于阴影之中。越过父亲的肩膀，我隐约可以看见那边墙上的佛坛，或壁龛周围的几件装饰品。

父亲开始说话。他从“商务箱”里取出厚厚的小本子，打开其中的几本，指给我看那一排排密密麻麻的数字。他一直用那种慎重的、严肃的口吻说话，偶尔会停住话头，抬起头来，似乎想求得我的肯定。每到这时，我便赶紧唯唯诺诺：“是的，是的。”

不用说，我根本就听不懂父亲在说什么。他满口行话术语，列举冗长复杂的计算，并不因为对方是个小孩子而有所迁就。但我似乎也不可能请他停下来详细解释。因为我发现，我被允许进入客厅，是因为他认为我已经年岁不小，能够理解这样的谈话了。我感到羞愧，同时提心吊胆，担心他随时会要求我说点什么，而不只是唯唯诺诺，那样就露馅了。一个个月过去，我并没有被要求说更多的话，但我还是终日惶惶不安，担心着下一次“商务会”。

我现在当然明白了，父亲从来就没指望我听懂他的话，但我始终不能确定他为什么要让我经受这样的折磨。也许，他是想早早给我留下这样的印象：他希望我日后能接管家族的生意。

或者，他觉得我作为将来的一家之主，应该参与所有的决策，因为那些决策的影响会一直持续到我成年以后。那样，当我继承一个不尽完美的企业时，就没什么理由可抱怨了——父亲大概是这样考虑的吧。

我记得，十五岁的时候，我被叫进客厅参加另一种会议。客厅像往常一样点着高高的蜡烛，父亲坐在烛光中央。可是那天晚上，他面前放的不是商务箱，而是一个沉甸甸的陶制烟灰缸。我觉得迷惑不解，因为这个烟灰缸——家里最大的——平常是专门给客人用的。

“你把它们全都带来了？”他问。

“我照您的吩咐做了。”

我把怀里的那堆绘画和素描放在父亲旁边。纸张大大小小，大部分都被颜料弄得皱皱巴巴，放在一起显得乱糟糟的。

我默默地坐着，父亲查看我的作品。他拿起一幅画，仔细看一会儿，然后放到一边。那堆画看到一半时，他不抬头地问道：

“增二，你确定你所有的画都在这儿了？是不是还有一两张没有拿来？”

我没有立刻回答。他抬起头，问道：“嗯？”

“可能还有一两张没有拿来。”

“那么，毫无疑问，增二，没有拿来的那些画正是你自己最骄傲的，是不是这样？”

他又低下头去看那些画了，我就没有回答。我注视着他查看那堆画作。一次，他把一张画举到烛火前，说：“这是从西山下来的那条小路，是不是？你画得非常逼真，这是不用说的。正是从山上下来的景象。画得很好。”

“谢谢。”

“你知道吗，增二”——父亲的目光仍然盯着那张画——“我听你母亲说过一句奇怪的话。她好像认为，你希望以后专门从事绘画。”

他这话不像是提问，所以我没有回答。但他抬起头，又说了一遍：“增二，你母亲似乎认为你希望以后专门从事绘画。她这么想自然是错了。”

“那是自然。”我轻声说。

“你的意思是，她可能有一些误解？”

“肯定是的。”

“我明白了。”

父亲继续端详那些画作，我坐在那里默默注视他，就这样又过了几分钟。然后，他不抬头地说：“我似乎听见你母亲从外面走过。你听见了吗？”

“我好像并没有听见动静。”

“我猜想那是你母亲。既然她走过，就请她也进来吧。”

我站起来，走到门口。走廊里黑黢黢的，并没有人，我早就知道是这样。我听见父亲在我身后说："增二，你去叫她时，顺便把你其他的画作也都一起带来。"

也许只是我的错觉，但我几分钟后跟母亲一起回到客厅时，我觉得那个陶制烟灰缸好像被挪动了，比刚才更靠近蜡烛一点。我还隐约闻到空气里有一股烟味，可是我扫了一眼烟灰缸，并没看出有使用过的痕迹。

我把最后几张画放在先前那堆的旁边，父亲心不在焉地点点头。他似乎仍然沉浸在我的作品里，并不理会默默坐在他面前的我和母亲。最后，他叹了口气，抬起头来对我说："增二，你恐怕没有多少时间去做云游僧，是不是？"

"云游僧？我想是的。"

"他们对这个世界有许多话要说。我大部分时间都不怎么理会他们。我们应该对僧人以礼相待，虽然他们有时候让你觉得跟叫花子没什么两样。"

他停住了，于是我说："是的，是的。"

父亲转向母亲，说："你还记得吗，幸子，以前经常到这个村子里来的那些云游僧？我们儿子出生后不久，一个云游僧到我们家来，是个瘦瘦的老头子，只剩一只手，却长得很健壮。你还记得他吗？"

"可是那时候我们的儿子还只是个婴儿。"母亲说。她声音很低，似乎不想让我听见。相反，父亲却不必要地提高了声音，好像在跟观众讲话：

"他留给我们一个警告。他对我们说，增二肢体健康，但天生有个弱点。这弱点会使他耽于懒惰和欺骗。这话你还记得吗，幸子？"

"但我记得那个僧人还说了我们儿子许多好话呢。"

"那倒是的。我们儿子有许多好的品质，僧人确实指出来了。

但是你记得他的警告吗，幸子？他说要想让好品质占上风，我们教养他的人就必须时刻提高警惕，不让这个弱点冒头。不然的话，就像那个老僧人说的，增二就会成为一个没有出息的人。”

“也许，”母亲谨慎地说，“我们不应该把那些僧人的话放在心上。”

父亲听了这话似乎有些吃惊。过了一会儿，他若有所思地点点头，好像母亲提出了一个令人迷惑的观点。“当时我也不愿意把他的话当真，”他接着说道，“可是在增二成长的每个阶段，我不得不承认那个老头的话是有道理的。我们儿子的性格中确实有个弱点，这是不可否认的。他的秉性倒不顽劣，但我们必须不断对付他的懒惰，他的不求实际，以及他的意志薄弱。”

然后，父亲又沉思着拿起我的三四张画作，用两只手托着，似乎想掂一掂它们的分量。他把目光转向我，说道：“增二，你母亲似乎认为你希望以后专门从事绘画。她是不是产生了某种误解呢？”

我垂下眼睛，一言不发。接着，我听见母亲在我身边几乎耳语般地说：“他年纪还小呢，我相信这只是他孩子气的心血来潮吧。”

静默片刻后，父亲说：“增二，告诉我，你知不知道画家生活在什么样的境遇里？”

我没有做声，望着面前的地板。

“画家的生活肮脏而贫穷，”父亲的声音继续说，“这样的生活境遇，使他们容易变得软弱和堕落。我说得对吗，幸子？”

“那是自然。可是，也许有一两个画家既能追求艺术，同时又能避开这些陷阱。”

“当然，肯定有例外。”父亲说。我仍然低垂着目光，但我从他的声音里听出，他又那样迷惑不解地频频点头了。“那是少数特别有毅力、有个性的人。我担心我们的儿子远远不是这样的人，而是正好相反。我们有责任保护他远离这样的危险。毕竟，我们希望他日后成为一个令我们骄傲的人，是不是？”

“当然。”母亲说。

我迅速抬起头来。蜡烛已经燃到一半，烛光把父亲的半边脸照得轮廓分明。他已经把画作放到了腿上，我注意他正用手指不耐烦地捋着纸边。

“增二，”他说，“你可以离开了。我想跟你母亲谈谈。”

我记得那天晚上过了一段时间后，我在黑暗中遇到了母亲。我很可能是在一个走廊里遇见她的，但我记不清了。我也不记得我当时为什么摸黑在房子里溜达，但肯定不是为了偷听父母说话——因为我记得自己离开客厅后，便打定主意不去理睬客厅里的事。当然，那个时候房子的照明都很差，所以我们站在黑暗里说话也是很经常的事。我能看见母亲的身影站在我面前，但看不清她的脸。

“家里有一股烧东西的味儿。”我说。

“烧东西？”母亲沉默了一会儿，然后说道：“没有，我觉得没有。你肯定是搞错了，增二。”

“我闻到了烟味儿，”我说，“刚才又闻到了。父亲还在客厅里吗？”

“是的，他在工作。”

“他在那里做什么我一点儿也不关心。”我说。

母亲没有做声，于是我又说：“父亲点燃的只是我的雄心抱负。”

“这可真好，增二。”

“您千万别误会我，母亲。我不希望很多年后，我发现自己坐在父亲现在坐的地方，跟我的儿子讲算账和钱财。如果我成为那样的人，你会为我感到骄傲吗？”

“会的，增二。你父亲的生活还有许多内容，你年纪太小，还不可能知道。”

“我绝不会为自己感到骄傲的。我说我有雄心，指的是我希望能超越这样一种生活。”

母亲沉默了片刻。然后她说：“年轻的时候，会觉得许多事情看上去都是无聊、无趣的。但是年长一些，就会发现这些对你来说才是最重要的。”

我没有回答她的话。我记得当时我是这么说的：“我以前害怕父亲的商务会。现在它们只是让我感到厌倦。实际上，让我感到厌恶。我有幸参加的这些会议是什么呢？数小钱，点硬币，一小时接一小时。如果我以后的生活变成这样，我永远也不会原谅自己的。”我顿了顿，看母亲有什么话要说。有那么一刻，我似乎觉得她已经在我说话时悄悄走开，我现在是独自一人站在那里。然而，我接着听见她就站在我面前，于是我又说了一遍：“我压根儿就不关心父亲在客厅里做什么。他只是点燃了我的雄心抱负。”

唉，我发现我又把话扯远了。我本来是想叙述上个月节子到客厅里来换鲜花时，我跟她的对话。

我记得，节子坐在佛坛旁边，开始把装饰佛坛的那些凋谢的花枝换掉。我坐在她后面一点，注视着她小心地把每个花枝抖一抖，再放在自己腿上，我相信当时我们有一搭没一搭地说着些闲话。后来，她眼睛仍然盯在花上，对我说道：

“爸爸，原谅我提到这件事。不用说，您肯定已经想过了。”

“什么事，节子？”

“我之所以又提这件事，因为我估摸着仙子的婚事肯定会有进展。”

节子已经开始把她花瓶里新剪的花枝插到佛坛周围的花瓶里去。这件事她做得非常仔细，每插一枝就停下来看看效果。“我只是想说，”她继续说道，“一旦开始认真商议婚事，爸爸最好采取一些预防措施。”

“预防措施？这个自然，我们会谨慎行事的。可是你到底想说什么呢？”

“请原谅我，实际上我指的是调查。”

“啊，这不用说，我们会尽量彻底调查的。我们还雇用去年的那个侦探。你也记得，他是非常可靠的。”

节子仔细地调整一根花梗。“原谅我，我肯定是没有表达清楚。实际上，我指的是他们的调查。”

“对不起，我好像不太明白你的意思。我不认为我们有什么需要隐瞒的。”

节子不安地笑了一声。“爸爸千万要原谅我。您知道，我一向不擅长说话。池田总是骂我词不达意。他口才那么好。我应该尽力向他学习，这是不用说的。”

“我认为你说话绝对没有问题，但我恐怕没有完全明白你的意思。”

突然，节子沮丧地举起双手。“有风，”她叹着气说，又一次探身端详她的花儿，“我喜欢把它们插成这样，可是风好像不同意呢。”她又变得心事重重。过了一会儿，她说：“您必须原谅我，爸爸。在我家里，池田说话要清楚一些。但是他不在这里。我只是想说，也许爸爸应该采取一些预防措施。以免出现误会。毕竟，仙子已经快二十六岁。我们可再经不起去年那样的打击了。”

“关于什么的误会，节子？”

“关于过去。可是请原谅，我肯定是多虑了。爸爸无疑全都考虑到了，会采取必要的做法的。”

她坐回去，研究她的插花，然后面带微笑转向我。“我对这些东西不太在行。”她指着那些鲜花说。

“它们看上去很漂亮。”

她将信将疑地看了一眼佛坛，不自然地笑了一声。

昨天，我乘电车在静谧的荒川郊外兜风时，脑海里又一次想起客厅里的那段对话，心里一阵烦躁。车子一直往南开，景色不再那么杂乱，我望着窗外，又想起了女儿坐在佛坛前，建议我采取“预防措施”的情形。我又想起她把脸微微转向我，说：“毕竟，我们可再经不起去年那样的打击了。”接着我又想起她来的第二天早晨，坐在阳台上暗示我去年三宅家退婚另有隐情时，脸上那副意味深长的表情。在过去这个月里，我一想起这些心情就受影响。但是直到昨天，独自一人在这个城市僻静的郊外旅游时，我才更仔细地审视我的感受，我意识到，我的恼怒其实并不是针对节子，而是针对她的丈夫。

我想，一个妻子受丈夫观念的影响是无可厚非的——哪怕这些观点像池田的那样荒唐可笑。可是，如果一个人诱导自己的妻子对她的亲生父亲产生怀疑，这就足以引起愤怒了。过去，我考虑到池田在满洲肯定吃过不少苦，便一直对他的某些行为采取隐忍的态度。比如，他经常表现出对我们这代人的怨恨情绪，我从来不以为意。我一直以为这种情绪会随着时间而淡化。没想到，在池田身上，它们反倒变得越来越尖刻和不可理喻了。

这些事情如今都妨碍不到我——毕竟，节子和池田住得很远，我一年也只见到他们一次——然而，自从节子上个月来过之后，这些荒谬可笑的观念似乎也对仙子产生了影响。这使我很恼火，过去几天里，我好几次忍不住想给节子写封信，表达一下愤怒的情绪。夫妻之间互相交流一些毫无根据的想法也就罢了，但那只是他们两人的事情。换了一个更加严厉的父亲，无疑早就采取措施了。

上个月，我不止一次看见我的两个女儿在深谈，注意到她们做贼心虚地突然停住话头，然后又装模作样地说些不痛不痒的闲话。实际上，我记得在节子来访的五天里，这样的事情至少发生了三次。后来，就在几天前，仙子和我快要吃完早饭时，她突然对我说：

“我昨天经过清水百货商店时，你猜我看见谁站在车站？是三宅次郎！”

“三宅？”我吃惊地从碗上抬起头，仙子竟然这样毫不脸红地提到这个名字，“唉，真是不巧。”

“不巧？实际上，爸爸，我很高兴看到他呢。他倒显得有点不好意思，所以我就没有跟他多聊。而且我还得回去上班呢。我正好出来办事。你知道吗，他已经快要结婚了。”

“他告诉你的？真是无耻。”

“当然啦，他没有主动说。是我问他的。我对他说，我正在谈新的婆家，然后问他的婚事有什么着落。我就这么问了他一句。他的脸刷就红了！后来他告诉我，他现在已经订婚。一切都谈妥了。”

“说实在的，仙子，你不应该这么大大咧咧。你干吗非要提结婚的事呢？”

“我很好奇呀。我已经不再为这件事感到难过了。现在婚事进展顺利，那天我就在想，如果三宅次郎还在为去年的事而苦恼，该是多么不值啊。所以，你可以想象当我得知他已经订婚时有多么高兴。”

“明白了。”

“我希望不久能见见他的新娘。我想她肯定很漂亮，你说呢，爸爸？”

“肯定的。”

我们继续吃了一会儿，然后仙子又说：“我还差点儿问了他一件别的事。但我没问。”她探身向前，压低声音说：“我差点儿问他去年的事。问他们为什么要退婚。”

“幸亏你没问。而且，他们当时就把理由说得很清楚了。他们觉得那个小伙子配不上你。”

“但你知道那只是礼节上的说法，爸爸。我们一直没有弄清真正的原因。至少，我从没听说过。”这时，她的语气有些异样，使我再次从碗上抬起头来。仙子把筷子举在半空，似乎在等我说些什么。看到我继续吃早饭，她说：“你说，他们为什么退婚呢？你有没有发现其中的秘密？”

“我什么也没发现。我刚才说了，他们觉得那个年轻人高攀不上。这个理由是很说得通的。”

“爸爸，我在想是不是因为我不符合他们的要求。也许我不够漂亮。你认为是不是这样？”

“跟你没有任何关系，你知道的。退婚有各种各样的理由。”

“那么，爸爸，既然跟我没关系，我就不明白他们为什么会那样突然提出退婚。”

我觉得女儿说这番话时语气有点做作、不自然。也许是我的错觉，可是一个父亲是能够注意到女儿说话时每一点细微的语气变化的。

总之，跟仙子的那段对话，使我又想起了我那次跟三宅次郎邂逅，后来跟他在车站聊了一会儿的情景。大概就是一年以前——跟三宅家联姻的事正在商议中——一天下午五六点钟的时候，城里挤满了下班回家的人。不知为什么，我正在横手区行走，想去木村公司大楼外的电车站。如果你对横手区很熟悉，就会知道店铺楼上那些数不清的简陋破旧的小办公室。那天我遇见三宅次郎时，他正从一间这样的办公室里出来，走下两个店铺门脸之间的狭窄楼梯。

之前我曾见过他两次，但都是在正式的家庭聚会上，他穿着最好的衣服。现在他的样子截然不同，身上是一件看着很旧、有点嫌大的雨衣，胳膊下夹着一个公文包。看他的模样，活像一个被老板吆来喝去的打工者。确实，他的整个姿势都像是随时要鞠躬似的。我问他，他刚才出来的那家办公室是不是他上班的地方，他不自然地笑了，好像他从一个名声不好的场所出来被我抓住了一样。

我倒也想过，仅仅因为跟我邂逅他就这样尴尬，似乎有点过分。但当时我想他之所以窘迫，是因为他的办公楼和周围环境都很破败。约莫一个星期后，我惊讶地得知三宅家决定退婚，才发现自己又想起了那次相遇，并试图从中寻找蛛丝马迹。

“我在想，”我对节子说，当时她正好过来看望我们，“在我跟他说话的时候，他们家是不是就已经决定退婚了。”

“怪不得爸爸发现他那么紧张不安呢，”节子说，“他有没有说什么话，暗示他们的打算？”

那只是街头相遇的一星期之后，但我已经记不清我跟年轻的三宅到底聊了什么。那天下午，我以为他跟仙子的婚事随时都会宣布，就把他当成未来的家庭成员来对待。我只把注意力放在让年轻的三宅在我面前放松下来，根本没有怎么考虑在走向汽车站的过程中，还有后来站在那里等车的几分钟里，我们究竟说了什么。

不过，当我后来考虑整个事情时，我突然产生了一个新的想法：也许正是那次邂逅导致了后来的退婚。

“这是很有可能的，”我对节子说，“我看到了三宅的工作地点，他觉得很不好意思。大概这使他又一次认识到我们两家的差距实在太大。毕竟，这个想法他们经常挂在嘴上，不可能只是礼节上的说法。”

节子似乎不以为然。看来她回家后跟丈夫讨论了妹妹婚约泡汤的事。今年，她似乎带来了她自己的观点——至少是池田的观点。于是，我不得不重新回忆跟三宅的那次偶遇，从另一个角度细细品味。但是正如我前面说的，事情发生的一个星期后我都记不真切，更别提现在时间已经过去了一年。

但我确实想起了一段不同寻常的对话，而以前觉得它没有什么意义。当时，我和三宅已经走到主街上，站在木村公司的大楼前，等待我们各自的电车。我记得三宅说：

“今天我们上班得到噩耗。我们总公司的总裁过世了。”

“我很难过。他年岁已高？”

“才六十出头。我一直没机会当面见他，只在期刊上看过他的照片。他是个了不起的人，我们都觉得好像一下子成了孤儿。”

“这对你们大家肯定是个打击。”

“确实如此，”三宅停顿了一会儿，继续说道：“不过，我们办公室的人实在不知道怎样表达自己的敬意才合适。不瞒您说，总裁是自杀的。”

“是吗？”

“是的。他被人发现煤气中毒。他似乎先试图切腹自杀，肚子上有几道小小的伤痕。”三宅神色凝重地看着地面。“他是代表他管辖的几家公司谢罪呢。”

“谢罪？”

“我们总裁似乎觉得要为我们在战争中所做的一些事情负责。两个元老已经被美国人开除了，但总裁显然觉得这还不够。他的行动是代表我们大家向战争中遇害的家庭谢罪。”

“唉，其实，”我说，“这种做法有点太极端了。整个世界似乎都走火入魔了。每天都有报道说又有某人谢罪自杀。告诉我，三宅先生，你不认为这是一种极大的浪费吗？说到底，如果你的国家卷入战争，你只能尽你的力量去支持，这是无可厚非的。有什么必要以死谢罪呢？”

“您无疑是对的，先生。可是说句实话，公司上下倒是如释重负。我们现在觉得可以忘记过去的罪行，展望未来了。我们总裁做了一件了不起的事。”

“但也是一种极大的浪费。我们一些最优秀的人就这样放弃了自己的生命。”

“是的，先生，确实可惜。有时候我认为，有许多应该以死谢罪的人却贪生怕死，不敢面对自己的责任。结果反倒是我们总裁那样的人慨然赴死。许多人又恢复了他们在战争中的位置。其中一些比战争罪犯好不了多少。他们才应该出来谢罪。”

“我明白你的意思，”我说，“但是，那些在战争中为国家尽忠效力，战斗和工作过的人们，不能被称作战争罪犯。最近这个词恐怕用得太随意了。”

“可是，先生，正是这些人把国家引入了歧途。他们完全应该勇于承担责任。这些人不肯承认自己的错误，实在是懦夫的做法。

而且那些错误是代表整个国家犯下的，就更是一种最怯懦的做法。”

那天下午三宅真的跟我说了这番话吗？也许我把他的话跟池田可能会说的话搞混了。这是很有可能的。毕竟，我已经把三宅看做未来的女婿，所以，不知怎么一来，就把他跟真正的女婿混为一谈了。“最怯懦的做法”听上去确实更像池田的话，性情温和的年轻的三宅不太可能这么说。不过，我相信那天在汽车站肯定有过这样的对话，我觉得他突然提起这样一个话题，委实有点奇怪。至于“最怯懦的做法”这样的话，我可以肯定是三宅说的。实际上现在想来，我相信是那天晚上安葬健二骨灰的仪式之后，池田说这句话的。

我儿子的骨灰花了一年多时间才从满洲运来。我们不断被告知，那些共产党弄得那里每件事都千难万难。后来他的骨灰终于运来了，跟那次穿越雷区同时阵亡的另外二十三个年轻人一起，所以很难保证那骨灰真的是健二的，是健二一个人的。“即使哥哥的骨灰跟别人的混在一起，”当时节子写信给我说，“也只是跟他战友的骨灰相混。对此我们没什么可抱怨的。”于是我们权当那些骨灰是健二的，在两年前的上个月为他举行了一个迟到的葬礼。

在墓地的仪式刚举行到一半，我看见池田怒气冲冲地大步走开了。我问节子，她丈夫是怎么回事，节子快速地低语道：“请原谅他吧，他不舒服。营养不良，好几个月都没缓过来。”

可是后来，参加仪式的宾客都聚集在我们家时，节子对我说：“请您理解，爸爸。这样的仪式让池田感到非常难过。”

“真令人感动，”我说，“没想到他跟你哥哥关系这么亲密。”

“他们每次见面都很合得来，”节子说，“而且，池田一向非常欣赏健二这样的人。他说跟健二在一起很轻松自在。”

“那他就更不应该中途离开呀！”

“对不起，爸爸，池田丝毫没有不敬的意思。但我们这一年参加过太多这样的仪式，池田的朋友和战友，每次都使他很生气。”

“生气？他为什么生气呢？”

这时又来了许多客人，我只好中断了我们的谈话。直到那天晚上，我才有机会跟池田单独谈谈。家里还有不少客人没有走，聚集在客厅里。我看见女婿高高的身影独自站在屋子那边。他打开了通向园子的纱门，背对嘁嘁喳喳谈话的客人，望着外面黑暗的夜色。我走到他身边，说道：

“池田，节子告诉我，这些仪式让你感到生气。”

他转过脸，微笑着说。“恐怕是这样的。我一想起这些事情，想起这样的浪费，就很生气。”

“是啊，想到这样的浪费确实令人难过。可是健二像其他许多人一样，死得英勇壮烈。”

女婿凝视着我，五官僵硬，面无表情。他经常会这么做，我总是感到非常别扭。毫无疑问，他的目光并无恶意，但是，也许因为池田是个体格强壮的男子汉，五官生得粗犷，所以很容易感到他是在威胁或谴责别人。

“壮烈牺牲似乎没完没了，”他终于说道，“我们中学同年毕业的半数同学都壮烈牺牲了。都是为了愚蠢的事业，但他们永远不会知道这点。爸爸，您知道是什么让我感到生气吗？”

“是什么呢，池田？”

“当初派健二他们去英勇赴死的那些人，如今在哪里呢？他们照样活得好好的，跟以前没什么两样。许多人在美国人面前表现乖巧，甚至比以前更得意，但实际上就是他们把我们引入了灾难。到头来，我们还要为健二他们伤心。我就是为此感到生气。勇敢的青年为愚蠢的事业丢掉性命，真正的罪犯却仍然活在我们中间。不敢露出自己的真面目，不敢承担自己的责任。”我相信就在那时，他把身子又转向外面黑暗的夜色，说道：“在我看来，这才是最怯懦的做法。”

仪式弄得我心力交瘁，不然我可能会反驳他的一些说法。但我想以后还有机会进行这样的谈话，便把话题岔到别的事情上去了。我记得我跟他一起站在那里，望着外面的黑暗，询问他的工作和一郎的情况。池田从战场回来后，我几乎很少见到他，那是我第一次认识这个变化了的、有点尖刻的女婿，而现在我已经习惯了。那天晚上，看到他那样说话，看到他参战前的那种拘谨已经毫无踪影，我感到很吃惊。但我以为是葬礼影响了他的心情，更主要的，是战争经历使他情绪失控——节子曾经向我暗示，他在战争中的遭遇十分惨痛。

没想到，我那天晚上在他身上发现的情绪，却成了他现在的一种常态。战争前两年跟节子结婚的那个谦逊的、彬彬有礼的青年，如今已经判若两人。当然啦，他那一代的这么多人都死了，可是他为什么要对长辈怀有这样的怨恨呢？我发现池田的观点有些刻薄，甚至恶毒，令我担忧——特别是它们似乎正在影响节子。

有这种变化的绝不仅仅是我女婿一个人。最近周围比比皆是。年轻一代的性格出现了一种我不能完全明白的改变，这种改变在某些方面无疑是令人不安的。例如，那天晚上在川上夫人的酒馆里，我无意间听见坐在柜台旁的一个男人说：

“听说他们把那个傻子送到医院去了。脑震荡，还断了几根肋骨。”

“你是说平山那小子吗？”川上夫人满脸关切地问。

“他叫那个名字吗？就是那个整天到处溜达、大叫大嚷的家伙。应该有人让他别那么做了。他昨天夜里似乎被人打了一顿。真不像话，不管他嘴里嚷嚷什么，也不能那样对待一个傻子呀。”

这时，我转向那个人说：“请原谅，你说平山那小子被人打了？为什么呢？”

“似乎他一直在唱那些老军歌，喊一些退步的口号。”

“可是平山小子总是那么做呀，”我说，“他只会唱两三首歌，是别人教他的。”

那人耸了耸肩。“没错，那样去揍一个傻子有什么意思？真是丧心病狂。傻子当时在茅桥上，你知道那儿夜里总有一些下三滥的人。傻子坐在桥头，又唱又喊的，大约一个小时。他们在马路对面的酒馆里听见了，其中几个人就不耐烦了。”

“这又是什么道理呢？”川上夫人说，“平山小子从来不伤害人。”

“唉，应该有人教他唱几支新歌才好，”那人说着，喝了口酒，“如果他再到处唱那些老歌，肯定还会挨揍的。”

我们仍然叫他“平山小子”，其实他至少有五十岁了。但这名字听上去倒也不是不合适，他的智力只相当于一个小孩子。在我的记忆里，他是由贫民教区的天主教嬷嬷照看的，但据说他是生在一个姓平山的家里。早年间，我们的“逍遥地”繁荣兴旺的时候，平山小子总是坐在左右宫或附近另一家酒馆门口的地上。正像川上夫人说的，他从来不伤害人，在战争前和战争中，他唱战歌、模仿政治演说，成为“逍遥地”著名的街头一景。

是谁教他唱歌的呢？我不知道。他的固定节目只有两三首歌，而且只会唱其中的一句。他总是用浑厚有力的声音唱歌，为了取悦观众，他还会双手叉腰站在那里，笑嘻嘻地望着天空，喊道：“这个村子必须向皇军献礼！你们有些人会献出生命！你们有些人会凯旋，迎接新的黎明！”——以及诸如此类的话。人们总是说：“平山小子也许并不明白这些话的意思，但他的架势摆得很到位。是个十足的日本人。”我经常看见人们停下来给他钱，或买东西给他吃，每逢这时，傻子脸上就会绽开笑容。毫无疑问，平山小子之所以迷恋这些政治歌曲，是因为它们为他赢得了公众的关注。

那些日子没有人照顾傻子。人们到底是怎么回事，竟然想到要去揍他呢？他们大概不喜欢他的唱歌和演说，可是，很可能当初就是他们拍着傻子的脑袋，称赞他鼓励他，直到那些片段在他脑海里扎下根来。

正像我说的，最近国家的情绪都有了变化，池田的态度大概绝不是例外。我若认为年轻的三宅也怀有这样的怨恨情绪，恐怕有失公允，可是就目前的情形来看，如果你仔细研究每个人对你说的每句话，似乎都会发现其中贯穿着同样的怨恨情绪。据我所知，三宅确实说过诸如此类的话。也许三宅和池田那一代人都会这样想、这样说。

我想我已经提到，昨天我乘车前往城市南部的荒川区。荒川是城市往南的公路线的最后一站，许多人看到汽车开到这么远的郊外，都表示意外。确实，荒川的街道清扫得干干净净，人行道上栽种着一排排枫树，互相隔开的房屋显得气派非凡，周围一派田园景色，使人很难把它当成城市的一部分。但是在我看来，当局把公路线延伸到荒川是很正确的。住在城里的人从中受益匪浅，他们很容易就能接触到比较清静、远离尘嚣的环境。我们并不是一直有这么便利的条件，我至今记得住在城里那种逼仄压抑的感觉，特别是漫长而炎热的夏天，在目前的公路线开通之前，这种感觉着实令人难受。

我相信，目前的路线是一九三一年开通的，取代了三十年来那条不完善的、令乘客十分不满的线路。如果你那时不住在这里，便很难想象这些新的路线对城市许多方面产生的巨大影响。所有的地区似乎都在一夜之间变了模样。原本拥挤繁忙的公园无人问津了，老字号店铺的生意严重受损。

当然啦，另外一些地区意外地发现得了好处，其中就有犹疑桥对面的那片地方，它很快就变成了我们的逍遥地。在新的公路线开通之前，你会发现那里只有几条冷清清的小街巷和一排排瓦房。当时谁也没把这地方当回事儿，说起来只是“古川东边”。新的公路线一开通，在终点站古川站下车的乘客，走几步路就能到达市中心，比乘坐第二条曲里拐弯的电车路线还要快捷，结果就是，在那片地区步行的人突然变得熙熙攘攘。在那里开业的十几家酒馆，经过多少年的惨淡经营，一下子生意兴隆，新的酒馆也一家接一家地开张。

后来成为左右宫的那家酒馆，当时只是叫“山形酒馆”——山形就是店老板，一位退伍老兵——这家是那个地区年头最久的一家。当时它显得有点单调，但我从第一次进城之后，许多年里一直是它的常客。在我的记忆中，直到新的公路线开通了几个月之后，山形才明白周围发生了什么事，开始另做打算。那片地方将要发展成为一应俱全的饮酒一条街，他自己的酒吧——历史最为悠久，位于三条路的交叉口——自然在当地的诸多酒吧中成了元老。因此，他觉得自己有责任扩大营业范围。他楼上的商家巴不得把生意转手卖掉，必要的资金也很容易就能筹措到。无论从他的酒吧，还是从整个这片地区来说，最大的障碍就是城市官方的态度。

在这一点上，山形的想法无疑是正确的。当时正值一九三三年或一九三四年——你恐怕记得，那个时候考虑建立一个新的娱乐区是不合时宜的。当局一直在煞费苦心地制定政策，严格控制城市生活中的浮华，确实，在市中心，许多更加颓废的场所正在停业关闭。我听着山形的想法，起初不以为然。后来他跟我描述了他脑海里的蓝图，我才深受触动，答应尽力助他一臂之力。

我相信前面已经提到，左右宫的存在有我一份小小的功劳。当然啦，我不是一个富人，在经济上无能为力。但那个时候，我在这个城里已经有了一定的声望。我记得当时我还没有在国务院的艺术委员会供职，但在那里有许多熟人，他们经常向我咨询政策上的事。因此，我代表山形向当局提出请求还是有一定分量的。

“店主打算，”我解释说，“酒馆的主题就是颂扬当今日本正在涌现的新的爱国精神。酒馆的装潢将会体现这种新精神，如果顾客与这种精神格格不入，就坚决要求他离开。还有，店主打算让他的酒馆成为本城画家和作家的聚集地，让那些其作品最能反映新精神的艺术家聚在这里饮酒。关于这最后一点，我已经得到我的许多同仁的支持，其中有画家原田雅之，剧作家三角，记者尾辻繁雄和夏希英二——你们知道，他们的作品都是坚定地效忠于天皇陛下的。”

我接着指出，这样一个酒馆，考虑到它在这里的权威地位，肯定会给这个地区奠定一种令人称许的基调。

“不然的话，”我警告道，“我担心我们又将面对一个以颓废为特征的地区，而我们一直在尽力对抗这种颓废，知道它一直在削弱我们的文化结构。”

当局的反应可不仅仅是默许，而是非常热情，令我感到意外。我想，这又一次说明，人有时候会突然发现他的地位远比他自己以为的要高。我从来不把地位放在心上，所以带给我这么大成就感的并不是左右宫的开业，而是我很骄傲地看到我一段时间以来坚持的观点得到了支持——也就是说，日本的新精神与自我享受并不矛盾；也就是说，没有理由把寻找快乐跟颓废相提并论。

于是，新干线开通之后大约两年半，左右宫开张了。装修很讲究，很全面，每个人天黑后在那条路上溜达，都不可能不注意到那灯火通明的店面，那么多大大小小的灯笼挂在山墙上，挂在屋檐下，整整齐齐地排在窗台上和门框上。还有那个悬在横梁上被照得亮亮的巨大旗幌，上面是新酒馆的名字，背景是队伍里的军靴齐步前进。

开张后不久的一天晚上，山形把我请到里面，让我选一张最喜欢的桌子，并说那桌子以后就归我一个人使用。我想，这主要是为了感谢我为他做的一点小事，同时，当然啦，也因为我一直是山形酒吧的一位常客。

确实，在山形酒吧变成左右宫之前，我已经光临它二十多年。我并非刻意挑选——就像我说的，这个酒吧并无出众之处——当我还年轻的时候第一次来到这个城市，就住在古川，而山形酒吧正好就在附近。

也许你很难想象古川那个时候有多丑陋。是的，如果你是刚来这个城市，听我提到古川区，你脑海里浮现的大概是今天的那个公园，以及那些名闻遐迩的桃树。可是，当我第一次来到这个城市时——那是一九一三年——这个地方到处都是小公司的厂房和仓库，许多都已废弃不用或年久失修。房屋老旧破败，住在古川的都是那些只付得起最低房租的人。

我住的是个小阁楼，楼下是一位老太太跟她未婚的儿子一起生活，其实很不适合我的需求。房子里没有电，我不得不点着油灯绘画。房间狭小，几乎连一个画架也放不下，画画时总免不了把颜料溅在墙上和榻榻米上。我夜里工作时，经常会吵醒老太太或她的儿子。最烦人的是，阁楼的天花板太矮，我直不起身子，经常半弓着腰工作几个小时，脑袋还时时撞在房梁上。但是那时候我被竹田公司接受，当画家养活自己，心里非常高兴，也就不太在意这些不如意的条件了。

当然啦，我白天不在阁楼里工作，而是在竹田大师的“工作室”里。工作室也在古川，是一家饭店楼上一间长长的屋子——确实很长，可供我们十五个人把画架放成一排。天花板虽然比我小阁楼的高，但中间严重塌陷，所以我们每次进屋都会开玩笑，说它又比前一天下降了几厘米。屋子从这头到那头都是窗户，本应该使我们有充足的光线作画，可是不知怎的，照进来的一道道阳光总是太刺眼，屋里看上去像一个船舱一样。还有一个问题，楼下的饭店老板不许我们晚上六点之后还留在工作室，因为那时候他的客人开始来了。“你们在上面的声音像一群牛。”他总是这么说。我们没有别的选择，只好回到各自的住所继续工作。

也许我应该解释一下，我们如果晚上不加班，是不可能按时完成工作的。竹田公司以其能在很短时间内提供大量画作而自豪。是的，竹田大师让我们明白，如果我们不能在船开走前的最后期限完成任务，那么要不了多久，客户就会去找同行的那些竞争对手。结果就是，我们每天加班加点，熬到深夜，第二天还是感到惴惴不安，因为没有赶上计划。当截止日期临近时，我们经常每天晚上只睡两三个小时，通宵达旦地绘画。有时候任务一个接一个，我们整天累得筋疲力尽，晕晕乎乎。尽管如此，我不记得我们有哪次没有按时完成任务，从这里也可看出竹田大师对我们的控制。

我跟随竹田大师大约一年之后，公司里来了一个新的画家。他就是中原康成，我相信你对这个名字没有什么印象。实际上，你没有理由接触过它，因为中原康成没有任何名气。他充其量只是在战争爆发的几年前，在汤山区一所中学谋得一个图画教师的职务——听说他现在还在那里就职，当局觉得没有理由像替换他的那么多同行一样替换他。我每次想起他，总记得他叫“乌龟”，这是在竹田公司的那些日子大家给他起的绰号，后来我们交往甚密，我一直亲切地用这个绰号称呼他。

我至今留着一张乌龟的画作——一幅自画像，是他离开竹田公司后不久画的。画面上是一个瘦瘦的、戴着眼镜的年轻人，穿着衬衫坐在一间拥挤而昏暗的屋子里，周围是画架和东倒西歪的家具，窗外的光线照亮了他的一侧脸庞。这张脸上的真诚和腼腆跟我记忆中的那个人完全吻合，在这方面，乌龟是绝对诚实的。看着这幅自画像，你可能会把他当成那种在汽车上你可以果断地用胳膊肘将其挤到一边抢占座位的人。然而，似乎我们每一个人都有各自独特的自负。如果说乌龟的谦逊使他没有隐瞒自己腼腆的性格，那么，这份谦逊可没能阻止他给自己加上一种知识分子的清高神情——我从不记得他有过这种神情。不过说句公道话，我不记得有哪位同行能够绝对诚实地画出一幅自画像。不管他多么精确地对着镜子再现自己的表面细节，画上所展示的人格特性却与其他人看到的真实情况相距甚远。

乌龟之所以得此绰号，是因为他进入公司时，我们正在赶一个特别繁忙的任务，结果，在别人能画出六七幅作品的时间里，他只能完成两三幅。起初，大家以为他动作慢是由于经验不足，便只在背后叫他乌龟。可是一星期又一星期过去，他的速度并没提高，对他的不满便增加了。很快，大家就都当面乌龟长乌龟短地叫他，他完全知道这个绰号并不表示亲热，但我记得他尽量把它当作昵称来接受。例如，如果有人在长屋子的那头喊道："喂，乌龟，你还在画你上星期开始画的那个花瓣吗？"他就会勉强大笑几声，只当对方是在开玩笑。他显然没有能力保护自己的尊严，我记得同事们都认为这是由于乌龟来自根岸地区，当时人们普遍缺乏公允地相信，来自城市那片地区的人无一例外都是软弱的、没有骨气的。

我记得一天早晨，竹田大师暂时离开了长屋子，我的两个同事走到乌龟的画架前，指责他速度太慢。我的画架离他的不远，我能清楚地看到乌龟脸上不安的表情，只听他回答：

"请你们对我有点耐心吧。我特别希望向你们，我的前辈，学习怎么迅速地、保质保量地完成任务。过去这几个星期，我已经尽了最大的努力让自己画得快一些，可是，唉，有几幅画不得不废弃了，因为抢速度影响了质量，会给我们公司的高标准抹黑的。但我会尽力提高我在你们心目中的可怜地位。请你们原谅我，耐心地再等一段时间。"

乌龟把这番请求重复了两三遍，那两个折磨他的人不依不饶，只管辱骂他懒惰，说他依赖我们大家替他完成工作。这时，我们大多数人都放下画笔，聚拢过来。我记得，当那两个人开始用特别难听的话辱骂乌龟，我看到别的同事只是饶有兴趣地袖手旁观时，我上前一步，说道：

"够了，你们难道看不出来，你们是在跟一个有艺德的人说话吗？如果一位画家不肯为了速度而牺牲质量，那是值得我们大家尊敬的。如果你们看不到这点，那真是瞎了眼睛。"

当然啦，这已经是许多年前的事了，我不敢保证那天上午我真的是这么说的。但我确实站在乌龟一边说了诸如此类的话，这点我可以肯定。因为我至今清楚地记得，乌龟转向我时，脸上那种感激和宽慰的神情，以及在场的其他人惊愕的目光。我在同事们中间颇受尊敬——我的工作无论是质量还是数量都无可挑剔——我相信由于我的干预，结束了乌龟所受的折磨，至少那天上午如此。

你也许认为，我拿这样一件小事大做文章，有点过分。毕竟，我替乌龟辩护时所说的观点，似乎是很浅显的——任何一个尊重严肃艺术的人都会时时刻刻这么想。但是我们必须记住当时竹田大师公司的风气——以及我们大家的情绪，每个人都在跟时间赛跑，为了保住公司来之不易的名声。大家心里很清楚，我们替人画的那些东西——艺伎，樱桃树，游动的鲤鱼，庙宇——主要为了运出去让外国人看着有“日本味儿”，至于具体的风格和细节，基本上没人注意。因此，如果我说我那天的行为显示了我日后大受尊敬的品质，倒也不是过分夸张。这种品质就是不管周围的人怎么想，都要有自己的思考和判断。有一点不可否认，那天上午只有我一个人站出来为乌龟说话。

乌龟感谢了我的挺身而出以及我后来对他的一些帮助，但那时候工作节奏太快，过了一段时间之后，我才得以跟他亲密地长谈。事实上，我相信是我刚才所述的那件事发生的近两个月后，我们疯狂的工作日程才终于有了点空当。我在多摩川庙宇的场院上溜达，我只要有点空闲经常这么做。突然，我看见乌龟坐在阳光下的一张凳子上，似乎睡着了。

我对多摩川的场院一直情有独钟，我也同意今天的那些篱笆和一排排树木确实有助于营造一种与庙宇相符的气氛。但是，如今我每次去那里，都发现自己很怀念昔日的多摩川场院。当时没有这些篱笆和树木，场院似乎更加开阔，充满生机。在那一大片绿色的草地上，可以看见零零星星的卖糖果和气球的小摊，以及变魔术和玩杂耍的即兴演出。我还记得，如果你想照相，去多摩川场院再合适不过，因为走不了多远就会看见一个摄影师，跟三脚架和黑斗篷一起挤在他的小摊位里。我在那里发现乌龟的那个下午，是初春的一个星期天，到处都是家长领着孩子。我走过去，坐在他身边，他一下子惊醒了。

“哎呀，小野君！”他喊了一声，顿时满脸放光。“今天能看见您真是好运气。哎呀，就在刚才我还跟自己念叨，如果我有一点闲钱，就给小野君买一样东西，感谢他这样善待我。可是，我现在只买得起便宜的东西，那样就太不恭敬了。所以，小野君，请让我暂时发自内心地感谢您为我所做的一切吧。”

“我没做什么，”我说，“我只是有几次说了心里话，仅此而已。”

“可是，说实在的，小野君，像您这样的人太少了。能跟这样的人一起共事真是三生有幸。不管我们今后怎样分道扬镳，我都会永远铭记您的好意。”

我记得我听了一会儿他对我勇气和美德的称赞，然后我说：“这段时间我总想跟你谈谈。知道吗，我一直思前想后，我考虑在不久的将来离开竹田大师。”

乌龟惊愕地看着我。然后，他滑稽地看了看周围，似乎担心我的话被人偷听了。

“我很幸运，”我继续说道，“我的作品引起了画家和版画复制师森山诚二的兴趣。你肯定听说过他吧？”

乌龟仍然盯着我，摇了摇头。

“森山先生，”我说，“是一位真正的艺术家。很可能还是一位伟大的艺术家。我真是非常幸运，能够得到他的赏识和忠告。其实，是他认为我留在竹田大师这里会对我的天赋造成无法弥补的伤害，他邀请我去做他的学生。”

“是吗？”乌龟谨慎地说。

“知道吗，刚才我在公园里溜达时，心里这么想：‘不用说，森山先生的想法完全正确。那些做粗活的愿意在竹田大师手下当牛做马，混口饭吃，就随他们去吧。我们这些真正有雄心壮志的人，必须另寻出路。’”

说到这里，我意味深长地看了乌龟一眼。他还是那样瞪着我，脸上出现了一种困惑不解的表情。

“恕我冒昧，我跟森山先生提到了你，”我对他说，“实际上，我说我认为你在我目前的同事中间是个例外。在他们中，只有你是真正有天赋，有艺术追求的。”

“哎呀，小野君”——他笑了起来——“您怎么能这么说呢？我知道您是一片好意，可是这话太过奖了。”

“我已经决定接受森山先生的诚意邀请，”我继续说道，“我劝你也让我把你的作品拿给他看看。如果运气好，说不定你也会被请去做他的学生呢。”

乌龟看着我，一脸痛苦的表情。

“可是，小野君，您在说什么呀？”他压低声音说。“竹田大师是因为我爸爸一位德高望重的熟人推荐才接受我的。说真的，虽然我有这样那样的毛病，但大师对我一直非常宽容。我怎么能只干了几个月就这样背信弃义，一走了之呢？”突然，乌龟似乎悟出自己话里的意思，赶紧找补道：“当然啦，小野君，我绝不是指您背信弃义。您的情况不一样。我绝没有……”他说不下去了，只是尴尬地赔笑。然后，他努力控制住自己，问道：“小野君，您真的要离开竹田大师吗？”

“在我看来，”我说，“竹田大师不配你我这样的人为他效忠。效忠不是白给的。效忠的内容太丰富了。经常有人口口声声说效忠，盲目地跟从别人。而我，不愿意这样度过我的生命。”

当然啦，那天下午我在多摩川庙宇里的原话可能并不是这样。我曾经多次讲述这不同寻常的一幕，说的次数一多，这个故事就开始具有自己的生命。但是，即使我那天没有这样简洁地向乌龟表达我的想法，我也可以断定刚才这番话确实准确表达了我在人生那个阶段的态度和决心。

顺便说一句，我后来不得不在一些地方反复讲述在竹田公司的那段日子，其中一个地方就是左右宫的那张桌旁。我的弟子们似乎都对我早年的经历特别感兴趣——也许因为他们本能地想知道老师在他们那个年纪在做什么吧。总之，在那些夜晚的聚会中，我在竹田大师手下的经历经常会被提出来。

“那并不是一段很糟糕的经历，”我记得自己又一次这样对他们说，“它教会了我许多重要的东西。”

“请原谅，先生”——我记得是黑田在桌上探着身子说——“我觉得很难相信，您所描述的那样一个地方，能教给一个艺术家什么有价值的东西呢？”

“是的，先生，”另一个声音说，“跟我说说那样一个地方能教给您什么吧。听上去那就像是一个做硬纸箱的作坊。”

左右宫的谈话总是这样。我跟某人谈话，其他人各自闲聊，一旦我被问到一个有趣的问题，他们便都停住自己的话头，围成一圈，眼巴巴地等着我回答。似乎他们自己闲聊时总是竖着一只耳朵，随时捕捉我可能传授的新知识。这并不是说他们不加辨别、全盘接受，恰恰相反，他们都是一些聪明的年轻人，我若没有经过深思熟虑，是不敢轻易开口的。

“在竹田那里，”我对他们说，“我学到了人生早年的重要一课。尊重老师是没有错的，但是一定要勇于挑战权威。在竹田的经历告诉我，永远不要盲目从众，而要认真考虑自己被推往哪个方向。如果说有一件事是我鼓励你们大家去做的，那就是永远不要随波逐流。要超越我们周围那些低级和颓废的影响，在过去的十年、十五年里，它们大大削弱了我们民族的精魂。”毫无疑问，我喝得有点微醉，在那里夸夸其谈了，但酒馆角落的那张桌旁的谈话经常是这样。

“是的，先生，”有人说，“我们一定都牢记在心。我们一定努力不随波逐流。”

“我认为，我们这张桌旁的人，”我继续说道，“有权利为自己感到骄傲。怪诞和浮华曾在我们周围盛行。如今，日本终于出现了一种更为阳刚的精神，而你们都是其中的一分子。实际上，我希望你们会成为新精神的先锋而得到承认。是的”——这时，我已经不只是对桌旁的人说话，而是对周围的所有听众演讲了——“我们大家聚集的这个酒馆，就是这种新精神的见证，我们在座的各位都有权利感到自豪。”

经常，随着酒越喝越热闹，外面的人也会聚集在我们桌子周围，参加我们的辩论和讲话，或只是在一旁倾听，感受这种氛围。一般来说，我的弟子还是愿意让陌生人旁听的，当然啦，如果受到无聊之徒的骚扰，或者某人的观点实在可憎，他们也会很快把他排挤出去。虽然大家吵吵嚷嚷、演讲发言直到深夜，但左右宫里很少发生真正的争吵。我们经常光顾那里的人，都被同一种基本精神团结在一起。也就是说，这个酒馆正如古川当时所希望的那样，代表了某种美好的东西，酒馆里的人可以因自豪和尊严而沉醉。

这个家里的什么地方有一张黑田的画作。黑田是我的弟子中最有天分的，作品描绘的是左右宫里的这样一个夜晚。标题是“爱国精神”。看到这样的标题，你大概以为画面上是行进的士兵或诸如此类的东西。其实，黑田的观点是：爱国精神植根于很深的地方，在我们每个人的日常生活中，取决于我们在哪里喝酒、跟什么人交往。这是他对左右宫精神的贡献——因为他当时对此深信不疑。这是一幅油画，画面上有几张桌子，在很大程度上吸收了左右宫的色彩和装潢——最引人注目的是二楼阳台栏杆上悬挂的爱国旗帜和标语。旗帜下面，客人们聚在桌旁谈话，在前面最显著的地方是一个身穿和服的女侍者端着酒水匆匆走来。这是一幅很精彩的画作，惟妙惟肖地刻画了左右宫里那种喧闹同时又值得尊敬和骄傲的氛围。今天，每当我看到这幅画，仍然会感到一种满足感，想到我——凭着我在这个城里的一点威望——为这样一个地方的开张做出了我一点小小的贡献。

这些日子，晚上在川上夫人的酒吧里，我经常发现自己在回想左右宫，回想昔日的时光。因为，有时候川上夫人的酒吧只有我和绅太郎两位客人，我们一起坐在吧台旁那些低垂的灯盏下，免不了会产生怀旧的情绪。我们会开始谈论过去的某个人，谈到他能喝多少酒，或者他的某种滑稽的怪癖。很快，我们就努力让川上夫人回忆那个人，在启发她的过程中，我们发现又想起了关于那个人的越来越多的有趣事情。那天晚上，这样的回忆让我们开怀大笑一场之后，川上夫人说："哎呀，我想不起这个名字了，但要看见他的脸我肯定能认出来。"她在这种场合经常这么说。

"说实在的，欧巴桑，"我回忆着说，"他其实从来没有光顾这里。他总是在马路对面喝酒。"

"噢，对了，在那个大酒馆。不过，如果看见他，我还是能认出来的。不过谁知道呢？人的变化太大了。我经常在马路上看见一个人，以为自己认识呢，就想上前去打招呼。可是再一看，心里又没把握了。"

"哎呀，欧巴桑，"绅太郎插嘴说，"那天，我在马路上跟一个人打招呼，以为他是我以前认识的人。可是那人好像把我当成了疯子。他没有理我就走开了！"

绅太郎似乎觉得这是一个有趣的故事，说完就大笑起来。川上夫人也面露微笑，但没有跟他一起放声大笑。然后她转向我，说道：

"先生，你必须去劝说你那些朋友再来光顾这个地方。实际上，每次我们看见一张过去认识的熟悉面孔，就应该拦住他，叫他到这个小酒馆来。那样，我们说不定就能重建昔日的繁华了。"

"这可真是个好主意，欧巴桑，"我说，"我会尽量记住这么做的。我会在大马路上拦住别人，说：'我记得我过去认识你。你曾是我们这个地区的常客。你大概以为过去的一切都消失了，其实你错了。川上夫人还在，跟以前一样，一切都在慢慢地重新恢复。'"

"没错，先生，"川上夫人说，"你就跟他们说，他们会错过机会的。那时候生意就开始兴隆了。而且，先生也有责任把过去那些人再召集起来。在这里，大家总是把先生当成天然的领袖呢。"

"说得好，欧巴桑，"绅太郎说，"古时候，如果一个将军的士兵在一场战役后失散了，他会很快把他们重新召集到一起。先生也差不多是这个地位。"

"胡说什么呀。"我大笑着说。

"是这样的，先生，"川上夫人继续说道，"你重新找到那些老人，把他们叫回来。然后，过一阵子，我就把隔壁的房子也盘下来，开一个像过去那样的大酒馆。跟过去的大酒馆一模一样。"

"是的，先生，"绅太郎还在那里说着，"将军必须把他的人重新召集起来。"

"这个想法很有趣，欧巴桑，"我说，"你知道吗，左右宫曾经也是个很小的地方。比这间酒馆大不了多少。我们逐渐地就把它变成了后来的规模。是啊，也许我们只需如法炮制，让你这个地方也兴隆起来。现在局势稳定一些了，那些顾客会回来的。"

"你可以把你所有的画家朋友都带回来，先生，"川上夫人说，"过不了多久，报社那些人也就都跟来了。"

"多么有趣的想法。我们倒是可能促成这件事。只是我担心，欧巴桑，你恐怕应付不了这样大的一个酒馆。我们可不想让你过分劳累啊。"

"胡说，"川上夫人说，做出一副嗔怒的样子，"只要先生赶紧去做他分内的事，你们就会看到这里的一切都会料理得井井有条。"

最近我们总是一遍遍地重复这样的谈话。谁说过去的逍遥地不会再回来？我和川上夫人这样的人，可能是把这件事当成玩笑来说，但是在我们说说笑笑的背后，隐隐地有一种严肃的乐观情绪。"将军必须把他的人召集回来。"也许他确实应该这么做。也许，等仙子彻底有了归宿之后，我就会开始认真考虑川上夫人的计划。

我想，我这里应该提一句，战争结束后我只见过我以前的门徒黑田一次。很偶然的，在一个雨天的早晨，在占领后的第一年——左右宫和其他那些建筑物都还没有被摧毁。我步行去某个地方，正好路过昔日逍遥地的废墟，我从雨伞下面注视着那些断壁残垣。我记得那天有许多工人在周围闲逛，所以一开始我并没有留意站在那里看着一座被烧毁的楼房的那个身影。后来快要走过时，我才意识到那个人已经转过身来，正注视着我。我停住脚步，转过头，透过伞上滴滴答答的雨水，赫然看见黑田面无表情地望着我，我内心顿时一种异样的震惊。

黑田打着伞，没戴帽子，穿着一件深色的雨衣。他身后被烧焦的楼房正在滴水，残缺不全的排水管正在把大量的雨水泼溅在离他不远的地方。我记得一辆卡车在我们俩之间驶过，车上全是建筑工人。接着，我注意到他的雨伞断了一根钢条，使更多的雨水溅在他的脚边。

战前，黑田的脸圆乎乎的，现在却颧骨高凸，腮帮子都瘪了进去，下巴上和脖子里出现了深深的纹路。我站在那里就想："他已经不再年轻了。"

他轻轻地转了转头。我不知道他是想鞠躬，还是调整一下脑袋，躲开破伞溅下来的雨水。然后，他一转身，朝另一方向走去了。

但是我在这里并不想细说黑田的事。实际上，如果不是上个月在电车上跟佐藤博士偶然相遇，意外地提到他的名字，我根本不会想到他的。

那天下午，我终于带一郎去看他的怪兽电影——前一天因为仙子的固执，我们没有去成。我和外孙是自己去的，仙子不肯看电影，节子又一次主动提出留在家里。当然啦，仙子觉得这电影太幼稚了，但是一郎却对女人的行为有自己的解释。那天我们坐下来吃午饭时，他还在说：

“仙子小姨和妈妈不去了。这电影对女人来说太恐怖了。她们会被吓坏的，是不是这样，外公？”

“是的，我想你说得对，一郎。”

“她们肯定会被吓坏的。仙子小姨，你害怕了，不敢去看电影，是不是？”

“哦，是的。”仙子说着，做出害怕的样子。

“就连外公也害怕了。你看，就连外公也害怕了。他还是个男人呢。”

那天下午，我站在门口准备出发去看电影，目睹了一郎和他母亲之间的奇怪一幕。节子在给一郎系鞋带，我却看见一郎不停地想对她说些什么。每次节子说：“你说什么，一郎，我听不见。”他就气呼呼地瞪着眼睛，然后飞快地扫我一眼，看我有没有听见。最后，鞋带终于系好了，节子弯下腰，让一郎对着她的耳朵说。然后她点点头，回屋里去了。片刻之后拿着一件雨衣出来，叠得好好的交给一郎。

“不太可能下雨。”我望着前门外面，说道。确实，户外阳光灿烂。

“没关系，”节子说，“一郎愿意带着雨衣。”

他这么坚持要带雨衣，使我感到费解。我们来到阳光下，下山朝车站走去，这时我看见一郎走起路来摇摇摆摆的——似乎挂在胳膊上的那件雨衣把他变成了亨弗莱·鲍嘉[①]那样的人。于是我想，他大概是想模仿他的某本漫画书上的英雄吧。

大概快要走到山脚下时，一郎突然大声说道：“外公，你以前是个有名的画家。”

“我想是的，一郎。”

---

① 好莱坞银幕硬汉。

“我叫仙子小姨把外公的画拿给我看看。可是她不肯。”

“唔。它们暂时都收起来了。”

“仙子小姨不听话，是不是，外公？我叫她把外公的画拿给我看，她为什么不拿给我看？”

我笑了起来，说道：“我不知道，一郎。也许她忙着做别的事情吧。”

“她不听话。”

我又笑了一声，说：“我想是的，一郎。”

从我们家走到车站要十分钟。先下山走到河边，再顺着新修的水泥堤坝往前走，往北的新干道就在新的住房小区的那头跟公路汇合。上个月那个阳光灿烂的下午，我和外孙乘车到市中心去，途中我们遇到了佐藤博士。

我意识到我还没有怎么谈到佐藤一家，其长子就是目前正跟仙子商议婚事的年轻人。总的来说，佐藤一家跟去年三宅家的人完全不同。当然，三宅一家是正经体面的人，但说句公道话，他们不能被称为有名望的家族，而佐藤一家，毫不夸张地说，当属名门望族。尽管我和佐藤博士以前并不很熟，但我对他在艺术界的活动一向并不陌生，许多年来，每逢在路上遇见，我们总要彬彬有礼地问候几句，以表示知道对方的名气。然而，当我们上个月相遇时，情况自然就不一样了。

电车一直要过了古平站对面河上的金属桥才会变得拥挤，因此，佐藤博士在我们后一站上车时，在我们旁边找到了一个空座位。不可避免地，我们的谈话一开始有点尴尬，因为婚事刚刚开始商议，正处于微妙的阶段，拿出来公开谈论似乎还不合适，而如果假装没这回事，未免又有点可笑。最后，我们都开始夸赞“我们共同的朋友京先生”的功绩——他是这桩婚事的牵线人——然后佐藤博士微笑着说：“但愿他的努力能使我们很快再次相见。”关于这件事，我们也只能说到这个份儿上了。我忍不住注意到，佐藤先生面对有些尴尬的局面镇定自若，而三宅一家去年从头到尾处理事情都那么不得体，这其中的差别太明显了。不管最后的结果如何，跟佐藤家这样的人打交道，使人心里感到很踏实。

我们主要谈论一些无关紧要的小事。佐藤先生的态度和蔼可亲，他探过身来问一郎出来高不高兴，又问我们要去看什么电影，我的外孙跟他说话一点也不拘束。

“真是好孩子。”佐藤博士赞赏地对我说。

就在佐藤博士快要到站的时候——他已经把帽子又戴上了——他突然说道：“我们还有一位共同的熟人呢，他叫黑田先生。”

我看着他，感到有点吃惊。“黑田先生，”我说，“啊，肯定是我以前收作门徒的那个年轻人了。”

“没错。我最近见过他，他碰巧提到您的名字。”

“是吗？我已经有一段时间没见到他了。从战争之前就一直没见到。黑田先生最近怎么样？他在做什么？”

“我相信他准备在新的上町学院担任一个职位，教美术课。所以我才碰到了他。学院好意请我去给他们做就业指导。”

“啊，那么您跟黑田先生并不熟悉。”

“是啊，但我估计今后能经常见到他。”

“是吗？”我说。“这么说黑田先生还记得我，真难为他了。”

“是啊，没错。我们在谈论一件事的时候他提到了您的名字。我还没有机会跟他长聊。如果我再看到他，会告诉他我见到了您。”

“啊，那是。”

电车正在驶过金属桥，车轮发出哐啷哐啷的巨大噪音。一郎一直跪在座位上看窗外的风景，这时指着下面水里的什么东西。佐藤先生转脸去看，又跟一郎交谈了几句，看他的车站要到了，便站起身来。他又暗示了一下“京先生的努力”，便鞠一个躬，下车去了。

像往常一样，过了桥的那一站上车的人很多，我们坐在车上就不太舒服了。后来，在电影院门前下车时，我一眼就看见那张海报很醒目地贴在入口处。外孙两天前画的那张草图还是挺像的，只是海报上没有火。一郎记得的其实是那些撞击的线条——很像一道道的闪电——画家以此来强调蜥蜴巨怪的凶猛。

一郎走到海报前，高声大笑起来。

“一眼就看得出来是人造的怪兽，”他指着说，“谁都看得出来。它是个假的。”说着又笑。

“一郎，不要这么高声地笑。大家都在看你呢。”

“可是我忍不住。这个怪兽太像假的了。谁会害怕这样的东西呢？”

我们在里面坐定，电影开始以后，我才发现了他那件雨衣的真正用途。电影放到十分钟时，我们听见阴森森的音乐，银幕上出现一个黑黢黢的山洞，里面迷雾缭绕。一郎轻声说：“没意思。等有趣的事情发生的时候，你告诉我好吗？”说着，他就把雨衣蒙在了头上。片刻之后，随着一声巨吼，蜥蜴巨怪从山洞里出来了。一郎用手一把抓住了我的胳膊，我看了他一眼，发现他的另一只手抓住雨衣，把脑袋蒙得紧紧的。

在看电影的整个过程中，那件雨衣几乎一直蒙在他头上。偶尔，我的胳膊被摇晃着，一个声音从雨衣下面传出来问道：“开始有意思了吗？”我就不得不小声给他描述银幕上的情景，最后雨衣好歹露出了一道小缝。不出几分钟——只要一有怪兽出现的迹象——那道小缝就会合上，他的声音就会说：“没意思。等有了好玩的东西，别忘了告诉我。”

回到家里，一郎却因看了电影而兴高采烈。“我从来没看过这么棒的电影。”他不住地说，我们坐下来吃晚饭时，他还在那里向我们发表评论。

“仙子小姨，我来告诉你下面是怎么回事好吗？可吓人了。要我告诉你吗？”

“我太害怕了，一郎，连饭都吃不下了。”仙子说。

“我警告你，后面还要更可怕呢。还想听我说吗？”

“哦，我不知道，一郎。你已经把我吓坏了。”

我本来不想在饭桌上提到佐藤博士，使话题变得严肃，可是要讲述这一天的经历，自然就会提到我们的见面。于是，一郎停住话头时，我就说：“顺便说一句，我们在车上碰到佐藤博士了。他正坐车去看什么人。”

听了我的话，两个女儿都停止吃饭，惊讶地看着我。

“但是我们没有说什么重要的事，”我轻轻笑了一声说，“其实就说了几句玩笑话。仅此而已。”

两个女儿看上去将信将疑，但又开始吃饭了。仙子扫了一眼姐姐，节子便说：“佐藤博士好吗？”

“看上去很好。”

我们默不作声地吃了一会儿。也许一郎又开始谈论电影了。总之，我过了一会儿才说：

“真奇怪，佐藤博士竟然见到了我以前的一个弟子。就是黑田。似乎黑田要在新的学院里任职了。”

我从碗边抬起目光，看见两个女儿又停了筷子。显然，她们刚才交换了目光，我又像上个月有几次那样明确感觉到她们议论过我的什么事。

那天晚上，我和两个女儿又坐在桌旁看报纸和杂志，突然房子里什么地方传来有节奏的重击声。仙子惊慌地抬起头，节子说：

“是一郎。他睡不着觉的时候就会这么做。”

“可怜的一郎，”仙子说，“他肯定会一直梦见怪兽。爸爸好坏，带他去看那样一部电影。”

“胡说，”我说，“他看得很开心。”

“我认为是爸爸自己想看，”仙子调皮地笑着对姐姐说，“可怜的一郎。被硬拽着去看了一部那么可怕的电影。”

节子一脸尴尬地转向我。“爸爸带一郎去看电影也是一片好意。”她喃喃地说。

“可一郎现在睡不着觉了，”仙子说，“带他去看那样的电影真是荒唐。不，节子，你呆着别动，我去。”

节子看着妹妹离开房间，然后说道：

“仙子对孩子真好啊。我们回家后，一郎会想她的。”

“是啊。”

“她总是对孩子这么好。爸爸，你还记得吗？她以前总是陪木下家的小孩子玩那些游戏。”

“是啊。”我笑着说。然后我补充道：“木下家的男孩子现在已经长大，不愿意过来玩了。”

“仙子总是对孩子这么好，”节子又说了一遍，“看到她这把年纪还没有出嫁，真让人难受。”

“是啊。对她来说，战争来得真不是时候。”

我们接着看报纸和杂志。过了一会儿，节子说：

“今天下午真巧啊，在车上遇到佐藤博士。他似乎是个很有风度的绅士。”

“没错。听别人说，他的儿子也没给父亲丢脸。”

“是吗？”节子说，若有所思。

我们继续看报纸和杂志。过了一会儿，女儿又一次打破了沉默。

“佐藤博士跟黑田先生熟悉吗？”

“只是有点认识，”我从报纸上抬起目光，说道，“他们好像在什么地方见过。”

“不知道黑田先生最近怎么样了。我记得他以前经常上这儿来，你们在客厅里一谈就是好几个小时。”

“我也不知道黑田的近况。”

“请原谅，可是我想，爸爸最近是不是应该去拜访一下黑田先生呢？”

“拜访他？”

“黑田先生。也许还有另一些类似的老熟人。”

“我好像不太明白你的意思，节子。”

“请原谅，我只是想建议爸爸，可能应该跟过去的某些熟人谈谈。也就是说，赶在佐藤家请的侦探之前。毕竟，我们不希望出现任何不必要的误解。”

“是的，我想也是。”我说，然后接着看报纸。

我相信我们没有继续谈论这件事。节子上个月住在这里时也没有再提这个话题。

昨天，我乘车去荒川，灿烂夺目的秋阳洒满整个车厢。我有一段时间没去荒川了——实际上，自从战争结束后就没有去过——我望着窗外，发现原本熟悉的景色有了许多变化。经过户阪和荣町时，我看见记忆中的那些小木屋间赫然耸立着一些砖结构的公寓楼。后来，车从南町的那些工厂后面驶过，我看见许多工厂变得十分破败。一个厂院又一个厂院，都乱糟糟地堆着破木头和波纹金属，有时候索性就是一片破砖碎瓦。

可是，当车开过河上的THK公司大桥后，气氛出现了戏剧性的变化。车在田野和丛林间穿行，不久，公路线尽头的延绵陡峭的山岭脚下便可看见荒川郊外的景色了。汽车非常缓慢地往山下开，然后停住，下车一看，脚下是扫得干干净净的人行道，心里顿时产生一种强烈的感觉，似乎自己已经远离尘嚣。

我听说荒川丝毫没有遭到轰炸袭击。确实，我昨天看到那里跟以前完全一样。在樱桃树的浓荫下往山上走了一段，我就来到了松田智众家，这里也几乎毫无变化。

松田家不像我家那么宽敞和有特色，它就是荒川典型的那种牢固、体面的房屋。独自耸立在那里，周围一圈木栅栏，跟邻居保持着恰到好处的距离。门口有一蓬杜鹃花，还有一根粗粗的柱子扎进地里，上面标着家族姓氏。我拉了门铃，一个我不认识的四十岁左右的女人过来应门。她把我领进客厅，拉开通向阳台的滑门，让阳光洒进来，使我瞥见了外面的花园。然后她离开了我，说："松田先生马上就来。"

我是住在森山诚二家别墅里时第一次见到松田的，我和乌龟离开竹田公司后就去了那里。实际上，当松田那天第一次到别墅来时，我在那里已经生活了大约六年。那天上午一直下雨，我们一群人就聚在一间屋里喝酒、打牌，消磨时间。午饭后不久，我们刚要再打开一大瓶酒，突然听见院子里有个陌生的声音在大叫大嚷。

那声音粗壮、果断，我们都沉默下来，紧张地面面相觑。因为我们脑海里都闪过同样的念头——是警察来找我们麻烦了。这当然是个完全没有根据的想法，我们并没有犯什么罪过。而且，如果在酒吧里聊天时有人对我们的生活方式提出质疑，我们任何一个人都会振振有词地把他驳回去。可是，此刻意外地听到那个果断的声音喊着"家里有人吗"，我们一下子却暴露了内心的负罪感，想到我们喝酒到深夜，经常一觉睡到中午，在一座衰败的别墅里过着毫无规律的生活。

过了一会儿，一个离纱门最近的同伴才打开了门，跟那个喊叫的人说了几句，然后转过身来说："小野，一位先生想跟你说话。"

我走到外面的阳台上，看见一个年纪跟我差不多大的面容消瘦的年轻人，站在宽敞的四方院子中央。我一直很清楚地记得跟松田的第一次见面。雨已经停了，太阳出来了。他周围是一个个水洼，还有从别墅上方那些雪松上落下来的湿漉漉的树叶。他的衣着太时髦，不可能是警察。外套裁剪得有型有款，竖着高领子，帽子歪斜在眼睛上，显出一副俏皮的样子。我出来时，他正饶有兴趣地打量着周围，不知怎的，虽然是第一次见到他，但松田那副神态却使我立刻知道他骨子里的那股傲气。他看见了我，便匆匆地朝阳台走来。

"小野先生？"

我问他有何贵干。他转过身，又朝院子里扫了一眼，然后微笑着抬头看我。

“一个有趣的地方。这里以前肯定是一座豪宅，属于一个大地主。”

“不错。”

“小野先生，我叫松田智众。实际上我们有过通信。我在冈田—武田协会工作。”

如今冈田—武田协会已经不存在了——是占领军的众多牺牲品之一——但你很可能听说过它，或至少听说过战前每年一次它举行的画展。那个时候，冈田—武田展览是本城绘画界和版画界涌现的艺术家们想要取得公众认可的主要渠道。这个展览名望很高，后来一些年里，本城的大多数一流画家都拿出自己的最新大作，跟那些新秀的作品放在一起展出。就在松田来访的那个下午的几个星期前，冈田—武田协会曾写信跟我谈到这个展览的事。

“您的回信勾起了我的好奇心，小野先生，”松田说，“所以我想登门拜访，弄清是怎么回事。”

我冷冷地看着他，说：“我相信我在回信里已经把话讲得很清楚了。不过，非常感谢您的来访。”

他眼睛周围隐约浮现出一点笑意。“小野先生，”他说，“在我看来，您正在放弃一个提升自己名望的重要机会。因此请您告诉我，您一再表示不愿跟我们发生关系，这是您本人的想法吗？还是您的老师替您做了这个决定？”

“我当然要征求老师的意见。我最近那封信里表达的决定是正确的，对此我深信不疑。非常感谢您拨冗来访，但是很遗憾，我现在正忙着，不能请您进来。就祝您一切顺利吧。”

“等一等，小野先生，”松田说，笑容里嘲讽的意味更明显了，“不瞒您说，我并不关心展览的事。有资格参展的人多得是。小野先生，我之所以上这儿来，是因为我想见见您。”

“是吗？真不敢当。”

“是的。我是想说，我看了您的作品很受触动。我相信您是很有天分的。”

“您过奖了。我无疑是多亏老师的精心调教。”

“那是那是。好了，小野先生，我们忘掉这个展览吧。请您理解，我并不是只在冈田—武田协会当一个办事员。我也是真正热爱艺术的。我也有我的信念和热情。每当发现某人具有令我兴奋的才华时，我就觉得一定要做点什么才好。我很愿意跟您交换一些想法，小野先生。这些想法您也许从未有过，而我慎重地认为，它们肯定对您作为一个艺术家的发展大有好处。我现在就不多占用您的时间了。请允许我至少留下我的名片吧。”

他从钱包里掏出名片，放在阳台的边缘，然后很快地鞠了一躬，转身离开。在院子里刚走到一半，他又转过身，大声对我说：“请认真考虑一下我的请求，小野先生。我只是希望跟您交换一些想法，仅此而已。”

那已经是近三十年前的事了，我们都还年轻，雄心勃勃。昨天，松田看上去判若两人。他身体欠佳，病病恹恹，原本帅气高傲的面孔如今也变了形，下巴耷拉着，好像跟脸的上半部脱了节。刚才前来应门的那个女人搀他进屋，扶他坐了下来。屋里只剩下了我们两个人时，松田看着我说：

“你倒好像还挺硬朗的。至于我嘛，你看得出来，自从上次见面之后，我是一天不如一天啊。”

我表达了同情，并说他看上去没有那么糟糕。

“别想骗我了，小野，”他笑着说，“我知道我是越来越不中用了。看来也没有什么办法了。我只能等着瞧，看我的身体是逐渐恢复呢，还是越来越糟。好了，别再说这些令人不快的话题了。你又能来看我真是令人惊喜。我们上次分手好像并不愉快。”

“是吗？我可并没有意识到我们吵架了。”

“当然没有。干吗要吵架呢？我很高兴你又来看我。从我们上次见面到现在，肯定有三年了。”

“我想是的。我不是故意躲着你。我一段时间以来一直想过来看你，但总是这个事那个事的……”

“当然当然，”他说，“你的事多。请你千万原谅我没能去参加美智子的葬礼。我本来想写信表达我的歉意的。事实上，我是几天以后才知道这件事的。后来，不用说了，我自己的身体……”

“当然，当然。其实，我相信铺张隆重的葬礼会让她感到不安。而且，她肯定知道你是一直牵挂着她的。”

“我还记得你和美智子当初走到一起的情景，”他笑着说，兀自点着头，“那天我可真为你高兴啊，小野。”

“是的，”我说着也笑了起来，“你实际上就是我们的媒人。你那个叔叔根本就办不了事。”

“没错，”松田笑微微地说，“你一说我都想起来了。他太不好意思了，一说点什么、做点什么，脸就涨得通红。你还记得那次在柳町饭店商量婚事吗？”

我们都大笑起来。然后我说：

“你为我们做了很多。我都怀疑，如果没有你，事情还能不能办成。美智子总是对你心怀感激。”

“真残酷啊，”松田叹着气说，“战争把一切都毁了。我听说是一次疯狂的突袭。”

“是的。别人几乎都没有受伤。就像你说的，真残酷啊。”

“对不起，我又勾起令人痛苦的事情来了。”

“没关系。跟你在一起回忆她也是一种安慰。我又想起了她过去的样子。”

“是的。”

女人端上了茶。她把托盘放下时，松田对她说：“铃木小姐，这是我的一位老同事。我们过去关系很好。”

她转向我，鞠了一躬。

“铃木小姐既是我的管家，又是我的护士，”松田说，“我现在还活着多亏了她。”

铃木小姐笑了一声，又鞠了一躬，离开了。

她走了之后，我和松田默默地坐在那里，都望着铃木小姐刚才打开的纱门外面。从我坐的地方，可以看见一双草鞋放在阳台上晾着。但是花园本身我看不见多少，一时间，我很想站起来，走到外面的阳台去。可是想到松田肯定想陪我出去，而他的身体又不允许，我便坐着没动，心里猜想花园是不是还跟过去一样。在我的记忆里，松田家的花园虽然不大，但布置得很有品位：地上铺着柔软的青苔，种着几棵形状优美的小树，还有一方深深的池塘。跟松田一起坐在那里，我偶尔听见外面传来泼溅的水声，我正要问他是不是养了鲤鱼，他却说话了：

“我刚才说，我现在活着多亏了铃木小姐，这一点也不夸张。她不止一次起了关键的作用。你知道的，小野，虽然时运不济，但我好歹还有一些积蓄和财产，因此还能雇得起她。别的一些人就没有这么幸运了。我算不上富裕，但如果我知道某个老同事有了难处，还是会尽量帮助的。毕竟，我没有孩子，把钱留给谁呢？”

我笑了一声。“你还是过去的那个松田。喜欢直截了当。谢谢你了，可是我来的目的不是这个。我也好歹积攒了一些财产。”

“啊，这使我很高兴。你还记得中根吧？就是南帝国学院的校长？我还经常见到他。这些日子，他过得比乞丐强不了多少。当然啦，他表面上还撑着，实际上全靠借钱过活。”

“真可怕。”

“发生了一些很不公正的事情，”松田说，“不过，我们好歹保住了自己的财产。小野，你就更有理由庆幸了。你看上去还保住了你的健康呢。”

“是的，”我说，“我确实有很多理由庆幸。”

外面的池塘里又传来了泼溅的水声，我想可能是小鸟在水边戏水。

“你花园的声音跟我那里很不一样，”我说，“只要听声音，我就知道我们是在城外。”

“是吗？我都不记得城市的声音是什么样的了。最近几年，我的世界就只有这么大。这座房子和这座花园。”

“实际上，我确实是来请你帮忙的。但不是你刚才暗示的那件事。”

“看得出来你不高兴了，”他点着头说，“还是过去的老样子。”

我们都笑了起来。然后他说：“那么，我有什么可以效劳的呢？”

“是这样的，”我说，“小女仙子，目前正在谈论婚事。”

“是吗？”

“不瞒你说，我有点替她担心。她已经二十六岁了。战争把她给耽误了。不然，她这会儿肯定早就嫁人了。”

“我还记得仙子小姐。那时候她还是个小姑娘。一眨眼都二十六岁了。正像你说的，战争把事情都耽误了，甚至把大好的前程都耽误了。”

“她去年差点儿就结婚了，”我说，“可是到了最后一刻，婚事没有谈成。既然聊到这个话题，我倒想问一句，去年有没有人为仙子的事来找你？我没有冒昧的意思，只是……”

“一点也不冒昧，我完全理解。可是，没有，我没跟任何人说过话。去年的这个时候我病得很重。即使有侦探来找，铃木小姐也肯定会把他打发走的。”

我点点头，然后说道：“今年也许会有人来拜访你。”

“哦？那好，我肯定只会说你的好话。毕竟，我们曾经是很好的同事。”

“太感谢了。”

“你来看我让我很高兴，”他说，“不过牵涉到仙子小姐的婚事，这是完全没有必要的。也许我们分手的时候不是很愉快，但那样的事不应该成为我们之间的障碍。不用说，我肯定只会说你的好话。”

“对此我没有怀疑，”我说，“你一向是个宽厚仁慈的人。”

“不过，如果这件事让我们俩又聚到一起，我倒也蛮高兴。”

松田费力地探过身，开始给我们的茶杯里添水。“原谅我，小野，”他最后说道，“我觉得你好像还有什么心事。”

“是吗？”

“请原谅我这样冒昧地追问，但是铃木小姐很快就会进来，警告我应该回去休息了。恐怕我不能陪客人多呆，哪怕是过去的老同事。”

“当然，非常抱歉，我真是太不周到了。”

“别说傻话，小野。你暂时还不用离开。我的意思是，如果你有什么要紧的话想说就赶紧说吧。”突然，他放声大笑起来，说道：“天哪，你好像被我的无礼吓呆了。”

“没有没有。是我太不周到了。不过，事实上我只是来谈论我女儿的婚事的。”

“明白了。”

“不过，”我继续说，“我原本想把一些可能出现的情况都提一下。你知道，目前的婚事调查可能会比较微妙。希望你到时候谨慎地回答那些询问，我将感激不尽。”

“没问题。”他望着我，眼睛里闪过一丝笑意。“极度谨慎。”

“特别是，跟过去有关的事。”

“我已经说过了，”松田说，口气变得有点冷淡，“关于你的过去，我只会说好话的。”

“当然。”

松田继续看了我一会儿，然后叹了口气。

“这三年里，我几乎没有走出这座房子，”他说，“但我们国家发生的事情我还是有所耳闻。我意识到，如今那些人因为你我这样的人过去引以自豪的事情而谴责我们。我猜想你就是为这个而担心，小野。你大概认为，我赞扬你的那些话其实正是最好被人忘记的。”

“不是这样，”我赶紧说道，“你我都有许多值得骄傲的东西。不过牵涉到谈婚论嫁，还是应该谨慎行事。你让我放心了。我知道你会像过去一样公正地做出你的评价。”

“我会尽力的，”松田说，“不过，小野，有些事情我们应该引以自豪。千万别在意如今的人怎么说。过不了多久，也许再过几年，我们这样的人就能因为我们过去的努力而昂首挺胸。我只希望我能活着看到那一天。我希望看到我毕生的努力得到承认。”

“当然，我也是同样感受。至于婚事……”

“不用担心，”松田打断了我的话，“我会尽力谨慎回答的。”

我鞠了一躬。沉默了一会儿，他说道：

“小野，如果你对过去有这份担心，是不是最近一直在拜访以前的其他熟人？”

“实际上，你是我拜访的第一个。我们过去的老朋友，现在许多都不知道在哪里了。”

“黑田呢？我听说他就住在城里。”

“是吗？我一直没有跟他联系，自从……自从战争开始之后。”

“如果担心仙子小姐的终身大事，恐怕最好把黑田找出来，不管有多么费事。”

“是的。只是我不知道他在哪里。”

“明白了。但愿他们的侦探也跟我们一样找不到他。不过，有时候那些侦探是很有办法的。”

“是的。”

“小野，你的脸色真难看。你刚进来的时候看上去那么健康。这就是跟一个病人呆在一间屋里的结果。”

我笑了，说：“才不是呢。只是孩子的事确实让人操心。”

松田又叹了口气，说：“有时候别人对我说，我这辈子过得挺亏，没有结婚，没有孩子。可是我看看周围，似乎生孩子除了操心没有别的。”

“事实差不多就是这样。”

“不过，”他说，“想到可以把财产留给孩子，倒也是一个安慰。”

“是啊。”

几分钟后，正如松田预言的，铃木小姐进来了，对他说了几句话。松田无奈地笑着对我说：

“我的护士来接我了。当然啦，欢迎你留在这里，想呆多久就呆多久。请原谅我失陪了，小野。”

后来，我在终点站等汽车把我送上山、送回城时，想到松田的保证，“关于你的过去，我只会说好话的”，我内心感到一阵宽慰。其实，就算我不去登门拜访，我也有理由相信他会这么做。但是跟老同事重新建立联系总是好的。总之，昨天的荒川一行还是很有收获。

一九四九年四月

一星期有三四个晚上，我仍然发现自己顺着那条小路，下山走到河边和那座小木桥，战前就住在这里的一些人依旧管那座桥叫“犹疑桥”。我们之所以还这么叫它，是因为就在不久之前，过了桥就进入了我们的逍遥地，你会看见那些所谓良心不安的人在那里犹豫不决地徘徊，不知道是寻欢作乐地度过一晚上呢，还是回家去陪老婆。不过，如果有时候看到我站在那座桥上，若有所思地倚着栏杆，我可不是在那儿犹豫。我只是喜欢在太阳落山时站在那里欣赏景色，观察周围正在发生的变化。

在我刚才过来的山脚下，已经出现了一簇簇新的楼房。顺着河岸往前看，一年前只有杂草和烂泥的地方，如今市政公司正在建设公寓楼，将来给员工们住。但是公寓楼离竣工还早着呢，太阳沉落到河面时，你会把工地当成城里某些地区仍能看见的轰炸后的废墟。

不过这样的废墟每星期都在减少。如今要想见到大片的废墟，大概要往北一直走到若宫区，或者去主街和春日町之间遭受轰炸最严重的地方。而我相信仅在一年以前，轰炸的废墟还是这个城里一种常见的风景，到处都是。比如，犹疑桥过去的那片地方——曾经是我们的逍遥地的所在——就在去年这个时候还是一片残砖碎瓦。现在每天都在施工，日新月异。川上夫人的酒馆外面，以前是寻欢作乐的人们摩肩接踵，现在正在建造一条宽宽的水泥马路，路的两边已经打好了一排排大型办公楼的地基。

不久前的一天晚上，川上夫人告诉我，市政公司提出花大价钱买下她的酒馆，其实我早就想到她早晚有一天会停业搬走的。

“我不知道该怎么办，”她对我说，“在这里呆了这么长时间，冷不丁走了心里真难受。我昨天夜里一直想着这件事没合眼。我对自己说，现在绅太郎也不来了，我只剩下先生这一个靠得住的主顾。我真的不知道该怎么办了。”

这些日子我确实成了她唯一的主顾。自从去年冬天发生了那件小事之后，绅太郎就没有在川上夫人的酒馆露过面——无疑是没有勇气来见我。这对川上夫人来说是够倒霉的，因为她跟这件事一点关系也没有。

那是去年冬天的一个晚上，我们像往常一样一起喝酒，绅太郎第一次向我提到他希望在一所新办的中学谋到一份教职。然后他继续向我透露，他实际上已经申请了几个这样的职位。绅太郎这么多年都是我的弟子，这样的事情自然没有理由不来征求我的意见。我完全明白，如今别的人——如他的雇主——在这类事上做他的担保人要合适得多。不过我承认，当我得知他竟然并没有征求我的意见就去申请教职时，还是觉得有点意外。去年冬天，新年过后不久的一天，绅太郎来访，我发现他站在我家门口，局促不安地吃吃发笑：“先生，我这样来叨扰您真是太失礼了。”我当时有一种类似如释重负的感觉，似乎事情正在回到更加熟悉的轨道上来。

在客厅里，我点了一个火盆，我们都坐在旁边烘手。我注意到绅太郎没有脱掉的外衣上有雪花在融化，便问他：

“又下雪了吗？”

“下得不大，先生。不像今天早晨那样。”

“很抱歉这屋里很冷。恐怕是家里最冷的屋子了。”

“没关系，先生。我自己屋里还要冷得多呢。”他愉快地微笑着，在炭火上搓着自己的双手。“能这样款待我已经太感谢了。先生这么多年一直很照顾我。先生对我的帮助，我真是数也数不完的。”

“哪里哪里，绅太郎。实际上，我有时候觉得我过去对你有些怠慢呢。虽然时间过去了那么久，但如果我有什么办法可以弥补我的疏忽的，请尽管告诉我。”

绅太郎笑了几声，继续搓着双手。“哎呀，先生，您这是说到哪里去了。我永远也数不尽先生对我的恩典。”

我注视了他一会儿，然后说道：“那么告诉我，绅太郎，我能为你做些什么呢？”

他神色惊讶地抬起头，又笑了几声。

“请原谅，先生。我在这里太舒服了，把我来这里叨扰您的目的都忘光了。”

他对我说，他很有希望得到他申请的东町中学的教职。据可靠消息，他相信对方很看好他。

“可是，先生，似乎有那么一两点，委员会好像仍然有些不大满意。”

“哦？”

“是的，先生。也许我应该实话实说。我提到的这一两点，是跟过去有关。”

“过去？”

“是的，先生。”说到这里，绅太郎不自然地笑了一声。然后，他鼓足勇气继续说道：“您必须知道，先生，我对您高山仰止。我从先生这里学到了这么多东西，我会继续为我跟先生的关系而感到骄傲。”

我点点头，等他往下说。

“是这样的，先生，如果您能亲自给委员会写一封信，证实一下我所说的某些话，我将感激不尽。”

“是什么话呢，绅太郎。”

绅太郎又吃吃笑了几声，然后又把双手拢到火盆上。

“只是为了让委员会满意，先生。没有别的。您可能记得，先生，我们曾经有过意见分歧。关于我在中国危机时候的作品。”

“中国危机？我好像不记得我们有过争吵，绅太郎。”

“请原谅，先生，也许我说得夸张了。绝对没有到争吵那么严重的程度。但我确实鲁莽地表达过自己的不同意见。也就是说，我反对过您对我作品的建议。”

“请原谅，绅太郎，我不记得你说的是什么事了。”

“这样的区区小事，自然不会留在先生的记忆里了。可是，在这个节骨眼儿上，这件事对我很重要呢。也许我提醒一下您就会想起来，我们那天晚上的聚会，庆祝小川先生订婚的聚会。就是那天晚上——我记得是在神原饭店——我大概有点喝高了，就不管不顾地表达了我对您的看法。”

“我对那天晚上的事依稀有点印象，但很难说记得多么清楚。可是，绅太郎，那样一点小小的分歧跟今天的事有什么关系呢？”

“请原谅，先生，是这样的，这件事有点非同小可。委员会必须把一些细节弄清楚。毕竟，还得让美国官方满意……”绅太郎不安地停住话头。然后又说：“我请求您，先生，仔细回想一下那天的小分歧。我当时虽然对于跟您学到那么多东西心怀感激——现在也是——但实际上，我并不总是赞同您的观点。是的，我可以并不夸张地说，我对当时我们学校的立场方向是有很强的保留意见的。比如，您也许还记得，虽然我最终听从您的指导画了中国危机的海报，但我心存怀疑，而且向您表明了我的想法。”

“中国危机的海报，”我思忖着说，“是的，我想起了你的海报。当时国家处于紧要关头，应该停止犹豫，做出决策了。据我回忆，你画得很好，我们都为你的作品感到骄傲。”

“可是您也该记得，先生，我对您希望我画的作品一直疑虑重重。您仔细想想，那天晚上我在神原饭店公开表达了我的不同意见。请原谅，先生，拿这样一件小事来麻烦您。”

我记得自己沉默了一会儿。在这期间我肯定是站了起来，因为我记得接下来说话时我已经站在了屋子的另一头，在阳台的纱门前。

“你希望我给你的委员会写一封信，”我最后说道，“证明你没有受我影响。这就是你的请求。”

“不是那样的，先生。您误会了。能跟您的大名连在一起，我只有骄傲的份儿。只是关于中国危机海报的那件事，如果能让委员会相信……”

他又没有把话说完。我把纱门拉开一道细细的缝。凉风吹进了屋里，但我似乎并不介意。我从缝隙里越过阳台望着外面的花园。雪花慢慢地飘落。

“绅太郎，”我说，“你为什么不能勇敢地面对过去呢？当时你的海报活动使你名声大噪。赢得许多荣誉和称赞。也许当今世界对你的作品有不同的观点，但你不需要用谎言替自己开脱。”

“是的，先生，”绅太郎说，“我同意您的观点。可是回到手边的这件事上，如果您能就中国危机海报的事给委员会写封信，那我真是感激不尽了。实际上，我已经把委员会主席的姓名地址都拿来了。”

“绅太郎，请听我说。”

“先生，无论从哪方面来说，我对您的教诲和栽培都一直心怀感激。但是目前，我正处于事业的关键阶段。如果退休了，自然可以静思冥想。可是我生活在一个纷扰的世界上，要想得到这个职位，有一两件事我必须处理好，其实从别的方面来说这个职位已经是我的了。先生，我请求您，考虑考虑我的处境吧。”

我没有回答，只是继续望着雪花静静地在我的花园飘落。身后，我听见绅太郎站了起来。

“这是姓名和地址，先生。如果可以的话，我就把它们留在这儿了。希望您有空的时候考虑考虑这件事，我实在是感激不尽。”

静默了片刻，我猜想他是等在那里，看我是不是回过身，让他不失体面地告辞。我继续凝望着我的花园。雪花虽然不停地飘落，但并没有在花草树枝上堆积。就在我注视的当儿，一股微风吹来，摇动了一根枫树枝，把大部分雪花都抖落下来。只有花园后面那盏石灯的顶上积了一层厚厚的白色。

我听见绅太郎说了声对不起，离开了房间。

也许，我那天对绅太郎有点过于苛刻了。但是，你如果知道了他来访几个星期前发生的事，就肯定能够理解我为什么对他想逃避责任的做法这样缺乏同情了。实际上，绅太郎来访正是在仙子相亲的几天之后。

整个去年秋天，仙子跟佐藤大郎的婚事进展得还算顺利。十月份时交换了照片，我们通过中间人京先生得知，那个年轻人很想跟仙子见面。仙子，当然啦，假装要考虑考虑，但那个时候，显然我女儿——已经芳龄二十六——经不起轻易错过佐藤大郎这样的对象了。

于是我告诉京先生我们同意相亲，最后大家敲定了十一月的一个日子，地点在春日公园饭店。你大概也认为春日公园饭店这些日子变得有些粗俗，因此我对这个选择有点不满意。可是京先生向我保证，到时候会定一个包间，并且说佐藤家的人很喜欢那里的饭菜，最后我也就同意了，虽然并没有什么热情。

京先生还说，未来的新郎一家把这次相亲看得很重——他的父母和弟弟都打算出席。他建议说，如果我们带一个亲戚或朋友去给仙子壮壮胆，那就再好不过。可是，节子离得那么远，我们能请谁来参加这样一个活动呢？也许，就是因为我们觉得在相亲时可能处于下风，再加上我们对地点的不满意，使仙子对这件事变得格外紧张。相亲之前的那几个星期真是度日如年。

经常，仙子下班一回家就说些这样的话：“爸爸，你一整天都做什么了？大概又跟平常一样闷闷不乐地闲逛吧？”其实，我压根儿没有“闷闷不乐地闲逛”，我是在为保证这门亲事有个好结果而忙碌呢。可是，我当时觉得不能把事情进展的细节告诉她，以免让她操心，所以就对我白天的活动含糊其辞，这样一来，她就更加含沙射影地攻击我了。现在回想起来，当时我们不把某些事情摊开来说，反而使仙子更加感到紧张，如果当时我开诚布公，倒可以避免我们那时候的许多令人不快的交流。

比如，我记得有一天下午，仙子回家时我正在花园里修剪灌木。她在阳台上客客气气地跟我打了声招呼，就又进屋去了。几分钟后，我坐在阳台上，望着外面的花园，欣赏我的劳动成果，这时仙子换了和服，端着茶出来了。她把托盘放在我们俩之间，坐了下来。我记得那是去年晚秋一个晴朗宜人的下午，柔和的阳光洒在树叶子上。她循着我的视线望去，说道：

“爸爸，您为什么把竹子剪成那样？现在看上去不协调了。”

“不协调？你这样认为吗？我倒觉得蛮协调的。你看，你应该考虑到嫩枝最茂盛的地方。”

“爸爸总是喜欢没事找事。我看他非把那片竹子也毁了不可。”

“把竹子也毁了不可？”我扭头望着女儿。“这是什么意思？难道我曾经把别的什么东西毁掉了？”

“杜鹃花一直没有恢复原先的模样。这都是爸爸整天没事可做的结果。爸爸只好没事找事，胡乱插手。”

“请原谅，仙子。我不太明白你的意思。你是说杜鹃花也不协调了吗？”

仙子又看着花园，叹了口气。“你应该随它们去的。”

“对不起，仙子，可是在我看来，竹子和杜鹃花都大有改观呢。我好像根本没有看到你所说的‘不协调’之处。”

“那么，爸爸一定是眼睛瞎了。或者，就是品位太差。”

“品位太差？那可真奇怪了。知道吗，仙子，别人可从来不把品位太差跟我的名字联系在一起。”

"唉，在我看来，爸爸，"她疲倦地说，"竹子就是不协调。你还把浓荫密布的感觉给破坏了。"

我坐在那里默默地望着花园。"是的，"过了一会儿，我终于点点头说道，"我想你大概是从那个角度看的，仙子。你从来就没有艺术家的直觉。你和节子都没有。健二就不一样。你们两个女儿都遗传了你妈妈。实际上，我记得你妈妈以前就说过这种不靠谱的评论。"

"难道爸爸在剪枝方面是个权威吗？对不起，我没有意识到。"

"我倒没有自诩为权威。只是我被批评为品位太差，感到有点吃惊。在我来说，这个批评倒很稀罕，仅此而已。"

"很好，爸爸，我相信这只是观点不同。"

"仙子，你母亲跟你很像。她总是毫不犹豫地想到什么就说什么。我想这倒是很坦诚。"

"我相信爸爸在这些事上最有发言权。这是无可争议的。"

"仙子，我记得你母亲有时甚至在我作画时也品头论足。她经常说出一个观点来，逗得我发笑。然后她自己也笑，然后承认对这些事一窍不通。"

"那么，我想，爸爸在他的绘画上也是一贯正确的喽？"

"仙子，讨论这件事毫无意义。而且，如果你不喜欢我在花园里做的改进，就尽管出去依你的想法把它恢复过来好了。"

"爸爸真是太好了。可是您说我什么时候做这件事呢？我可不像爸爸那样整天闲着。"

"你说什么呀，仙子？我今天很忙的。"我气呼呼地瞪了她一会儿，但她只顾看着花园，脸上显出疲倦的神情。我转过头，叹了口气。"可是讨论这件事毫无意义。至少你妈妈说了这样的话我们还可以一起笑笑。"

那个时候，我真想告诉她，我为了她实际上是怎样在尽心尽力。如果我这么说了，女儿肯定会感到吃惊——而且肯定会为刚才那样对待我而感到羞愧。其实，就在那天，我去了一趟柳川区，因为我发现黑田现在就住在那里。

寻找黑田的下落其实倒并不很难。上町学院的那位艺术教授，当我向他表示我没有不良动机后，他不仅立刻把地址告诉了我，而且跟我讲了我这位昔日的弟子这些年的遭遇。看来，黑田自从战争结束被释放以后，日子过得还不算糟糕。这个世界就是这样，他在监狱里的那些年倒成了他有力的推荐证明，一些组织明确表示欢迎他，愿意给他排忧解难。因此他不费吹灰之力就找到工作——多半是给人辅导功课——并得到自己开始绘画所需要的材料。后来，去年初夏的时候，他在上町学院谋得了一个艺术教师的职位。

听说黑田的事业进展顺利，我感到很高兴——甚至很骄傲，也许这么说有点不妥。但是，尽管环境使师生关系变得疏远，但我毕竟以前做过他的老师，现在继续为他的事业发展感到骄傲也是情理之中的。

黑田住的地方不很富裕。我在那些房屋破败的小巷子里穿行了一段时间，然后来到一个像是工厂前院的水泥场地。没错，我看见场地那头停着几辆卡车，再往远处，铁丝网栅栏后面，一辆推土机正在挖土。我记得我当时站在那里，注视着那辆推土机，片刻之后才意识到面前这栋新的大楼实际上正是黑田的公寓楼。

我上到二楼，两个小男孩在走廊里来回骑三轮车。我找到了黑田的房门。我按了一遍铃，没有回音，但已经打定主意要见他一面，就继续按铃。

一个二十岁左右、满脸稚嫩的小伙子把门打开了。

“非常抱歉”——他非常真诚地说——“黑田先生现在不在家。我想，先生，您大概是他的一位同事吧？”

“也可以这么说吧。我有几件事想跟黑田先生商量一下。”

“那样的话，就劳驾您进屋等一等吧。我相信黑田先生很快就会回来的，如果没有见到您，他肯定会感到很遗憾。”

“但我实在不愿意给你添麻烦。”

“没关系，先生。请进来吧。”

那个单元房很小，像现在的许多住房一样，基本上没有什么过道，朝门里迈一小步就是榻榻米。屋里显得很整洁，墙上挂着许多绘画和挂件。充足的阳光从宽敞的窗户洒进来。我看出窗户外面是一个狭小的阳台。推土机的声音从外面传来。

“希望您没有什么急事，先生，”年轻人说着，递给我一个垫子，“黑田先生回来如果知道我没让您进屋，肯定不会原谅我的。请允许我给您沏点茶吧。”

“太感谢了，”我说，自己坐了下来，“你是黑田先生的学生吗？”

年轻人轻轻地笑了一声。“黑田先生很宽厚，把我称作他的弟子，实际上我怀疑自己是否配得上这样的称号。我叫恩池。黑田先生过去辅导过我，现在他虽然在学院担当重任，还是非常慷慨地继续关注我的作品。”

“是吗？”

外面传来推土机在工作的声音。一时间，年轻人手足无措地在一旁陪着，然后道了声抱歉，说：“请原谅，我去沏壶茶来。”

几分钟后，他回来了，我指着墙上的一幅画，说道：“黑田先生的风格一目了然。”

听了这话，年轻人笑了一声，尴尬地看着那幅画，双手仍然端着茶盘。然后他说：

“恐怕这幅画离黑田先生的标准还差得很远呢，先生。”

“这不是黑田先生的作品？”

“不好意思，先生，这是我的一件拙作。承蒙老师看得起，挂出来献丑。”

“是吗？不错，不错。”

我继续凝望着那幅画。年轻人把茶盘放在我身边的一张矮几上，自己坐了下来。

“这真的是你的作品吗？啊，我不得不说你很有天分。非常有天分。”

他尴尬地又笑了一声。“我有黑田先生做我的老师，真是三生有幸。恐怕我要学的东西还很多。”

“我还以为这肯定是黑田先生的画作呢。风格笔调有那种特征。”

年轻人笨手笨脚地摆弄着茶壶，似乎不知道怎么倒茶。我注视着他揭开壶盖往里面看。

“黑田先生总是告诉我，”他说，“我应该争取画出自己鲜明的风格。可是我实在太敬慕黑田先生的画风了，总是不由自主地模仿他。”

“暂时模仿自己的老师倒不是一件坏事。那样能学到很多东西。可是在适当的时候，你会形成自己的观点和技法，因为你毫无疑问是一个很有天分的年轻人。是的，我相信你的前途不可限量。怪不得黑田先生这样关注你。”

“先生，黑田先生对我的恩情是说不完的。是啊，您也看见了，我现在甚至就住在他的公寓里呢。我已经在这里住了将近两个星期了。以前的房主把我赶了出来，多亏黑田先生向我伸出援助之手。他对我的恩情，先生，真是说也说不完的。”

“你说你被原来的房主赶出来了？”

“我向您保证，先生，”他轻笑了一声说，“我是付了房租的。可是，不管我怎样小心，还是免不了会把颜料洒在榻榻米上，之后房主就把我赶出来了。”

我们俩都笑了起来。然后我说：

“对不起，我不是不同情你的遭遇。只是我想起了我早年间也有过这样的烦恼。不过只要坚持不懈，你很快就能得到理想的条件的，我向你保证。”

我们俩又都笑了。

“先生，谢谢您的鼓励，”年轻人说着，开始倒茶，“我想黑田先生很快就会回来了。请您不要急着离开。黑田先生肯定非常愿意有机会感谢您所做的一切。”

我惊讶地看着他。“你认为黑田先生想感谢我？”

“请原谅，先生，我以为您是科登协会的。”

“科登协会？对不起，那是什么？”

年轻人看了我一眼，又变得像先前那样尴尬。“对不起，先生，我弄错了。我以为您是科登协会的。”

“很抱歉，我不是。我只是黑田先生的一个老熟人。”

“明白了。是以前的同事吗？”

“是的，我想你可以这么说，”我又抬头看着墙上年轻人的那幅作品，“确实不错，”我说，“很有天分。”我意识到年轻人正在仔细地端详着我。最后，他说道：

“对不起，先生，我可以请问您的名字吗？”

“很抱歉，你肯定认为我很失礼。我叫小野。”

“明白了。”

年轻人站起来，走到窗口。我望着矮几上的两杯茶袅袅地冒着热气。片刻之后：

“黑田先生还要很久才能回来吗？”我问。

起初，我以为年轻人不会回答。但他眼睛望着窗外，头也不回地说：“如果他没有很快回来，您也许不应该再耽误您的其他事情。”

“如果你不介意的话，我就再等一会儿，既然已经大老远地过来了。”

“我会告诉黑田先生您来拜访过。也许他会给您写信。”

外面的走廊上，那些孩子似乎把三轮车撞在了离我们不远的墙上，互相大声嚷嚷。我突然想到，站在窗口的年轻人多么像一个生气的孩子。

“请原谅我这么说，恩池先生，”我说，“可是你年纪很轻。我和黑田先生刚认识的时候，你实际上还只是个小孩子。关于你不知道具体情况的一些事情，我希望你不要草率地得出结论。”

“具体情况？”他说，转过身来看着我。“请原谅，先生，可是您自己知道具体情况吗？您知道他受了多少苦吗？”

“大多数事情都不像表面上那么简单，恩池先生。你们这一代的年轻人看问题太简单了。不过，我们俩目前辩论这个问题似乎毫无意义。如果你不介意的话，我还是继续等黑田先生吧。”

“我倒建议，先生，您不要再耽误您别的事情了。黑田先生回来我会告诉他的。”此前年轻人一直保持着礼貌的语气，现在似乎再也克制不住自己了。“坦率地说，我很惊讶您有这样的勇气。竟然登门拜访，似乎您只是一位友好的访客。”

“我确实是一位友好的访客。如果让我来说，我觉得应该由黑田先生决定愿不愿意接见我。”

“先生，我对黑田先生非常了解，以我的判断，您最好还是离开吧。他不会愿意见您的。”

我叹了口气，站起身来。年轻人又转眼望着窗外。当我从衣帽架上取下我的帽子时，他又一次转向我。“具体情况，小野先生，”他说，声音有一种异样的镇静，“显然您对具体情况根本一无所知。不然您怎么胆敢上这儿来？举个例子，先生，我敢说您从来不知道黑田先生肩膀上的伤吧？他当时痛得要命，可是那些看守只顾图省事，忘了汇报伤情，他直到战争结束才得到治疗。当然啦，他们倒是没有忘记不时地给他一顿毒打。叛徒。他们是这样叫他的。叛徒。每天，从早到晚。可是我们现在都知道了谁才是真正的叛徒。”

我系好鞋带，朝门口走去。

“你太年轻了，恩池先生，还不了解这个复杂的世界。”

“我们现在都知道了谁才是真正的叛徒。他们许多人仍然逍遥法外。”

“你会告诉黑田先生我来过了，是吗？也许他会好心写信给我。祝你愉快，恩池先生。”

当然，我不会让年轻人的话严重影响我的情绪，可是，考虑到仙子的婚事，如果黑田真的像恩池说的那样对我的过去耿耿于怀，那倒是很令人不安。不管怎么说，我作为一个父亲，有责任把事情向前推进，不管多么令人不快，因此，那天下午回到家里，我给黑田写了封信，表达了跟他再次见面的愿望，并特别指出我有一件棘手而重要的事情要跟他商量。我这封信的语气是友好的、寻求和解的，几天后我收到他的冷淡而简慢的回信时，不免感到很失望。

“我没有理由相信我们的见面会产生什么有价值的结果，”我昔日的学生这样写道，“感谢您那天亲自来访，但我觉得不应该再麻烦您这样受累了。”

必须承认，黑田先生的做法给我的心情笼罩了一丝阴影。它无疑使我对仙子的婚事不再那么乐观了。虽然像我前面说的，我没有告诉女儿我在努力争取跟黑田见面，但她无疑感觉到事情进展不太顺利，这自然使她的心情更加焦虑。

到了相亲的那天，女儿看上去太紧张了，我开始担心她那天晚上会给佐藤一家留下不好的印象——他们肯定会表现得镇定自若、游刃有余。到了下午四五点钟，我觉得应该想办法让仙子的心情轻松起来，因此，在她走过我坐着看报纸的餐厅时，我对她说：

“真令人吃惊啊，仙子，你竟然整天什么也不做，只顾打扮自己。我还以为你是要去参加婚礼呢。”

“爸爸就喜欢嘲笑别人，自己不好好地做准备。”她反驳道。

“我只需要一点时间就准备好了，”我笑着说，“你一整天都这样，真是很反常呢。”

“是爸爸自己有问题。他太骄傲了，不肯为这样的事情好好做准备。”

我吃惊地抬头看着她。“你这是什么意思？‘太骄傲’？你想说什么呢，仙子？”

“我的终身大事不过是区区小事，如果爸爸不愿意为此小题大做，也是完全可以理解的。毕竟，爸爸的报纸还没有看完呢。”

“可是你在改变话题。你刚才说我‘太骄傲’，为什么不说得详细一点呢？”

“我只希望到时候爸爸表现得体面一点。”她说，然后气冲冲地离开了房间。

在那些艰难的日子里，这样的情况经常出现，我总是不由自主地想起前一年她跟三宅家商量亲事时的态度，跟现在形成多么鲜明的对比。那时候，她非常放松，甚至有点沾沾自喜。当然啦，她对三宅次郎很熟悉。我敢肯定她一直坚信他们俩会结婚，把两家之间的议事只当成是繁琐的程序。所以也难怪她后来遭受的打击那么惨重，但我觉得她没必要像那天下午那样含沙射影。不管怎么说，那小小的口角并没有帮助我们端正对这次相亲的态度，反而导致了那天晚上在春日公园饭店的情形。

许多年来，春日公园饭店一直是城里最令人愉快的西式风格饭店。可是最近，管理部门开始以一种比较粗俗的风格装饰房间——无疑是想让经常光顾这里的美国客人觉得它体现了“日本”魅力。不过，京先生预定的那个房间还是非常令人愉悦的，其特点是通过宽敞的窗户能看到春日山的西山坡，整个城市的万家灯火也尽收眼底。房间里主要是一张大大的圆桌和几把高背椅，一面墙上挂了一幅画，我认出是我战前认识的艺术家松本的作品。

大概是这种场合气氛有点紧张，我酒喝得快了一点，那天晚上的事情我有点记不太清了。我只记得我对佐藤大郎——我要当成女婿来看的那个年轻人——立刻产生了好感。他不仅看上去有学问、有责任心，而且具有我在他父亲身上看到并欣赏的那种气定神闲的风度。我和仙子刚到时，佐藤大郎镇定自若、但很有礼貌地迎接了我们，使我立刻想到了多年前在同样情形下给我留下深刻印象的年轻人——也就是说，当时在帝国饭店跟节子相亲的池田。当时，我考虑到佐藤大郎的温文尔雅肯定会随着时间消失，就像池田那样。当然啦，我希望佐藤大郎永远不必忍受池田的那种惨痛经历。

至于佐藤博士，他看上去依然是那么指挥若定。虽然在那个晚上之前我们并没有被正式介绍，但我和佐藤先生实际上已经认识多年，出于对彼此名望的尊敬，我们在街上遇到都会打招呼。他妻子是一位五十多岁、相貌不俗的女人，我们碰到也会问候一声，除此之外就没有什么交流了。看得出来，她和她丈夫一样，也是一个很有风度，善于处理任何尴尬局面的人。佐藤一家唯一没有给我留下好感的，是他们的小儿子光男，我估摸他大约是二十出头。

现在再来回忆那个晚上，我相信我打第一眼起就对年轻的光男产生了怀疑。但我不能肯定最初是什么引起了我的警觉——也许他使我想起了我在黑田的公寓房里遇见的年轻的恩池。总之，大家开始吃饭时，我发现自己对这些怀疑越来越确定。虽然这时候光男的一举一动都合乎礼仪，但是偶尔瞥见他看我的眼神，或者他隔着桌子把碗递给我时的神情，都使我感觉到他的敌意和谴责。

我们用餐几分钟后，我突然起了一个念头：实际上光男的态度跟他家里的其他人没什么不同——只是他掩饰的功夫还没有那么高明。从那以后，我经常朝光男看，似乎他才能最清楚地表明佐藤一家的真实想法。可是，光男坐在桌子那头，离我有一段距离，而且坐在他旁边的京先生似乎一直在跟他长谈，因此在那个阶段我跟光男没能正经谈上几句话。

“仙子小姐，我们听说你很喜欢弹钢琴。”我记得佐藤夫人这样说。

仙子轻轻笑了一声，说：“我没有怎么练琴。”

“我年轻的时候也弹钢琴，”佐藤夫人说，“可是现在也不练琴了。我们女人的时间太少，没工夫追求这些事情，你说是不是？”

“是啊。”我女儿局促不安地说。

“我本人对音乐的鉴赏能力很差，”佐藤大郎插进来说，同时目光坚定地盯着仙子，“实际上，我妈妈经常骂我是音盲。所以，我对自己的品位一点信心也没有，只好去问她应该欣赏哪些作曲家。”

“胡说什么呀。”佐藤夫人说。

“你知道吗，仙子小姐，”大郎继续说，“有一次我弄到一套巴赫钢琴协奏曲的唱片，我非常喜欢，可妈妈总是批评它，骂我品位太差。我的观点当然斗不过这位母亲大人喽。结果，我现在几乎不听巴赫了。不过仙子小姐，也许你能救我一把。你喜欢巴赫吗？”

“巴赫？”一时间我女儿显得有些茫然。然后她微微一笑，说：“喜欢啊，非常喜欢。”

“啊，”佐藤一郎得意地说，“现在母亲需要重新考虑考虑了。”

“别听我儿子胡说八道，仙子小姐。我从来没有从整体上批评过巴赫的作品。可是你跟我说说，就钢琴来说，肖邦是不是更有表现力？”

“是的。”仙子说。

在那天晚上早先时候，我女儿的回答都是这么拘谨僵硬。必须承认，这也在我的意料之中。在家人或亲密朋友中间，仙子说起话来口无遮拦，经常滔滔不绝，妙语连珠。可是我知道，在比较正式的场合，她常常不知道该说什么好，所以给人的印象是一个腼腆的姑娘。相亲的时候出现这种情况，正是我所担心的。因为我非常清楚——佐藤夫人的姿态似乎也证实了这点——佐藤家不是那种旧式家庭，喜欢家里的女性成员沉默寡言，贤淑稳重。我已经预料到这点，所以在准备这次相亲时，一再强调我的观点，叫仙子尽量展示她活泼、机智的特性。女儿也完全赞成这样的策略，并信誓旦旦地表示要表现得坦率、自然，我甚至担心她会表现得过了头。此时，我注视着仙子努力用简单、顺从的语言回答佐藤家人的问题，目光几乎从不离开她的饭碗，我可以想象到她内心的痛苦。

撇开仙子的问题，饭桌上的谈话似乎倒是很轻松流畅。特别是佐藤博士，非常擅长制造轻松的气氛，如果不是时时意识到年轻的光男在凝视我，我可能就会忘记这个场合有多么重要，从而放松警惕了。我记得饭桌上佐藤博士舒舒服服地靠在椅背上，说道：

"最近市中心的游行好像越来越多了。您知道吗，小野先生，今天下午我乘车，看见一个男人的额头上有一道很大的伤。他坐在我旁边，于是我很自然地问他要不要紧，并建议他去医院看看。结果你知道怎么着，他刚去看过医生，现在决定重新加入游行的队伍。你对这件事怎么看，小野先生？"

佐藤先生的语气很随意，但一时间我产生了一个印象，似乎整个桌上的人——包括仙子——都停下筷子听我的回答。当然啦，很有可能是我过于敏感了。但我清楚地记得，我的目光扫向年轻的光男时，他正以一种不同寻常的专注凝视着我。

"有人受伤，确实令人遗憾，"我说。"大家的情绪无疑都很激动。"

"我相信您是对的，小野先生，"佐藤夫人插言道，"情绪确实很激动，但现在人们似乎做得太过分了。这么多人受伤。但我丈夫说他们的出发点是好的。我真不明白他是什么意思。"

我以为佐藤博士会做出回答，但饭桌上又是一片静默，大家似乎再一次把注意力集中到我身上。

"是啊，正如您所说的，"我说，"这么多人受伤确实太遗憾了。"

"我太太总是歪曲我的意思，这次也不例外，小野先生，"佐藤博士说，"我从没有说过这样的争斗是一件好事。但我一直在使我太太相信，这些事除了有人受伤以外，还有另外的意义。当然啦，我们并不希望看到有人受伤。但是其中蕴含的精神——人们觉得需要公开而强烈地表达自己的观点——这精神是一种健康的东西，您不这么认为吗，小野先生？"

也许我稍微迟疑了一下，没等我回答，佐藤大郎说话了。

"可是父亲，现在事情毫无疑问已经失控。民主是一件好事，但并不意味着市民一有不同意见就有权出来搞暴动。在这方面，我们日本人表现得还像小孩子。我们还需要学习怎样把握民主的责任。"

“这里的情况倒很特别，”佐藤博士大笑着说，“看来至少在这个问题上，父亲倒比儿子开明得多。大郎也许是对的。目前，我们国家就像一个刚刚学习走路和跑步的小男孩。但是我说，其内在的精神是健康的。就像看着一个正在成长的孩子蹒跚学步，擦伤了膝盖。我们不会希望去阻止他，把他锁在屋里的。您不这么认为吗，小野先生？或者，像我太太和儿子指出的那样，是我过于开明了？”

也许我又产生错觉了——正如我说的，我喝酒喝得太快了一点——我总觉得佐藤所说的意见分歧，其实并没有什么不一致的地方。与此同时，我注意到年轻的光男又在注视着我了。

“是啊，”我说，“但愿别再有人受伤了。”

我记得这个时候，佐藤大郎改变了话题，问仙子对城里新开的一家百货商店怎么看，一时间，谈话转向了一些无关紧要的事情。

这样的场合对任何一个准新娘来说都不容易——让一个年轻姑娘在经受审视的同时，还要做出对她未来幸福如此至关重要的判断，实在是有点不公平——但是必须承认，我没有想到仙子承受压力的能力这么差。随着夜晚一点点过去，她的自信心似乎越来越萎缩了，最后除了“是”和“不是”，再也说不出别的话来。我看得出，佐藤大郎正在努力让仙子放松下来，但是在这种场合，他又不能表现得太迫切，结果，他一次次试图打开一个幽默的话题，餐桌上一次次地陷入尴尬的冷场。我注视着女儿的痛苦，又一次想到前一年的相亲过程是多么截然不同。当时节子正好过来探亲，也去参加了，给妹妹一些精神上的支持，但那天晚上仙子似乎并不需要别人。我还记得，我看到仙子和三宅次郎隔着餐桌调皮地眉来眼去，似乎在嘲笑相亲的繁文缛节，我当时还觉得颇为恼火呢。

“您记得吧，小野先生，”佐藤博士说，“上次我们见面时，发现我们有一个共同的熟人，那位黑田先生。”

这时候晚餐已经接近尾声。

“是啊，没错。”我说。

“我的这个儿子”——佐藤博士指着年轻的光男，之前我还没有跟他交谈过一句话——“目前正在上町学院读书，也就是黑田先生任教的那所学校。”

“是吗？”我转向年轻人。“那么你跟黑田先生很熟悉了？”

“不太熟悉，”年轻人说，“非常遗憾，我在艺术方面没有天分，跟艺术教师的接触非常有限。”

“黑田先生的口碑不错，是不是，光男？”佐藤博士插言道。

“是的。”

“小野先生曾经跟黑田先生很熟。你知道吗？”

“知道，我听说过。”光男说。

这时，佐藤大郎又一次改变了话题：

“你知道吗，仙子小姐，对于我没有音乐细胞，我一向有我的一套理论。我小的时候，爸爸妈妈总是不把钢琴的音调准。在我人格形成最关键的那些年里，仙子小姐，我每天被迫听妈妈在一架音色不准的钢琴上练琴。我的问题可能就出在这里，你认为呢？”

“是的。”仙子说，又低头看着食物。

“是呀，我一向咬定这都是妈妈的错，可是这么些年来，她总是因为我没有音乐天分而惩罚我。我一直受到极不公正的待遇，仙子小姐，你说是不是？”

仙子笑了一下，什么也没说。

这时，一直默不作声的京先生似乎开始讲述他的一件有趣的轶事。据仙子回忆，他的故事刚讲到一半，我就打断了他，转向年轻的佐藤光男，说道：

“黑田先生肯定跟你谈起过我。”

光男满脸困惑地抬起头。

“谈起过您，先生？”他迟疑地说。“我想他肯定经常谈到您，但我跟黑田先生不是很熟，所以……”他没有把话说完，求助地望着他的父母。

“我相信，”佐藤博士说，从容不迫的语气令我惊异，“黑田先生很清楚地记得小野先生。”

“恐怕黑田先生对我的评价不会特别高。”我说，又看着光男。

年轻人又一次尴尬地把目光转向他的父母。这次说话的是佐藤夫人：

“恰恰相反，我相信他对您的评价是非常高的，小野先生。”

“佐藤夫人，”我说，声音可能略高了一点，“有些人认为我的事业产生了负面影响。这种影响现在最好被抹去或遗忘。我对这种观点并不是浑然不知。我想，黑田先生就是持有这种观点的人。”

“是吗？”也许我是弄错了，但我总觉得佐藤博士注视我的目光很像老师在等一个学生背诵一篇课文。

“是的。至于我自己，我还没有做好心理准备，接受这样一种观点。”

“我想您肯定是对自己过于苛刻了，小野先生。”佐藤大郎说，但我立刻接着说道：

“有些人会说，我这样的人应该为我们这个民族遭遇的可怕事件负责。就我个人而言，我毫不讳言我犯过不少错误。我承认我做的许多事情对我们的民族极其有害，我承认在那种最后给我们人民带来数不清的痛苦的影响当中，也有我的一份。这我承认。您看到了吧，佐藤博士，我毫不掩饰地承认。”

佐藤博士探身向前，脸上是一副困惑的表情。

“请原谅，小野先生，”他说，“您是说您对自己的工作不满意？对您的绘画？”

“我的绘画。我的教学。您看到了，佐藤博士，我毫不掩饰地承认这一点。我只能说，当时我是凭着坚定的信念做事的。我满心相信我是在为我的同胞们谋福利。可是您看到了，我现在坦然承认我错了。”

“我相信您对自己太苛刻了，小野先生。”佐藤大郎语气欢快地说。然后他转向仙子，说道："告诉我，仙子小姐，你爸爸总是对自己这样严厉吗？"

我意识到仙子刚才一直惊愕地看着我。也许就是因为这样，大郎的问题令她猝不及防，那天晚上她第一次表现出了平常口无遮拦的性格。

"爸爸一点儿也不严厉。我不得不对他严厉一点。不然的话，他天天都不肯起床吃早饭。"

"是吗？"佐藤大郎说，看到仙子终于不再那么拘谨地回答问题，他高兴极了。"我爸爸起床也很晚。人们都说，年纪大的人睡觉没有我们多，可是从我们的经验来看，好像并不是这样呢。"

仙子笑了起来，说："大概只是爸爸这样吧。我相信佐藤夫人起床一点儿也不困难。"

"好事情，"佐藤博士对我说，"我们还没有出门，他们就开始拿我们打趣了。"

我不想声称整个婚事到这时候算是尘埃落定，但是我确实感到，直到这一刻，这场尴尬的、有可能一败涂地的相亲，才变成了一个愉快而成功的夜晚。饭后，我们喝茶聊天，等到叫出租车的时候，大家都觉得彼此相处融洽。最关键的是，佐藤大郎和仙子虽然还保持着必要的距离，但显然已经互相产生了好感。

当然啦，我必须承认那天晚上某些时候令我感到痛苦，同时我也承认，如果不是情势所迫，我不会那样毫不犹豫地做出那种关于过去的申明。说到这里，我不得不说一句，任何一个看重自己尊严的人，却希望长久地回避自己过去所做事情的责任，这是我很难理解的。承认自己人生中所犯的错误，并不总是容易的事，但却能获得一种满足和尊严。不管怎么说，怀着信念所犯的错误，并没有什么可羞愧的。而不愿或不能承认这些错误，才是最丢脸的事。

就拿绅太郎来说吧——看起来他似乎保住了他朝思暮想的那份

教职。在我看来，如果绅太郎有勇气坦诚地承认他过去所做的事，他现在会更加快乐。我想，新年后不久的那天下午他在我这里受到冷遇之后，他在中国危机海报的问题上可能会换一种策略去应付他的那个委员会。但我猜想绅太郎还是坚持用虚伪的方式追求他的目标。是的，我现在逐渐相信，绅太郎的天性中始终存在着狡诈的、不可告人的一面，只是我过去没有真正认识到罢了。

“知道吗，欧巴桑，”不久前的一天晚上，我在酒馆里对川上夫人说，“我怀疑绅太郎绝不是他让我们相信的那种超凡脱俗的人。他只是通过那种方式在别人面前获得优越感，让自己为所欲为。像绅太郎这样的人，如果他们不想做什么事，就会装出一副束手无策的样子，得到别人的原谅。”

“哎哟，先生。”川上夫人不满地看了我一眼，可以理解，她不愿把一个这么长时间的老主顾往坏处想。

“举个例子，欧巴桑，”我继续说道，“想想他是怎么狡猾地躲避了战争吧。别人都在流血牺牲的时候，绅太郎只是躲在他那间小工作室里继续画画，似乎什么事儿也没有。”

“可是先生，绅太郎君的一条腿不好……”

“不管腿好不好，每个人都要响应召唤。当然啦，他们最后找到了他，可是战争几天之内就结束了。知道吗，欧巴桑，绅太郎有一次告诉我，因为战争的缘故，他两个星期没有工作。这就是绅太郎为战争付出的代价。相信我吧，欧巴桑，我们的老朋友在他孩子气的外表下面，还隐藏着很多东西呢。”

“唉，不管怎么说，”川上夫人疲惫地说，“看样子他再也不会回到这里来了。”

“是的，欧巴桑。似乎你永远失去他了。”

川上夫人手里燃着一根香烟，身子靠在柜台边，环顾着她小小的酒馆。像往常一样，酒馆里只有我们两个人。夕阳透过窗户上的纱网照进来，使得屋里比天黑后川上夫人打开灯盏时显得更加老旧，灰尘仆仆。外面，那些人还在干活。在过去的半个小时里，什么地方一直回响着锤子的声音，一辆卡车开动，或电钻响起，经常震得整个酒馆都在晃动。那个夏季的夜晚，我循着川上夫人的目光在屋里扫视，突然想到，在市政公司此刻在我们周围建造的水泥大厦中间，她的小酒馆将会显得多么渺小、破旧、格格不入啊。于是，我对川上夫人说：

"知道吗，欧巴桑，你真的必须认真考虑一下接受这份报价，搬到别的地方去了。这是个难得的机会。"

"可是我在这里这么长时间了。"她说，一边挥手掸开她吐出的烟雾。

"你可以开一家新的酒馆呀，欧巴桑。在板桥区，甚至在主街上。你放心，我每次路过肯定都会进去的。"

川上夫人沉默了片刻，似乎在外面工人干活的声音中倾听着什么。然后，她脸上浮现出笑容，说道："这里曾经是一个那么繁华的地区。您还记得吗，先生？"

我也朝她微笑，但什么也没说。当然，过去这个地方是很好的。我们都过得很开心，说说笑笑中弥漫着那种精神，还有那些争论也总是发自内心，无比真诚。可是，那股精神也许并不总是有益的。那个小世界就像现在的许多事情一样，已经消失，一去不复返了。那天晚上，我很想把这些话都对川上夫人说一说，又觉得这样做不明智。显然，老街在她的心里非常珍贵——她的许多生活和精力都倾注在这里——她不愿承认这里已经永远消失，我自然是可以理解的。

一九四九年十一月

我第一次见到佐藤博士的情景仍然记忆犹新，而且我相信我的记忆没有丝毫偏差。现在说起来准有十六年了，是我搬进那座房子之后的第二天。我记得那是夏季一个阳光灿烂的日子，我正在外面整理栅栏，或者是往门上钉什么东西，一边跟路过的新邻居们打着招呼。我背对小路忙了一会儿，突然意识到有人站在我身后，似乎在注视着我干活。我转过身，看见一个年纪跟我相仿的男人饶有兴趣地打量着新刻在门柱上的我的名牌。

"这么说，您是小野先生，"他说，"哎呀，真是不胜荣幸。像您这样地位的人住到我们这里，真是莫大的荣幸。我个人也跟艺术界沾点儿边。我叫佐藤，是京都大学的。"

"佐藤博士？哎呀，久仰大名，幸会幸会。"

我记得那天我们在我家门外聊了一段时间，还清楚地记得当时佐藤博士几次提及我的作品和事业。我记得他继续往山下走去时，又一次重复类似的话："像您这样有身份的人住到我们这里，真是莫大的荣幸，小野先生。"

从那以后，我和佐藤博士每次相遇都会恭敬地互致问候。当然，自从第一次交谈之后，我们很少停下来深聊，直到最近的婚事把我们的关系拉得更近。可是我对初次相逢的记忆——佐藤博士认出门牌上我的名字——足以使我相信我的长女节子至少在上个月她试图暗示的几件事上是大错特错了。比如，佐藤博士不可能以前对我一无所知，直到去年开始商议婚事才不得不弄清我的身份。

今年节子来的时间很短，而且住在仙子和大郎在泉町的新家里，所以那天上午我跟她在河边公园里散步，是跟她好好谈谈的唯一机会。事后，我在脑子里反复思量我们的谈话，我觉得她那天对我说的一些话特别令人恼火，我认为我的感觉不是毫无道理。

不过，我当时不可能细想节子的话，我记得我心情很好，因为又能跟女儿在一起而高兴，而且很长时间没有在河边公园散步了，走在里面感觉心旷神怡。那是一个多月前的事，你也记得，天气还很晴朗，但树叶已经开始凋零。我和节子走在横贯公园中央的林荫大道上，我们说好要在大正天皇的雕像旁边跟仙子和一郎碰头，现在时间还早，我们放慢脚步，时不时地停下来欣赏秋天的景色。

也许你同意我的观点：河边公园是我们城市公园里最令人满意的。在河边区拥挤的大街小巷里穿行一段时间后，发现自己来到浓荫密布的宽敞的林间大道上，肯定会感到神清气爽。如果你刚来到这座城市，不熟悉河边公园的历史，我也许应该解释一下我为什么一直对这个公园情有独钟。

在公园里，你肯定记得经过一片片孤立的草地，比学校操场大不了多少，你在林荫大道漫步时，能透过树丛看见它们。似乎公园的设计师脑子乱了，让一些计划半途而废。事实差不多就是这样。几年前，杉村明——他死后不久我买下了他的房子——关于河边公园有一些宏伟的计划。我发现杉村明的名字最近很少听见了，但不要忘记就在不久以前，他还是城里无可争议的最有影响的人物之一。我听说他曾经拥有四栋房子，你走在这个城里，隔不了多久就会碰到属于杉村或跟他密切相关的企业。后来，在一九二〇年或一九二一年，处在事业巅峰期的杉村决定拿出他的大量财富和资本，投资一个能让他在城市和市民心中永远留下烙印的计划。他打算改造河边公园——当时那是一个毫无生趣、鲜有人光顾的地方——使它成为城市的文化中心。不仅公园面积要扩大，让人们可以在更多的自然环境中放松心情，而且公园里还将有几个闪亮夺目的文化中心——自然科学博物馆，高桥学校的新歌舞伎剧场，他们在白滨路上的那个剧场最近被火烧了，一个欧式风格的演奏大厅，还有，说来奇怪，一个专埋城里死猫死狗的公墓。我不记得还有什么计划了，但那个蓝图无疑是非常宏伟的。杉村希望不仅改变河边区，而且改变整个城市的文化格局，增加北岸的文化分量。正如我前面说的，他试图在城市的风格中永远留下他的印记。

改造公园的计划正在进行，突然遇到了严重的财政困难。我不清楚具体的细节，但结果是杉村的那些“文化中心”始终没有建成。杉村自己损失了一大笔钱，再也没有恢复他先前的影响力。战后，河边公园直接划归市政府管辖，建了这些林荫大道。杉村的宏伟计划剩下来的就是那一片片空荡荡的草地，那是他计划中的展览馆和剧场所在的地方。

我前面可能已经说过，在我购买杉村最后一栋房子时我跟他家人的交往，并没有特别地使我想起那个人来。不过，最近我每次在河边公园漫步，都会想起杉村和他的那些规划，我承认我开始对此人产生了某种敬仰之情。是的，一个人渴望超越平凡，不甘于庸庸碌碌，无疑是值得敬仰的，尽管他最后失败了，并因为雄心壮志而损失了一笔财产。而且我相信，杉村死的时候并非不快乐。因为他的失败完全不同于大多数人的没有尊严的失败，杉村这样的人对此肯定心知肚明。如果一个人是在别人根本没有勇气或意愿去尝试的事情上失败了，那么他从这个角度回顾自己的一生时，肯定会感到一种安慰，一种发自内心的欣慰。

但我并不想把思绪停留在杉村身上。我前面说到，我那天正跟节子在河边公园漫步，心情很好，虽然她的有些话不太入耳——我是一段时间之后回想起来才完全领会这些话的意义的。当时，在前面不远的地方，路中央耸立着大正天皇的雕像，我们约好要在这里跟仙子和一郎碰头的，因此我和节子的谈话只好告一段落。我把目光投向雕像周围的那些板凳，突然听见一个小男孩的声音喊道：

"外公来了!"

一郎朝我跑来，双臂张开，似乎想跟我拥抱。可是跑到我跟前，他似乎又克制住了自己，板起面孔，露出一副严肃的神情，伸出手来要跟我握手。

"你好。"他说，一副煞有介事的样子。

"啊，一郎，你真的长成一个男子汉了。你现在多大了?"

"应该是八岁了。请这边走，外公。我有几件事要跟您商量。"

我和他妈妈跟着他来到仙子坐的那个板凳旁。我的小女儿穿着一件我以前从没见过的鲜艳的裙子。

"你看上去很喜庆，仙子，"我对她说，"似乎闺女一过门，就马上变得认不出来了。"

"女人没必要一结婚就穿得灰头土脸。"仙子快言快语地回答，但听了我的话似乎还是蛮开心的。

我记得，我们都在大正天皇的雕像下坐了一会儿，聊着闲话。之所以约好在公园碰面，是因为两个女儿想要一起去买布料，我就答应带一郎到一家百货商店吃午饭，下午再带他到市中心转转。一郎巴不得赶紧离开，我们坐在那里说话时，他一个劲儿地捅我的胳膊，说:

"外公，让女人自己聊天好了。我们还有事情要做呢。"

我和外孙来到百货商店时，已经稍稍过了平常吃午饭的时间，饭店里不那么拥挤了。一郎在橱窗里陈列的各种菜式中慢慢挑选，有一次还转过脸来对我说:

"外公，你知道我现在最喜欢吃什么吗?"

"呣，我不知道，一郎。烤热饼?冰激凌?"

"是菠菜!菠菜给你力量!"他挺起胸膛，伸缩着二头肌。

"明白了。那么，这里的儿童套餐有一些菠菜。"

"儿童套餐是给小孩子吃的。"

"也许吧，但是很好吃。外公自己也想要一份呢。"

“好吧，那我也要儿童套餐，陪陪外公。叫那个人多给我盛些菠菜。”

“没问题，一郎。”

“外公，你要尽量多吃菠菜，菠菜给你力量。”

一郎挑选了一张紧挨着大窗户的桌子，等餐的时候，他不停地把脸贴在玻璃上，观察着四层楼下面的繁忙的主街道。自从一年多前节子上我家来过之后，我就没有见过一郎——他因为染病没来参加仙子的婚礼——我很惊讶他这段时间长得这么快。不仅个头高了许多，整个举手投足都变得稳重，不那么孩子气了。尤其是他的眼睛，目光似乎比以前成熟多了。

那天，我注视着一郎把脸贴在玻璃上，观察下面的街道时，看出他跟他父亲长得越来越像了。他身上也有节子的特征，主要是神情和细微的脸部动作。我又一次惊奇地发现，一郎跟我儿子健二当年的模样何其相似。我承认，看到孩子们继承了家里其他人的这些特征，我感到一种莫名的欣慰，我希望我的外孙能把这些特征一直保留到他成年。

当然，我们并不是只在孩童时期才接受这些细微的遗传。我们在成年初期十分敬仰的某位老师或导师留下的印迹，会在我们开始重新评价甚至排斥他的教诲之后，仍然长期存在。某些特征，就像当年那种影响的影子一样，一直陪伴着我们的一生。比如我发现，我的某些举止特征——我解释什么事情时的手势，我想表达讽刺或烦躁时的语气变化，甚至我喜欢使用的、别人以为是我自己发明的整句话语——我发现所有这些特征，我最初都是从我的老师毛利先生那里学来的。也许我可以不夸张地说一句：我自己的许多学生也会从我这里学到这些细微的特征。而且我还希望，尽管他们或许会重新评估跟我学习的那些年，但大多数人都会永远为自己学到的东西而心怀感激。从我自己来说，我的老师森山诚二，我们总是叫他“毛利君”，尽管有许多显而易见的缺点，但后来每次谈起他来，我都认为，我生活在若叶县山区他家别墅里的那七年，对我的事业起着至关重要的作用。

如今，每当我回忆毛利君的别墅，总是想起从那条通向附近村庄的山路望下去的景象，心里感到特别欣慰。顺着那条山路往上走，别墅就会在下面的山谷里出现，一片深色的长方形木头建筑，掩映在高高的雪松树丛中。别墅的三面是长长的厢房，连起来构成长方形的三边，中间围着一个院子。第四面是一道雪松树篱和大门，把院子整个儿围在中间，可以想象在古时候，那道沉重的大门关上之后，敌人要想进来可不是件容易的事。

现在闯进别墅就没那么困难了。在山路上看不真切，其实毛利君的别墅已经荒败不堪。从山路上怎么也猜不到别墅内部一间间屋子的状况，剥落的墙纸，榻榻米的地板有几处破损严重，如果落脚不当心，就有踩穿地板掉下去的危险。实际上，当我试图回忆近处看到的别墅情景时，脑海中浮现的是破碎的房瓦，腐烂的窗格门框，糟朽碎裂的阳台。那些房顶不断出现新的裂缝，一场夜雨过后，每个屋里都弥漫着湿木头和烂树叶的味儿。在有些月份里，昆虫和蛾子大量地侵入，密密麻麻地沾在木头家具上，钻进每一道缝隙，你忍不住担心它们会使别墅彻底倒塌。

在那么多屋子里，只有两三间的状况能使你想起别墅当年的辉煌。其中一间白天大部分时间都光线明亮，是专门留给特殊场合用的。我记得毛利君每完成一幅新的画作，都会把他的学生——共有十位——召集到那间屋里。我还记得，进屋之前，我们每个人都会在门槛上停下脚步，屏住呼吸欣赏支在屋子中央的那幅画作。这个时候，毛利君也许在侍弄花草，或望着窗外，似乎并没注意我们的到来。不一会儿，我们都坐在画作周围的地板上，互相指指点点，压低声音说："看先生怎样填补画面的那个角落。真是高明！"但没有一个人会说："先生，这真是一幅杰作！"我们要表现得仿佛老师不在场似的，这是这种场合的一种惯例。

新的画作经常都会有所创新，于是我们中间就会展开激烈的争论。比如有一次，我记得我们走进屋，迎面看见一幅画：从一个很低的角度看到的一个跪着的女人——角度很低，我们似乎是从地面仰视她。

“显然，”我记得有人评价道，“低角度使女人显得更有尊严。这是一个非常惊人的成就。这个女人从其他方面来说都显得楚楚可怜。正是这种张力赋予了这幅画含蓄的力量。”

“也许是这样，”另一个人说，“女人确实具有某种尊严，但不是来自低视角。显然先生是在告诉我们一些更加深刻的东西。他是在说，这个视角看上去低，是因为我们太习惯于我们眼睛的高度。先生显然是想把我们从那样武断和局限性的视角中解放出来。他在对我们说，‘没必要总是从惯常的角度来看事物。’正因为此，这幅画才这样发人深省。”

很快，我们都提高嗓门，互相争论着对毛利君用意的看法。我们一边争论，一边不住地偷偷望望老师，而他并不表示出赞成谁的说法。我记得他只是站在屋子那头，双臂抱在胸前，透过窗户的木格栅望着外面的院子，脸上带着饶有兴味的神情。他听我们争论一段时间，便转过身说道：“也许你们应该走了。我还有事情要做。”听了这话，我们便鱼贯走出屋子，同时嘴里再次喃喃说着对新画作的赞赏。

我讲述这副场景时，意识到毛利君的行为会使你觉得有点傲慢。但是如果你处在一个总是被人仰视和欣赏的地位，或许就更能理解他表现出来的那种高傲了。总是对学生灌输和说教并不可取，在许多情况下，更高明的做法是保持沉默，让学生们有机会思考和争论。正如我说的，任何一个曾经地位显赫的人都会欣赏这种做法。

不管怎么说，关于老师作品的争论可以持续好几个星期。由于毛利君自己始终不作任何解释，我们便把目光投向我们中间的一员——一位名叫佐佐木的画家，当时自诩为毛利君的得意门生。虽然我刚才说了，有些争论可以持续很长时间，但一旦佐佐木对某个问题做出决定，一般就表示争论到此结束。同样，如果佐佐木提出某人的画作有对老师“不忠”的地方，对方几乎总是立刻缴械投降——或者放弃作品，或者，在有些情况下，把作品跟垃圾一起付之一炬。

实际上，据我回忆，我们一起到达别墅后的几个月里，乌龟一次次在这种情形下销毁自己的画作。我虽然很容易就适应了环境，但我这位同伴的作品却经常表现出违背老师观点的元素，我记得我多次替他向我的新同事们求情，分辩说他不是故意对毛利君不忠。那些日子里，乌龟经常神情沮丧地走到我跟前，领我去看他的某幅没有完成的作品，压低声音说：“小野君，请你告诉我，这符合老师的风格吗？”

有时，就连我也恼火地发现他无意中采用了另一种显然大逆不道的元素。其实毛利君的艺术风格不难掌握。那些日子，“现代歌麿[①]”的标签经常用在我们老师身上，虽然当时这个头衔可以轻而易举地授予任何一个专门描绘青楼女子的有为画家，但也确实能够概括毛利君的思想。毛利君有意识地试图把歌麿的传统“现代化”；在他的许多最著名的绘画中——如《系腰鼓》或《出浴》——都是按古典歌麿的方式从背后看女人的。他的作品里还再现了许多类似的古典风格：女人把一条毛巾举到面前，女人梳理长长的秀发。毛利君广泛运用通过女性手拿或身穿的衣物来表达情感的传统技巧，而不是直接描绘女性的面部。但与此同时，他的作品充斥着欧洲风格的影响，歌麿的忠实崇拜者们会认为这是打破传统。例如，他早就不再使用传统的黑线条勾勒物体，而选用西方的色块，以光和影

① 歌麿，全名喜多川歌麿（1753—1806），日本浮世绘画家，以绘制仕女像著称。

来制造三维效果。毫无疑问，他的核心风格也是借鉴了欧洲画风：对柔和色彩的运用。毛利君希望在他笔下的女性周围形成一种忧郁的、夜晚般的氛围，在我跟他学习的那些年里，他用色彩做了大量实验，试图捕捉灯笼的光的感觉。正因为此，毛利君的画作中总会有一盏灯笼，或虚或实，这简直成了他作品的标记，乌龟来到别墅一年之后，用起颜色来效果完全不对，他心里还挺纳闷，明明记得画上了一盏灯笼，为什么又被指责为不忠实老师的风格呢？这大概足以说明乌龟在领会毛利君的艺术要素时是多么迟钝了。

虽然我多次求情，但佐佐木之流对乌龟的问题没有什么耐心，有时，气氛变得像他在竹田大师的公司一样紧张，充满火药味。后来——我记得那是我们进入别墅第二年的时候——佐佐木发生了变化，这变化使他遭受的敌意比他曾经强加给乌龟的更加厉害和凶险。

一般来说，每群学生当中都会有一个领头人——老师格外欣赏他的才能，挑出来让其他人仿效。这位尖子学生对老师的思想领会得最透彻，一般就会像佐佐木那样，向能力较差或经验不足的学生解释这些思想。同样，正是这位尖子学生最有可能看到老师作品中的缺憾，或形成跟老师观点有分歧的思想。当然啦，从理论上说，一位好老师应该接受这种倾向——是的，作为他把学生培养成熟的一个标记。然而，实际上其中牵扯的情绪非常复杂。有时，当一个人投入许多时间精力培育一个有天赋的学生时，就很容易把这种艺术上的成熟看成是一种背叛，于是就会出现一些令人遗憾的局面。

是的，在佐佐木跟老师发生争论之后，我们对佐佐木的态度是有失公允的，不过此刻在这里回忆这些事情似乎意义不大。但我清楚地记得佐佐木最终离开我们的那个夜晚。

我们大多数人已经上床睡觉了。我黑着灯躺在一间荒败的屋子里，还没有睡着，就听见佐佐木的声音在阳台上喊叫某人。他似乎没有得到对方的回答，最后我听见纱门关闭的声音，佐佐木的脚步声越来越近。我听见他在另一间屋门口停住脚步，说了些什么，但似乎也无人作答。他的脚步声更近了，接着我听见他拉开了我隔壁那个房间的纱门。

“我和你是这么多年的好朋友，”我听见他说，“你就不能好歹跟我说句话吗？”

对方没有回答。佐佐木又说：

“你能不能告诉我那些画在哪儿？”

仍然没有回答。我躺在黑暗里，听见老鼠在隔壁屋子的地板下面沙沙地跑来跑去，在我看来，这声音就是某种回答了。

“既然你这么讨厌它们，”佐佐木的声音继续说道，“还留着它们做什么？可它们眼下碰巧对我来说很重要。我不管去哪里都想带着它们。我没有别的东西可以带走。”

隔壁又是老鼠沙沙跑动的声音在回答，然后是长久的沉默。是的，沉默的时间太长了，我还以为佐佐木已经出门走进黑暗而我没有听见。可是接着，我听他又说话了：

“过去这几天里，有人对我做了一些可怕的事。但是令我最受伤害的，是你竟然不肯对我说一句安慰的话。”

又是沉默。然后佐佐木说：“你就不肯看我一眼，祝我一切顺利吗？”

最后，我听见纱门关上了，还听见佐佐木走下阳台，穿过院子的声音。

佐佐木走后，别墅里很少提到他，偶尔说起，也总是简单地称他为“叛徒”。是的，当我回忆我们经常沉醉其中的口舌之争时，我就想起，我们一谈起佐佐木就会引起相互间的争论。

在比较暖和的日子，我们屋子的纱门都开着，几个人聚集在一间屋里，就能看见另一群人也聚集在对面的厢房里。很快，这种状况就会导致某人隔着院子大声喊叫，诙谐地挑衅对方，不一会儿，两伙人便聚在各自的阳台上，冲着对方大嚷大骂。现在回忆起来，这种行为听上去或许有些荒唐，但是别墅的结构，以及从一侧厢房朝另一侧厢房喊叫时产生的回音效果，似乎鼓励我们沉醉在这种孩子气的擂台赛中。那些辱骂的话有时不着边际——比如，奚落某人男子汉的神勇，或取笑某人刚完成的一幅画作——大部分时候都没有恶意，我记得许多对骂非常有趣，逗得两边的人都大笑不已。总的来说，我回忆中的这些对骂，足以说明那些年我们在别墅里相互竞争又亲如一家的关系。然而，对骂中有一两次提到佐佐木的名字，局面就会立刻失控，同事们超越界线，跑到院子里大打出手。我们很快就知道了，拿某人跟“叛徒”相比，即使是开玩笑，对方也不可能心平气和地接受。

从我的这些回忆中，你可能会认为我们对老师以及他的观点忠心耿耿，死心塌地。现在想来——当一种影响的缺点已经昭然若揭——我们很容易批评地看待一位培养这种风气的老师。可是话又说回来，任何一个拥有雄心壮志的人，任何一个能够干成大事业，觉得需要尽量全面地传播他的思想的人，都会多多少少理解毛利君的行为方式。现在我们知道了他的事业做得怎样，会觉得这做法有点愚蠢，但当时毛利君的愿望是彻底改变我们这个城市的绘画风格。正因为心里怀着这样一个目的，他把许多时间和财富都用于培养学生。在评价我以前的这位老师时，或许是有必要记住这点的。

当然，他的影响不只限于绘画领域。那些年里，我们的生活完全与老师的价值观和生活方式相一致，比如我们必须花大量时间探索城里的“浮华世界”——充斥着娱乐、消遣和饮酒的夜晚世界，它们是我们所有绘画的背景。如今我想起当年的市中心来总是感到一丝怀念：街道没有这么拥挤、喧嚣，工厂接受着晚风吹来的各个季节的花香。我们最喜欢去的地方是小岛街运河旁的一家小茶馆，名叫“水中灯笼”——确实，当你朝茶馆走去时，能看见茶馆的灯笼映在运河里的倒影。茶馆老板娘是毛利君的老朋友，这就保证了我们总是受到慷慨的款待，我记得在那里度过的几个难忘的夜晚，跟老板娘一起饮酒、唱歌。还有一个地方我们也经常光顾，是永田街的一个射箭厅，那里的老板娘总是不厌其烦地告诉我们，许多年前，她在秋叶原做艺伎时，毛利君以她为模特创作了一系列木刻画，引起轰动。那家射箭厅里有大约六七个姑娘，过了一阵，我们每人都有了自己心仪的对象，把烟斗递来递去地抽，消磨夜晚的时光。

我们的寻欢作乐也不只限于在城里探险。毛利君在娱乐界的熟人简直数不胜数，一年到头都有流浪演员、舞蹈家和音乐家组成的赤贫大军光临别墅，被当成失散已久的老朋友一样款待。大量的酒被拿了出来，客人们唱歌跳舞直至深夜，很快，就有人被派去叫醒附近村里的酒店老板，再添新酒。那些日子有一位常客叫摩季，是讲故事能手，一个乐呵呵的胖男人，他艺术地再现那些古老的传说，使我们一会儿乐不可支，一会儿泪流满面。许多年后，我几次在左右宫遇见摩季，共同回忆在别墅里的那些夜晚，啧啧称奇。摩季坚信他记得许多这样的晚会都通宵达旦，再持续一整天，直到第二天夜晚。我对此不敢确定，但我记得毛利君别墅白天的情景，到处是一具具疲惫的身体横躺竖卧，还有人躺在外面的院子里，阳光洒在他们身上。

然而，我十分清楚地记得这样一个夜晚。当时，我独自走在别墅中央的院子里，呼吸着夜晚清新的空气，为暂时逃离了那些寻欢作乐而感到轻松。我记得我朝储藏室的门口走去，进门前，我回头望望院子那边的屋子，我的同事们和客人们都在那里嬉笑玩乐。我看见数不清的身影在纸屏风后面晃动，夜空中飘来一个歌者的声音。

我朝储藏室走去，因为在别墅里，没有几处地方能让人不受打扰地独处一段时间。我想象在很久以前，当别墅里还有卫兵和仆人时，这个储藏室是用来存放武器和盔甲的。可是那天夜里当我走进屋里，点亮挂在门上的灯笼时，却发现地上乱糟糟的堆满了各种东西，必须跳着脚才能走进去。到处都是一堆堆用绳子捆着的旧画布，破烂的画架，还有各种瓶瓶罐罐，里面插着画笔和木棍。我总算挪到一小片空地上坐下来。我注意到，门上的灯笼把我周围的东西照出长长的影子，形成一种诡异的效果，似乎我坐在一处阴森恐怖的小墓地里。

我想，我准是完全陷入了沉思，因为我记得听到储藏室的门被打开的声音时吃了一惊。我一抬头，看见毛利君站在门口，便赶紧说道："晚上好，先生。"

也许门上的灯笼不足以照亮我呆的地方，或者我的脸处在阴影里。总之，毛利君探头张望，问道：

"是谁呀？是小野吗？"

"是的，先生。"

他继续探头张望了一会。然后，他把灯笼从横梁上摘下来，举在面前，开始小心地绕过地板上的杂物，朝我走来。他这么做的时候，手里的灯笼使我们周围暗影摇曳。我赶紧腾出一点地方给他，但毛利君已经在不远处一只旧木箱上坐了下来。他叹了口气，说道：

"我出来透透新鲜空气，看见这里有灯光。到处都一片漆黑，只有这点灯光。我心里想，如今这间储藏室已经不是情人们幽会的地方了。这里面的人肯定处于孤独中。"

"我准是坐在这里做起梦来了，先生。我没打算在这里呆这么长时间。"

他把灯笼放在脚边的地板上，从我坐的地方只能看见他的剪影。"刚才有个跳舞的姑娘似乎很喜欢你呢，"他说，"夜晚还没结束，你就消失了，她准会感到失望的。"

"我不是故意对我们的客人无礼，先生。我像您一样，只是想出来透透新鲜空气。"

我们沉默了片刻。院子那头，可以听见我们的同伴在拍着巴掌唱歌。

“那么，小野，”毛利君终于开口说道，“你对我的老朋友仪三郎是怎么看的？他可真是个人物呢。”

“没错，先生。他看起来是个很和善的绅士。”

“现在他可能穿得衣衫褴褛，当年可是个名人呢。从他今天晚上的表演来看，他过去的技艺并没有全丢掉。”

“是的。”

“那么，小野，你的烦恼来自哪里呢？”

“烦恼，先生？没有，我没有烦恼。”

“是不是你发现我的老朋友仪三郎有点讨厌？”

“没有没有，先生，”我紧张地笑了笑，“啊，一点也没有。他是个最有魅力的绅士。”

然后，我们聊了一会儿别的，有一搭没一搭，脑子里想起什么就说什么。后来毛利君又把话题转到我的“烦恼”上，我便知道他是准备坐在那里等我一吐为快了，我终于说道：

“仪三郎君确实是个最慈善的绅士。他和他的那些舞者一片好意地让我们开心。但我忍不住在想，先生，过去这几个月里，他们这样的人来访得太频繁了。”

毛利君没有回答，于是我接着说道：

“请原谅，先生，我不是不尊重仪三郎君和他的朋友。但是，我有时候感到困惑。我不明白我们画家是否应该花这么多时间跟仪三郎君那样的人在一起娱乐。”

我记得就是这时，老师站了起来，举着灯笼走向储藏室里面的墙壁。墙壁原先处于黑暗中，老师把灯笼凑近时，挂在墙上的三幅上下排列的木版画便被清楚地照亮了。每幅画上都是一个艺伎在整理发型，她们都坐在地上，视角是从后面看去。毛利君仔细端详了一会儿，把灯笼从一幅画挪向另一幅。然后他摇摇头，自己嘟囔道："致命的败笔。细节造成的致命的败笔。"几秒钟后，他仍然盯着版画继续说："可是人总是对自己早期的作品怀有感情。也许你有一天也会对你在这里创作的作品产生同样的感情。"他又摇摇头，说："可是这些画都有致命的败笔，小野。"

"我不能同意，先生，"我说，"我认为这些木刻画出色地证明了一位画家的才华能够超越某一种风格的局限。我经常认为，先生早期的木刻画被锁在这样的屋子里真是太可惜了。它们完全应该跟先生的绘画一起公开展出。"

毛利君仍然全神贯注地端详他的木刻画。"致命的败笔，"他又说了一遍，"但我那时候还很年轻。"他又挪动灯笼，让一幅画隐入阴影，让另一幅画显现出来。然后他说："这些都是从主街一家艺伎馆里看到的景象。在我年轻的时候，那是一家口碑很好的艺伎馆。我和仪三郎经常一起光顾这些地方。"过了片刻，他又说道："这些都有致命的败笔，小野。"

"可是，先生，我认为即使眼光最敏锐的人，在这些木刻画里也挑不出错来。"

他又端详了一会儿木刻画，然后开始朝这边走回来。我觉得他花了过多的时间走过地板上的那些杂物。有几次，我听见他喃喃自语，还听见他用脚踢开一个罐子或箱子的声音。是的，有一两次我以为毛利君是在那一片狼藉中寻找什么东西——也许是他早年的其他木刻画，但最后他又坐回到那只旧木箱上，叹了口气。又沉默了一会儿，他说：

"仪三郎是个不幸的人，一辈子过得不顺心。他的才华都被毁掉了。他曾经爱过的那些人，或者早就死了，或者把他给抛弃了。即使在我们年轻的时候，他的性格就是孤独的，落落寡欢的。"毛利君停顿了一会儿，然后继续说道："可是有时候我们跟青楼女子一起饮酒作乐，仪三郎就会变得开心起来。他想听什么，那些女人就对他说什么，至少在那个晚上他对那些话是相信的。当然啦，天一亮，他这样有智慧的人就不可能继续相信这样的话。但仪三郎并不因此就看轻那些夜晚。他以前总是说，最好的东西总是在夜晚聚集，在早晨消失。人们所说的浮华世界，小野，就是仪三郎知道如何珍惜的那个世界。”

毛利君又停住了话头。像刚才一样，我只能看见他的剪影，但我感觉他在倾听院子那头寻欢作乐的声音。然后他说：“如今他年纪大了，心情不好，但在许多方面几乎没有什么变化。今晚他是快乐的，就像他以前在那些娱乐场所一样。”他深深吸了口气，好像在抽烟一样。然后他继续说：“画家有希望捕捉的最细微、最脆弱的美，就飘浮在天黑后的那些娱乐场所里。而在这样的夜晚，小野，那种美也会飘到我们这里。可是挂在那里的那几幅画，它们没有表现出一点那种虚幻的、转瞬即逝的特征。严重的败笔，小野。”

“可是，先生，在我看来，这些木刻画非常有力地表现了这些内容。”

“我创作那些木刻画的时候还很年轻。我怀疑，我之所以没能描绘那个浮华世界，是因为我无法让自己相信它的价值。年轻人对于快乐经常会产生犯罪感，估计我也是这样。我想，我当时认为在这样的场所虚度光阴，用自己的技巧去描绘如此短暂、看不见摸不着的东西，实在是一种浪费，是一种颓废。当一个人对一个世界的美产生怀疑时，是很难欣赏它的。”

我想了想，说：“是的，先生，我承认您所说的很适用于我自己的作品。我会尽力好好去做的。”

毛利君似乎没有听见我的话。“可是我很久以前就消除了那些怀疑，小野，”他继续说道，“年老之后，当我回顾自己的一生，看到我用毕生的精力去捕捉那个世界独特的美，我相信我会感到心满意足的。没有人能使我相信我是虚度了光阴。”

当然，毛利君的原话可能并不是这样。是的，仔细想来，这样的话倒更像是我在左右宫里喝了点酒之后，对我的那些学生说的。

“作为日本新一代画家，你们对本民族的文化负有重大的责任。有你们这样的人做我的学生，我深感自豪。我自己的画作不值得多少夸赞，可是当我回顾自己的一生，想起我在事业上培养和帮助过你们在座各位，那么没有人能使我相信我是虚度了光阴。”每次我说出这样的话，聚集在周旁的那些年轻人都会提高嗓门，一个盖过一个地说我不该这样贬低我自己的作品——他们吵吵嚷嚷地告诉我，那些作品无疑将会流芳百世。可是，正如我前面说过的，许多成为我鲜明特色的话语和表达方式，实际上都是从毛利君那里继承来的，所以很可能这正是老师那天夜里的原话，当时给我留下了那么强烈的印象，并在我心里留下烙印。

唉，我的话题又跑远了。我要讲述的是上个月在河边公园跟节子有过那番不快的交谈之后，带外孙在百货商店吃饭的情景。实际上，我记得我正在回忆一郎对菠菜的赞扬。

午饭端上来了，我记得一郎坐在那里，专心研究盘子里的菠菜，有时还用勺子戳一戳。然后他抬起目光，说道：“外公，你看着！”

外孙撮起满满一大勺菠菜，高高举起，开始往嘴里倒。看他的吃相，活像某人在喝瓶里的最后几滴酒。

“一郎，”我说，“这样的吃相可不雅观。”

可是外孙继续把菠菜往嘴里塞，同时使劲嚼着。吃完了一勺他才把勺子放下，两个腮帮子鼓得都快爆炸了。然后，他嘴里仍然嚼着，脸上突然做出一副严肃的表情，挺起胸膛，开始用拳头出击周围的空气。

“你在做什么呀，一郎？告诉外公，你在做什么。”

“你猜，外公！”他嘴里塞着菠菜说道。

“嗯，我不知道，一郎。是一个男人在喝酒、打架？不是？那你告诉我吧，外公猜不着。”

“大力水手！”

“那是什么，一郎？又是你崇拜的一个英雄吗？”

“大力水手吃菠菜。吃了菠菜就有力量。”他又挺起胸膛，对着空气挥拳头。

“我明白了，一郎，”我笑着说，“菠菜确实是一种奇妙的食物。”

“酒也给人力量吗？”

我微笑着摇摇头。“酒使人相信自己有了力量。可是实际上，一郎，你的力量并不比喝酒之前更大。”

“那男人干吗还喝酒呢，外公？”

“我不知道，一郎。也许因为他们可以暂时相信自己有力量吧。其实酒并不能使人变得更强壮。”

“菠菜使人真的有力量。”

“那么菠菜比酒好多了。你继续吃菠菜吧，一郎。可是你看，你盘子里的其他东西怎么办呢？”

“我也喜欢喝酒。还有威士忌。在家的时候，我经常去一家酒馆。”

“是吗，一郎。我认为你最好接着吃菠菜，就像你说的，菠菜真的能给人力量。”

“我最喜欢清酒。我每天晚上都要喝十瓶，然后再喝十瓶威士忌。”

“是吗，一郎。那酒量可不小。肯定会让你妈妈头疼的。”

“女人根本不懂我们男人喝酒的事。”一郎说，把注意力转向了面前的午饭。可是他很快又抬起头来，说：“外公今晚要来吃晚饭。”

“是的，一郎。估计仙子小姨会准备一些好吃的东西。”

“仙子小姨买了一些清酒。她说外公和大郎姨夫会把它们都喝光。”

“呵，我们也许会的。我想女人们也会喝一点。但是她说得对，一郎，酒主要是给男人喝的。”

“外公，如果女人喝了酒会怎么样？”

“嗯，说不好。女人不像我们男人这样强壮，一郎。所以她们可能很快就喝醉了。"

"仙子小姨会喝醉！她只喝一小杯就醉得一塌糊涂！"

我笑了一声。"是的，很有可能。"

"仙子小姨醉得一塌糊涂！她会唱歌，然后趴在桌上睡觉！"

"看来，一郎，"我仍然笑着说，"我们男人最好把酒看牢了，是不是？"

"男人更强壮，所以能喝更多的酒。"

"没错，一郎。我们最好把酒看牢了。"

然后，我思忖了片刻，又说："我想你现在有八岁了，一郎。你正在长成一个大男子汉。谁知道呢？说不定今晚外公会让你喝几口清酒呢。"

外孙以一种有点害怕的表情看着我，什么也没说。我朝他微笑，然后扫了一眼旁边大窗户外面的浅灰色天空。

"你从来没见过你的舅舅健二，一郎。他在你这个年纪，也跟你一样高矮，一样结实。我记得他第一次喝清酒时就跟你现在差不多大。一郎，我保证让你今晚尝尝酒味儿。"

一郎似乎考虑了一会儿，然后说道：

"妈妈那儿会有麻烦。"

"别担心你妈妈，一郎。外公对付得了她。"

一郎厌烦地摇摇头。"女人永远不懂男人喝酒的事。"他说。

"你这样的男人应该尝尝清酒了。别担心，一郎，就把你妈妈交给外公好了。我们可不能让女人牵着鼻子走，是不是？"

外孙继续沉思了一会儿，然后突然大声说：

"仙子小姨会喝醉！"

我笑了。"我们等着瞧吧，一郎。"我说。

"仙子小姨会醉得一塌糊涂！"

大约过了十五分钟，我们正在等冰激凌的时候，一郎用若有所思的语气问道：

“外公，你知道野口佑次郎吗？”

“你肯定是指野口由纪夫吧，一郎。不，我跟他不认识。”

外孙没有回答，似乎在专注地研究旁边窗玻璃上他的影像。

“今天上午，”我继续说，“我跟你妈妈在公园里谈话的时候，她似乎脑子里也想着野口先生。估计大人们昨晚吃饭的时候谈论过他，是不是？”

一郎继续望着自己的影像，过了一会儿，他转过脸来问我：

“野口先生像外公一样吗？”

“野口先生像我一样？啊，至少你妈妈就不是这么认为的。那只是我有一次对你大郎姨夫说的话，没什么大不了的。你妈妈似乎把它看得过于认真了。我不太记得我当时在跟大郎姨夫说什么了，但外公碰巧说他跟野口先生那样的人有一两个共同点。现在你告诉我，一郎，昨晚大人们都说什么了？”

“外公，野口先生为什么要杀死自己？”

“很难说得准，一郎。我并不认识野口先生。”

“那他是个坏人吗？”

“不，他不是坏人。他只是一个非常努力地做着他认为最有益的事情的人。可是你知道吗，一郎，战争结束后，情况变得很不一样。野口先生创作的歌曲曾经非常出名，不仅在这个城市，而且在整个日本。收音机里播，酒馆里也唱。你舅舅健二他们在行军中和作战前也唱这些歌。战后，野口先生认为他的歌——唉——是一种错误。他想起所有那些被杀害的人，所有那些跟你年龄相仿却失去了父母的小男孩，一郎，他想起了所有这些事情，认为自己的那些歌或许是个错误。他觉得他应该谢罪。向每一个离世的人谢罪。向那些失去双亲的小男孩谢罪。向那些失去像你这样的小男孩的父母谢罪。他想对所有这些人说声对不起。我认为这就是他自杀的原因。野口先生绝对不是个坏人，一郎。他有勇气承认他所犯的错误。他很勇敢，很高尚。”

一郎带着若有所思的表情注视着我。我笑了一声，说："怎么啦，一郎？"

外孙似乎想说话，却又转过去看着他映在窗玻璃上的脸。

"你外公说自己像野口先生，其实没有任何意思，"我说，"他只是在开玩笑，仅此而已。下次你再听见你妈妈讲到野口先生，就把这话告诉她。从她今天上午说的话来看，她把事情完全理解错了。你怎么了，一郎？突然变得这么安静。"

吃过午饭，我们在市中心的店铺里逛了逛，看玩具，看图书。下午四五点钟的时候，我在樱桥街一家时髦的餐厅又请一郎吃了一客冰激凌，然后我们就前往大郎和仙子在泉町的公寓。

你可能知道，泉町如今成为家境良好的年轻夫妇非常热衷的一个地方，那里确实有一种干净体面的氛围。但是吸引年轻夫妇的大多数新建的公寓楼，在我看来缺乏想象力，很压抑。就拿大郎和仙子的公寓来说吧，是三层楼上一套狭小的两居室，天花板很低，能听见隔壁人家的声音，从窗户看出去，只能看见对面的楼房和窗户。没过一会儿，我就开始觉得这套房子憋屈，我相信这并不是因为我习惯了我那座宽敞的传统老宅。不过，仙子似乎对她的公寓感到很得意，嘴里不停地赞扬它的"现代"特征。房子看上去很容易保持干净，通风也很好，特别是整个公寓楼的厨房和浴室，全是按西方风格设计的，就像我女儿说的，比起我那座房子里的设施来，不知道要实用多少倍呢。

厨房虽然方便，毕竟还是太小，那天晚上，我想进去看看两个女儿晚饭准备得怎么样了，却似乎连站的地方都没有。因为这个，还因为两个女儿看上去都很忙，我就没有跟她们多聊。但我还是说了一句：

"你们知道吗，一郎今天告诉我，他很想尝尝清酒呢。"

节子和仙子并排站在那里切菜，都停住手，抬起眼来看着我。

“我想了想，我们不妨就让他喝一点尝尝，”我继续说道，“不过也许应该用水稀释一下。”

“对不起，爸爸，”节子说，“您是说让一郎今天晚上喝酒？”

“就喝一点点。他毕竟一天天在长大。不过我说了，你最好把酒稀释一下。”

两个女儿交换了一下目光。仙子说：“爸爸，他才八岁。”

“只要你用水稀释一下就没关系。你们女人可能不理解，但这些事情对一郎这样的男孩子来说意义非常重大。关系到自尊心。他会一辈子都记得的。”

“爸爸，这真是胡说，”仙子说，“一郎只会感到不舒服。”

“不管胡说不胡说吧，我已经仔细考虑过了。你们女人有时候不能充分理解一个男孩的自尊心。”我指着放在她们头顶格架上的那瓶清酒，“一小滴就够了。”

说完，我就转身离开，却又听见仙子说道：“节子，这是根本不可能的。真不知道爸爸是怎么想的。”

“这么大惊小怪做什么？”我在门口转过身说。我听见从我身后的客厅里传来大郎和我外孙的欢笑声。我压低声音，接着说道：“反正，我已经答应他了，他一心盼着呢。你们女人有时候根本不理解别人的自尊心。”

我又准备离开，这次是节子说话了：

“爸爸这么体贴地考虑到一郎的感受，真是太难为他了。不过，是不是最好等一郎再长大点呢？”

我轻轻笑了一声。“知道吗，我记得当年健二这么大的时候，我决定让他尝尝清酒，你们的妈妈也是这样反对的。结果，喝一点酒并没有给你们的哥哥带来什么害处。”

话一出口，我就后悔不该在这样琐碎的争论中提到健二。是的，我记得我当时对自己非常恼火，很可能没有注意听节子下面的话。我记得她似乎是这么说的：

“毫无疑问，爸爸在培养哥哥上是很用心思的。不过，从后来的事情看，我们发现至少在一两点上，倒是妈妈的观点更加正确。”

说实在的，也许节子并没有说出这样令人不快的话。也许我把她说的话完全理会错了，因为我清楚地记得仙子对姐姐的话没有任何反应，只是厌倦地转回去继续切菜。而且，我也不会认为大家好好地交谈着，节子会无缘无故地说出这番话来。可是，当我想到那天上午在河边公园节子的那些含沙射影的言词时，便不得不承认她是有可能说出类似的话的。总之，我记得节子最后说道：

“而且，恐怕池田也会希望一郎长大一些再喝酒的。但是爸爸这样体贴一郎的感受，真是太用心了。”

我担心一郎听到我们的谈话，而且不愿意给我们难得的家庭聚会罩上阴影，便没有继续争论，离开了厨房。我记得我后来就跟大郎和一郎坐在客厅里，一边等晚饭，一边愉快地聊天。

过了一小时左右，我们终于坐下来吃饭了。这时，一郎伸出手，用手指敲了敲放在桌上的酒瓶，意味深长地看着我。我朝他微笑，但什么也没说。

女人们准备了一顿丰盛的晚餐，很快大家就轻松自如地聊了起来。大郎给我们讲了他一位同事的故事，把我们全都逗笑了。那位同事愚蠢得可笑，再加上运气不好，总也完不成任务，并因此而出了名。大郎讲这个故事时，说道：

“后来，情况越来越严重，我们的上司也开始叫他‘乌龟’。最近一次开会时，早坂先生没有留神，竟然张口宣布道：‘听完乌龟的报告，我们就休会吃午饭。’”

“是吗？”我有些吃惊地大声说。“真有意思。我以前也有一位同事叫那个外号。原因似乎也大同小异。”

大郎好像对这一巧合并不感到特别意外。他礼貌地点点头，说道：“我记得我上学的时候有一个同学，我们也都叫他‘乌龟’。实际上，就像每个团队都有一个天然的领袖一样，似乎每个团队也有一个‘乌龟’。”

然后，大郎又继续讲他的故事。当然啦，现在想想，女婿的话完全正确。由同类人组成的团队，几乎都有自己的“乌龟”，虽然并不总叫这个名字。比如，在我的学生中间，就是绅太郎担当这一角色。这不是否认绅太郎的基本能力，可是跟黑田之类的一比，他的才华就逊色多了。

我想，总的来说，我并不欣赏这个世界上的“乌龟们”。人们也许赞赏他们的吃苦耐劳和他们的求生能力，却怀疑他们缺乏坦诚，善于欺骗。最后，人们会唾弃他们打着事业的名义而不肯冒险，或为了他们声称自己所信仰的某个理念而退缩不前。乌龟之流永远不会成为某个重大灾难的牺牲品，就像杉村明在改造河边公园的计划上遭受重挫那样。然而同样，虽然他们有时也能混成个老师之类，获得一点地位，但永远也不可能取得任何超凡脱俗的成就。

我承认，在毛利君别墅的那些年里，我是很喜欢乌龟的，但是我从来没有把他当成一个平等的人来尊重。这是由我们关系的性质决定的，我们的友谊，是从乌龟在竹田公司受迫害的时候开始建立，又在初入别墅，乌龟艰难起步的那几个月里逐渐牢固的。过了一段时间，我们的友谊形成了固定模式，他始终对我给予他的一些难以言说的“支持”感激不尽。后来他已经掌握技巧，知道怎样作画才不致引起别墅其他人的敌意，而且他凭自己随和的、乐于助人的性格，赢得了大家的好感，但是他仍然在很长时间里一直对我说：

“我太感谢你了，小野君。多亏了你，这里的人才这样善待我。”

当然，在某种意义上，乌龟确实应该感谢我。如果没有我的激励，显然他永远不会考虑离开竹田大师的公司，投师于毛利君的门下。他对迈出这冒险性的一步犹豫再三，可是一旦不得不这么做了，他便从没有怀疑过当初的决定。是的，在很长时间里——至少在最初两年——乌龟对毛利君恭敬有加，我记得他无法跟我们的老师对话，只会唯唯诺诺地说“是的，先生”或“不，先生”。

那些年里，乌龟继续像以前那样慢悠悠地作画，但这并没有激起任何人的反感。实际上，很多人的工作速度都很慢，而且这帮家伙还喜欢取笑我们这些作画敏捷的人。我记得他们称我们为“机械师”，把我们有了灵感之后的专注、狂热的工作方式比作一个蒸汽机驾驶员，不断地往火里添煤，生怕机器随时都会熄火。我们反唇相讥，把这帮磨洋工的人称为“后退者”。“后退者”原本是别墅里用来形容这样一个人的：他在一间拥挤的房间里作画，周围都是对着画架工作的人，他却总是每过几分钟就要后退几步，观察他作品的效果——结果，他就总会撞上在他身后工作的同事。当然，这么说是很不公平的，不能因为某个画家愿意从容不迫地作画——用比喻的说法，就是后退几步——就说他行为孤僻，但我们很喜欢这个称呼里的挑衅性。是的，我记得我们经常说说笑笑地拿“机械师”和“后退者”来打趣。

实际上，我们每个人都会为“后退”感到愧疚，因此，我们工作时尽量避免挤在一起。在夏季的几个月里，许多同事把画架支在阳台上，彼此拉开距离，或者就在院子里，另一些人则坚守在许多房间里，因为他们喜欢根据光线的变化从一个房间换到另一个房间。我和乌龟总喜欢在那间废弃的厨房里工作——那是别墅侧翼一座很大的、类似谷仓的附属建筑。

进门时脚下是踩实的泥地，再往里走，是一个垫高的木板平台，很宽，放得下我们的两个画架。房梁很低，有许多挂钩——可以把锅和其他炊具挂在上面——墙上有竹架子，正适合我们放置画笔、抹布和颜料什么的。我还记得我和乌龟把一个发黑的大罐子灌满了水，拎到平台上，挂在那个旧滑轮上，我们作画时，它便悬在我们肩膀的高度。

我记得一天下午，我们像平时一样在厨房里作画，乌龟对我说：

“小野君，我对你现在的作品感到很好奇，肯定不同一般。”

我笑了，眼睛没有离开我的画布。“你为什么这么说？我只是在做一个小实验，仅此而已。”

“可是小野君，我已经很长时间没有见你这么专注地工作了。而且你要求保密。你已经至少两年没有要求保密了。自从你开始为第一次画展准备那幅《狮舞》之后，就再没有过。”

也许我应该解释一下，偶尔，一位画家觉得某件作品在完成前会受某种评论的干扰，便要求对那件作品“保密”，大家便知道，在画家撤回他的要求之前，谁也不能看那幅作品。大家这样密切地在一起生活和工作，这是一种合理的安排，使画家有自己的探索空间，而不用担心出洋相。

“真的这么引人注目？”我说。“我还觉得我把自己的兴奋掩饰得很好呢。”

“小野君，你一定忘记了，我们已经肩并肩地在一起作画快八年了。嗯，没错，我看出这幅画不同一般。”

“八年了，”我说，“我想是的。”

“没错，小野君。跟你这么有才华的人一起工作，是我的荣幸。偶尔让我有点无地自容，但实在是一种很大的荣幸。”

“你过奖了。”我微笑着说，一边继续作画。

“没有过奖，小野君。真的，我觉得，这些年来，如果没有你的作品在我眼前不断激励着我，我绝不可能取得这样的进步。你无疑注意到了，拙作《秋日的姑娘》从你的杰作《日落的姑娘》里获得了多少灵感。小野君，这只是我试图仿效你的才华的许多尝试之一。我知道，只是一种单薄的尝试，但毛利君非常仁慈，夸奖说这是我的一个显著进步。”

“我不知道，”我停住画笔，端详着我的作品，“我不知道这幅画是否也能给你灵感。”

我继续研究我那画了一半的作品，过了一会儿，我隔着我们中间那个古老的罐子朝我的朋友望去。乌龟在愉快地作画，没有感觉到我的目光。跟我在竹田大师的公司初次认识他的那个时候相比，他长了些肉，以前那种疲倦的、心惊胆战的神情也在很大程度上被一种孩子气的心满意足所取代。实际上，我记得当时有人把乌龟比作一只刚被人宠爱过的哈巴狗，没错，那天下午我在旧厨房里注视他作画时，觉得这个形容并不算离谱。

“告诉我，乌龟，”我对他说，“你对你目前的作品很满意，是吗？”

“非常满意，谢谢你，小野君。”他毫不迟疑地回答。接着抬起头来，咧嘴笑笑又说：“当然啦，要跟你的作品相提并论还早着呢，小野君。”

他的目光又回到他的画作上，我又注视了他一会儿，然后问道：“你有时候是不是想过尝试一些……一些新的画法？”

“新的画法，小野君？”他说，没有抬头。

“告诉我，乌龟，你有没有想过，有朝一日创作出真正有分量的作品？我不是指我们在这别墅里欣赏和称赞的这些，我是指真正有分量的作品。能够对我国的人民做出巨大贡献的作品。乌龟，正是为了这个目的，我才谈到需要探索新的画法。”

我说话时密切注视着乌龟，但乌龟并没有停止作画。

“说实在的，小野君，”他说，“我这样地位卑微的人一直在尝试新的画法。可是在过去的一年里，我相信自己终于找到了正确的路子。你知道的，小野君，我发现在这一年里，毛利君越来越注意地观察我的作品。我知道他对我感到满意。谁知道呢，也许将来某个时候，我的作品能跟你和毛利君一起展出呢。”他终于抬起头来看着我，不自然地笑了笑。“请原谅，小野君。我是想入非非，好让自己能够坚持下去。”

我决定不再谈这件事。我打算过些日子试着跟我的朋友推心置腹，可是却被别的事情绊住了。

在刚才那段对话几天之后的一个晴朗的早晨，我走进那间旧厨房，发现乌龟站在那个类似谷仓的建筑物后面的平台上，直瞪瞪地看着我。我刚从外面明亮的阳光下进来，眼睛过了几秒钟才适应了屋里的昏暗，但我很快注意到乌龟脸上那副警觉的、几乎是受了惊吓的表情。没错，他那样不自然地把胳膊举到胸前，又让它垂落下去，使我觉得他以为我要打他。他没有支起他的画架，也没有为一天的工作做其他的准备，我跟他打招呼时，他一声不吭。我走过去问道：

“出什么事了？”

“小野君……”他低声叫了一句，便不说话了。我朝平台走去时，他紧张地把目光投向他的左边。我循着他的视线，看到我那幅没有画完的作品，它被罩了起来，背过去靠墙放着。乌龟不安地指了指它，说道：

“小野君，你是在开玩笑吗？”

“不，乌龟，”我说，一边走上平台，“绝对不是开玩笑。”

我走到作品前，扯掉罩布，把它转过来面朝我们。乌龟立刻挪开了目光。

“我的朋友，”我说，“你曾经勇敢地听了我的话，跟我一起跨出了事业上重要的一步。现在我请你考虑再跟我一起往前跨一步。”

乌龟还是扭着脸，说：

“小野君，老师知道这幅画吗？”

“不，还不知道。但我想我会拿给他看的。从现在起，我打算一直按这个路子画。乌龟，看看我的作品。我来给你解释我想做什么。也许我们可以再次共同跨出重要的一步呢。”

终于，他转过脸来看着我。

“小野君，”他用近乎耳语的声音说，“你是个叛徒。请你原谅。”

说完，他匆匆离开了房间。

那幅令乌龟如此不安的作品名为《得意》，它已经很久不在我手里了，但我创作它时非常投入，所以每个细节都深深地印在我的记忆里。是的，我觉得如果我愿意的话，现在还能十分精确地把那幅画重新再画出来。它的灵感来自我几个星期前目睹的不起眼的一幕，当时我正跟松田一起在外面散步。

我记得我们是去跟松田在冈田—武田协会的几位同事见面，他要把我介绍给他们。那时候正值夏末，最热的天已经过去，但我记得我跟着松田坚定的步伐走在西鹤的桥上，用手擦去脸上的汗，心里希望我的同伴走慢一些。松田那天穿着一件典雅的白色夏装，帽子像往常一样歪戴着，显得很有个性。他虽然走得很快，但脚步轻盈，看不出一丝匆忙。他在桥中央停住脚步，我发现他似乎根本没感到热得难受。

“从这上面看过去很有意思，”他说，“你说呢，小野？”

在我们下面，一左一右耸立着两个工厂。挤在两个工厂之间的，是一片密密麻麻、杂乱无章的屋顶，有的是廉价的木瓦，有的是用波纹金属临时搭建而成。今天，西鹤区仍然被看成一个贫困地区，而当年情况要糟糕得多。一个陌生人从桥上看去，会以为这里是一片遭到毁灭的荒地，可是仔细观察，却能看见许多小小的人影在那些房子周围忙碌地活动，就像蚂蚁在石头周围奔走一样。

“看看下面，小野，”松田说，“我们城里这样的地方越来越多。仅仅两三年前，这里还没有这么糟糕。现在它成了一个贫民区。穷人越来越多，小野，他们不得不离开农村的老宅，到这里来跟这些人一起受罪。”

“真可怕，”我说，“真想为他们做点什么。”

松田微笑地看着我——那种高高在上的笑容，总是使我感到别扭，感到自己很蠢。“善意的观点，”他说，又转过去看着桥下，“大家都说这种话。在生活的各个层面。可是，这样的地方像毒蘑菇一样到处蔓延。小野，你深吸一口气。即使在这里也能闻到污水的臭味。”

“我注意到气味不好。真的是从下面飘过来的吗？”

松田没有回答，只是继续看着下面的贫民区，脸上带着古怪的笑容。然后他说：

“政客和商人很少看到这样的地方。即使看到，也是像我们这样站得远远的。我怀疑有多少政客和商人在那下面走过。说到这点，我也不相信有多少画家这么做过。”

我听出他语气里带有激将的成分，便说：

“如果约会不会迟到，我倒不反对下去走一走。”

松田说得不错，那股臭气确实是那片社区的污水散发出来的。我们来到铁桥脚下，开始在那些狭窄的小巷里穿行时，气味越来越强烈，最后达到了令人作呕的程度。炎热中没有一丝风，周围的空气中唯一的动静就是嗡嗡不绝的苍蝇。我又一次发现我吃力地想追上松田的步伐，但这次可不希望他放慢速度。

在我们两边，有许多类似集市上已经收摊的小摊，实际上就是家家户户的住房，有时只用一道布帘跟小巷子隔开。有的门前坐着老人，我们经过时，他们饶有兴趣但毫无敌意地盯着我们看；到处都有小孩子跑来跑去，我们脚边似乎一直有猫在逃窜。我们往前走着，躲开晾晒在粗糙绳子上的床单和衣物，经过哭闹的婴儿，吠叫的狗，还有隔着小巷、仿佛是从帘子后面彼此亲热交谈的邻居。过了一会儿，我越来越强烈地意识到窄巷的两边是挖出来的阴沟。苍蝇在阴沟上方嗡嗡盘旋，我跟着松田往前走，清楚地感觉到阴沟之间的路越来越窄，最后我们好像是走在一根倒地的树干上。

终于，我们来到一个像是院子的地方，一片简陋的茅草屋挡住了前面的路。松田指着两间茅草屋之间的一个豁口，从那里能看见一片开阔的荒地。

“我们从那里穿过去，”他说，“就能绕到小金井街后面。”

快要走到松田指的那条路的入口时，我注意到三个小男孩弯腰在看地上的什么东西，还用棍子捅它。我们走过去，他们猛地转过身，满脸怒容，虽然我什么也没看见，但他们的表现告诉我，他们正在折磨一个动物。松田肯定也得出了同样的结论，我们走过小男孩身边时他说："唉，这里也没有别的东西让他们娱乐。"

我当时对那些小男孩没有多想。几天之后，他们三个人的形象又清晰地浮现在我脑海里：怒容满面地转向我们，挥着手里的棍子，站在那片肮脏的地方。我把它用作《得意》的核心画面。但我应该指出，当乌龟那天早晨偷看我那幅没有画完的作品时，他看见的那三个男孩在一两个重要方面跟原型有所不同。尽管他们仍然站在简陋肮脏的茅草屋前，身上的衣服也跟那几个男孩一样破烂不堪，但是他们脸上的怒容，不再是小罪犯被当场抓住时的那种心虚和提防，而是像准备作战的武士一样，很阳刚地蹙着眉头。另外，我画里的男孩子用古代剑道的姿势举着棍子，也并不是一种巧合。

在这三个男孩的头顶上，乌龟会看见画面自然过渡到第二组形象——三个衣冠楚楚、脑满肠肥的男人，坐在一家舒适的酒馆里，开怀大笑。他们脸上的表情显得很颓废，也许是在交流关于女人的什么笑话。这两组截然相反的形象，在日本列岛的海岸线上融在一起。右下角的留白处是大大的红色字体："得意"，左下角用较小的字体写着这句宣言："可是年轻人准备为尊严而战。"

当我描绘这幅早年的、无疑很不成熟的作品时，你肯定觉得其中一些特点并不陌生。你也许知道我的作品《放眼地平线》，那是三十年代的一幅木刻画，在这个城市赢得了一定的荣誉和影响。《放眼地平线》实际上是《得意》的翻版，由于两幅作品相隔多年，肯定存在一些差异。你大概记得，后一幅画也是两组截然不同的形象互相融合，由日本的海岸线连结在一起。画面上部那组形象仍是三个衣冠楚楚的男人在交谈，但这次他们表情紧张，不知所措地面面相觑。用不着我提醒，这三张脸酷似那三位显赫一时的政治家。画面下部是一组占主导地位的形象，那三个贫困交加的男孩成了神色坚定的战士。其中两人端着上了刺刀的步枪，中间站着一位军官，举着长剑指向前方——西边的亚洲。他们身后不再是赤贫的背景，而是一片太阳军旗。右下角的"得意"二字换成了"放眼地平线”，左下角写着：“没有时间怯懦地闲聊。日本必须前进。”

当然，如果你是刚来这个城市，可能没有接触到这幅作品。但我认为可以毫不夸张地说，战前生活在这个城里的许多人都对它很熟悉，它因为笔触大胆，色彩运用效果强烈，在当时获得很多好评。当然啦，我很清楚地意识到，《放眼地平线》这部作品，撇开其艺术价值不谈，其表达的情绪现在已经过时。是的，我愿意率先承认，那些情绪或许是应该受到谴责的。我不是那种不敢承认昔日作品中的缺点的人。

但是我不想谈论《放眼地平线》。我在这里提到它，是因为它跟早年那幅作品有明显的关系，而且我想说明跟松田相识对我后来事业的影响。那天早晨乌龟在厨房里发现那件事之前的几个星期，我开始定期去看松田。我想，我不断地去看他，是因为他的思想吸引着我，我记得我一开始对他并没有什么好感。是的，刚开始我们的聚会到了最后，互相总是产生强烈的敌意。比如，我记得就在我跟着他穿过西鹤贫民区之后不久，有一天晚上我跟他一起到市中心的一家酒馆。我记不清酒馆的名字和方位了，只清楚地记得那是一个黑暗、肮脏的地方，顾客看上去都来自城市的底层。我一进去就感到不安，但松田似乎对这里很熟悉，跟几个围在桌旁打牌的男人打了招呼，便领我走向一个放着一张小空桌子的隔间。

我们坐下不久，两个相貌粗鲁、喝得微醉的男人，踉踉跄跄地走进隔间，想跟我们聊天。松田直截了当地叫他们走开，我还以为要有麻烦了，但松田似乎把两个男人震慑住了，他们一言不发就离开了我们。

之后，我们边喝边聊了一会儿，我很快就发现我们的交谈有点令人恼火。我记得我忍不住对他说：

“毫无疑问，我们画家有时候确实值得你们这样的人取笑。但你想当然地认为我们都很天真，不谙世事，恐怕是不对的。”

松田大笑着说：

“你肯定记得，小野，我认识许多画家。总的来说，你们都是极端颓废的一群人。对这个世界的了解经常还不如一个孩子。”

我刚要反驳，松田又接着说道：“就拿你的这个计划来说吧，小野。就是你刚才非常真诚地提出的那个计划。它很令人感动，但是请原谅，却正好反映了你们这些画家特有的天真。”

“我不明白为什么我的想法值得你这样嘲笑。我本以为你很关心这个城里的穷人，看来我是错了。”

“你不用这样孩子气地改变话题。你很清楚我关心他们。可是让我们暂且考虑一下你的那个小小的计划吧。假设你的老师破天荒地动了恻隐之心。然后你们整个别墅的人就会花一个星期，或两个星期创作——什么呢？——二十幅画？最多三十幅。似乎没必要再多画了，反正你们最多也只能卖出十多幅。然后你们会怎么做呢，小野？带着辛辛苦苦挣来的一小袋硬币走进这个城市的贫民区？碰到一个穷人就给一分钱？”

“请原谅，松田，但我必须再说一遍——你把我想得这么幼稚是大错特错了。我从来也没有提议画展仅限于毛利君师生。我很清楚我们想要缓解的贫困规模有多大，所以才来跟你商量这个建议。你们冈田—武田协会正可以推动这样一个计划。全城定期举办大型画展，吸引更多的画家，会给那些人带来很大的救助。”

“对不起，小野，”松田说，笑微微地摇了摇头，“但恐怕我的判断是正确的。作为一个整体，你们画家是极其幼稚的。”他靠在椅背上，叹了口气。桌上满是烟灰，松田若有所思地用前面客人留下的一个空火柴盒的边缘在烟灰里画出图案。“最近有一种画家，”他继续说道，“他们的最大才华就是远离现实世界，躲在象牙塔内。不幸的是，这样的画家目前还占主导地位，而你，小野，正受到其中一位画家的影响。别这么生气，这是事实。你对这个世界的认识还像个孩子。比如，我怀疑你能不能告诉我卡尔·马克思是谁。”

我气呼呼地看了他一眼，没有说话。他笑了一声，说：“明白了吧？你也别太难过。你的大多数同事并不比你知道得多。”

“别胡扯了。我当然知道卡尔·马克思。”

“哎哟，对不起，小野。也许我低估你了。那么，请你跟我谈谈马克思吧。”

我耸了耸肩，说：“我记得他领导了俄国革命。”

“那么列宁是怎么回事呢，小野？他也许是马克思的副指挥官？”

“大概是同事吧。”我看见松田又露出了微笑，便不等他开口，赶紧说道：“反正，你真是荒唐。这些都是某个遥远国家的事情。我们现在谈的是这个城里的穷人。”

“是的，小野，是的。可是你看，你其实什么都不知道。你认为冈田—武田协会一心想唤醒画家，把他们领入现实世界，这点没错。但如果我什么时候说过我们协会想变成一只大的讨饭碗，那我就是误导了你。我们对慈善不感兴趣。”

“我不明白做点善事有什么不对。如果与此同时还能打开我们这些颓废画家的眼睛，那就更好了，我应该想到的。”

“如果你相信一点好心肠的善事能帮助我们国家的穷人，那你的眼睛还远远没有睁开，小野。事实是，日本面临危机。我们落在贪婪的商人和软弱的政客手中。这样的人会让贫困日益加剧。除非，我们新生的一代采取行动。但我不是政治鼓动家，小野。我关心的是艺术，是你这样的画家。有才华的年轻画家，还没有被你那个封闭的小世界永远地蒙蔽双眼。冈田—武田的存在是为了帮助你这样的人睁开双眼，为这个艰难时代创作出真正有价值的作品。”

“请原谅，松田，但我觉得你才是天真幼稚的。一位画家关心的是如何捕捉到美。他在这方面不管技艺多么高超，都不会对你说的那些事情产生什么影响。是的，如果冈田—武田真的像你说的那样，那么我觉得它是个拙劣的构想，建立在一个错误的想法上，不清楚艺术到底能做什么、不能做什么。”

“你知道得很清楚，小野，我们看问题没有这么简单。事实上，冈田—武田的存在不是孤立的。生活的各个领域都有我们这样的年轻人——在政界、军界——大家的想法都一样。我们是新生的一代。我们团结起来，就有能力做出真正有价值的事业。正好，我们一些人对艺术情有独钟，希望看到艺术能响应当今世界的呼唤。事实上，小野，在这样的时期，当周围的人民越来越贫穷，孩子们越来越饥饿、病弱，一个画家躲在象牙塔里精益求精地画艺伎是远远不够的。看得出来，你生我的气了，正在绞尽脑汁想办法反驳我。其实我是一片好意，小野。我希望你过后仔细考虑一下这些事情。因为你确实是一个才华横溢的人。”

“那么，你告诉我，松田，我们这些颓废愚蠢的画家怎么帮助你们实现政治革命呢？”

令我恼火的是，松田在桌子对面又露出那种轻蔑的笑容。“革命？说实在的，小野，共产主义者想要革命，我们可不要那玩意儿。实际上正好相反。我们要的是光复。我们只是希望天皇陛下恢复他一国之主的正当地位。”

“可是天皇已经在这个位置上了。”

“说实在的，小野，你可真是幼稚糊涂。”他的语气虽然还是一如既往地平静，这时似乎显出了一些严厉。“天皇是我们当然的领袖，然而实际上是怎么样呢？他的权利都被那些商人和他们的政客夺走了。听我说，小野，日本不再是个落后的农业国家。我们现在是个强大的民族，能跟任何西方国家抗衡。在亚洲半球，日本像一个巨人，屹立在侏儒和残废中间。可是我们却眼睁睁地看着我们的人民越来越水深火热，我们的孩子死于营养不良。与此同时，商人越来越富，政客永远在那里找借口、扯闲话。你能想象任何一个西方国家允许这样的局面存在吗？他们肯定早就采取行动了。”

“行动？你指的是什么样的行动，松田？”

“现在我们应该打造一个像英国和法国那样强大而富有的帝国。我们必须利用我们的力量向外扩张。时机已到，日本应该在世界列强中占领它应得的位置。相信我吧，小野，我们有办法做到这点，但还没有找到决心。而且我们必须摆脱那些商人和政客。然后，军队就会只听从天皇陛下的召唤。”说到这里，他微微一笑，目光又转向他在烟灰里画的图案。“但这只是别人操心的事，”他说，“我们这样的人，小野，关心的只是艺术。”

不过，我相信两三个星期后乌龟在废弃的厨房里的紧张不安，跟我那天晚上跟松田讨论的这些事情并没有多大关系。乌龟没有这样的洞察力，能从我那幅没有完成的作品里看到这么多东西。他所能看出的，只是作品体现了对毛利君风格的明目张胆的忽视，而且我没有像其他同学那样努力去捕捉娱乐世界里转瞬即逝的灯光。作品用大胆的书法来强调视觉冲击，当然，更重要的是，乌龟看到我大量使用硬笔勾勒轮廓——你知道的，这是一种传统画法，而毛利君教学的基础就是反对这种画法——乌龟看到这点，肯定是大惊失色了。

不管他愤怒的原因是什么，从那天早晨之后我就知道，我再也不可能向周围的人隐瞒我的那些快速形成的思想，而且老师早晚也会有所耳闻。因此，当我跟毛利君在高见花园的亭子里进行那番谈话的时候，我已经在脑海里反复想过怎么对他说，告诉他我已经决定不让自己趋炎附势。

大约是厨房那个上午过去一星期后，我和毛利君下午到城里办事——大概是采买颜料吧，我记不清了。但我记得我们办事的时候，毛利君对我的态度没有任何异样。夜幕降临时，我们发现离火车进站还有一点时间，便顺着横河车站后面陡峭的台阶，走向上面的高见花园。

当时，高见花园有一座非常宜人的亭子，就建在山坡上，俯瞰着下面的地区——实际上离今天的和平纪念碑所在的地方不远。那个亭子最吸引人的特点是古雅的亭檐上挂满了灯笼——但我记得那天晚上我们走近时，那些灯笼都没有点亮。亭子里面像大房间一样宽敞，但四周没有围墙，只有拱柱支撑着顶部，那些柱子挡住了从这里看下去的景致。

那天晚上跟毛利君在一起，很可能是我第一次发现那个亭子。在后来许多年里，它一直是我最喜欢的地方，直到在战争中被摧毁。我和我的学生路过那里时，我经常带他们到亭子里去。是的，我相信在战争刚刚开始后，我和黑田就在那个亭子里进行了最后一次谈话，他是我的学生中最有天分的一个。

总之，我记得我第一次跟毛利君走进亭子时，天空变成了浅红色，下面仍然可见的那片黑乎乎的屋顶正在亮起一盏盏灯。毛利君往前走了几步，然后靠在一根柱子上，仰望着天空，神情里有几分满足，他并不转身地对我说：

“小野，我们的帕子里有一些火柴和蜡烛。劳驾你把这些灯笼点亮。我想效果肯定非常有趣。”

我绕着亭子点亮一盏盏灯笼，周围寂静无声的花园便隐入黑暗之中。我点灯的时候，时不时地扫一眼毛利君被夜空衬托着的身影。他若有所思地望着外面的景色。大概点到一半灯笼的时候，我听见他说：

“那么，小野，是什么让你这么烦恼呢？”

“您说什么，先生？”

“你今天提到，有件事让你很烦恼。”

我轻轻笑了一声，伸手去点一盏灯笼。

“一件小事，先生。我不想拿它烦扰先生，但我实在不知道该怎么办。是这样的，两天前，我发现我的一些画被人拿走了，我一直把它们放在旧厨房里的。”

毛利君沉默了一会儿，然后说：

“别人对这件事怎么说？”

“我问过他们，但好像没有人知道。至少，没有人愿意告诉我。”

“那你得出了什么结论呢，小野？难道有人阴谋暗算你？”

“嗯，实际上，先生，别人似乎都巴不得躲着我。是的，这几天我没能跟他们任何人说上一句话。我刚走进一间屋子，人们就沉默下来，或者干脆一走了之。”

他听了这话未作评论，我朝他看了一眼，他似乎仍然全神贯注地望着日落的天空。我正在点亮另一盏灯笼，又听他说道：

“你的画目前在我手里。对不起，我把它们拿走，让你紧张了。只是那天我碰巧有点时间，就想看看你最近的作品。你当时好像出去了。我想你回来后我应该告诉你的，小野。我向你道歉。”

“哎呀，没关系的，先生。您对拙作这样感兴趣，我真是感激不尽。”

“我当然应该感兴趣。你是我最有成就的学生。这么多年来我一直在培养你。”

“那是那是，先生。我欠您的恩情实在太多了。”

我们俩都沉默了一会儿，我继续点灯笼。然后我停下来说道：

“知道我的画完好无损，我心里一块石头落了地。我应该知道事情其实很简单。现在我可以放心了。”

毛利君听了这话什么也没说，从他的侧影看，他仍然在眺望夜景。我想他大概没有听见我的话，就提高点声音说道：

“知道我的画完好无损，我总算可以放心了。”

“是的，小野。”毛利君说，似乎从某种沉思中被惊醒了。“那天我手头正好有点空闲，就叫人去把你最近的作品拿来了。”

“我真蠢，不应该担心的。我很高兴我的画完好无损。”

他良久没有开口，我又以为他没有听见我的话。可是他突然说：“我看见的东西让我感到有点吃惊。你似乎在另辟蹊径。”

当然啦，他也许并没有使用这个词，“另辟蹊径”。因为我想起这个词是我自己后来经常使用的，我很可能是想起了后来我自己在那个亭子里对黑田说的话。可是，我相信毛利君确实有时提到“另辟蹊径”。也许，这又一次证明我继承了老师的特点。总之，我记得我当时没有回答，只是不自然地笑了一声，便伸手去点另一盏灯笼。这时我听见他说：

“年轻画家做些尝试不是一件坏事。至少，他可以摆脱一些比较肤浅的兴趣。然后胸有成竹地回到更加严肃的作品上来。”他顿了顿，又仿佛是自言自语地说：“是的，做些尝试不是一件坏事。年轻人是难免的。绝对不是一件坏事。”

“先生，”我说，“我强烈地感觉到我最近的作品是我画过的最好的。”

“不是一件坏事，绝对不是一件坏事。可是，不应该把太多的时间花在这样的尝试上。不然就会变成一个耽于旅行的人。最好还是趁早回到严肃的作品上来。”

我等着，看他是否还有话要说。过了片刻，我说：“我还担心那些画的安全，实在是太愚蠢了。可是您看，先生，它们比我的其他作品更让我感到骄傲。其实，我应该猜到事情的原因就这么简单。”

毛利君仍然沉默着。我越过正在点亮的那盏灯笼看了他一眼，看不清他是在考虑我的话，还是在想另外的事。夜幕继续降临，我点亮的灯笼越来越多，亭子里的光影很奇特。但我还是只能看见毛利君的剪影靠在柱子上，背对着我。

“顺便说一句，”他终于说道，“我听说你最近完成了一两幅作品，它们不在我拿到的那些画里。”

“很有可能，有一两幅画我没有跟别的放在一起。”

“啊。这些无疑就是你最喜欢的画了。”

我没有回答。毛利君接着说道：

“我们回去之后，小野，也许你会把另外那几幅画拿给我。我很想看看。”

我考虑了一会儿，说道：“当然，我会非常感谢先生对它们的评论。可是，我记不清我把它们放在哪儿了。”

“我相信你会努力把它们找到的。”

“我会的，先生。现在，我或许应该把其他的画从先生那里拿回来，感谢先生对它们的兴趣。它们无疑给您的屋子添乱了，我一回去就尽快把它们拿走。”

“不用管那些画，小野。你只要找到剩下的那些画，拿来给我就行了。”

“很遗憾，先生，我恐怕找不到剩下来的那些画了。”

“明白了，小野。”他疲惫地叹了口气，我看见他又一次抬头仰望夜空。“那么，你认为你不可能把你的那些画拿给我看了？”

“是的，先生，恐怕不能。”

“明白了。当然，你已经考虑过倘若离开我这里后的前途了。”

“我希望先生能理解我的想法，继续支持我追求事业。”

他继续沉默，于是我接着说：

“先生，离开别墅我会感到非常痛苦。过去这几年是我生命中最快乐、最有价值的一段时光。我把同事们都看作亲兄弟。至于先生，唉，千言万语说不尽先生的恩情。我请求您再看看我的新作品，重新审视一下。也许，我们回去后，先生会允许我解释每幅画的意图。”

他似乎没有听见我的话。我便又说道：

“这些年我学到不少东西。探究娱乐世界，发现它的转瞬即逝的美，这些都使我受益匪浅。但我觉得现在我应该向别的方面发展了。先生，我相信在这个动荡不安的时代，画家必须看重一些比随着晨光消失的欢乐更加实在的东西。画家不必总是缩在一个颓废而闭塞的世界里。先生，我的责任心告诉我，我不能永远做一个浮世绘画家。”

说完，我把注意力又转向灯笼。过了片刻，毛利君说：

“一段时间以来，你一直是我最优秀的学生。看到你离开我会很惋惜的。这样吧，给你三天时间把剩下来的那些画拿给我。你把它们拿来给我，然后把心思转入正轨。”

“我已经说过了，先生，我非常遗憾，不能把那些画拿给您。”

毛利君发出一点声音，似乎是对自己笑了笑。然后他说：“正如你刚才指出的，小野，这是一个动荡不安的时代。对于一个默默无名、没权没势的年轻画家来说更是如此。如果你不是这样有才华，我会为你离开我之后的前途担心。但你是个聪明人。你肯定已经做好了安排。”

“实际上，我没有做任何安排。这么长时间以来，别墅一直是我的家。我从没认真考虑过要离开它。”

“是吗。好吧，就像我说的，小野，如果你不是这么有才华，我倒是有理由替你担心。但你是个聪明的年轻人。”我看见毛利君的剪影转过来对着我。“你肯定能找到给杂志和漫画书画插图的工作。说不定，你还能进入一家来我这里之前受雇的那种公司。当然，这将意味着你作为一名严肃画家的生涯到此结束，但所有这些你无疑已经考虑过了。”

身为老师，明知道一位学生仍然对他心存仰慕，却说出这样报复性的话来，真是大可不必。可是，一位绘画大师投入这么多时间和资源培养一个学生，而且允许学生的名字公开与他自己的名字联系在一起，那么他一时失态，做出令自己后悔的反应，即便不是可以原谅的，也应该是可以理解的。在作品的所有权上要心眼无疑显得有些小气，可是，如果大多数作画材料和颜料都是老师提供的，那么他偶尔忘记学生有权任意处置自己的作品，当然也是可以理解的。

但是，作为一个老师——不管他多么有名——表现出这样的傲慢，这样的占有欲，着实令人遗憾。现在，我的脑海里还时常会浮现出那个寒冷冬日的早晨，那股烟味儿再次扑鼻而来，比以往任何时候都更强烈。那是战争爆发前的冬天，我焦虑地站在黑田住处的门口——是他在中町地区租住的一个简陋住房。我辨别出那股烟味儿是房子里发出来的，里面还传出一个女人的哭泣声。我一个劲儿地拉铃，叫人过来给我开门，可是里面无人应答。最后，我决定自己直接进去，可是我刚把大门拉开，一位穿制服的警察就出现在了门口。

“你想做什么？”他问。

“我来找黑田先生。他在家吗？”

“房主已经被带到警察局接受审问。”

“审问？”

“我建议你回家吧，”警察说，“不然我们也会对你进行调查。我们现在对所有跟房主密切相关的人都感兴趣。”

“可是为什么呢？黑田先生犯了什么事吗？”

“谁也不想跟他这样的人来往。如果你还不走，我们就要把你也弄去审问了。”

房子里，那个女人还在哭泣——我断定那是黑田的母亲。我还听见有人大声对她嚷嚷着什么。

“负责的警官在哪里？”我问。

“快走吧，你想被捕吗？”

“你先别忙，让我解释一下，”我说，“我的名字是小野。”警察毫无反应，于是我不太有把握地继续说：“是我向你们通风报信，你们才过来的。我是小野增二，是画家和内务部文化委员会的委员。实际上，我还是反爱国动向委员会的官方顾问。我认为这里肯定有某些误会，我想跟负责的人谈谈。”

警察将信将疑地看了我一会儿，转身进了房子。很快，他回来了，示意我进去。

我跟着他走进黑田的住所，看见柜子和抽屉里的东西都被倾倒在地上。我发现有些书捆起来堆在了地上，客厅里的榻榻米被掀开，一个警察举着火把查看下面的地板。从一个关着门的房间里，我更清楚地听见黑田的母亲在哭泣，一个警察在粗声恶气地审问她。

我被领到房子后面的阳台上。在小院子中央，另一位穿制服的警察和一个便衣站在一堆火旁。便衣转过身来，朝我走了几步。

“小野先生么？”他很恭敬地问。

领我进来的那个警察似乎意识到刚才不该对我那么粗鲁，立刻转身进屋去了。

“黑田先生怎么了？”

“去接受审问了，小野先生。别担心，我们会照顾好他的。”

我望着他身后已快要熄灭的火堆。那个穿制服的警察正用一根棍子在里面捅着。

“你们烧掉这些画作得到过官方许可吗？”我问。

“我们的政策是，凡是不需要作为证据的有害物品一律销毁。我们已经挑了足够的样品。剩下来的这些垃圾就烧掉了。”

“我不明白怎么会发生这种事情。我只是建议委员会派人过来跟黑田先生谈谈，这也是为了他好。”我又看着院子中央那堆快要熄灭的火。“完全没必要把这些东西烧掉。里面有许多很不错的作品。”

“小野先生，我们很感谢您的帮助。但现在调查已经开始，您必须让有关部门来处理这件事。我们向您保证，黑田先生会得到公正的待遇的。”

他微笑着，把脸转向火堆，对那个穿制服的警察说了一句什么。警察又往火里捅了几下，压低声音嘟囔了一句，好像是：“反爱国的垃圾。”

我留在阳台上，不敢相信地注视着这一切。最后，那个便衣又转向我说：“小野先生，我建议您还是回家吧。”

“事情发展得太过分了，”我说，“你们为什么要审问黑田夫人？这些事跟她有什么关系？”

“现在这是警方的事情，小野先生，已经跟您没有关系了。”

“事情发展得太过分了。我打算跟冲方先生谈谈。没错，我还要直接去找佐分先生本人。”

便衣大声叫屋里的某个人，刚才出来应门的那个警察便出现在我身边。

“感谢小野先生的帮助，送他出去吧。”便衣说。然后他转向火堆，突然咳嗽了一声。“劣质作品的烟味也难闻。”他笑着说，一边用手扇着面前的空气。

可是我又离题了。我记得我是在回忆上个月节子短暂来访的那天的事情。实际上，我是在叙述大郎在饭桌上讲同事的故事，逗得我们开怀大笑。

我记得晚饭在非常令人满意的气氛中进行着。但是每次仙子斟酒，我都忍不住忐忑不安地看着一郎。前面几次，他隔着桌子，心照不宣地笑着看我一眼，我尽量不动声色地迎接他的目光。时间一点点过去，酒添了一巡又一巡，他不再看我，而是气呼呼地瞪着给我们斟酒的仙子。

大郎又给我们讲了他同事的几个有趣的故事，然后节子对他说：

“你太有意思了，大郎君。但我听仙子说，你们公司现在士气很高。不用说，在这样的气氛里工作一定很受鼓舞吧？”

听了这话，大郎的态度突然变得非常真诚。“确实如此，节子小姐，”他点点头说，“战后我们做的一些改进，现在公司上下已经看到了成效。如果我们发奋努力，再有不到十年，KNC 应该不仅闻名日本，还会蜚声全球呢。”

“太妙了。仙子还告诉我，你们分部的主任是个非常仁慈的人。那肯定对提高士气很有帮助。”

“你说得太对了。早坂先生不仅为人慈善，还是个很有能力和眼光的人。节子小姐，我可以向你保证，在一个没有能力的庸人手下工作，不管他心眼有多好，都是一种令人沮丧的经历。我们真是三生有幸，能有早坂先生这样的人做我们的领导。”

“是啊，池田也很幸运，也有一位非常能干的上司。”

“是吗，节子小姐？我就知道日本电气这样的公司应该是这样的。只有最优秀的人才能在这样的公司里担任一官半职。”

“确实如此，我们太幸运了。但我相信 KNC 公司也是一样，大郎君。池田一向对 KNC 评价很高。”

“请原谅，大郎，”我这时插嘴道，“当然，我相信你有足够的理由以乐观的态度看待 KNC。但是我一直想问问你，你真的认为战后所做的那么多彻底改变是有益的吗？我听说旧的管理模式几乎都不存在了。”

女婿若有所思地微笑着，然后说道：“非常感谢岳父大人的关心。年轻和活力并不总能产生最好的结果。可是坦白地说，岳父大人，我们需要彻底改头换面。当今的世界需要新的领导、新的举措。”

“当然，当然。你们的新领导都是最有能力的人，对此我毫不怀疑。可是，大郎，请你告诉我，你有时候是否担心我们跟随美国人的步子有点太仓促了？我举双手赞成许多旧的方式必须彻底废除，可是，你难道没有想过，一些好东西也跟糟粕一起被丢弃了吗？是的，有时候日本看上去就像一个小孩子在跟一个不认识的大人学习。”

“父亲说得很对。我确实认为我们有时候太仓促了点。但是总的来说，美国人是有大量东西值得我们学习的。就拿最近几年来说吧，我们日本在理解民主和个人权益等问题上已经前进了一大步。说实在的，岳父大人，我感到日本终于打好地基，要创建一个美好的未来了。所以，我们这样的公司才能够信心百倍地展望未来。”

“是的，大郎君，”节子说，“池田也有这样的感觉。他最近许多次发表他的观点，说经过四年的混乱，我们国家终于确定了今后的蓝图。”

虽然我女儿是在对大郎说话，但我明显感觉到她这番话是说给我听的。大郎似乎也这么认为，他没有回答节子，而是继续对我说：

“实际上，岳父大人，上个星期我参加了毕业生的聚餐，自日本投降后，生活在各个阶层的代表第一次表达了对未来的乐观情绪。大家感到绝不只是在 KNC 事情步入正轨。我完全理解岳父大人的担忧，但我相信，这些年的教训总的来说是有益的，会领导我们开创一个美好的未来。但我也许说得不对，岳父大人。”

“没有，没有，”我笑着对他说，“正如你说的，你们这代人有一个美好的未来。而且你们都这样信心十足。我只能深深地祝福你们。”

女婿似乎想回答，但就在这时，一郎就像先前那样，隔着桌子用手指敲敲酒瓶。大郎转向他，说：“啊，一郎君，我们的谈话正缺你呢。告诉我，你长大以后想做什么？”

外孙继续端详了一会儿酒瓶，然后气呼呼地看了我一眼。他母亲碰了碰他的胳膊，轻声对他说：“一郎，大郎姨夫问你呢。你告诉他你将来想做什么。”

“日本电气公司总裁！”一郎大声宣布。

我们都笑了。

“你可以肯定吗，一郎君？”大郎问，“你不想当我们 KNC 的老板？”

“日本电气是最好的公司！”

我们又都笑了。

“真是太遗憾了，”大郎说，“几年以后我们 KNC 正需要一郎君这样的人呢。”

这段对话似乎让一郎暂时忘记了清酒，从这时起，他一直显得很开心，大人为什么事发笑的时候，他也跟着大声起哄。只是晚饭快要结束时，他用漫不经心的口吻问道：

“酒都喝完了？”

“都喝完了，”仙子说，“一郎君还想喝橘子汁吗？”

一郎彬彬有礼地拒绝了，又转向正在对他解释什么事情的大郎。然而，我还是能想象到他的失望，心里对节子有点恼火，她为什么不能多体谅体谅儿子的感受呢？

大约一个小时后，我走进公寓的那间小客房跟一郎道晚安，才有机会单独跟他说话。灯还亮着，但一郎已经钻进被窝，他趴着，面颊贴着枕头。我关掉灯，发现对面公寓楼的灯光透过百叶窗照进来，把一道道横格栅的影子投在天花板和墙上。隔壁屋子传来两个女儿的笑声，我跪在一郎的床边，他轻声说：

“外公，仙子小姨喝醉了吗？”

“好像没有，一郎。她只是在笑什么事情。”

“她可能有点醉了，你说呢，外公？”

“嗯，也许吧。有一点点醉，没什么关系的。”

“女人对付不了清酒，是不是，外公？”他说，对着枕头咯咯笑出了声。

我笑了一声，对他说：“知道吗，一郎，没必要为今晚喝酒的事难过。其实没什么大不了的。你很快就长大了，到时候想喝多少酒就喝多少酒。”

我起身走到窗户前，看看能不能把百叶窗关严一点。我开关了几次，但窗条之间的缝隙还是很大，我总能看见对面公寓里亮灯的窗户。

“是的，一郎，真的没什么可难过的。”

外孙一时没有说话。然后我听见身后传来他的声音：“外公不要担心。”

“哦？这话是什么意思呢，一郎？”

“外公不要担心。如果外公担心，就睡不着觉。年纪大的人睡不着觉，就会生病。”

“明白了。很好，一郎。外公保证不担心。你也不许难过。实际上，真的没有什么可难过的。”

一郎没有说话。我又把百叶窗开合了一次。

“当然啦，”我说，“如果一郎今晚真的坚持要喝酒，外公肯定会站出来让他喝到的。可是，我想我们这次让着女人是对的。没必要为这样的小事惹她们生气。”

“有时候在家里，”一郎说，“爸爸想做一件事，妈妈不许他做。有时候，就连爸爸也斗不过妈妈。”

“是吗。”我笑着说。

“所以外公不要担心。”

“我们俩都没有什么可担心的，一郎。”我从窗口转过身，又跪在一郎的被子旁边。“好了，你睡吧。”

“外公晚上还走吗？”

“是啊，外公很快就回自己家里去。”

“为什么外公不能也住在这里？”

“这里没有地方了，一郎。外公自己有一座大房子，记得吗？”

“外公明天去车站送我们吗？”

“当然，一郎，我会去的。而且，你肯定很快又会来看我们的。”

“外公不要难过没让妈妈给我喝酒。”

“你看起来长得很快，一郎，”我笑着说，“你长大后会成为一个体面的男子汉。也许你真的会做日本电气的老板，或者类似了不起的人物。好了，我们安静一会儿，看你能不能睡着。”

我在他身边又坐了一会儿，他说话时我轻声回答。我想就在这个时候，我坐在黑暗的房间里等外孙睡着，听着隔壁偶尔传来的笑声时，我脑海里又想起了那天上午跟节子在河边公园的对话。这大概是我第一次有机会这么做，在此之前，我并没有觉得节子的话这么令人恼火。可是我记得，当我离开睡熟的外孙，到客厅里去跟他们一起闲坐时，我已经很生大女儿的气，所以我坐下后不久就对大郎说道：

“你知道吗，有时候想想真奇怪。我和你父亲认识肯定超过十六年了，可是直到去年才成为这样好的朋友。”

“是啊，”女婿说，“但我想事情经常是这样。许多邻居都只是见面打个招呼。想起来挺遗憾的。”

“当然啦，”我说，“拿我和佐藤博士来说，我们不仅仅是邻居。我们俩都跟艺术界有关系，知道对方的名望。我和你父亲没有从一开始就建立友谊，就更令人遗憾了。你认为呢，大郎？”

我说话的时候，迅速扫了一眼节子，看她是否在听。

“确实令人遗憾，”大郎说，“但至少你们最后有机会成为朋友。”

“我的意思是，大郎，正因为我们一直知道对方在艺术界的名望，这件事就更令人遗憾。”

“是啊，确实太遗憾了。按理说，知道邻居也是一个名声显赫的同行，应该使两人关系更加亲密才是。可是我想，大家都忙忙碌碌，经常也就顾不上了。”

我有些得意地朝节子看了一眼，但是看女儿的神情，似乎没有理解大郎这番话的意思。当然啦，她可能并没在听，但我猜想节子实际上是听懂了，只是为了自尊没有朝我看，因为这番话足以证明她那天上午在河边公园的含沙射影是完全错误的。

我们迈着悠闲的步子，走在宽阔的中央林荫大道上，欣赏着两边秋天的树木。我们在交流仙子对新生活的感觉，一致认为从各个方面来看，仙子非常幸福。

“真是谢天谢地，”我说，“她的终身大事成了我的一块心病，现在一切都显得这么美满。大郎是个很不错的人。”

“想起来真奇怪，”节子微笑着说，“就在一年前，我们还那么为她操心。”

“多么令人欣慰啊。你知道吗，节子，我很感谢你在这件事上的帮助。事情进展不顺利的时候，你给了你妹妹很大的支持。”

“恰恰相反，我做得很少，还差得远呢。”

“当然啦，”我笑着说，“去年是你提醒了我。‘预防措施’——还记得吗，节子？你看，我没有把你的建议当耳旁风。”

“对不起，爸爸，什么建议？”

“好了，节子，没必要这样遮遮掩掩。现在我非常愿意承认我事业中有些方面是不值得我感到自豪的。是的，就像你建议的那样，我在商量婚事的时候这样承认了。”

“对不起，我真不明白爸爸指的是什么。”

“仙子没有跟你说过相亲的事？那天晚上，我确保她的幸福不会因为我的事业而受到阻碍。我相信我不管怎样都会那么去做的，但我还是感谢你去年的建议。”

“请原谅，爸爸，我不记得去年提过什么建议呀。至于相亲的事，仙子确实跟我提过许多次。实际上相亲后不久她就给我写了封信，表示对爸爸……爸爸说的关于自己的话感到意外。”

“我知道她肯定感到意外。仙子总是低估她的老爸。但我可不是那种人，太要面子，不敢面对现实，就让自己的女儿受苦。”

“仙子对我说，她对爸爸那天晚上的行为感到非常困惑。似乎佐藤一家也很困惑。谁都不明白爸爸那么做是什么意思。是的，我把仙子的信念给池田听的时候，他也表示迷惑不解。”

“这可真奇怪，”我笑着说，“哎呀，节子，去年不是你督促我这么做的吗。是你建议我采取‘预防措施’，免得我们像错过三宅一样，错过跟佐藤家的联姻。你不记得了吗？”

“我一定是太健忘了，真的想不起来爸爸指的是什么。”

“噢，节子，这可真奇怪。”

节子突然停住脚步，大声说道：“这个时候的枫叶真好看！”

“是啊，”我说，“到了深秋肯定还会更好看。”

“太美了。”女儿笑着说，我们继续往前走。然后她说：“实际上，爸爸，昨天晚上我们谈到一两件事，谈话中大郎君碰巧提到他上星期跟你在一起。你们谈到一位作曲家最近自杀了。”

“野口由纪夫？啊，对了，我记起那段对话了。让我想想，我记得大郎说那个人的自杀是毫无疑义的。”

“大郎君有点担心爸爸对野口先生的死太感兴趣。是的，爸爸似乎在拿野口先生的事业跟自己相比。我们听到这个消息都很担心。实际上，我们最近都有点担心，是不是爸爸退休以后变得有点情绪消沉了。”

我笑了，说：“你尽可以放宽心，节子。我从来没有考虑采取野口先生那样的行动。”

“据我理解，”她继续说，“野口先生的歌曲在战争的每个阶段都流传得很广。所以他才希望跟政治家和军官们一起承担责任。而爸爸这么想自己就错了。爸爸毕竟只是一个画家。”

“我向你保证，节子，我绝对不会考虑采取野口那样的行为。我可以毫不自夸地说，我当年也是个很有影响的人，并把这种影响用于灾难性的目的。”

女儿似乎思索了一会儿，然后说道：

“请原谅，也许我们应该以正确的角度看问题。爸爸画了许多优秀的杰作，毫无疑问在其他画家中是最有影响的。但是爸爸的作品跟我们正在谈论的这些大事没什么关系。爸爸只是一位画家。他千万别再以为自己做了多大的错事。”

“哎哟，节子，这个建议可跟去年的完全不同。当时我的事业似乎是个很大的罪过呢。”

“请原谅，爸爸，但我只能再说一遍，我不明白你为什么提到去年的婚事。是的，我不明白爸爸的事业会跟婚事扯上什么关系。似乎佐藤一家压根儿就不关心，就像我们说的，他们对爸爸在相亲时的表现很不理解。”

“这倒很奇怪了，节子。事实上，我和佐藤博士已经认识多年。他是本城最著名的艺术评论家之一，多年来肯定一直关注我的事业，完全知道其中一些令人遗憾的方面。所以，我完全应该在商议婚事的过程中表明我的态度。是的，我坚信佐藤博士很赞赏我的做法。”

"请原谅，但是从大郎君的话里，似乎佐藤博士对爸爸的事业并没有这么熟悉。当然啦，他一直知道爸爸是他的邻居。但是似乎在去年开始谈论婚事之前，他并不知道爸爸跟艺术界有什么关系。"

"你完全错了，节子，"我笑着说，"我和佐藤博士很多年前就知道对方。我们经常站在街上，互相交流艺术界的新鲜事。"

"那我肯定是弄错了。请原谅。但是我需要强调一下，并没有人认为爸爸的过去是需要受到谴责的。所以我们希望爸爸别再把自己想成那位不幸的作曲家那样的人。"

我没有继续跟节子争论，我记得我们很快就开始讨论一些无关紧要的话题。但是，我女儿那天上午的许多断言肯定是错的。首先，佐藤博士不可能这么多年对我作为画家的名望一无所知。那天吃完晚饭后，我想办法让大郎证实这点，只是为了让节子明白，我自己是从未怀疑过的。比如，我十分清楚地记得约十六年前那个晴朗的日子，我站在新家外面修理栅栏时，佐藤博士第一次跟我打招呼。"一位像您这样地位的画家住在我们这里，真是不胜荣幸。"他认出了名牌上我的名字，这么说道。我十分清楚地记得那次见面，节子毫无疑问是弄错了。

一九五〇年六月

昨天快要中午的时候，接到松田先生去世的消息，我给自己简单做了点午饭，然后出去活动活动。

我往山下走去，天气温暖宜人。到了河边，我走上犹疑桥，环顾周围的景色。天空一片蔚蓝，在河岸往前一点的地方，在新公寓楼开始的地方，我看见两个小男孩在水边玩鱼竿。我注视着他们，心里想着松田先生的噩耗。

自从商议仙子婚事的时候跟松田重新建立联系之后，我一直打算多来看看他，然而实际上，直到约莫一个月前，我才再度前往荒川。我完全是心血来潮，并不知道他已经去日无多。也许，松田那天下午向我倾吐心声之后，去世时会感到欣慰一些。

到了他家，铃木小姐一眼就认出了我，兴奋地把我让了进去。看她的样子，似乎自从我十八个月前来过之后，松田先生没有多少拜访者。

“他比你上次来的时候硬朗多了。”铃木小姐高兴地说。

我被让进了客厅，片刻之后，松田不用搀扶走了进来，穿一件宽松的和服。他再次看见我显得很开心，我们谈着无关紧要的小事，谈着认识的熟人。我记得，是铃木小姐端茶进来又离开之后，我才想起来感谢松田在我最近卧病期间写信来鼓励我。

“你似乎恢复得很不错嘛，小野，”他说，“看你的样子，怎么也猜不到你最近刚生过病。”

“现在好多了，”我说，“我要当心，别让自己太累着了。我到哪儿都不得不拄着这根拐棍。在其他方面，我感觉跟以前没有两样。”

“你让我失望了，小野。我还以为我们会是两个同病相怜的老头子呢。可是看你的气色，还跟你上次来的时候一样。我只好坐在这里，嫉妒你的健康。”

“胡说什么呀，松田，你看上去很精神。”

“你别想骗我了，小野，”他笑着说，“不过这一年里我确实增加了一点体重。好了，告诉我，仙子幸福吗？我听说她的婚事进展顺利。你上次来这里的时候，似乎很为她的将来担心呢。”

“结果非常圆满。今年秋天她就要生孩子了。经过那么多担忧之后，仙子的事情解决得再理想也不过了。”

“秋天就要生孩子了。那肯定是值得期待的。”

“实际上，”我说，“我的大女儿下个月要生她的第二个孩子了。她一直想再要一个孩子，所以这是个特别好的消息。”

“是啊，是啊。很快又有两个外孙了。”他坐在那里，兀自点头微笑。然后他说：“你肯定还记得吧，小野，我一直忙着改造整个世界，无暇考虑自己的终身大事。你还记得你和美智子结婚前，我们俩的那些争论吗？”

我们俩都笑了起来。

“两个外孙，”松田又说，“嗯，那是很值得期待的。”

“是啊，想到我的女儿，我觉得自己非常幸运。”

“告诉我，小野，你最近还作画吗？”

“作几幅水彩画消磨时间。花花草草一类，自娱自乐而已。”

“听到你又在作画我很高兴，画什么都行。你上次来看我的时候，似乎已经彻底放弃作画了。你当时情绪非常消沉。”

“肯定是的。我当时很长时间没拿画笔了。”

“是的，小野，你当时显得非常消沉。”他笑眯眯地抬头看着我，说：“当年，你那么渴望做出伟大的贡献。”

我也微笑地看着他，说："你也一样，松田。你的抱负不比我小。说到底，我们的中国危机运动的那份宣言还是你写的呢。那样的雄心壮志可不一般啊。"

我们俩又笑了起来。然后他说：

"你肯定还记得，小野，我过去经常说你幼稚，经常取笑你狭窄的艺术家的视野。你总是那么生我的气。唉，最后看来，我们俩的视野都不够开阔啊。"

"我想是的。如果我们看问题更清楚一点，那么松田，像你和我这样的人——谁知道呢？——应该能做出真正有价值的事情。我们曾经多么有精力、有勇气啊。我们肯定有足够的精力和勇气，才能做出新日本运动这样的壮举，你还记得吗？"

"是啊。当时有一些强大的势力跟我们作对。我们很容易就会失去勇气。我想我们当时的意志肯定非常坚决，小野。"

"可是，至少我一直没有把问题看得很清楚。用你的话说，是艺术家的狭窄视野。唉，即使现在，我也觉得很难想象世界的范围远不止这个城市。"

"最近，"松田说，"我觉得很难想象世界的范围远不止我的花园。所以，现在视野更开阔的也许是你了，小野。"

我们又一起哈哈大笑，然后松田端起茶杯喝了一口。

"我们没必要过分责怪自己，"他说，"我们至少为自己的信念而尽力了。只是到了最后，我们发现自己只是芸芸众生。是没有特殊洞察力的芸芸众生。在这样的时代做芸芸众生，算是我们的不幸吧。"

松田刚才提到他的花园，把我的注意力引到了那边。这是一个温和的春日下午，铃木小姐让纱门半开着，所以从我坐的地方能看到明亮的阳光照在阳台干干净净的木板上。一阵微风吹进屋里，里面有一股淡淡的烟味儿。我站起来，朝纱门走去。

"烧东西的气味仍然让我感到不安，"我说，"就在不久前，它还意味着大火和爆炸。”我继续凝望着外面的花园，过了一会儿继续说：“到下个月，美智子就去世五年了。”

松田继续沉默了一阵，然后我听见他在我身后说：

“这些日子，烟味儿一般意味着某个邻居在清理他的花园。”

房间里的什么地方，钟开始敲响了。

“该去喂鲤鱼了，”松田说，“知道吗，我跟铃木小姐争论了很长时间，她才让我重新开始喂鱼。我以前每天都喂，可是几个月前，我在那些踏脚石上滑了一跤。后来我不得不跟她争论了很长时间。”

松田站起身，穿上放在阳台上的一双草鞋，跟我一起走进了花园。花园那头的池塘沐浴在阳光下，我们小心翼翼地踩着那些踏脚石，走过布满青苔的滑腻腻的小土墩。

我们站在池塘边，看着幽深的池水，突然一个响声，惊得我们都抬头看去。在离我们不远的地方，一个约莫四五岁的小男孩从花园栅栏顶上朝我们看，两只胳膊都吊在树枝上。松田笑了，大声喊道：

“啊，下午好，小少爷！”

小男孩继续盯着我们看了一会儿，然后就消失了。松田笑着开始往水里扔鱼食。“邻居家的孩子，”他说，“每天这个时候都要爬到那棵树上看我出来喂鱼。但他很害羞，我一跟他说话，他就跑了。”他对自己笑了一声。“我经常纳闷他为什么每天不厌其烦地这么做。有什么可看的呢？一个拄拐棍的老头子，站在池塘边喂鱼。我不知道这副情景有什么让他这么着迷的。”

我又看看栅栏上刚才那张小脸出现的地方，说：“啊，今天他有了意外发现。今天他看见两个拄拐杖的老头子站在池塘边。”

松田开心地笑了起来，继续往水里扔鱼食。两三条漂亮的鲤鱼跃出水面，鳞片在阳光下闪闪发亮。

“军官，政治家，商人，”松田说，“他们都因为国家的遭遇而受到谴责。至于我们这样的人，小野，我们的贡献一向微乎其微。

现在没有人在意你我这样的人曾经做过什么。他们看着我们，只看见两个拄拐棍的老头子。”他笑微微地看着我，然后继续喂鱼。“如今在意的只有我们，只有你我这样的人，小野，我们回顾自己的一生，看到它们的瑕疵，如今在意的只有我们。”

那天下午，松田虽然嘴里这么说，但举止神态却显示他压根不是一个感到幻灭的人。他当然更没有理由在幻灭中死去。也许，他回顾自己的一生时确实看到某些瑕疵，但他肯定也认识到，他能够引以自豪的正是这些方面。正如他自己指出的，他和我这样的人，我们欣慰地知道，当年我们不管做了什么，都是凭着一腔热血去做的。当然啦，我们有一些大胆的举动，做事情经常过于投入。但这比起因为缺乏勇气或意志力，而从来不敢尝试自己相信的东西来，肯定更值得称道。当一个人从内心深处产生信念时，再犹豫不决便是卑鄙的了。我相信，松田回顾自己的一生时，一定也会这样想的。

我经常想起一个特定的时刻——是一九三八年的五月，就在我获得重田基金奖后不久。事业发展到那个时候，我已经获得过各种奖项和荣誉，但重田基金奖在大部分人心目中是一个重要的里程碑。而且我记得，我们就在那个星期完成了我们的新日本运动，并取得巨大成功。颁奖后的那天晚上举办了盛大的庆祝活动。我记得我坐在左右宫里，被学生和新老同事们围在中间，不断接受敬酒，耳边全是溢美之词。那天晚上，各种各样的熟人都到左右宫来向我表示祝贺。我甚至记得，一位我以前从没见过的警长也赶来祝贺。奇怪的是，那天晚上我虽然很高兴，心里却并没有获奖理应带来的深深的成就感和满足感。实际上，直到几天之后，我出门来到若叶省的山区时，才体会到了这样的感受。

我已经有大约十六年没有再去若叶了——自从离开毛利君的别墅后就没有去过。当时我走得那么坚决，其实心里很惶恐，担心我的未来一无所成。这么多年来，我虽然跟毛利君断绝了一切正式联系，但我对任何跟我以前的老师有关的消息都很好奇，所以完全清楚他在城里的名望不断下降。他努力在歌麿传统中加入欧洲画风，却被认为其基调是反爱国的，我不时听说他挣扎着举办画展，地点越来越名不见经传。实际上，我从不止一个渠道得知，他为了维持生计，已经开始给流行杂志画插图了。与此同时，我相信毛利君一直在关注我事业的发展，肯定也已听说我获得重田基金奖。那天，我在乡村车站下火车时，内心强烈地感受到时光飞逝，物是人非。

那是一个阳光灿烂的春日下午，我顺着那些林间山路朝毛利君的别墅走去。我走得很慢，回忆着我当年走在这条路上的熟悉的感觉。我一边走，一边想象着我跟毛利君再次面对面会怎么样。也许他会把我当成贵宾，也许他会像我在别墅最后那段日子一样冷淡、漠然，也许，他对我的态度，会像当年我是他的得意门生时那样——似乎我们各自的地位并没有发生这样大的变化。我觉得最后一种可能性最大，我记得我脑子里盘算着我如何作答。我决定不按过去的老习惯称他为“先生”，而只是把他当成一个同行那样来称呼。如果他死活不肯承认我现在的地位，我会友好地笑一声，说一句这样的话：“你看，毛利君，我并没有像你曾经担心的那样，不得不去给漫画书画插图。”

后来我发现，我在高高的山路上已经走到那个制高点，从这里可以清楚地看到下面洼地里绿树丛中的别墅。我停下脚步欣赏这片景致，就像多年前经常做的那样。一阵风吹来，沁人心脾，我看见下面山洼里的树轻轻摇摆。我不知道别墅有没有重新装修过，从这么远的距离是看不出来的。

过了一会儿，我坐在山上的杂草丛中，继续凝望着毛利君的别墅。我在乡村车站的一个小摊上买了些橘子，我把它们从帕子里拿出来，开始一个接一个地吃着。我坐在那里，俯瞰着别墅，津津有味地品尝着新鲜的橘子，这时候，那种深深的成就感和满足感才开始在内心升起。那种感觉很难描述，它与较小的成就所带来的得意截然不同——而且，正如我说的，也不同于我在左右宫的庆祝会上的任何感受。那是一种内心深处的喜悦，坚信自己的努力得到了公正的承认。我付出的艰辛，我战胜的疑虑，所有的一切都是值得的。我取得了真正有价值的卓越成就。那天，我没有再往别墅走——那似乎已经毫无意义。我只是在那里坐了一小时左右，吃着那些橘子，内心无比满足。

我想，不是许多人都能体会到那种感觉的。乌龟那样的人——绅太郎那样的人——他们也许很勤勉，有能力，没恶意，但他们永远不会知道我那天感受到的那种幸福。因为他们不知道勇于冒险、超越平庸是什么滋味。

不过，松田完全不同。我和他虽然经常争吵，但我们的生活方式是完全一致的，我相信他也能回忆起一两个这样的时刻。上次我们交谈时，他脸上带着温和的笑容，对我说："我们至少是凭信念做事，而且不遗余力。"也许人到后来会重新评价自己的成就，但知道一生中有一两次像我那天在高高的山路上体会到的那种真正的满足，也是令人欣慰的。

昨天早晨，我在犹疑桥上站了片刻，心里想着松田，然后我朝昔日我们的逍遥地所在的地方走去。这里已经重建，变得几乎认不出来了。昔日横贯中心的那条窄巷，当年总是熙熙攘攘，挂满了各种酒馆饭店的旗幌，如今变成了一条宽阔的水泥大道，沉重的大卡车整天在上面来来往往。川上夫人酒馆的旧址，现在是一座四层的玻璃墙办公大楼。周围还有几座这样的大楼，白天可以看见办事员、邮差、送货者忙碌地进进出出。现在要一直走到古川才能看见酒馆，但偶尔会认出一片栅栏或一棵树是昔日留下来的，在这新的背景下显得格格不入。

左右宫曾经所在的地方，如今是一组缩在道路里面的办公室的前院。有些高级职员把车停在这个院里，除此之外，这里主要是铺着沥青的空地，间或种着几棵小树。院子前面对着马路的地方，有一条公园里的那种长凳。我不知道它放在那里给谁坐的，也从没看见那些忙碌的人有谁停下来坐在上面休息。但是我想象这条长凳所占据的位置，非常接近我们昔日在左右宫的那张桌子，所以我有时就喜欢在上面坐坐。这条板凳可能不是对公众开放的，但是它离人行道很近，所以从没有人反对我坐在上面。昨天上午，阳光那么和煦地照耀着，我又在板凳上坐下，休息了一会儿，观察着周围的动静。

时间一定是接近中午了，因为我看见马路对面，三五成群的职员们穿着耀眼的白衬衫，从玻璃墙面的大楼里涌出来，那正是川上夫人的酒馆曾经所在的地方。我注视着，突然发现这些年轻人都那么朝气蓬勃，充满乐观精神。一次，两个离开大楼的年轻人停下来跟另一个正好进楼的青年说话。他们站在那座玻璃墙面的大楼的台阶上，在阳光下开怀大笑。其中一个年轻人的脸我看得最清楚，笑起来的样子特别开心，像个孩子那样天真无邪。接着，那三位同事迅速打了个招呼，便各走各的路了。

我坐在长凳上注视着这些年轻的职员，兀自微笑。当然啦，有的时候，我回忆起早年那些灯火通明的酒馆，那些人聚集在灯笼下，笑得或许比昨天那些年轻人更加喧闹一点，却是同样的热情洋溢，这时候我不免有些怀旧，怀念过去，怀念昔日的这片地区。可是看到我们的城市得到重建，看到这些年一切迅速得到恢复，又让我由衷感到喜悦。看来，我们国家不管曾经犯过什么错误，现在又有机会重振旗鼓了。我们只能深深地祝福这些年轻人。

KAZUO ISHIGURO

An Artist of the Floating World

For my parents

Introduction

I began *An Artist of the Floating World* in September 1981, in a basement flat in Shepherd's Bush, London. I was twenty-six years old. My first novel, *A Pale View of Hills*, was being prepared for publication, but at that point I had no sensible reason to believe I had before me a life as a full-time novelist.

Lorna and I had returned to London that summer (we'd been living in Cardiff), having secured new jobs in the capital, but no accommodation. A few years earlier, we'd both been part of a loose network of young, left-leaning, alternative types who lived in short-life housing around Ladbroke Grove and Hammersmith, and worked for charitable projects or campaign groups. It seems odd now to recall the carefree way we just turned up in the city that summer confident we'd be able to stay in one shared house or another until we found a suitable place of our own. As it turned out, nothing came along to challenge our complacency, and before long we'd found a small basement to rent just off the bustling Goldhawk Road.

The flat adjoined the recording studios of the then cutting-edge Virgin Records, and we often glimpsed large hairy men heaving equipment in and out of the windowless, colourfully muralled building. But the sound-proofing was exemplary, and when I sat at our dining table, my back to our tiny rear garden, I had a more than adequate environment for writing.

Lorna had by far the longer commute to work. She'd got a job as a local authority social worker in Lewisham on the other side of the city. My job was only a stone's throw away – I'd become the 'resettlement worker' for West London Cyrenians, a well-regarded organisation working with the homeless. To make things fairer, we came to an agreement: we'd get up at the same time each morning, and by the point Lorna was going out the door, I'd be installed at the table ready for my ninety minutes of early morning writing before I set off for my own job.

Many superb works have been produced by writers holding down demanding jobs. But I have always been pathetically, almost pathologically, unable to divide my attention, and those several weeks I attempted to write at the dining table as the sun rose steadily to fill the basement have been to date my only attempt to write 'part-time'. It wasn't an unqualified success. I found myself staring at blank sheets, battling the urge to go back to bed. (My day job soon grew intense, often obliging me to work late into the night.) Nor were things helped by Lorna's insistence that I start each day with a bizarre breakfast made up of hideously coarse fibres sprinkled over with yeast and wheatgerm – a recipe that would sometimes have me doubled up in my chair. All the same, it was during these sessions that the kernel – the story and central premise – of *An Artist* came to me more or less fully formed. I managed to write it up as a fifteen-page story (later published in *Granta* as 'The Summer after the War'), but even as I did so, I knew I'd need a much larger, more complex architecture to build the idea into the novel I could already see, tantalisingly, in my imagination. Then the demands of my job put an end to my morning sessions altogether.

I didn't return to *An Artist* in earnest until the winter of 1982. By then, *A Pale View of Hills* had been published to what was, for a first novel, very reasonable noise. The book had found publishers in the US and in several foreign languages, and had got me on the inaugural *Granta* list of the Twenty Best of Young British Novelists due to be unveiled the following spring. My writing career still looked precarious, but I now had reasons to be bold, and I quit my job at the Cyrenians to become a full-time writer.

We moved to south-east London, to occupy the top floor of a tall Victorian house in a quiet neighbourhood of Upper Sydenham. Our kitchen lacked a sink, obliging us to load dirty dishes onto an old tea trolley and wheel it into the bathroom. But we were now closer to Lorna's work, and we could set the alarm for much later. The hideous breakfasts ceased. The house was owned by Michael and Lenore Marshall, a wonderful couple in their early sixties who lived downstairs, and we soon got into the routine of gathering in their kitchen (which had a sink) at the end of each working day to share tea, Mr Kipling cakes and rambling, often hilarious conversation about books, politics, cricket, the advertising industry, the eccentricities of the English. (A few years later, following Lenore's sudden death, I dedicated *The Remains of the Day* to her memory.) Also around this time I was offered work by the soon-to-be-launched Channel 4, and it was my experience of working as a television screenwriter (I eventually had two single dramas broadcast on that channel) that was to have a significant, if contrary impact on the writing of *An Artist*.

I found myself rather obsessively comparing pages from my screenplays – essentially dialogue plus directions – with pages from my published novel, and asking myself, 'Is my fiction sufficiently different from a screenplay?' Whole hunks of *A Pale View* looked to me awfully similar to a screenplay – dialogue followed by 'direction' followed by more dialogue. I began to feel deflated. Why bother to write a novel if it was going to offer more or less the same experience someone could have by turning on a television?

How could the novel, as a form, hope to survive against the might of cinema and television if it couldn't offer something unique, something the other forms couldn't properly do? (In the early 1980s, I should point out, the contemporary novel seemed in much more fragile health than it does today.) I had a clear idea, from those morning efforts in Shepherd's Bush, of the story I wanted to write. But in Sydenham I now entered an extended period of experimenting with different ways to tell it. I was determined that my new novel wouldn't be a 'prose screenplay'. But what then could it be?

It was at this time I came down with a virus and spent a few days in bed. Once I came out of the worst of it, and no longer felt like sleeping for hours on end, I discovered that the book I'd brought to bed, the object now rolling about inside my duvet, was the first volume of the recently published Kilmartin-Moncrieff translation of Marcel Proust's *Remembrance of Things Past*. It's possible my sick-bed circumstances provided a heightened context for this work (I was not then, nor am I now, an unqualified Proust fan: I find swathes of his writing crushingly boring), but I became completely riveted by the 'Overture' and 'Combray' sections. I went over them again and again. Quite aside from the sublime beauty of these passages, I was thrilled by what I then called in my mind (and later in my notes) Proust's 'methods of movement' – the means by which he got one episode to lead into the next. The ordering of events and scenes didn't follow the demands of chronology, nor those of an unfolding linear plot. Instead, tangential thought associations, or the vagaries of memory seemed to move the novel from one section to the next. Sometimes the very fact that the present episode had been triggered by the previous one raised the question 'Why?' For what reason had these two seemingly unrelated moments been placed side by side in the narrator's mind? I could now see an exciting, freer way of composing my novel; one that could produce richness on the page and offer inner movements impossible to capture on a screen. If I could go from one passage to the next according to the narrator's thought associations and drifting memories, I could compose almost in the way an abstract painter might choose to place shapes and colours around a canvas. I could put down a scene from two days ago right beside one from twenty years earlier, and ask the reader to ponder the relationship between the two. Often the narrator himself would not need to know fully the deeper reasons for a particular juxtaposition. I could see a way of writing that could properly suggest the many layers of self-deception and denial that shrouded any person's view of their own self and past. Breakthrough moments for a novelist are often like this: scruffy, private little events. Looking back now, I can see that those three days recovering from a virus in a bedroom in Sydenham, going over the same twenty pages of Proust, were a key turning point in my writing life – one much more significant than, say, the receiving of a major award or walking down red carpets at film premiers. Everything I have subsequently written has been determined by the revelations that came to me during those days.

I should say something here about the Japanese aspect of *An Artist*. It is, in a literal sense, the most Japanese of my novels, being set entirely in Japan with only Japanese characters. The language in the novel – the first-person narration and the dialogue – is understood to be in Japanese, even though the novel is presented in English. In other words, you are supposed to imagine this book is some kind of translation: that behind the English sentences are Japanese ones. This strategy had implications for every word I wrote on the page. I wanted the language to flow and to feel natural, and yet it couldn't become too colloquial – too 'English'. At times I found myself translating Japanese phrases and pleasantries quite literally. But most of the time it was a case of finding an elegant yet slightly stilted register that would suggest the rhythms and stylised formality of the Japanese language running all the time behind the English.

Lastly, let me add a note here concerning the larger social context in which the novel was created. *An Artist* was written between 1981 and 1985, years of crucial, often fractious and bitter transition in Britain. The governments of Margaret Thatcher had brought an end to the post-war political consensus about the welfare state and the desirability of a 'mixed' economy (in which key assets and industries are owned publicly as well as privately). There was an overt and strident programme to transform the country from one based on manufacturing and heavy industries, with large organised workforces, into a predominantly service-based economy with a fragmented, flexible, non-unionised labour pool. It was the era of the miners' strike, the Wapping dispute, CND marches, the Falklands War, IRA terrorism, an economic theory – 'monetarism' – that characterised deep cuts to public services as the necessary medicine to heal a sick economy. I remember falling out badly with one of my oldest and closest friends over dinner as we took opposing views on the miners' strike. This novel is set in Japan before and after the Second World War, but it was very much shaped by the Britain in which I was then living: the pressures on people in every walk of life to take political sides; the rigid certainties, shading into self-righteousness and sinister aggression, of ardent, often youthful factions; the agonising about the 'role of the artist' in a time of political change. And for me personally: the nagging sense of how difficult it is to see clearly above the dogmatic fervours of one's day; and the fear that time and history would show that for all one's good intentions, one had backed a wrong, shameful, even evil cause, and wasted one's best years and talents to it.

Kazuo Ishiguro
London, January 2016

OCTOBER, 1948

If on a sunny day you climb the steep path leading up from the little wooden bridge still referred to around here as 'the Bridge of Hesitation', you will not have to walk far before the roof of my house becomes visible between the tops of two gingko trees. Even if it did not occupy such a commanding position on the hill, the house would still stand out from all others nearby, so that as you come up the path, you may find yourself wondering what sort of wealthy man owns it.

But then I am not, nor have I ever been, a wealthy man. The imposing air of the house will be accounted for, perhaps, if I inform you that it was built by my predecessor, and that he was none other than Akira Sugimura. Of course, you may be new to this city, in which case the name of Akira Sugimura may not be familiar to you. But mention it to anyone who lived here before the war and you will learn that for thirty years or so, Sugimura was unquestionably amongst the city's most respected and influential men.

If I tell you this, and when arriving at the top of the hill you stand and look at the fine cedar gateway, the large area bound by the garden wall, the roof with its elegant tiles and its stylishly carved ridgepole pointing out over the view, you may well wonder how I came to acquire such a property, being as I claim a man of only moderate means. The truth is, I bought the house for a nominal sum – a figure probably not even half the property's true value at that time. This was made possible owing to a most curious – some may say foolish – procedure instigated by the Sugimura family during the sale.

It is now already a thing of some fifteen years ago. In those days, when my circumstances seemed to improve with each month, my wife had begun to press me to find a new house. With her usual foresight, she had argued the importance of our having a house in keeping with our status – not out of vanity, but for the sake of our children's marriage prospects. I saw the sense in this, but since Setsuko, our eldest, was still only fourteen or fifteen, I did not go about the matter with any urgency. Nevertheless, for a year or so, whenever I heard of a suitable house for sale, I would remember to make enquiries. It was one of my pupils who first brought it to my attention that Akira Sugimura's house, a year after his death, was to be sold off. That I should buy such a house seemed absurd, and I put the suggestion down to the exaggerated respect my pupils always had for me. But I made enquiries all the same, and gained an unexpected response.

I received a visit one afternoon from two haughty, grey-haired ladies, who turned out to be the daughters of Akira Sugimura. When I expressed my surprise at receiving such personal attention from a family of such distinction, the elder of the sisters told me coldly that they had not come simply out of courtesy. Over the previous months, a fair number of enquiries had been received for their late father's house, but the family had in the end decided to refuse all but four of the applications. These four applicants had been selected carefully by family members on grounds purely of good character and achievement.

'It is of the first importance to us', she went on, 'that the house our father built should pass to one he would have approved of and deemed worthy of it. Of course, circumstances oblige us to consider the financial aspect, but this is strictly secondary. We have therefore set a price.'

At this point, the younger sister, who had barely spoken, presented me with an envelope, and they watched me sternly as I opened it. Inside was a single sheet of paper, blank but for a figure written elegantly with an ink brush. I was about to express my astonishment at the low price, but then saw from the faces before me that further discussion of finances would be considered distasteful. The elder sister said simply: 'It will not be in the interests of any of you to try to outbid one another. We are not interested in receiving anything beyond the quoted price. What we mean to do from here on is to conduct an auction of prestige.'

They had come in person, she explained, to ask formally on behalf of the Sugimura family that I submit myself – along, of course, with the other three applicants – to a closer investigation of my background and credentials. A suitable buyer could thus be chosen.

It was an eccentric procedure, but I saw nothing objectionable about it; it was, after all, much the same as being involved in a marriage negotiation. Indeed, I felt somewhat flattered to be considered by this old and hidebound family as a worthy candidate. When I gave my consent to the investigation, and expressed my gratitude to them, the younger sister addressed me for the first time, saying: 'Our father was a cultured man, Mr Ono. He had much respect for artists. Indeed, he knew of your work.'

In the days which followed, I made enquiries of my own, and discovered the truth of the younger sister's words; Akira Sugimura had indeed been something of an art enthusiast who on numerous occasions had supported exhibitions with his money. I also came across certain interesting rumours: a significant section of the Sugimura family, it seemed, had been against selling the house at all, and there had been some bitter arguments. In the end, financial pressures meant a sale was inevitable, and the odd procedures around the transaction represented the compromise reached with those who had not wished the house to pass out of the family. That there was something high-handed about these arrangements there was no denying; but for my part, I was prepared to sympathize with the sentiments of a family with such a distinguished history. My wife, however, did not take kindly to the idea of an investigation.

'Who do they think they are?' she protested. 'We should

tell them we want nothing further to do with them.'

'But where's the harm?' I pointed out. 'We have nothing we wouldn't want them to discover. True, I don't have a wealthy background, but no doubt the Sugimuras know that already, and they still think us worthy candidates. Let them investigate, they can only find things that will be to our advantage.' And I made a point of adding: 'In any case, they're doing no more than they would if we were negotiating a marriage with them. We'll have to get used to this sort of thing.'

Besides, there was surely much to admire in the idea of 'an auction of prestige', as the elder daughter called it. One wonders why things are not settled more often by such means. How so much more honourable is such a contest, in which one's moral conduct and achievement are brought as witnesses rather than the size of one's purse. I can still recall the deep satisfaction I felt when I learnt the Sugimuras – after the most thorough investigation – had deemed me the most worthy of the house they so prized. And certainly, the house is one worth having suffered a few inconveniences for; despite its impressive and imposing exterior, it is inside a place of soft, natural woods selected for the beauty of their grains, and all of us who lived in it came to find it most conducive to relaxation and calm.

For all that, the Sugimuras' high-handedness was apparent everywhere during the transactions, some family members making no attempts to hide their hostility towards us, and a less understanding buyer might well have taken offence and abandoned the whole matter. Even in later years I would sometimes encounter by chance some member of the family who, instead of exchanging the usual kind of polite talk, would stand there in the street interrogating me as to the state of the house and any alterations I had made.

These days, I hardly ever hear of the Sugimuras. I did, though, receive a visit shortly after the surrender from the younger of the two sisters who had approached me at the time of the sale. The war years had turned her into a thin, ailing old woman. In the way characteristic of the family, she made scant effort to hide the fact that her concern lay with how the house – rather than its inhabitants – had fared during the war; she gave only the briefest of commiserations on hearing about my wife and about Kenji, before embarking on questions concerning the bomb damage. This made me bitter towards her at first; but then I began to notice how her eyes would roam involuntarily around the room, and how she would occasionally pause abruptly in the midst of one of her measured and formal sentences, and I realized she was experiencing waves of emotion at finding herself back in this house once more. Then, when I surmised that most of her family members from the time of the sale were now dead, I began to feel pity for her and offered to show her around.

The house had received its share of the war damage. Akira Sugimura had built an eastern wing to the house, comprising three large rooms, connected to the main body of the house by a long corridor running down one side of the garden. This corridor was so extravagant in its length that some people have suggested Sugimura built it – together with the east wing – for his parents, whom he wished to keep at a distance. The corridor was, in any case, one of the most appealing features of the house; in the afternoon, its entire length would be crossed by the lights and shades of the foliage outside, so that one felt one was walking through a garden tunnel. The bulk of the bomb damage had been to this section of the house, and as we surveyed it from the garden I could see Miss Sugimura was close to tears. By this point, I had lost all my earlier sense of irritation with the old woman and I reassured her as best I could that the damage would be repaired at the first opportunity, and the house would be once more as her father had built it.

I had no idea when I promised her this that supplies would remain so scarce. For a long time after the surrender one could wait weeks just for a particular piece of wood or a supply of nails. What work I could do under such circumstances had to be done to the main body of the house – which had by no means entirely escaped damage – and progress on the garden corridor and the east wing has been slow. I have done what I can to prevent any serious deterioration, but we are still far from being able to open that part of the house again. Besides, now with only Noriko and myself left here, there seems less urgency to be extending our living space.

Today, if I took you to the back of the house, and moved aside the heavy screen to let you gaze down the remains of Sugimura's garden corridor, you may still gain an impression of how picturesque it once was. But no doubt you will notice too the cobwebs and mould that I have not been able to keep out; and the large gaps in the ceiling, shielded from the sky only by sheets of tarpaulin. Sometimes, in the early morning, I have moved back that screen to find the sunlight pouring through the tarpaulin in tinted shafts, revealing clouds of dust hanging in the air as though the ceiling had only that moment crashed down.

Aside from the corridor and the east wing, the most serious damage was to the veranda. Members of my family, and particularly my two daughters, had always been fond of passing the time sitting there, chatting and viewing the garden; and so, when Setsuko – my married daughter – first came to visit us after the surrender, I was not surprised to see how saddened she was by its condition. I had by then repaired the worst of the damage, but at one end it was still billowed and cracked where the impact of the blast had pushed up the boards from underneath. The veranda roof, too, had suffered, and on rainy days we were still having to line the floorboards with receptacles to catch the water that came dripping through.

Over this past year, however, I was able to make a certain amount of progress, and by the time Setsuko came down to visit us again last month, the veranda was more or less entirely restored. Noriko had taken time off work for her sister's visit, and so, with the good weather continuing, my two daughters spent a lot of their time out there as of old. I often joined them, and at times it was almost as it had been years ago, when on a sunny day the family would sit there together exchanging relaxed, often vacuous talk. At one point last month – it must have been the first morning after Setsuko's arrival – we were sitting there on the veranda after breakfast, when Noriko said:

'I'm relieved you've come at last, Setsuko. You'll take Father off my hands a little.'

'Noriko, really . . .' Her elder sister shifted uncomfortably on her cushion.

'Father takes a lot of looking after now he's retired,' Noriko went on, with a mischievous grin. 'You've got to keep him occupied or he starts to mope.'

'Really . . .' Setsuko smiled nervously, then turned to the garden with a sigh. 'The maple tree seems to have recovered completely. It's looking splendid.'

'Setsuko probably has no idea of what you're like these days, Father. She only remembers you from when you were a tyrant and ordered us all around. You're much more gentle these days, isn't that so?'

I gave a laugh to show Setsuko this was all in good humour, but my elder daughter continued to look uncomfortable. Noriko turned back to her sister and added: 'But he does take a lot more looking after, moping around the house all day.'

'She's talking nonsense as usual,' I put in. 'If I spend the whole day moping, how did all these repairs get done?'

'Indeed,' Setsuko said, turning to me and smiling. 'The house is looking marvellous now. Father must have worked very hard.'

'He had men in to help with all the difficult parts,' Noriko said. 'You don't seem to believe me, Setsuko. Father's very different now. There's no need to be afraid of him any more. He's much more gentle and domesticated.'

'Noriko, really . . .'

'He even cooks meals from time to time. You wouldn't have

believed it, would you? But Father's becoming a much better cook these days.'

'Noriko, I think we've discussed this enough,' Setsuko said, quietly.

'Isn't that so, Father? You're making a lot of progress.'

I gave another smile and shook my head wearily. It was at that point, as I remember, that Noriko turned towards the garden, and closing her eyes to the sunshine, said:

'Well, he can't rely on me to come back and cook when I'm married. I'll have enough to do without Father to look after as well.'

As Noriko said this, her elder sister – whose gaze until then had been demurely turned away – gave me a swift, enquiring look. Her eyes left me again immediately, for she was obliged to return Noriko's smile. But a new, more profound uneasiness had entered Setsuko's manner and she seemed grateful when her little boy, speeding past us down the veranda, gave her an opportunity to change the subject.

'Ichiro, please settle!' she called after him.

No doubt, after the modern apartment of his parents, Ichiro was fascinated by the large amount of space in our house. In any case, he seemed not to share our fondness for sitting on the veranda, preferring instead to run at great speed up and down its length, sometimes sliding along the polished boards. More than once, he had come close to upsetting our tea tray, but his mother's requests that he sit down had so far been to little avail. This time too, when Setsuko called to him to take a cushion with us, he remained sulking at the end of the veranda.

'Come on, Ichiro,' I called out, 'I'm tired of talking to women all the time. You come and sit beside me and we'll talk about men's things.'

This brought him straight away. He placed his cushion next to me, then seated himself in a most noble posture, hands on hips, his shoulders flung well back.

'Oji,' he said to me sternly, 'I have a question.'

'Yes, Ichiro, what is it?'

'I want to know about the monster.'

'The monster?'

'Is it prehistoric?'

'Prehistoric? You know words like that already? You must be a clever boy.'

At this point, Ichiro's dignity seemed to give way. Abandoning his pose, he rolled on to his back and began waving his feet in the air.

'Ichiro!' Setsuko called in an urgent whisper. 'Such bad manners in front of your grandfather. Sit up!'

Ichiro's only response was to allow his feet to slump lifelessly on to the floorboards. He then folded his arms over his chest and closed his eyes.

'Oji,' he said, in a sleepy voice, 'is the monster prehistoric?'

'Which monster is this, Ichiro?'

'Please excuse him,' Setsuko said, with a nervous smile. 'There was a film poster outside the railway station when we arrived yesterday. He inconvenienced the taxi driver with numerous questions. It's so unfortunate I didn't see the poster myself.'

'Oji! Is the monster prehistoric or isn't it? I want an answer!'

'Ichiro!' His mother gave him a horrified look.

'I'm not sure, Ichiro. I should think we have to see the film to find out.'

'When do we see the film then?'

'Hmm. You'd best discuss it with your mother. You never know, it may be too frightening for young children.'

I had not meant this remark to be provocative, but its effect on my grandson was startling. He rolled back into a sitting position and glared at me, shouting: 'How dare you! What are you saying!'

'Ichiro!' Setsuko exclaimed in dismay. But Ichiro continued to regard me with the most fearsome look, and his mother was obliged to leave her cushion to come over to us. 'Ichiro!' she whispered to him, shaking his arm. 'Don't stare at your grandfather like that.'

Ichiro responded by falling on to his back again and waving his feet in the air. His mother gave me another nervous smile.

'So bad-mannered,' she said. Then seemingly at a loss for further words, she smiled again.

'Ichiro-san,' Noriko said, getting to her feet, 'why don't you come and help me put away the breakfast things?'

'Women's work,' Ichiro said, his feet still waving.

'So Ichiro won't help me? Now that's a problem. The table's so heavy I'm not strong enough to put that away on my own. I wonder who could help then?'

This brought Ichiro abruptly to his feet, and he went striding indoors without glancing back at us. Noriko laughed and followed him in.

Setsuko glanced after them, then lifting the teapot, began refilling my cup. 'I had no idea things had come so far,' she said, her voice lowered. 'I mean as regards Noriko's marriage negotiations.'

'Things haven't come far at all,' I said, shaking my head. 'In fact, nothing's settled at all. We're still at an early stage.'

'Forgive me, but from what Noriko said just a moment ago, I naturally supposed things were more or less . . .' She trailed off, then said again: 'Forgive me.' But she said it in such a way that a question was left hanging in the air.

'I'm afraid this isn't the first time Noriko's spoken like that,' I said. 'In fact, she's been behaving oddly ever since these present negotiations began. Last week, we had a visit from Mr Mori – you remember him?'

'Of course. He's well?'

'Well enough. He was just passing and called to pay his respects. The point is, Noriko began to talk about the marriage negotiations in front of him. She took much the same attitude as just now, that everything was settled. It was most embarrassing. Mr Mori even congratulated me as he was leaving, and asked me the groom's occupation.'

'Indeed,' Setsuko said, thoughtfully. 'It must have been embarrassing.'

'But it was hardly Mr Mori's fault. You heard her yourself just now. What was a stranger supposed to think?'

My daughter did not reply, and we sat there in silence for a few moments. Once, when I glanced over at her, Setsuko was gazing out at the garden, holding her teacup in both hands as though she had forgotten it was there. It was one of several occasions during her visit last month when – perhaps because of the way the light caught her, or some such thing – I found myself contemplating her appearance. For there can be no doubt, Setsuko is becoming better looking as she gets older. In her youth, her mother and I had worried that she was too plain to make a good marriage. Even as a child, Setsuko had rather masculine features, which seemed only to grow more pronounced with adolescence; so much so that whenever my daughters quarrelled, Noriko was always able to get the better of her elder sister by calling her 'Boy! Boy!' Who knows what effect such things have on personalities? It is no coincidence, surely, that Noriko should have grown up so headstrong, and Setsuko so shy and retiring. But now, it seems, as she approaches her thirties, Setsuko's looks are taking on a new and not inconsiderable dignity. I can recall her mother predicting this – 'Our Setsuko will flower in the summer,' she had often said. I had thought this merely my wife's way of consoling herself, but then several times last month, I was struck by how correct she in fact had been.

Setsuko came out of her reverie, and cast another glance inside the house. Then she said: 'I would suppose what happened last year greatly upset Noriko. Much more perhaps than we supposed.'

I gave a sigh and nodded. 'It's possible I didn't pay enough attention to her at the time.'

'I'm sure Father did all he could. But of course, such things are a terrible blow to a woman.'

'I have to admit, I thought she was play-acting a little, the way your sister does sometimes. She'd been insisting it was a "love match", so when it fell through, she'd be obliged to behave accordingly. But perhaps it wasn't all play-acting.'

'We laughed at the time,' Setsuko said, 'but perhaps it really was a love match.'

We fell silent again. From inside the house, we could hear Ichiro's voice shouting something repeatedly.

'Forgive me,' Setsuko said, in a new voice. 'But did we ever hear any further as to why the proposal fell through last year? It was so unexpected.'

'I have no idea. It hardly matters now, does it?'

'Of course not, forgive me.' Setsuko seemed to consider something for a moment, then she spoke again: 'It's just that Suichi persists in asking me from time to time about last year, about why the Miyakes should have pulled out like that.' She gave a little laugh, almost to herself. 'He seems convinced I know some secret and that we're all keeping it from him. I have to continually reassure him that I have no idea myself.'

'I assure you,' I said a little coldly, 'it remains equally a mystery to me. If I knew, I wouldn't keep it from you and Suichi.'

'Of course. Please excuse me, I didn't mean to imply . . .' Again, she trailed off awkwardly.

I may have appeared a little short with my daughter that morning, but then that was not the first time Setsuko had questioned me in such a way concerning last year and the Miyakes' withdrawal. Why she should believe I am keeping something from her, I do not know. If the Miyakes had some special reason for withdrawing like that, it would stand to reason they would not confide in me about it.

My own guess is that there was nothing so remarkable about the matter. True, their withdrawal at the last moment was most unexpected, but why should one suppose from this that there was anything peculiar in it? My feeling is that it was simply a matter of family status. The Miyakes, from what I saw of them, were just the proud, honest sort who would feel uncomfortable at the thought of their son marrying above his station. Indeed, a few years ago, they would probably have withdrawn more promptly, but what with the couple claiming it was a 'love match', and with all the talk these days of the new ways, the Miyakes are the kind of people who would become confused as to their correct course. No doubt the explanation is no more complicated than that.

It is possible, too, that they were confused by my apparent approval of the match. For I was very lax in considering the matter of status, it simply not being my instinct to concern myself with such things. Indeed, I have never at any point in my life been very aware of my own social standing, and even now, I am often surprised afresh when some event, or something someone may say, reminds me of the rather high esteem in which I am held. Just the other evening, for instance, I was down in our old pleasure district, drinking at Mrs Kawakami's place, where – as happens increasingly these days – Shintaro and I had found ourselves the only customers. We were as usual sitting up at the bar on our high-stools, exchanging remarks with Mrs Kawakami, and as the hours had gone by, and no one else had come in, our exchanges had grown more intimate. At one point, Mrs Kawakami was talking about some relative of hers, complaining that the young man had been unable to find a job worthy of his abilities, when Shintaro suddenly exclaimed:

'You must send him to Sensei here, Obasan! A good word from Sensei in the right place, your relative will soon find a good post.'

'What are you saying, Shintaro?' I protested. 'I'm retired now. I have no connections these days.'

'A recommendation from a man of Sensei's standing will command respect from anyone,' Shintaro had persisted. 'Send the young man to Sensei, Obasan.'

I was at first a little taken aback by the conviction of Shintaro's assertions. But then I realized he was remembering yet again that small deed I had performed for his younger brother all those years ago.

It must have been in 1935 or 1936, a very routine matter as I recall – a letter of recommendation to an acquaintance in the State Department, some such thing. I would have given the matter little further thought, but then one afternoon while I was relaxing at home, my wife announced there were visitors for me at the entryway.

'Please show them in,' I had said.

'But they insist they won't bother you by coming in.'

I went out to the entryway, and standing there were Shintaro and his younger brother – then no more than a youth. As soon as they saw me, they began bowing and giggling.

'Please step up,' I said, but they continued simply to bow and giggle. 'Shintaro, please. Step up to the tatami.'

'No, Sensei,' Shintaro said, all the time smiling and bowing. 'It is the height of impertinence for us to come to your house like this. The height of impertinence. But we could not remain at home any longer without thanking you.'

'Come on inside. I believe Setsuko was just making some tea.'

'No, Sensei, it is the height of impertinence. Really.' Then turning to his brother, Shintaro whispered quickly: 'Yoshio! Yoshio!'

For the first time, the young man stopped bowing and looked up at me nervously. Then he said: 'I will be grateful to you for the remainder of my life. I will exert every particle of my being to be worthy of your recommendation. I assure you, I will not let you down. I will work hard, and strive to satisfy my superiors. And however much I may be promoted in the future, I will never forget the man who enabled me to start on my career.'

'Really, it was nothing. It's no more than you deserve.'

This brought frantic protests from both of them, then Shintaro said to his brother: 'Yoshio, we have imposed enough on Sensei as it is. But before we leave, take a good look again at the man who has helped you. We are greatly privileged to have a benefactor of such influence and generosity.'

'Indeed,' the youth muttered, and gazed up at me.

'Please, Shintaro, this is embarrassing. Please come in and we'll celebrate with some sake.'

'No, Sensei, we must leave you now. It was the greatest impertinence to come here like this and disturb your afternoon. But we could not delay thanking you for one moment longer.'

This visit – I must admit it – left me with a certain feeling of achievement. It was one of those moments, in the midst of a busy career allowing little chance for stopping and taking stock, which illuminate suddenly just how far one has come. For true enough, I had almost unthinkingly started a young man on a good career. A few years earlier, such a thing would have been inconceivable and yet I had brought myself to such a position almost without realizing it.

'Many things have changed since the old days, Shintaro,' I pointed out the other night down at Mrs Kawakami's. 'I'm retired now, I don't have so many connections.'

But then for all I know, Shintaro may not be so wrong in his assumptions. It may be that if I chose to put it to the test, I would again be surprised by the extent of my influence. As I say, I have never had a keen awareness of my own standing.

In any case, even if Shintaro may at times display naïveté about certain things, this is nothing to be disparaged, it being no easy thing now to come across someone so untainted by the cynicism and bitterness of our day. There is something reassuring about going into Mrs Kawakami's and finding Shintaro sitting up there at the bar, just as one may have found him on any evening for the past seventeen or so years, absent-mindedly turning his cap round and round on the counter in that old way of his. It really is as though nothing has changed for Shintaro. He will greet me very politely, as though he were still my pupil, and throughout the evening, however drunk he may get, he will continue to address me as

'Sensei' and maintain his most respectful manner towards me. Sometimes he will even ask me questions relating to technique or style with all the eagerness of a young apprentice – though the truth is, of course, Shintaro has long ceased to be concerned with any real art. For some years now, he has devoted his time to his book illustrations, and his present speciality, I gather, is fire engines. He will work day after day up in that attic room of his, sketching out fire engine after fire engine. But I suppose in the evenings, after a few drinks, Shintaro likes to believe he is still the idealistic young artist I first took under my supervision.

This childlike aspect of Shintaro has frequently been a source of entertainment for Mrs Kawakami, who has a somewhat wicked side to her. One night recently, for instance, during a rainstorm, Shintaro had come running into the little bar and begun squeezing his cap out over the doormat.

'Really, Shintaro-san!' Mrs Kawakami had shouted at him. 'What terrible manners!'

At this, Shintaro had looked up in great distress, as though indeed he had committed an outrageous offence. He had then begun to apologize profusely, thus leading Mrs Kawakami on further.

'I've never seen such manners, Shintaro-san. You seem to have no respect for me at all.'

'Now stop this, Obasan,' I had appealed to her after a while. 'That's enough, tell him you're just joking.'

'Joking? I'm hardly joking. The height of bad manners.'

And so it had gone on, until Shintaro had become quite pitiful to watch. But then again, on other occasions, Shintaro will be convinced he is being teased when in fact he is being spoken to quite earnestly. There was the time he had put Mrs Kawakami in difficulties by declaring cheerfully of a general who had just been executed as a war criminal: 'I've always admired that man since I was a boy. I wonder what he's up to now. Retired, no doubt.'

Some new customers had been present that night and had

looked at him disapprovingly. When Mrs Kawakami, concerned for her trade, had gone to him and told him quietly of the general's fate, Shintaro had burst out laughing.

'Really, Obasan,' he had said loudly. 'Some of your jokes are quite extreme.'

Shintaro's ignorance of such matters is often remarkable, but as I say, it is not something to disparage. One should be thankful there are still those uncontaminated by the current cynicism. In fact, it is probably this very quality of Shintaro's – this sense that he has remained somehow unscathed by things – which has led me to enjoy his company more and more over these recent years.

As for Mrs Kawakami, although she will do her best not to allow the current mood to affect her, there is no denying she has been greatly aged by the war years. Before the war, she may still have passed for a 'young woman', but since then something inside her seems to have broken and sagged. And when one remembers those she has lost in the war, it is hardly any wonder. Business too has become increasingly difficult for her; certainly, it must be hard for her to believe this is the same district where she first opened her little place those sixteen or seventeen years ago. For nothing really remains of our old pleasure district now; almost all her old competitors have closed up and left, and Mrs Kawakami must more than once have considered doing likewise.

But when her place first appeared, it was squeezed in amidst so many other bars and eating houses, I remember some people doubting if it could survive long. Indeed, you could hardly walk down those little streets without brushing against the numerous cloth banners pressing at you from all sides, leaning out at you from their shop fronts, each declaring the attractions of their establishment in boisterous lettering. But in those days, there was enough custom in the district to keep any number of such establishments thriving. On the warmer evenings particularly, the area would fill with people strolling unhurriedly from bar to bar, or just standing talking in the middle of the street. Cars had long ceased to venture through, and even a bicycle could only be pushed with difficulty past those throngs of uncaring pedestrians.

I say 'our pleasure district', but I suppose it was really nothing more than somewhere to drink, eat and talk. You would have had to go into the city centre for the real pleasure quarters – for the geisha houses and theatres. For myself though, our own district was always preferable. It drew a lively but respectable crowd, many of them people like us – artists and writers lured by the promise of noisy conversations continuing into the night. The establishment my own group frequented was called 'Migi-Hidari', and stood at a point where three side streets intersected to form a paved precinct. The Migi-Hidari, unlike any of its neighbours, was a large sprawling place with an upper floor and plenty of hostesses both in Western and traditional dress. I had played my own small part in the Migi-Hidari's coming to so dwarf its competitors, and in recognition of this, our group had been provided with a table in one corner for our sole use. Those who drank with me there were, in effect, the élite of my school: Kuroda, Murasaki, Tanaka – brilliant young men, already with growing reputations. They all of them relished conversation, and I remember many passionate arguments taking place around that table.

Shintaro, I should say, was never one of that select group. I would not myself have objected to his joining us, but there existed a strong sense of hierarchy amongst my pupils, and Shintaro was certainly not regarded as of the first rank. In fact, I can recall one night, shortly after Shintaro and his brother had paid that visit to my house, my discussing that episode around our table. I remember the likes of Kuroda laughing at how grateful the brothers had been over 'a mere white-collar appointment'; but then they all listened solemnly as I recounted my view on how influence and status can creep up on someone who works busily, not pursuing these ends in themselves, but for the satisfaction of performing his tasks to the best of his ability. At this point, one of them – no doubt it was Kuroda – leaned forward and said:

'I have suspected for some time that Sensei was unaware of the high regard in which he is held by people in this city. Indeed, as the instance he has just related amply illustrates, his reputation has now spread beyond the world of art, to all walks of life. But how typical of Sensei's modest nature that he is unaware of this. How typical that he himself should be the most surprised by the esteem accorded to him. But to all of us here it comes as no surprise. In fact, it may be said that respected enormously as he is by the public at large, it is we here at this table who alone know the extent to which that respect still falls short. But I personally have no doubt. His reputation will become all the greater, and in years to come, our proudest honour will be to tell others that we were once the pupils of Masuji Ono.'

Now there was nothing remarkable in all this; it had become something of a habit that at some point in the evening, when we had all drunk a little, my protégés would take to making speeches of a loyal nature to me. And Kuroda in particular, being looked on as a sort of spokesman for them, gave a fair proportion of these. Of course, I usually ignored them, but on this particular occasion, as when Shintaro and his brother had stood bowing and giggling in my entryway, I experienced a warm glow of satisfaction.

But then it would not be accurate to suggest I only socialized with the best of my pupils. Indeed, the first time I ever stepped into Mrs Kawakami's, I believe I did so because I wished to spend the evening talking something over with Shintaro. Today, when I try to recall that evening, I find my memory of it merging with the sounds and images from all those other evenings; the lanterns hung above doorways, the laughter of people congregated outside the Migi-Hidari, the smell of deep-fried food, a bar hostess persuading someone to return to his wife – and echoing from every direction, the clicking of numerous wooden sandals on the concrete. I remember it being a warm summer's night, and not finding Shintaro in his usual haunts, I wandered around those tiny bars for some time. For all the competition there must have existed between those establishments, a neighbourly spirit reigned, and it was quite natural that on asking after Shintaro at one such bar that night, I should be advised by the hostess, without a trace of resentment, to try for him at the 'new place'.

No doubt, Mrs Kawakami could point out numerous changes – her little 'improvements' – that she has made over the years. But my impression is that her little place looked much the same that first night as it does today. On entering, one tends to be struck by the contrast between the bar counter, lit up by warm, low-hung lights, and the rest of the room, which is in shadow. Most of her customers prefer to sit up at the bar within that pool of light, and this gives a cosy, intimate feel to the place. I remember looking around me with approval that first night, and today, for all the changes which have transformed the world around it, Mrs Kawakami's remains as pleasing as ever.

But little else has remained unchanged. Coming out of Mrs Kawakami's now, you could stand at her doorway and believe you have just been drinking at some outpost of civilization. All around, there is nothing but a desert of demolished rubble. Only the backs of several buildings far in the distance will remind you that you are not so far from the city centre. 'War damage,' Mrs Kawakami calls it. But I remember walking around the district shortly after the surrender and many of those buildings were still standing. The Migi-Hidari was still there, the windows all blown out, part of the roof fallen in. And I remember wondering to myself as I walked past those shattered buildings, if they would ever again come back to life. Then I came by one morning and the bulldozers had pulled down everything.

So now that side of the street is nothing but rubble. No doubt the authorities have their plans, but it has been that way for three years. The rain collects in small puddles and grows stagnant amidst the broken brick. As a consequence, Mrs Kawakami has been obliged to put up mosquito wiring on her windows – not an effect she thinks will attract customers.

The buildings on Mrs Kawakami's own side of the street have remained standing, but many are unoccupied; the properties on either side of her, for instance, have been vacant for some time, a situation which makes her uncomfortable. If she became suddenly rich, she often tells us, she would buy up those properties and expand. In the meantime, she waits for someone to move into them; she would not mind if they became bars just like hers, anything provided she no longer had to live in the midst of a graveyard.

If you were to come out of Mrs Kawakami's as the darkness was setting in, you might feel compelled to pause a moment and gaze at that wasted expanse before you. You might still be able to make out through the gloom those heaps of broken brick and timber, and perhaps here and there, pieces of piping protruding from the ground like weeds. Then as you walked on past more heaps of rubble, numerous small puddles would gleam a moment as they caught in the lamplight.

And if on reaching the foot of the hill which climbs up to my house, you pause at the Bridge of Hesitation and look back towards the remains of our old pleasure district, if the sun has not yet set completely, you may see the line of old telegraph poles – still without wires to connect them – disappearing into the gloom down the route you have just come, And you may be able to make out the dark clusters of birds perched uncomfortably on the tops of the poles, as though awaiting the wires along which they once lined the sky.

One evening not so long ago, I was standing on that little wooden bridge and saw away in the distance two columns of smoke rising from the rubble. Perhaps it was government workers continuing some interminably slow programme; or perhaps children indulging in some delinquent game. But the sight of those columns against the sky put me in a melancholy mood. They were like pyres at some abandoned funeral. A graveyard, Mrs Kawakami says, and when one remembers all those people who once frequented the area, one cannot help seeing it that way.

But I am digressing. I was trying to recall here details of Setsuko's stay with us last month.

As I may have said, Setsuko spent much of the first day of her visit sitting out on the veranda, talking with her sister. At one point towards the latter part of the afternoon when my daughters were particularly deep in women's talk, I recall I left them to go in search of my grandson, who a few minutes earlier had gone running off into the house.

It was as I was coming down the corridor that a heavy thump made the whole house shake. Alarmed, I hurried on into the dining room. At that time of day, our dining room is largely in shadow, and after the brightness of the veranda, it took my eyes a moment or two to ascertain that Ichiro was not in the room at all. Then came another thump, followed by several more, together with my grandson's voice shouting: 'Yah! Yah!' The noise was coming from the adjoining piano room. I went to the doorway, listened for a moment, then quietly slid back the partition.

In contrast to the dining room, the piano room catches the sun throughout the day. It fills with a sharp, clear light, and had it been any larger, would have been an ideal place in which to take our meals. At one time, I had used it to store paintings and materials, but nowadays, apart from the upright German piano, the room is practically bare. No doubt this lack of clutter had inspired my grandson in much the same way as the veranda had earlier; for I found him progressing across the floor with a curious stamping movement, which I took to be an impersonation of someone galloping on horseback across open land. Because his back was turned to the doorway, it was some moments before he realized he was being observed.

'Oji!' he said, turning angrily. 'Can't you see I'm busy?'

'I'm sorry, Ichiro, I didn't realize.'

'I can't play with you just now!'

'I'm very sorry. But it sounded so exciting from out here I wondered if I could come in and watch.'

For a moment, my grandson went on staring at me crossly. Then he said moodily: 'All right. But you have to sit and be quiet. I'm busy.'

'Very well,' I said, with a laugh. 'Thank you very much, Ichiro.'

My grandson continued to glare at me as I crossed the room and seated myself by the window. When Ichiro had arrived with his mother the previous evening, I had made him a gift of a sketchpad and a set of coloured crayons. I now noticed the sketchpad lying on the tatami nearby, three or four of the crayons scattered around it. I could see the first few leaves of the pad had been drawn on and was about to reach over to investigate, when Ichiro suddenly recommenced the drama I had interrupted.

'Yah! Yah!'

I watched him for a while, but could make little sense of the scenes he was enacting. At intervals, he would repeat his horse movement; at other times, he appeared to be in combat with numerous invisible enemies. All the while, he continued to mutter lines of dialogue under his breath. I tried hard to make these out, but as far as I could tell he was not using actual words, simply making sounds with his tongue.

Clearly, though he did his best to ignore me, my presence was having an inhibiting effect. Several times he froze in mid-movement as though inspiration had suddenly deserted him, before throwing himself into action again. Then before long he gave up and slumped on to the floor. I wondered if I should applaud, but thought better of it.

'Very impressive, Ichiro. But tell me, who were you pretending to be?'

'You guess, Oji.'

'Hmm. Lord Yoshitsune perhaps? No? A samurai warrior, then? Hmm. Or a ninja perhaps? The Ninja of the Wind.'

'Oji's completely on the wrong scent.'

'Then tell me. Who were you?'

'Lone Ranger!'

'What?'

'Lone Ranger! Hi yo Silver!'

'Lone Ranger? Is that a cowboy?'

'Hi yo Silver!' Ichiro began to gallop again, and this time made a neighing noise.

I watched my grandson for a moment. 'How did you learn to play cowboys, Ichiro?' I asked eventually, but he just continued to gallop and neigh.

'Ichiro,' I said, more firmly, 'wait a moment and listen. It's more interesting, more interesting by far, to pretend to be someone like Lord Yoshitsune. Shall I tell you why? Ichiro, listen, Oji will explain it to you. Ichiro, listen to your Oji-san. Ichiro!'

Possibly I raised my voice more than I had intended, for he stopped and looked at me with a startled expression. I continued to look at him for a moment, then gave a sigh.

'I'm sorry, Ichiro, I shouldn't have interrupted. Of course you can be anyone you like. Even a cowboy. You must forgive your Oji-san. He was forgetting for a moment.'

My grandson continued to stare at me, and it occurred to me he was about to burst into tears or else run out of the room.

'Please, Ichiro, you just carry on with what you were doing.'

For a moment longer, Ichiro went on staring at me. Then he suddenly yelled out: 'Lone Ranger! Hi yo Silver!' and began to gallop again. He stamped more violently than ever, causing the whole room to shake around us. I went on watching him for a moment, then reached over and picked up his sketchpad.

Ichiro had used up the first four or five sheets somewhat wastefully. His technique was not at all bad, but the sketches – of trams and trains – had each been abandoned at a very early stage. Ichiro noticed me examining the sketchpad and came hurrying over.

'Oji! Who said you could look at those?' He tried to snatch the pad away from me, but I held it out of his reach.

'Now, Ichiro, don't be unkind. Oji wants to see what you've been doing with the crayons he gave you. That's only fair.' I lowered the sketchpad and opened it at the first drawing. 'Very impressive, Ichiro. Hmm. But you know, you could be even better if you wanted.'

'Oji can't see those!'

My grandson made another attempt to snatch away the pad, obliging me to hold off his hands with my arm.

'Oji! Give me back my book!'

'Now, Ichiro, stop that. Let your Oji see. Look, Ichiro, bring me those crayons over there. Bring them over and we'll draw something together. Oji will show you.'

These words had a surprising effect. My grandson immediately stopped struggling, then went to gather up the crayons scattered on the floor. When he came back, something new – a kind of fascination – had entered his manner. He seated himself beside me and held out the crayons, watching carefully, but saying nothing.

I turned the sketchpad to a new sheet and placed it on the floor in front of him. 'Let me see you do something first, Ichiro. Then Oji will see if he can help to make it better at all. What do you want to draw?'

My grandson had become very quiet. He looked down at the blank sheet thoughtfully, but made no move to start drawing.

'Why don't you try and draw something you saw yesterday?' I suggested. 'Something you saw when you first arrived in the city.'

Ichiro went on looking at the sketchpad. Then he looked up and asked: 'Was Oji a famous artist once?'

'A famous artist?' I gave a laugh. 'I suppose you might say that. Is that what your mother says?'

'Father says you used to be a famous artist. But you had to finish.'

'I've retired, Ichiro. Everyone retires when they get to a certain age. It's only right, they deserve a rest.'

'Father says you had to finish. Because Japan lost the war.'

I gave another laugh, then reached forward and took the sketchpad. I turned back the leaves, looking through my grandson's sketches of trams, and held one up at arm's length for a better view. 'You reach a certain age, Ichiro, and you want a rest from things. Your father too will stop working when he gets to my age. And one day, you'll be my age and you'll want a rest too. Now' – I returned to the blank sheet and placed the pad before him again – 'what will you draw for me, Ichiro?'

'Did Oji do the picture in the dining room?'

'No, that's by an artist called Urayama. Why, do you like it?'

'Did Oji paint the one in the corridor?'

'That's by another fine artist, an old friend of Oji's.'

'Where are Oji's pictures then?'

'They're tidied away for the moment. Now, Ichiro, let's get back to important things. What will you draw for me? What do you remember from yesterday? What's the matter, Ichiro? Suddenly so quiet.'

'I want to see Oji's pictures.'

'I'm sure a bright boy like you can remember all sorts of things. What about the film poster you saw? The one with the prehistoric monster. I'm sure someone like you could do it very well. Even better than the real poster perhaps.'

Ichiro seemed to consider this for a moment. Then he rolled over on to his front, and with his face close to the paper, began to draw.

Using a dark brown crayon, he drew on the lower part of the sheet a row of boxes – which soon became a skyline of city buildings. And then there emerged, looming above the city, a huge lizard-like creature up on its hind legs. At this point my grandson exchanged his brown crayon for a red one and began to make bright streaks all around the lizard.

'What is this, Ichiro? Fire?'

Ichiro continued with his red streaks, not answering.

'Why is there fire, Ichiro? Is it to do with the monster appearing?'

'Electric cables,' Ichiro said, with an impatient sigh.

'Electric cables? Now that's interesting. I wonder why electric cables cause fire. Do you know?'

Ichiro gave another sigh and continued to draw. He picked up his dark crayon again and began to draw at the foot of the sheet panic-stricken people fleeing in all directions.

'You're doing this very well, Ichiro,' I remarked. 'Perhaps as a reward, Oji might take you to see the movie tomorrow. Would you like that?'

My grandson paused and looked up. 'It might be too scary for Oji,' he said.

'I doubt that,' I said, with a laugh. 'But it may well frighten your mother and your aunt.'

At this, Ichiro burst into loud laughter. He rolled over on to his back and laughed some more. 'Mother and Aunt Noriko will be really scared!' he shouted at the ceiling.

'But we men will enjoy it, won't we, Ichiro? We'll go tomorrow. Would you like that? We'll take the women with us and watch them get frightened.'

Ichiro continued to laugh loudly. 'Aunt Noriko will get scared straightaway!'

'She probably will,' I said, laughing again myself. 'Very well, we'll all go tomorrow. Now, Ichiro, you'd better go on with your picture.'

'Aunt Noriko will get scared! She'll want to leave!'

'Now, Ichiro, let's carry on. You were doing very well.'

Ichiro rolled back over and returned to his picture. His earlier concentration, though, seemed to have deserted him; he began to add more and more fleeing figures at the bottom of his sketch until the shapes merged and became meaningless. Eventually abandoning any sense of care, he started to scribble wildly all over the lower section of the sheet.

'Ichiro, what are you doing? We won't go to the movie if you're going to do that. Ichiro, stop that!'

My grandson sprang to his feet and yelled out: 'Hi yo Silver!'

'Ichiro, sit down. You haven't finished yet.'

'Where's Aunt Noriko?'

'She's talking with your mother. Now, Ichiro, you haven't finished your picture yet. Ichiro!'

But my grandson went running out of the room, shouting: 'Lone Ranger! Hi yo Silver!'

I cannot recall precisely what I did with myself for the next several minutes. Quite possibly I remained sitting there in the piano room, gazing at Ichiro's drawings, thinking about nothing in particular as I am increasingly prone to do these days. Eventually, though, I rose to my feet and went in search of my family.

I found Setsuko sitting alone on the veranda, looking out at the garden. The sun was still bright, but the day had grown much cooler, and as I appeared Setsuko turned and moved a cushion into a patch of sunlight for me.

'We made fresh tea,' she said. 'Would you care for some, Father?'

I thanked her, and as she poured for me, I cast my gaze out to the garden.

For all it suffered during the war, our garden has recovered well, and is still recognizably the one Akira Sugimura built some forty years ago. Down at the far end, near the back wall, I could see Noriko and Ichiro examining a bamboo bush. That bush, like almost all the other shrubs and trees in the garden, had been transplanted fully grown by Sugimura from elsewhere in the city. In fact, one rumour has it that Sugimura personally walked around the city, peering over garden fences, offering large sums of money to the owner of any shrub or tree he wished to uproot for himself. If this is true, then he made his choice with admirable skill; the result was – and remains today – splendidly harmonious. There is a natural, rambling feeling about the garden, with barely a hint of artificial design.

'Noriko was always so good with children,' Setsuko remarked, her eyes on them. 'Ichiro's taken a great liking to her.'

'Ichiro's a fine boy,' I said. 'Not at all shy like a lot of children that age.'

'I hope he wasn't giving you trouble just now. He can be quite headstrong at times. Please don't hesitate to scold him if he becomes a nuisance.'

'Not at all. We're getting on fine. We were just practising some drawing together, in fact.'

'Really? I'm sure he enjoyed that.'

'He was play-acting some scenario for me too,' I said. 'He mimes his actions very well.'

'Oh yes. He occupies himself for long periods that way.'

'Does he make up his own words? I was trying to listen, but I couldn't make out what he was saying.'

My daughter raised a hand to cover her laugh. 'He must have been playing cowboys. When he plays cowboys, he tries to speak English.'

'English? Extraordinary. So that's what it was.'

'We took him once to the cinema to see an American cowboy film. He's been very fond of cowboys ever since. We even had to buy him a ten-gallon hat. He's convinced cowboys make that funny sound he does. It must have seemed very strange.'

'So that's what it was,' I said with a laugh. 'My grandson's become a cowboy.'

Down in the garden, a breeze was making the foliage sway.

Noriko was crouching down by the old stone lantern near the back wall, pointing something out to Ichiro.

'Still,' I said, with a sigh, 'only a few years ago, Ichiro wouldn't have been allowed to see such a thing as a cowboy film.'

Setsuko, without turning from the garden, said: 'Suichi believes it's better he likes cowboys than that he idolize people like Miyamoto Musashi. Suichi thinks the American heroes are the better models for children now.'

'Is that so? So that's Suichi's view.'

Ichiro seemed unimpressed by the stone lantern, for we could see him tugging violently at his aunt's arm. Beside me, Setsuko gave an embarrassed laugh.

'He's so arrogant. Pulling people back and forth. Such bad manners.'

'Incidentally,' I said, 'Ichiro and I decided we'd go to the cinema tomorrow.'

'Really?'

I could see at once the uncertainty in Setsuko's manner.

'Yes,' I said, 'he seems very keen on this prehistoric monster. Don't worry, I looked it up in the newspaper. The movie's perfectly suitable for a boy of his age.'

'Yes, I'm sure.'

'In fact, I thought we should all go. A family outing, so to speak.'

Setsuko cleared her throat nervously. 'That would be most enjoyable. Except perhaps Noriko may also have some plans for tomorrow.'

'Oh? What plans are those?'

'I believe she was wanting us all to go to the deer park. But I'm sure that can be done another time.'

'I had no idea Noriko had any plans. She certainly never asked me about them. Besides, I've already told Ichiro we'd go to the movie tomorrow. His heart will be set on it now.'

'Indeed,' said Setsuko. 'I'm sure he'd like to go to the cinema.'

Noriko was coming up the garden path towards us, Ichiro leading her by the hand. No doubt I might have taken up with her straightaway the matter of the following day, but she and Ichiro did not stay on the veranda, going inside to wash their hands. As it was, I was not able to raise the matter until after supper that evening.

Although during the day the dining room is a rather gloomy place on account of the sun rarely reaching it, after dark, with the lightshade low over the table, it has a cosy atmosphere. We had been sitting around the table for several minutes, reading newspapers and magazines, when I said to my grandson:

'Well, Ichiro, have you told your aunt about tomorrow?'

Ichiro looked up from his book with a puzzled expression.

'Shall we take the women with us or not?' I said. 'Remember what we said. They might find it too scary.'

This time my grandson understood me and grinned. 'It might be too scary for Aunt Noriko,' he said. 'Do you want to come, Aunt Noriko?'

'Come to what, Ichiro-san?' Noriko asked.

'Monster film.'

'I thought we would all go tomorrow to the cinema,' I explained. 'A family outing, so to speak.'

'Tomorrow?' Noriko looked at me, then turned to my grandson. 'Well, we can't go tomorrow, can we, Ichiro? We're going to the deer park, remember?'

'The deer park can wait,' I said. 'The boy's looking forward to his film now.'

'Nonsense,' Noriko said. 'Everything's arranged. We're going to call in on Mrs Watanabe on the way back. She's been wanting to meet Ichiro. Anyway, we decided a long time ago. Didn't we, Ichiro?'

'It's very kind of Father,' Setsuko put in. 'But I understand Mrs Watanabe is expecting us. Perhaps we should leave the cinema until the day after.'

'But Ichiro's been looking forward to it,' I protested. 'Isn't that so, Ichiro? What a nuisance these women are.'

Ichiro did not look at me, apparently absorbed again in his book.

'You tell these women, Ichiro,' I said.

My grandson continued to stare at his book.

'Ichiro.'

Suddenly, dropping his book on the table, he got to his feet and went running out of the room, through into the piano room.

I gave a small laugh. 'There,' I said to Noriko. 'You've disappointed him now. You should have left things as they were.'

'Don't be ridiculous, Father. We'd arranged Mrs Watanabe's long ago. Besides, it's ridiculous to take Ichiro to see a film like that. He won't enjoy a film like that, will he, Setsuko?'

My elder daughter smiled uncomfortably. 'It's very kind of Father,' she said, quietly. 'Perhaps the day after . . .'

I gave a sigh, shaking my head, and returned to my newspaper. But when after a few minutes it became clear that neither of my daughters was going to bring Ichiro back, I got up myself and went into the piano room.

Ichiro, unable to reach the cord on the lightshade, had switched on the lamp on top of the piano. I found him sitting on the piano stool, one side of his head resting on the piano lid. His features, squashed against the dark wood, bore a disgruntled look.

'I'm sorry about this, Ichiro,' I said. 'But don't be disappointed. We'll go the day after.'

Ichiro gave no reaction, so I said: 'Now, Ichiro, this is nothing to be so disappointed about.'

I walked over to the window. It had become quite dark outside, and all I could see was my reflection and that of the room behind me. From the other room, I could hear the women talking in lowered voices.

'Cheer up, Ichiro,' I said. 'This is nothing to get upset about. We'll go the day after, I promise you.'

When I turned again to Ichiro, his head was resting on the piano lid as before; but now, he was walking his fingers along the lid, as though playing the keys.

I gave a light laugh. 'Well, Ichiro, we'll just go the day after. We can't have the women ruling over us, can we?' I gave another laugh. 'I expect they thought it would be too scary. Eh, Ichiro?'

My grandson still gave no response, though he continued his finger movements on the piano lid. I decided it would be best to leave him alone for a few moments, and giving another laugh, went back through into the dining room.

I found my daughters sitting in silence, reading their magazines. As I sat down, I gave a heavy sigh, but neither of them responded to this. I had replaced my reading glasses on my face and was about to start on my newspaper, when Noriko said in a quiet voice: 'Father, shall we make some tea?'

'That's kind of you, Noriko. But not for me just now.'

'What about you, Setsuko?'

'Thank you, Noriko. But I don't think I will either.'

We continued to read in silence for a few more moments. Then Setsuko said: 'Will Father be coming with us tomorrow? We could still have our family outing then.'

'I'd like to. But I'm afraid there're a few things I have to be getting on with tomorrow.'

'What do you mean?' Noriko broke in. 'What things are those?' Then turning to Setsuko, she said: 'Don't listen to Father. He's got nothing to do these days. He'll just mope about the house like he always does now.'

'It would be very pleasant if Father would accompany us,' Setsuko said to me.

'It's regrettable,' I said, looking down at my newspaper again. 'But I have one or two things to attend to.'

'So you're going to stay at home all on your own?' Noriko asked.

'If you're all going away, it seems I'll have to.'

Setsuko gave a polite cough. Then she said: 'Perhaps then I'll remain at home also. Father and I have had little chance to exchange news.'

Noriko stared across the table at her sister. 'There's no need for you to miss out. You've come all this way, you don't want to spend all your time indoors.'

'But I would very much enjoy staying and keeping Father company. I expect we have a lot more news to exchange.'

'Father, look what you've done,' Noriko said. Then to her sister, she said: 'So it's only me and Ichiro now.'

'Ichiro will enjoy spending the day with you, Noriko,' Setsuko said with a smile. 'You're very much his favourite at the moment.'

I was glad about Setsuko's decision to remain at home, for indeed, we had had little opportunity to talk without interruption; and there are, of course, many things a father wishes to know about a married daughter's life which he cannot ask outright. But what never occurred to me that evening was that Setsuko would have her own reasons for wishing to remain in the house with me.

It is perhaps a sign of my advancing years that I have taken to wandering into rooms for no purpose. When Setsuko slid open the door of the reception room that afternoon – on the second day of her visit – I must have been standing there lost in thought for some considerable time.

'I'm sorry,' she said. 'I'll come back later.'

I turned, a little startled, to find my daughter kneeling at the threshold, holding a vase filled with flowers and cuttings.

'No, please come in,' I said to her. 'I was doing nothing in particular.'

Retirement places more time on your hands. Indeed, it is one of the enjoyments of retirement that you are able to drift through the day at your own pace, easy in the knowledge that you have put hard work and achievement behind you. Nevertheless, I must be getting absent-minded indeed to be wandering aimlessly into – of all places – the reception room. For thoughout my years I have preserved the sense, instilled in me by my father, that the reception room of a house is a place to be revered, a place to be kept unsoiled by everyday trivialities, reserved for the receiving of important guests, or else the paying of respects at the Buddhist altar. Accordingly, the reception room of my house has always had a more solemn atmosphere than that to be found in most households; and although I never made a rule of it as my own father did, I discouraged my children while they were young from entering the room unless specifically bidden to do so.

My respect for reception rooms may well appear exaggerated, but then you must realize that in the house I grew up in – in Tsuruoka Village, a half-day's train journey from here – I was forbidden even to enter the reception room until the age of twelve. That room being in many senses the centre of the house, curiosity compelled me to construct an image of its interior from the occasional glimpses I managed to catch of it. Later in my life I was often to surprise colleagues with my ability to realize a scene on canvas based only on the briefest of passing glances; it is possible I have my father to thank for this skill, and the inadvertent training he gave my artist's eye during those formative years. In any case, when I reached the age of twelve, the 'business meetings' began, and then I found myself inside that room once every week.

'Masuji and I will be discussing business tonight,' my father would announce during supper. And that would serve both as my summons to present myself after the meal, and as a warning to the rest of the family to make no noise in the vicinity of the reception room that evening.

My father would disappear into the room after supper, and call me some fifteen minutes later. The room I entered would be lit by a single tall candle standing in the centre of the floor. Within the circle of light it cast, my father would be sitting cross-legged on the tatami before his wooden 'business box'. He would gesture for me to sit opposite him in the light, and as I did so, the brightness of the candle would put the rest of the room into shadow. Only vaguely would I be able to discern past my father's shoulder the Buddhist altar by the far wall, or the few hangings adorning the alcoves.

My father would then begin his talking. From out of his 'business box' he would produce small, fat notebooks, some of which he would open so that he could point out to me columns of densely packed figures. All the while, his talking would continue in a measured, grave tone, to pause only occasionally when he would look up at me as though for confirmation. At these points, I would hurriedly utter: 'Yes, indeed.'

Of course, it was quite impossible for me to follow what my father was saying. Employing jargon, recounting his way through lengthy calculations, he made no concessions to the fact that he was addressing a young boy. But it seemed equally impossible for me to ask him to stop and explain. For as I saw it, I had been allowed into the reception room only because I had been deemed old enough to understand such talk. My sense of shame was matched only by a terrible fear that at any moment I would be called upon to say more than 'Yes, indeed' and my game would be up. And although month after month went by and I was never required to say anything more, I nevertheless lived in dread of the next 'business meeting'.

Of course, it is clear to me now that my father never expected me for a moment to follow his talk, but I have never ascertained just why he put me through these ordeals. Perhaps he wished to impress upon me from that early age his expectation that I would eventually take over the family business. Or perhaps he felt that as future head of the family, it was only right I should be consulted on all decisions whose repercussions were likely to extend into my adulthood; that way, so my father may have figured it, I would have less cause for complaint were I to inherit an unsound business.

Then when I was fifteen, I remember being called into the reception room for a different kind of meeting. As ever, the room was lit by the tall candle, my father sat at the centre of its light. But that evening, instead of his business box, he had before him a heavy earthenware ashpot. This puzzled me, for this ashpot – the largest in the house – was normally produced only for guests.

'You've brought all of them?' he asked.

'I've done as you instructed.'

I laid beside my father the pile of paintings and sketches I had been holding in my arms. They made an untidy pile, sheets of varying sizes and quality, most of which had warped or wrinkled with the paint.

I sat in silence while my father looked through my work. He would regard each painting for a moment, then lay it to one side. When he was almost half-way through my collection, he said without looking up:

'Masuji, are you sure all your work is here? Aren't there one or two paintings you haven't brought me?'

I did not answer immediately. He looked up and asked: 'Well?'

'It's possible there may be one or two I have not brought.'

'Indeed. And no doubt, Masuji, the missing paintings are the very ones you're most proud of. Isn't that so?'

He had turned his eyes down to the paintings again, so I did not answer. For several more moments, I watched him going through the pile. Once, he held one painting close to the candle flame, saying: 'This is the path leading down from Nishiyama hill, is it not? Certainly you've caught the likeness very well. That's just how it looks coming down the hill. Very skilful.'

'Thank you.'

'You know, Masuji' – my father's eyes were still fixed on the painting – 'I've heard a curious thing from your mother. She seems to be under the impression you wish to take up painting as a profession.'

He did not phrase this as a question, so I did not at first reply. But then he looked up and repeated: 'Your mother, Masuji, seems to be under the impression that you wish to take up painting as a profession. Naturally, she is mistaken in supposing this.'

'Naturally,' I said, quietly.

'You mean, there has been some misunderstanding on her part.'

'No doubt.'

'I see.'

For a few more minutes, my father continued to study the paintings, and I sat there watching him in silence. Then he said without looking up: 'In fact, I think that was your mother going by outside. Did you hear her?'

'I'm afraid I didn't hear anyone.'

'I think it was your mother. Ask her to step in here since she's passing.'

I rose to my feet and went to the doorway. The corridor was dark and empty, as I had known it would be. Behind me, I heard my father's voice say: 'While you're fetching her, Masuji, gather together the rest of your paintings and bring them to me.'

Perhaps it was simply my imagination, but when I returned to the room a few minutes later, accompanied by my mother, I received the impression the earthenware ashpot had been moved slightly nearer the candle. I also thought there was a smell of burning in the air, but when I glanced into the ashpot, there were no signs of its having been used.

My father acknowledged me distractedly when I placed the last examples of my work beside the original pile. He appeared still to be preoccupied with my paintings, and for some time, he ignored both my mother and me, seated before him in silence. Then finally, he gave a sigh, looked up and said to me: 'I don't expect, Masuji, you have much time for wandering priests, do you?'

'Wandering priests? I suppose not.'

'They have a lot to say about this world. I don't pay much attention to them most of the time. But it's only decent to be courteous to holy men, even if they strike you sometimes as nothing more than beggars.'

He paused, so I said: 'Yes, indeed.'

Then my father turned to my mother and said: 'Do you remember, Sachiko, the wandering priests who used to come through this village? There was one who came to this house just after our son here was born. A thin old man, with only one hand. But a very sturdy fellow for all that. You remember him?'

'Yes, of course,' my mother said. 'But perhaps one should not take to heart what some of these priests have to say.'

'But you remember,' my father said, 'this priest gained a deep insight into Masuji's heart. He left us with a warning, you remember, Sachiko?'

'But our son was no more than a baby then,' my mother said. Her voice was lowered, as though she somehow hoped I would not hear. In contrast, my father's voice was needlessly loud, as if addressing an audience:

'He left us with a warning. Masuji's limbs were healthy, he told us, but he had been born with a flaw in his nature. A weak streak that would give him a tendency towards slothfulness and deceit. You remember this, Sachiko?'

'But I believe the priest also had many positive things to say about our son.'

'This is true. Our son had a lot of good qualities, the priest did point that out. But you recall his warning, Sachiko? He said if the good points were to dominate, we who brought him up would have to be vigilant and check this weak streak whenever it tried to manifest itself. Otherwise, so the old priest told us, Masuji here would grow up to be a good-for-nothing.'

'But perhaps,' my mother said cautiously, 'it is unwise to take to heart what these priests have to say.'

My father appeared a little surprised by this remark. Then,

after a moment, he nodded thoughtfully, as though my mother had made a perplexing point. 'I was myself reluctant to take him seriously at the time,' he continued. 'But then at every stage of Masuji's growing up, I've been obliged to acknowledge that old man's words. It can't be denied, there is a weakness running through our son's character. There's little in the way of malice in him. But unceasingly, we've had to combat his laziness, his dislike of useful work, his weak will.'

Then, with some deliberation, my father picked up three or four of my paintings and held them in both hands as though to test their weight. He turned his gaze towards me and said: 'Masuji, your mother here was under the impression that you wished to pursue painting as a profession. Has there perhaps been some misunderstanding on her part?'

I lowered my eyes and remained silent. Then I heard my mother's voice beside me, almost whispering, say: 'He's still very young. I'm sure it's just a childish whim of his.'

There was a pause, then my father said: 'Tell me, Masuji, have you any idea what kind of a world artists inhabit?'

I remained silent, looking at the floor before me.

'Artists', my father's voice continued, 'live in squalor and poverty. They inhabit a world which gives them every temptation to become weak-willed and depraved. Am I not right, Sachiko?'

'Naturally. Yet perhaps there are one or two who are able to pursue an artistic career and yet avoid such pitfalls.'

'Of course, there are exceptions,' my father said. My eyes were still lowered, but I could tell from his voice that he was again nodding in his perplexed manner. 'The handful with extraordinary resolve and character. But I'm afraid our son here is far from being such a person. Indeed, quite the contrary. It is our duty to protect him from such dangers. We do, after all, wish him to become someone we can be proud of, don't we?'

'Of course,' my mother said.

I looked up quickly. The candle had burned half-way down

its length and the flame was sharply illuminating one side of my father's face. He had now placed the paintings on his lap, and I noticed how his fingers were moving impatiently along their edges.

'Masuji,' he said, 'you may leave us now. I wish to speak with your mother.'

I can remember a little later that night, coming across my mother in the darkness. In all likelihood, it was in one of the corridors that I encountered her, though I do not remember this. Neither do I remember why I was wandering around the house in the dark, but it was certainly not in order to eavesdrop on my parents – for I do recall being resolved to pay no heed to what occurred in the reception room after my departure. In those days, of course, houses were all badly lit, so it was not at all unusual that we should stand in the dark and converse. I could make out my mother's figure in front of me, but could not see her face.

'There's a smell of burning around the house,' I remarked.

'Burning?' My mother was silent for a while, then she said: 'No. I don't think so. It must be your imagination, Masuji.'

'I smelt burning,' I said. 'There, I just caught it again. Is Father still in the reception room?'

'Yes. He's working on something.'

'Whatever he's doing in there,' I said, 'it doesn't bother me in the least.'

My mother made no sound, so I added: 'The only thing Father's succeeded in kindling is my ambition.'

'That is good to hear, Masuji.'

'You mustn't misunderstand me, Mother. I have no wish to find myself in years to come, sitting where Father is now sitting, telling my own son about accounts and money. Would you be proud of me if I grew to be like that?'

'I would indeed, Masuji. There is much more to a life like your father's than you can possibly know at your age.'

'I would never be proud of myself. When I said I was ambitious, I meant I wished to rise above such a life.'

My mother fell silent for some moments. Then she said: 'When you are young, there are many things which appear dull and lifeless. But as you get older, you will find these are the very things that are most important to you.'

I did not reply to this. Instead, I believe I said: 'Once, I was terrified of Father's business meetings. But for some time now, they've simply bored me. In fact, they disgust me. What are these meetings I'm so privileged to attend? The counting of loose change. The fingering of coins, hour after hour. I would never forgive myself if my life came to be like that.' I paused and waited to see if my mother would say anything. For a moment, I had a peculiar feeling she had walked silently away while I had been speaking and I was now standing there alone. But then I heard her move just in front of me, so I repeated: 'It doesn't bother me in the least what Father's doing in the reception room. All he's kindled is my ambition.'

However, I see I am drifting. My intention had been to record here that conversation I had with Setsuko last month when she came into the reception room to change the flowers.

As I recall it, Setsuko had seated herself before the Buddhist altar and had begun to remove the more tired of the flowers decorating it. I had seated myself a little behind her, watching the way she carefully shook each stem before placing it on her lap, and I believe we were talking about something quite light-hearted at that stage. But then she said, without turning from her flowers:

'Excuse me for mentioning this, Father. No doubt, it would have already occurred to you.'

'What is that, Setsuko?'

'I merely mention it because I gather it is very likely Noriko's marriage negotiations will progress.'

Setsuko had begun to transfer, one by one, the fresh cuttings from out of her vase into those surrounding the altar. She was performing this task with great care, pausing after each flower to consider the effect. 'I merely wished to say,' she went on, 'once the negotiations begin in earnest, it may be as well if Father were to take certain precautionary steps.'

'Precautionary steps? Naturally, we'll go carefully. But what precisely did you have in mind?'

'Forgive me, I was referring particularly to the investigations.'

'Well, of course, we'll be as thorough as necessary. We'll hire the same detective as last year. He was very reliable, you may remember.'

Setsuko carefully repositioned a stem. 'Forgive me, I am no doubt expressing myself unclearly. I was, in fact, referring to *their* investigations.'

'I'm sorry, I'm not sure I follow you. I was not aware we had anything to hide.'

Setsuko gave a nervous laugh. 'Father must forgive me. As you know, I've never had a gift for conversation. Suichi is forever scolding me for expressing myself badly. He expresses himself so eloquently. No doubt, I should endeavour to learn from him.'

'I'm sure your conversation is fine, but I'm afraid I don't quite follow what you are saying.'

Suddenly, Setsuko raised her hands in despair. 'The breeze,' she said with a sigh, and reached forward to her flowers once more. 'I like them like this, but the breeze doesn't seem to agree.' For a moment, she became preoccupied again. Then she said: 'You must forgive me, Father. In my place, Suichi would express things better. But of course, he isn't here. I merely wished to say that it is perhaps wise if Father would take certain precautionary steps. To ensure misunderstandings do not arise. After all, Noriko is almost twenty-six now. We cannot afford many more disappointments such as last year's.'

'Misunderstandings about what, Setsuko?'

'About the past. But please, I'm sure I'm speaking quite needlessly. Father has no doubt thought already of all these things and will do whatever is necessary.'

She sat back, pondering her work, then turned to me with a

smile. 'I have little skill in these things,' she said, indicating the flowers.

'They look splendid.'

She gave a doubtful glance towards the altar and laughed self-consciously.

Yesterday, as I was enjoying the tram ride down to the quiet suburb of Arakawa, the recollection of that exchange in the reception room came into my mind, causing me to experience a wave of irritation. As I looked out of the window at the scenery, growing ever less cluttered as we continued south, the image returned to my mind of my daughter seated in front of the altar, advising me to take 'precautionary steps'. I remembered again the way she had turned her face towards me slightly to say: 'After all, we cannot afford many more disappointments such as last year's.' And I remembered again her knowing manner on the veranda that first morning of her visit, when she had hinted I had some peculiar secret about the Miyakes' withdrawal last year. Such recollections had already marred my mood over this past month; but it was yesterday, in the tranquillity of travelling alone to the quieter reaches of the city, that I was able to consider my feelings more clearly, and I came to realize my sense of irritation was not essentially directed against Setsuko, but against her husband.

It is, I suppose, natural enough that a wife is influenced by her husband's ideas – even, as in the case of Suichi's, when they are quite irrational. But when a man induces his wife to turn suspicious thoughts against her own father, then that is surely cause enough for resentment. On account of what he must have suffered out in Manchuria, I have in the past tried to adopt a tolerant attitude towards certain aspects of his behaviour; I have not taken personally, for instance, the frequent signs of bitterness he has displayed towards my generation. But then I always assumed such feelings fade with time. However, so far as Suichi is concerned, they seem to be actually growing more trenchant and unreasonable.

All this would not be bothering me now – after all, Setsuko and Suichi live far away, and I never see them more than once a year – if it were not that latterly, ever since Setsuko's visit last month, these same irrational ideas seem to be infecting Noriko's mind. This is what has irritated me and tempted me several times these past few days to write an angry letter to Setsuko. It is all very well a husband and wife occupying each other with ridiculous speculations, but they should keep such things to themselves. A stricter father, no doubt, would have done something long ago.

More than once last month, I had come upon my daughters deep in discussion and noticed how they broke off guiltily before starting some fresh, rather unconvincing conversation. In fact, I can recall this happening at least three times during the course of the five days Setsuko spent here. And then just a few days ago, Noriko and I were finishing breakfast when she said to me:

'I was walking past the Shimizu department store yesterday and guess who I saw standing at the tram stop? It was Jiro Miyake!'

'Miyake?' I looked up from my bowl, surprised to hear Noriko mentioning the name so brazenly. 'Why, that was unfortunate.'

'Unfortunate? Well actually, Father, I was rather pleased to see him. He seemed embarrassed though, so I didn't talk to him for long. In any case, I had to get back to the office. I was just out on an errand, you see. But did you know he's engaged to be married now?'

'He told you that? What a nerve.'

'He didn't volunteer it, of course. I asked him. I told him I was in the middle of new negotiations now and asked him how his own marriage prospects were. I asked him just like that. His face was going scarlet! But then he came out with it and said he was all but engaged now. It's all practically settled.'

'Really, Noriko, you shouldn't be so indiscreet. Why did you have to mention marriage at all?'

'I was curious. I'm not upset about it any more. And with the present negotiations going so well, I was just thinking the other day, what a pity it would be if Jiro Miyake was still brooding over last year. So you can imagine how pleased I was to find him practically engaged.'

'I see.'

'I hope I get to meet his bride soon. I'm sure she's very nice, aren't you, Father?'

'I'm sure.'

We continued eating for a moment. Then Noriko said: 'There was something else I almost asked him. But I didn't.' She leaned forward and whispered: 'I almost asked about last year. About why they pulled out.'

'It's just as well you didn't. Besides, they gave their reason clearly enough at the time. They felt the young man was inadequately placed to be worthy of you.'

'But you know that was just formality, Father. We never found out the real reason. At least, I never got to hear about it.' It was at this point that something in her voice made me look up again from my bowl. Noriko was holding her chopsticks poised in the air, as though waiting for me to say something. Then, as I continued eating, she said: 'Why do you suppose they pulled out? Did you ever discover about that?'

'I discovered nothing. As I say, they said they felt the young man was inadequately placed. It's a perfectly good answer.'

'I wonder, Father, if it was simply that I didn't come up to their requirements. Perhaps I wasn't pretty enough. Do you think that's what it was?'

'It wasn't anything to do with you, you know that. There are all sorts of reasons why a family pulls out of a negotiation.'

'Well, Father, if it wasn't to do with me, then I wonder what it could have been to make them pull out like that.'

It seemed to me there was something unnaturally deliberate in the way my daughter uttered those words. Perhaps I imagined it, but then a father comes to notice any small inflexions in his daughter's speech.

In any case, that exchange with Noriko put me in mind again of the occasion I myself had encountered Jiro Miyake and had ended up talking with him at a tram stop. It was just over a year ago – the negotiations with the Miyake family were still going on at that point – towards the late afternoon when the city was full of people returning home after the day's work. For some reason, I had been walking through the Yokote district and was making towards the tram stop outside the Kimura Company Building. If you are familiar with the Yokote district, you will know of the numerous small, rather seedy offices that line the upper storeys of the shops there. When I encountered Jiro Miyake that day, he was emerging from one such office, having come down a narrow staircase between two shop fronts.

I had met him twice prior to that day, but only at formal family meetings when he had turned out in his best clothes. Now he looked quite different, dressed in a tired-looking raincoat a little too large for him, clutching a briefcase under his arm. He had the appearance of a young man much accustomed to being bossed around; indeed, his whole posture seemed to be fixed on the verge of bowing. When I asked him if the office he had just left was his workplace, he began laughing nervously, as though I had caught him coming out of some disreputable house.

It did occur to me his awkwardness was perhaps too extreme to be accounted for merely by our chance meeting; but at the time I put it down to his embarrassment at the shabby appearance of his office building and its surroundings. It was only a week or so afterwards, when learning with surprise that the Miyakes had pulled out, that I found myself casting my mind back to that encounter, searching it for significance.

'I wonder,' I said to Setsuko, for she was down on one of her visits at the time, 'if all the while I was talking with him, they'd already decided on a withdrawal.'

'That would certainly account for the nervousness Father observed,' Setsuko had said. 'Did he not say anything to hint at their intentions?'

But even then, only a week after the actual encounter, I could hardly recall the conversation I had had with young Miyake. That afternoon, of course, I was still going on the assumption that his engagement to Noriko would be announced any day, and that I was dealing with a future member of my family. My attentions, then, were focused on getting young Miyake to relax in my presence, and I did not give as much thought as I might to what was actually said during our short walk to the tram stop and the few minutes we spent standing there together.

Nevertheless, as I pondered over the whole business during the days which followed, a new idea struck me: that perhaps the encounter itself had helped bring about the withdrawal.

'It's just possible,' I put it to Setsuko. 'Miyake was very self-conscious about my having seen his workplace. Possibly it struck him afresh that there was too much of a gulf between our families. After all, it's a point they've made too often for it to be just formality.'

But Setsuko, it would seem, was unconvinced by that theory. And it seems she must have gone home to her husband to speculate over the failure of her sister's proposal. For this year, she appears to have returned with her own theories – or at least, those of Suichi. So then I am obliged to think back yet again to that encounter with Miyake, to turn it over from yet another perspective. But as I have said, I could barely recall what had taken place just one week afterwards, and now more than a year has passed.

But then one particular exchange has come back to me which I gave little significance to before. Miyake and I had reached the main street and were standing in front of the Kimura Company Building awaiting our respective trams. And I remember Miyake saying:

'We had some sad news at work today. The President of our parent company is now deceased.'

'I'm very sorry to hear that. Was he advanced in years?'

'He was only in his early sixties. I never had the chance to see him in the flesh, though of course I saw photographs of him in our periodicals. He was a great man, and we all feel as though we've been orphaned.'

'It must be a blow to you all.'

'Indeed it is,' Miyake said, and paused for a moment. Then he continued: 'However, we at our office are at something of a loss as to the most appropriate way of showing our respect. You see, to be quite frank, the President committed suicide.'

'Really?'

'Indeed. He was found gassed. But it seems he tried hara-kiri first, for there were minor scratches around his stomach.' Miyake looked down at the ground solemnly. 'It was his apology on behalf of the companies under his charge.'

'His apology?'

'Our President clearly felt responsible for certain undertakings we were involved in during the war. Two senior men were already dismissed by the Americans, but our President obviously felt it was not enough. His act was an apology on behalf of us all to the families of those killed in the war.'

'Why, really,' I said, 'that seems rather extreme. The world seems to have gone mad. Every day there seems to be a report of someone else killing himself in apology. Tell me, Mr Miyake, don't you find it all a great waste? After all, if your country is at war, you do all you can in support, there's no shame in that. What need is there to apologize by death?'

'No doubt you're right, sir. But to be frank, there's much relief around the company. We feel now we can forget our past transgressions and look to the future. It was a great thing our President did.'

'But a great waste, too. Some of our best men are giving up their lives in this way.'

'Indeed, sir, it is a pity. Sometimes I think there are many who should be giving their lives in apology who are too cowardly to face up to their responsibilities. It is then left to the likes of our President to carry out the noble gestures. There are plenty of men already back in positions they held during the war. Some of them are no better than war criminals. They should be the ones apologizing.'

'I see your point,' I said. 'But those who fought and worked loyally for our country during the war cannot be called war criminals. I fear that's an expression used too freely these days.'

'But these are the men who led the country astray, sir. Surely, it's only right they should acknowledge their responsibility. It's a cowardice that these men refuse to admit to their mistakes. And when those mistakes were made on behalf of the whole country, why then it must be the greatest cowardice of all.'

Did Miyake really say all this to me that afternoon? Perhaps I am getting his words confused with the sort of thing Suichi will come out and say. This is quite possible; I had after all come to regard Miyake as my prospective son-in-law, and I may indeed have somehow associated him with my actual son-in-law. Certainly, phrases like 'the greatest cowardice of all' sound much more like Suichi than the mild-mannered young Miyake. I am certain enough, though, that some such conversation did take place at the tram stop that day, and I suppose it is somewhat curious he should have brought up such a topic as he did. But as for the phrase 'the greatest cowardice of all', I am sure that is Suichi's. In fact, now I think of it, I am sure Suichi used it that evening after the ceremony for the burying of Kenji's ashes.

It had taken more than a year for my son's ashes to arrive from Manchuria. The communists, we were constantly told, had made everything difficult there. Then when his ashes finally came, along with those of the twenty-three other young men who had died attempting that hopeless charge across the minefield, there were no assurances the ashes were in fact Kenji's and Kenji's alone. 'But if my brother's ashes are mingled,' Setsuko had written to me at the time, 'they would only be mingled with those of his comrades. We cannot complain about that.' And so we accepted the ashes as Kenji's and carried out the belated ceremony for him two years ago last month.

It was in the midst of the ceremony at the cemetery that I saw Suichi striding away angrily. When I asked Setsuko what the matter was with her husband, she whispered quickly: 'Please forgive him, he isn't well. A touch of malnutrition, he hasn't shaken it off for months.'

But later, as the guests from the ceremony were gathering in my house, Setsuko said to me: 'Please understand, Father. Such ceremonies upset Suichi deeply.'

'How touching,' I said. 'I had no idea he was so close to your brother.'

'They got on well whenever they met,' Setsuko said. 'Besides, Suichi identifies very much with the likes of Kenji. He says it could so easily have been him.'

'But isn't that all the more reason not to desert the ceremony?'

'I'm sorry, Father, Suichi never intended to appear disrespectful. But we have attended so many such ceremonies this past year, for Suichi's friends and comrades, and they always make him so angry.'

'Angry? What is it he's angry about?'

But more guests were arriving at that point and I was obliged to break off our conversation. It was not until later that evening I got a chance to talk to Suichi himself. Many of the guests were still with us, gathered in the reception room. I spotted my son-in-law's tall figure across the room, standing alone; he had parted the screens which opened on to the garden, and with his back turned to the hum of conversation, was gazing out into the darkness. I went up to him and said:

'Setsuko tells me, Suichi, these ceremonies make you angry.'

He turned and smiled. 'I suppose they do. I get angry thinking about things. About the waste.'

'Yes. It's terrible to think of the waste. But Kenji, like many others, died very bravely.'

For a moment, my son-in-law gazed at me with a still, expressionless face; it is something he does from time to time which I have never quite got used to. The gaze, no doubt, is quite innocent, but perhaps because Suichi is a physically powerful man and his features rather fearsome, it is easy to read something threatening or accusing there.

'There seems to be no end of courageous deaths,' he said, eventually. 'Half of my high school graduation year have died courageous deaths. They were all for stupid causes, though they were never to know that. Do you know, Father, what really makes me angry?'

'What is that, Suichi?'

'Those who sent the likes of Kenji out there to die these brave deaths, where are they today? They're carrying on with their lives, much the same as ever. Many are more successful than before, behaving so well in front of the Americans, the very ones who led us to disaster. And yet it's the likes of Kenji we have to mourn. This is what makes me angry. Brave young men die for stupid causes, and the real culprits are still with us. Afraid to show themselves for what they are, to admit their responsibility.' And it was then, I am sure, as he turned back to the darkness outside, that he said: 'To my mind, that's the greatest cowardice of all.'

I had been drained by the ceremony, otherwise I might have challenged some of his assumptions. But I judged there would be other opportunities for such talk and moved the conversation to other matters. I recall standing there with him, looking out into the night, enquiring about his work and about Ichiro. At that point, I had hardly seen Suichi since his return from the war, and that was my first experience of the changed, somewhat bitter son-in-law I have now come to get used to. I was surprised that evening to find him talking in that way, with no trace of the rigid manners he had had before going to war; but I put it down to the emotional effect of the burial ceremony, and more generally, to the enormous impact of his war experience – which, so Setsuko had hinted, had been of a terrible nature.

But in fact the mood I found him in that evening proved to be typical of his general mood these days; the transformation from the polite, self-effacing young man who married Setsuko two years before the war is quite remarkable. Of course, it is tragic that so many of his generation died as they did, but why must he harbour such bitterness for his elders? There is a hardness, almost a maliciousness to Suichi's views now which I find worrying – even more so since they appear to be influencing Setsuko.

But such a transformation is by no means unique to my son-in-law. These days I see it all around me; something has changed in the character of the younger generation in a way I do not fully understand, and certain aspects of this change are undeniably disturbing. For instance, just the other night down at Mrs Kawakami's, I overheard a man sitting further along the counter saying:

'I hear they took that idiot to hospital. A few broken ribs and concussion.'

'You mean the Hirayama boy?' Mrs Kawakami asked, with a look of concern.

'Is that his name? The one's who's always wandering around shouting things out. Someone really ought to get him to stop. It seems he got beaten up again last night. It's a shame, taking on an idiot like that, whatever he's shouting out.'

At this point, I turned to the man and said: 'Excuse me, you say the Hirayama boy's been attacked? For what reason?'

'It seems he kept singing one of those old military songs and chanting regressive slogans.'

'But the Hirayama boy's always done that,' I pointed out. 'He's only able to sing two or three songs. It's what he was taught.'

The man shrugged. 'I agree, what's the sense in beating up an idiot like that? It's just callousness. But he was over by the Kayabashi bridge, and you know how sleazy things get there after dark. He'd been sitting up on the bridge post, singing and chanting for about an hour. They could hear him in the bar across the way, and it seems a few of them got tired of it.'

'What sense is there in that?' Mrs Kawakami said. 'The Hirayama boy means no harm.'

'Well, someone should teach him to sing new songs,' the man said, drinking from his glass. 'He'll only get beaten up again if he goes around singing those old ones.'

We still call him 'the Hirayama boy' though he must now be at least fifty. But then the name does not seem inappropriate, for he has the mental age of a child. As far back as I can remember, he has been looked after by the Catholic nuns at the mission, but presumably he was born into a family called Hirayama. In the old days, when our pleasure district was flourishing, the Hirayama boy could always be found sitting on the ground near the entrance to the Migi-Hidari or one of its neighbouring establishments. He was, as Mrs Kawakami had said, quite harmless, and indeed, in the years before and during the war he became a popular figure in the pleasure district with his war songs and mimicking of patriotic speeches.

Who had taught him his songs, I do not know. There were no more than two or three in his repertoire, and he knew only a verse of each. But he would deliver these in a voice of considerable carrying power, and between the singing, he would amuse spectators by standing there grinning at the sky, his hands on his hips, shouting: 'This village must provide its share of sacrifices for the Emperor! Some of you will lay down your lives! Some of you will return triumphant to a new dawn!' – or some such words. And people would say,

'The Hirayama boy may not have it all there, but he's got the right attitude. He's Japanese.' I often saw people stop to give him money, or else buy him something to eat, and on those occasions the idiot's face would light up into a smile. No doubt, the Hirayama boy became fixated on those patriotic songs because of the attention and popularity they earned him.

Nobody minded idiots in those days. What has come over people that they feel inclined to beat the man up? They may not like his songs and speeches, but in all likelihood they are the same people who once patted his head and encouraged him until those few snatches embedded themselves in his brain.

But as I say, there is a different mood in the country these days, and Suichi's attitudes are probably by no means exceptional. Perhaps I am being unfair if I credit young Miyake, too, with such bitterness, but then the way things are at present, if you examine anything anyone says to you, it seems you will find a thread of this same bitter feeling running through it. For all I know, Miyake did speak those words; perhaps all men of Miyake's and Suichi's generation have come to think and speak like that.

I believe I have already mentioned that yesterday I took a trip down to the south of the city, to the Arakawa district. Arakawa is the last stop on the city tramline going south, and many people express surprise that the line should extend so far down into the suburbs. Indeed, it is hard to think of Arakawa, with its cleanly swept residential streets, its rows of maple trees on the pavements, its dignified houses each set apart from the next, and its general air of being surrounded by countryside, as being part of the city. But to my mind, the authorities were correct to take the tramline as far as Arakawa; it can only be of benefit to city-dwellers that they have easy access to calmer, less crowded surroundings. We were not always so well served, and I can recall how the hemmed-in feeling one gets in a city, especially during the hot summer weeks, was significantly greater in the days before the present tramlines were laid down.

I believe it was 1931 when the present lines began to operate, superseding the inadequate lines which had so irritated passengers for the previous thirty years. If you were not living here then, it is perhaps hard to imagine the impact these new lines had on many aspects of life in the city. Whole districts seemed to change character overnight; parks that had always been busy with people became deserted; long-established businesses suffered severe losses.

There were, of course, those districts which found themselves unexpectedly benefited, and among these was that area on the other side of the Bridge of Hesitation soon to become our pleasure district. Prior to the new tramlines, you would have found there only a few dull back streets with rows of shingled-roof houses. No one at that time considered it a district in its own right and one could only locate it by saying 'east of Furukawa'. The new tram circuit, however, meant that passengers disembarking at the terminus in Furukawa could reach the city centre more quickly on foot than by making a second, highly circuitous tram journey, and the result was a sudden influx of people walking through that area. The handful of bars that were there already began, after years of mediocre trade, to flourish dramatically, while new ones opened one after the other.

The establishment that was to become the Migi-Hidari was known at that time simply as 'Yamagata's' – after its proprietor, an old veteran soldier – and was the longest-established bar in the district. It was a somewhat colourless place in those days, but I had used it regularly over the years since first coming to the city. As far as I recall, it was not until a few months after the arrival of the new tramlines that Yamagata saw what was happening around him, and began to formulate his ideas. With the area set to become a fully fledged drinking quarter, his own establishment – being the oldest, and situated as it was at the intersection of three streets – stood naturally to become a sort of patriarch among local establishments. In view of this, so he saw it, it was his responsibility to expand and re-open in grand style. The tradesman above him was ready to be bought out, and the necessary capital could be raised without difficulty. The main stumbling block, both as regards his own establishment and the district as a whole, was the attitude of the city authorities.

In this, Yamagata was undoubtedly correct. For this was 1933 or 1934 – an unlikely time, you may recall, to be contemplating the birth of a new pleasure district. The authorities had been applying arduous policies to keep the more frivolous side of the city's life in check, and indeed, in the city centre, many of the more decadent establishments were in the process of being closed down. At first, then, I did not listen to Yamagata's ideas with much sympathy. It was only when he told me just what sort of place he had in mind that I became sufficiently impressed and promised I would do what I could to help him.

I believe I have already mentioned the fact that I played a small part in the Migi-Hidari's coming into existence. Of course, not being a man of wealth, there was little I could do financially. But by that time my reputation in this city had grown to a certain extent; as I recall, I was not yet serving on the arts committee of the State Department, but I had many personal links there and was already being consulted frequently on matters of policy. So then, my petition to the authorities on Yamagata's behalf was not without weight.

'It is the owner's intention', I explained, 'that the proposed establishment be a celebration of the new patriotic spirit emerging in Japan today. The décor would reflect the new spirit, and any patron incompatible with that spirit would be firmly encouraged to leave. Furthermore, it is the owner's intention that the establishment be a place where this city's artists and writers whose works most reflect the new spirit can gather and drink together. With respect to this last point, I have myself secured the support of various of my colleagues, among them the painter, Masayuki Harada; the playwright, Misumi; the journalists, Shigeo Otsuji and Eiji Nastuki – all of them, as you will know, producers of work unflinchingly loyal to his Imperial Majesty the Emperor.'

I went on to point out how such an establishment, given its dominance in the neighbourhood, would be an ideal means by which to ensure that a desirable tone prevailed in the district.

'Otherwise,' I warned, 'I fear we are faced with the growth of another quarter characterized by the very sort of decadence we have been doing our best to combat and which we know so weakens the fibre of our culture.'

The authorities responded not simply with acquiescence, but with an enthusiasm that surprised me. It was, I suppose, another of those instances when one is struck by the realization that one is held in rather higher esteem than one supposed. But then I was never one to concern myself with matters of esteem, and this was not why the advent of the Migi-Hidari brought me so much personal satisfaction; rather, I was proud to see borne out something I had maintained for some time – namely that the new spirit of Japan was not incompatible with enjoying oneself; that is to say, there was no reason why pleasure-seeking had to go hand in hand with decadence.

So then, some two-and-a-half years after the coming of the new tramlines, the Migi-Hidari was opened. The renovations had been skilful and extensive, so that anyone strolling that way after dark could hardly fail to notice that brightly-lit front with its numerous lanterns, large and small, hung along the gables, under the eaves, in neat rows along the window ledges and above the main entryway; then, too, there was that enormous illuminated banner suspended from the ridgepole bearing the new name of the premises against a background of army boots marching in formation.

One evening, shortly after its opening, Yamagata took me inside, told me to choose my favourite table, and declared that thereafter it was reserved for my sole use. Primarily, I suppose, this was in recognition of the small service I had done him. But then, of course, I had always been one of Yamagata's best customers.

Indeed, I had been going into Yamagata's for over twenty years prior to its transformation into the Migi-Hidari. This was not really through any deliberate choice on my part – as I say, it was an undistinguished sort of place – but when I first came to this city as a young man, I was living in Furukawa and Yamagata's place happened to be at hand.

It is perhaps hard for you to picture how ugly Furukawa was in those days. Indeed, if you are new to the city, my talking of the Furukawa district probably conjures up the park that stands there today and the peach trees for which it is renowned. But when I first came to this city – in 1913 – the area was full of factories and warehouses belonging to the smaller companies, many of them abandoned or in disrepair. The houses were old and shabby and the only people who lived in Furukawa were those who could afford only the lowest rents.

Mine was a small attic room above an old woman living with her unmarried son, and was quite unsuitable for my needs. There being no electricity in the house, I was obliged to paint by oil-light; there was barely enough space to set up an easel, and I could not avoid splashing the walls and tatami with paint; I would often wake the old woman or her son while working through the night; and most vexing of all, the attic ceiling was too low to allow me to stand up fully, so I would often work for hours in a half-crouched position, hitting my head continually on the rafters. But then in those days I was so delighted at having been accepted by the Takeda firm, and to be earning my living as an artist, that I gave little thought to these unhappy conditions.

During the day, of course, I did not work in my room, but at

Master Takeda's 'studio'. This, too, was in Furukawa, a long room above a restaurant – long enough, in fact, for all fifteen of us to set up easels all in a row. The ceiling, though higher than that in my attic room, sagged considerably at the centre, so that whenever we entered the room we always joked that it had descended a few more centimetres since the previous day. There were windows along the length of the room, and these should have given us a good light to work by; but somehow the shafts of sunlight that came in were always too sharp, giving the room something of the look of a ship's cabin. The other problem with the place was the fact that the restaurateur downstairs would not allow us to remain after six o'clock in the evening when his customers would begin to come in. 'You sound like a herd of cattle up there,' he would say. We would thus have no choice but to continue our work back at our respective lodgings.

I should perhaps explain that there was no chance of our completing our schedule without working in the evenings. The Takeda firm prided itself on its ability to provide a high number of paintings at very short notice; indeed, Master Takeda gave us to understand that if we failed to fulfil our deadline in time for the ship leaving harbour, we would quickly lose future commissions to rival firms. The result was that we would work the most arduous hours, late into the night, and still feel guilty the next day because we were behind schedule. Often, as the deadline date approached, it would not be unusual for us all to be living on just two or three hours of sleep each night, and painting around the clock. At times, if several commissions came in one after the next, we would be going from day to day dizzy with exhaustion. But for all that, I cannot recall our ever failing to complete a commission on time, and, I suppose, that gives some indication of the hold Master Takeda had over us.

After I had been with Master Takeda for a year or so, a new artist joined the firm. This was Yasunari Nakahara, a name which I doubt will mean much to you. In fact, there is no reason why you should have come across it, since he never achieved any kind of reputation. The most he did was eventually to gain a post as art teacher at a high school in the Yuyama district a few years before the war – a post, I am told, he still holds today, the authorities seeing no reason to replace him as they did so many of his fellow teachers. Myself, I always remember him as 'the Tortoise', the name given to him during those days at the Takeda firm, and one which I came to use affectionately throughout our friendship.

I have still in my possession a painting by the Tortoise – a self-portrait he painted not long after the Takeda days. It shows a thin young man with spectacles, sitting in his shirt-sleeves in a cramped, shadowy room, surrounded by easels and rickety furniture, his face caught on one side by the light coming from the window. The earnestness and timidity written on the face are certainly true to the man I remember, and in this respect, the Tortoise has been remarkably honest; looking at the portrait, you would probably take him to be the sort you could confidently elbow aside for an empty tram seat. But then each of us, it seems, has his own special conceits. If the Tortoise's modesty forbade him to disguise his timid nature, it did not prevent him attributing to himself a kind of lofty intellectual air – which I for one have no recollection of. But then to be fair, I cannot recall any colleague who could paint a self-portrait with absolute honesty; however accurately one may fill in the surface details of one's mirror reflection, the personality represented rarely comes near the truth as others would see it.

The Tortoise earned his nickname because, joining the firm in the midst of a particularly busy commission, he proceeded to produce only two or three canvasses in the time it took the rest of us to complete six or seven. At first, his slowness was put down to inexperience and the nickname was used only behind his back. But as the weeks went by and his rate had not improved, the bitterness against him grew. It soon became commonplace for people to call him 'Tortoise' to his face, and although he fully realized the name was anything but affectionate, I remember him trying his best to take it as though it were. For instance, if someone called across the long room: 'Hey, Tortoise, are you still painting that petal you began last week?' he would make an effort to laugh as though to share in the joke. I recall my colleagues often attributing this apparent inability to defend his dignity to the fact that the Tortoise was from the Negishi district; for in those days, as today, there prevailed the rather unfair myth that those from that part of the city invariably grew up weak and spineless.

I remember one morning, when Master Takeda had left the long room for a moment, two of my colleagues going up to the Tortoise's easel and challenging him about his lack of speed. My easel stood not far from his, so I could see clearly the nervous expression on his face as he replied:

'I beg you to be patient with me. It is my greatest wish to learn from you, my superior colleagues, how to produce work of such quality so quickly. I have done my utmost in these past weeks to paint faster, but sadly I was forced to abandon several pictures, because the loss of quality on account of my hurrying was such that I would have disgraced the high standards of our firm. But I will do all I can to improve my poor standing in your eyes. I beg you to forgive me and to be patient a while longer.'

The Tortoise repeated this plea two or three times over, while his tormentors persisted with their abuse, accusing him of laziness and of relying on the rest of us to do his share of the work. By this time, most of us had ceased to paint and had gathered round. I believe it was after his accusers had begun to abuse the Tortoise in particularly harsh terms, and when I saw that the rest of my colleagues would do nothing but watch with a kind of fascination, that I stepped forward and said:

'That's enough, can't you see you're talking to someone with artistic integrity? If an artist refuses to sacrifice quality for the sake of speed, then that's something we should all respect. You've become fools if you can't see that.'

Of course, this is all a matter of many years ago now and I cannot vouch that those were my exact words that morning. But I spoke in some such way on the Tortoise's behalf, of that I am quite certain; for I can distinctly recall the gratitude and relief on the Tortoise's face as he turned to me, and the astonished stares of all the others present. I myself commanded considerable respect amongst my colleagues – my own output being unchallengeable in terms either of quality or quantity – and I believe my intervention put an end to the Tortoise's ordeal at least for the rest of that morning.

You may perhaps think I am taking too much credit in relating this small episode; after all, the point I was making in the Tortoise's defence seems a very obvious one – one you may think would occur instantly to anyone with any respect for serious art. But it is necessary to remember the climate of those days at Master Takeda's – the feeling amongst us that we were all battling together against time to preserve the hard-earned reputation of the firm. We were also quite aware that the essential point about the sort of things we were commissioned to paint – geishas, cherry trees, swimming carps, temples – was that they look 'Japanese' to the foreigners to whom they were shipped out, and all finer points of style were quite likely to go unnoticed. So I do not think I am claiming undue credit for my younger self if I suggest my actions that day were a manifestation of a quality I came to be much respected for in later years – the ability to think and judge for myself, even if it meant going against the sway of those around me. The fact remains, certainly, that I was the only one to come to the Tortoise's defence that morning.

Although the Tortoise managed to thank me for that small intervention, and for subsequent acts of support, the pace of those days was such that it was some time before I was able to talk to him at length in any intimacy. Indeed, I believe almost two months had elapsed since the incident I have just related, when there came at last something of a lull in our frantic schedule. I was strolling around the grounds of Tamagawa temple, as I often did when I found some spare time, and spotted the Tortoise sitting on a bench in the sunshine, apparently asleep.

I remain an enthusiast of the Tamagawa grounds, and would agree that the hedges and rows of trees to be found there today may indeed help provide an atmosphere more in keeping with a place of worship. But whenever I go there now, I find myself becoming nostalgic for the Tamagawa grounds as they used to be. In those days, before the hedges and trees, the grounds seemed far more extensive and full of life; scattered all over the open expanse of green, you would see stalls selling candy and balloons, sideshows with jugglers or conjurers; the Tamagawa grounds were also the place to go, I remember, if you wanted a photograph made, for you could not stroll far without coming across a photographer camped in his stall with his tripod and dark cloak. The afternoon I found the Tortoise there was on a Sunday at the start of spring, and everywhere was busy with parents and children. He woke with a start as I walked over and sat next to him.

'Why, Ono-san!' he exclaimed, his face lighting up. 'What good fortune to see you today. Why, just a moment ago, I was saying to myself, if only I had a little spare money, I would buy something for Ono-san, some token of gratitude for his kindness to me. But for the moment I can only afford something cheap and that would be an insult. So in the meantime, Ono-san, let me just thank you from my heart for all you've done for me.'

'I've not done very much,' I said. 'I just spoke my mind a few times, that's all.'

'But truly, Ono-san, men like you are all too rare. It is an honour to be a colleague of such a man. However much our paths may part in years to come, I'll always remember your kindness.'

I recall having to listen for several more moments to his

praise of my courage and integrity. Then I said: 'I'd been meaning to talk to you for some time. You see, I've been thinking things over and I'm considering leaving Master Takeda in the near future.'

The Tortoise stared at me with astonishment. Then, comically, he looked about him as though in fear I had been overheard.

'I've been very fortunate,' I went on. 'My work has caught the interest of the painter and printmaker, Seiji Moriyama. You've heard of him, no doubt?'

The Tortoise, still staring at me, shook his head.

'Mr Moriyama,' I said, 'is a *true* artist. In all likelihood, a great one. I've been exceptionally fortunate to receive his attention and advice. Indeed, it's his opinion that my remaining with Master Takeda will do irreparable harm to my gifts, and he has invited me to become his pupil.'

'Is that so?' my companion remarked warily.

'And you know, as I was strolling through the park just now, I was thinking to myself: "Of course, Mr Moriyama is absolutely correct. It's all very well for the rest of those work-horses to toil under Master Takeda to earn their living. But those of us with serious ambitions must look elsewhere." '

At this point, I gave the Tortoise a meaningful glance. He continued to stare at me, a puzzled look entering his expression.

'I'm afraid I took the liberty of mentioning you to Mr Moriyama,' I told him. 'In fact, I expressed the opinion that you were the exception amongst my present colleagues. You alone among them had real talent and serious aspirations.'

'Really, Ono-san,' – he burst into laughter – 'how can you say such a thing? I know you mean to be kind to me, but this is going too far.'

'I've made up my mind to accept Mr Moriyama's kind offer,' I continued. 'And I urge you to let me show your work to him. With luck, you too may be invited to become his pupil.'

The Tortoise looked at me with distress on his face.

'But Ono-san, what are you saying?' he said in a lowered voice. 'Master Takeda took me on through the recommendation of a most respected acquaintance of my father. And really, he has shown me great tolerance, despite all my problems. How can I be so disloyal as to leave after only a few months?' Then suddenly, the Tortoise seemed to see the import of his words, and added hurriedly: 'But of course, Ono-san, I don't imply *you* are in any way disloyal. Circumstances are different in your case. I wouldn't presume . . .' He faded off into embarrassed giggling. Then with an effort, he pulled himself together to ask: 'Are you serious about leaving Master Takeda, Ono-san?'

'In my opinion,' I said, 'Master Takeda doesn't deserve the loyalty of the likes of you and me. Loyalty has to be earned. There's too much made of loyalty. All too often men talk of loyalty and follow blindly. I for one have no wish to lead my life like that.'

These, of course, may not have been the precise words I used that afternoon at the Tamagawa temple; for I have had cause to recount this particular scene many times before, and it is inevitable that with repeated telling, such accounts begin to take on a life of their own. But even if I did not express myself to the Tortoise quite so succinctly that day, I think it can be assumed those words I have just attributed to myself do represent accurately enough my attitude and resolve at that point in my life.

One place, incidentally, where I was obliged to tell and retell stories of those days at the Takeda firm was around that table in the Migi-Hidari; my pupils seemed to share a fascination for hearing about this early part of my career – perhaps because they were naturally interested to learn what their teacher was doing at their age. In any case, the topic of my days with Master Takeda would come up frequently during the course of those evenings.

'It wasn't such a bad experience,' I remember telling them

once. 'It taught me some important things.'

'Forgive me, Sensei,' – I believe it was Kuroda who leaned across the table to say this – 'but I find it hard to believe a place like the one you describe could teach an artist anything useful whatsoever.'

'Yes, Sensei,' said another voice, 'do tell us what a place like that could have possibly taught you. It sounds more like a firm producing cardboard boxes.'

This was the way things would go at the Migi-Hidari. I could be having a conversation with someone, the rest of them talking amongst themselves, and as soon as an interesting question had been asked of me, they would all break off their own conversations and I would have a circle of faces awaiting my reply. It was as though they never talked amongst themselves without having an ear open for another piece of knowledge I might impart. This is not to say that they were uncritical; quite the contrary, they were a brilliant set of young men and one would never dare say anything without first having thought about it.

'Being at Takeda's', I told them, 'taught me an important lesson early in my life. That while it was right to look up to teachers, it was always important to question their authority. The Takeda experience taught me never to follow the crowd blindly, but to consider carefully the direction in which I was being pushed. And if there's one thing I've tried to encourage you all to do, it's been to rise above the sway of things. To rise above the undesirable and decadent influences that have swamped us and have done so much to weaken the fibre of our nation these past ten, fifteen years.' No doubt I was a little drunk and sounded rather grandiose, but that was the way those sessions around that corner table went.

'Indeed, Sensei,' someone said, 'we must all remember that. We must all endeavour to rise above the sway of things.'

'And I think we here around this table,' I went on, 'have a right to be proud of ourselves. The grotesque and the frivolous have been prevalent all around us. But now at last a finer, more manly spirit is emerging in Japan and you here are part of it. In fact, it's my wish that you should go on to become recognized as nothing less than the spearhead of the new spirit. Indeed' – and by this point, I would be addressing not just those around the table, but all those listening nearby – 'this establishment of ours where we all gather is a testimony to the new emerging spirit and all of us here have a right to be proud.'

Frequently, as the drinking got merrier, outsiders would come crowding round our table to join in our arguments and speeches, or simply to listen and soak in the atmosphere. On the whole, my pupils were ready enough to give strangers a hearing, though of course, if we were imposed on by a bore, or by someone with disagreeable views, they would be quick to squeeze him out. But for all the shouting and speech-making that went on into the night, real quarrels were rare at the Migi-Hidari, all of us who frequented that place being united by the same essential spirit; that is to say, the establishment proved to be everything Yamagata had wished; it represented something fine and one could get drunk there with pride and dignity.

I have somewhere in this house a painting by Kuroda, that most gifted of my pupils, depicting one such evening at the Migi-Hidari. It is entitled: 'The Patriotic Spirit', a title that may lead you to expect a work depicting soldiers on the march or some such thing. Of course, it was Kuroda's very point that a patriotic spirit began somewhere further back, in the routine of our daily lives, in such things as where we drank and who we mixed with. It was his tribute – for he believed in such things then – to the spirit of the Migi-Hidari. The picture, painted in oils, shows several tables and takes in much of the colour and décor of the place – most noticeably, the patriotic banners and slogans suspended from the rails of the upper balcony. Beneath the banners, guests are gathered around tables in conversation, while in the foreground a waitress in a kimono hurries with a tray of drinks. It is a fine painting, capturing very accurately the boisterous, yet somehow proud and respectable atmosphere of the Migi-Hidari. And whenever I happen to look at it today, it still brings me a certain satisfaction to recall that I – with whatever influence my reputation had gained in this city – was able to do my small part in bringing such a place into being.

Quite often these days, in the evenings down at Mrs Kawakami's, I find myself reminiscing about the Migi-Hidari and the old days. For there is something about Mrs Kawakami's place when Shintaro and I are the only customers there, something about sitting together up at the bar under those low-hung lights, that puts us in a nostalgic mood. We may start discussing someone from the past, about how much he could drink perhaps, or some funny mannerism he had. Then before long we will be trying to get Mrs Kawakami to recall the man, and in our attempts to jog her memory, we will find ourselves remembering more and more amusing things about him. The other night, after we had been laughing over just such a set of reminiscences, Mrs Kawakami said, as she often will do on these occasions: 'Well, I don't recall the name, but I'm sure I'd recognize his face.'

'Well in truth, Obasan,' I said, remembering, 'he was never a real customer here. He used to always drink across the street.'

'Oh yes, at the big place. Still, if I saw him, I may recognize him. But then again, who knows? People change so much. Every now and then, I see someone in the street, and I think I know them and I should greet them. But then I look at them again and I'm not so sure.'

'Why, Obasan,' Shintaro put in, 'just the other day, I greeted someone in the street, thinking it was someone I knew. But the man obviously thought I was a madman. He walked away without replying!'

Shintaro seemed to regard this as an amusing story and laughed loudly. Mrs Kawakami smiled, but did not join in his laughter. Then she turned to me and said:

'Sensei, you must try and persuade your friends to start coming back to these parts. In fact, perhaps each time we see an old face from those days, we should be stopping him and telling him to come here to this little place. That way we could start rebuilding the old days.'

'Now that's a splendid idea, Obasan,' I said. 'I'll try and remember to do that. I'll stop people in the street and say: "I remember you from the old days. You used to be a regular around our district. Well, you may think it's all gone, but you're wrong. Mrs Kawakami's is still there, the same as ever, and things are slowly building back up again." '

'That's it, Sensei,' Mrs Kawakami said. 'You tell them they'll be missing out. Business will start to improve then. After all, it's Sensei's duty to bring back the old crowd. Everyone always looked up to Sensei as the natural leader around here.'

'A good point, Obasan,' Shintaro said. 'In olden times, if a lord had his troops scattered after a battle, he'd soon go about gathering them together again. Sensei is in a similar position.'

'What nonsense,' I said, laughing.

'That's right, Sensei,' Mrs Kawakami went on, 'you find all the old people again and tell them to come back. Then after a while, I'll buy the place next door and we'll open up a grand old place. Just like that big place used to be.'

'Indeed, Sensei,' Shintaro was still saying. 'A lord must gather his men again.'

'An interesting idea, Obasan,' I said, nodding. 'And you know, the Migi-Hidari was just a small place once. No bigger than this place here. But then in time we managed to turn it into what it was. Well, perhaps we'll just have to do the same thing again with this place of yours. Now things are settling a little, the custom ought to be coming back.'

'You could bring in all your artist friends again, Sensei,' Mrs Kawakami said. 'Then before long, all the newspaper men will follow.'

'An interesting idea. We could probably pull it off. Except I wonder, Obasan. You may not be able to handle such a big place. We wouldn't want you getting out of your depth.'

'Nonsense,' Mrs Kawakami said, putting on an offended look. 'If Sensei will hurry up and do his part, you'll see how well things will be managed around here.'

Recently we have had such conversations over and over. And who is to say the old district will not return again? The likes of Mrs Kawakami and I, we may tend to make a joke about it, but behind our bantering there is a thread of serious optimism. 'A lord must gather his men.' And so perhaps he should. Perhaps, when Noriko's future is once and for all settled, I will give some serious consideration to Mrs Kawakami's schemes.

I suppose I might mention here that I have seen my former protégé, Kuroda, just once since the end of the war. It was quite by chance on a rainy morning during the first year of the occupation – before the Migi-Hidari and all those other buildings had been demolished. I was walking somewhere, making my way through what was left of our old pleasure district, looking from under my umbrella at those skeletal remains. I remember there were workmen wandering around that day, and so at first I paid no attention to the figure standing looking at one of the burnt-out buildings. It was only as I walked by that I became aware the figure had turned and was watching me. I paused, then looked around, and through the rain dripping off my umbrella, saw with a strange shock Kuroda looking expressionlessly towards me.

Beneath his umbrella, he was hatless and dressed in a dark raincoat. The charred buildings behind him were dripping and the remnant of some gutter was making a large amount of rainwater splash down not far from him. I remember a truck going by between us, full of building workers. And I noticed how one of the spokes of his umbrella was broken, causing some more splashing just beside his foot.

Kuroda's face, which had been quite round before the war, had hollowed out around the cheekbones, and what looked like heavy lines had appeared towards the chin and the throat. And I thought to myself as I stood there: 'He's not young any more.'

He moved his head very slightly. I was not sure if it was the beginning of a bow, or if he was just adjusting his head to get out of the splash of rainwater from his broken umbrella. Then he turned and began to walk off in the other direction.

But it was not my intention to dwell on Kuroda here. Indeed, he would not be on my mind at all had his name not turned up so unexpectedly last month, during the chance meeting on the tram with Dr Saito.

It was the afternoon I eventually took Ichiro to see his monster film – a trip he had been denied the previous day by Noriko's stubbornness. In fact, my grandson and I went by ourselves, Noriko refusing to come and Setsuko again volunteering to remain at home. It was, of course, simple childishness on Noriko's part, but Ichiro had his own interpretation of the women's behaviour. As we sat down to lunch that day, he continued to say:

'Aunt Noriko and Mother aren't coming. It's much too scaring for women. They'd be much too scared, isn't that right, Oji?'

'Yes, I expect that's right, Ichiro.'

'They'd be much too scared. Aunt Noriko, you'd be far too scared to see the film, wouldn't you?'

'Oh yes,' Noriko said, pulling a frightened face.

'Even Oji's scared. Look, you can see even Oji's scared. And he's a man.'

That afternoon, as I was standing at the end of the entryway waiting to leave for the cinema, I witnessed a curious scene between Ichiro and his mother. While Setsuko was strapping up his sandals, I could see my grandson continually trying to say something to her. But whenever Setsuko said: 'What is it, Ichiro, I can't hear,' he would glare angrily, then cast a quick glance towards me to see if I had heard. Finally, once the sandals had been put on, Setsuko bent down so that Ichiro could whisper into her ear. She then nodded and disappeared into the house, returning a moment later with a raincoat, which she folded and handed to him.

'It's unlikely to rain,' I remarked, looking out beyond the front entrance. Indeed, it was a fine day outside.

'All the same,' Setsuko said, 'Ichiro would like to take it with him.'

I was puzzled by this insistence on the raincoat. Then once we were out in the sunshine, and making our way down the hill towards the tram stop, I noticed the swagger with which Ichiro walked – as though the coat slung through his arm had transformed him into someone like Humphrey Bogart – and concluded it was all in imitation of some comic-book hero of his.

I suppose we were almost at the bottom of the hill when Ichiro declared loudly: 'Oji, you used to be a famous artist.'

'I expect that's right, Ichiro.'

'I told Aunt Noriko to show me Oji's pictures. But she won't show me.'

'Hmm. They're all tidied away just for the moment.'

'Aunt Noriko's disobedient, isn't she, Oji? I told her to show me Oji's pictures. Why won't she show me?'

I laughed and said: 'I don't know, Ichiro. Perhaps she was busy with something.'

'She's disobedient.'

I gave another laugh, saying: 'I suppose so, Ichiro.'

The tram stop is ten minutes' walk from our house; down the hill to the river, then a little way along the new concrete embankment, and the northbound circuit joins the road just beyond the site of the new housing schemes. That sunny afternoon last month, my grandson and I boarded there for the city centre, and it was on that journey we encountered Dr Saito.

I realize I have said very little so far about the Saito family, the eldest son of which is presently involved in marriage talks with Noriko. The Saitos are, all in all, a very different sort of prospect from the Miyakes of last year. The Miyakes were, of course, decent enough people, but they could not, in all fairness, be called a family of any prestige, whereas the Saito family, without exaggeration, is just that. In fact, although Dr Saito and I were not properly acquainted before, I had always known of his activities in the world of the arts, and for years, whenever we had passed in the street, we had exchanged greetings politely to acknowledge our familiarity with each other's reputations. But of course, on the occasion on which we met last month, things had become very different.

The tram does not become crowded until it has crossed the river at the steel bridge opposite Tanibashi Station, and so, when Dr Saito boarded one stop after us, he was able to take a vacant seat beside me. Inevitably, our conversation began a little uncomfortably; for the negotiations were at an early, delicate stage, and it did not seem proper to discuss them openly; but then it would have been absurd to pretend they were not going on. In the end, we both praised the merits of 'our mutual friend, Mr Kyo' – the go-between in the proposal – and Dr Saito remarked with a smile: 'Let us hope his efforts bring us together again shortly.' And that was as close as we came to discussing the matter. I could not help noticing the marked contrast between the assured way Dr Saito had responded to the slightly awkward situation, and the nervous, clumsy way the Miyake family had handled things from start to finish last year. Whatever the eventual outcome, one does feel reassured to be dealing with the likes of the Saito family.

Otherwise, we talked mainly of small things. Dr Saito has a warm, genial manner, and when he leaned forward to ask Ichiro how he was enjoying his visit, and about the movie we were about to see, my grandson showed no inhibitions about conversing with him.

'A fine boy,' Dr Saito said to me, approvingly.

It was shortly before his stop – he had already put his hat back on – that Dr Saito remarked: 'We have another mutual acquaintance. A certain Mr Kuroda.'

I looked at him, a little startled. 'Mr Kuroda,' I repeated. 'Ah, no doubt that would be the same gentleman I once supervised.'

'That's right. I came across him recently and he happened to mention your name.'

'Is that so? I haven't come across him for some time. Not since before the war, certainly. How is Mr Kuroda these days? What is he up to?'

'I believe he is about to take up an appointment at the new Uemachi College, where he will teach art. This was how I came across him. I was kindly asked by the college to advise on the appointments board.'

'Ah, so you don't know Mr Kuroda well.'

'Indeed not. But I hope to see more of him in future.'

'Is that so?' I said. 'So Mr Kuroda still remembers me. How good of him.'

'Yes, indeed. He mentioned your name when we happened to be discussing something. I've not had the opportunity to talk to him at any length. But should I see him again, I'll mention that I saw you.'

'Ah, indeed.'

The tram was crossing the steel bridge and the wheels made a loud clanging noise. Ichiro, who had been kneeling on his seat to see out of the window, pointed out something down in the water. Dr Saito turned to look, exchanged a few more words with Ichiro, then got to his feet as his stop approached. He made a last allusion to 'the efforts of Mr Kyo' before bowing and making his way to the exit.

As usual, many people crowded on at the stop after the bridge, and the rest of our journey was rather uncomfortable. When we got off just in front of the cinema, I could see the poster prominently displayed at the entrance. My grandson had achieved a close likeness in his sketch of two days earlier, though there was no fire in the picture; what Ichiro had remembered were the impact lines – resembling streaks of lightning – which the artist had painted in to emphasize the ferocity of the giant lizard.

Ichiro went up to the poster and burst into loud laughter.

'It's easy to see that's a made-up monster,' he said, pointing. 'Anyone can see that. It's just made up.' And he laughed again.

'Ichiro, please don't laugh so loudly. Everyone's looking at you.'

'But I can't help it. The monster looks so made up. Who'd be scared of a thing like that?'

It was only once we were seated inside, and the film had begun, that I discovered the true purpose of his raincoat. Ten minutes into the film, we heard ominous music and on the screen appeared a dark cave with mist swirling about it. Ichiro whispered: 'This is boring. Will you tell me when something interesting starts to happen?' And with that, he threw the raincoat over his head. A moment later, there was a roar and the giant lizard emerged from the cave. Ichiro's hand was clutching at my arm, and when I glanced at him his other hand was holding the raincoat in place as tightly as possible.

The coat continued to cover his head for more or less the whole duration of the film. Occasionally, my arm would be shaken and a voice would ask from underneath: 'Is it getting interesting yet?' I would then be obliged to describe in whispers what was on the screen until a small gap appeared in the raincoat. But within minutes – at the slightest hint that the monster would reappear – the gap would close and his voice would say: 'This is boring. Don't forget to tell me when it gets interesting.'

When we got home, though, Ichiro was full of enthusiasm for the film. 'The best movie I've ever seen,' he continued to say, and he was still giving us his version of it when we sat down to supper.

'Aunt Noriko, shall I tell you what happened next? It gets very scary. Shall I tell you?'

'I'm getting so frightened, Ichiro, I can hardly eat,' Noriko said.

'I'm warning you, it gets even more frightening. Shall I tell you more?'

'Oh, I'm not sure, Ichiro. You've got me so frightened already.'

It had not been my intention to make heavy talk at the supper table by bringing up Dr Saito, but then it would have been unnatural not to mention our meeting when recounting the day's events. So, when Ichiro paused a moment, I said: 'Incidentally, we met Dr Saito on the tram. He was travelling up to see someone.'

When I said this, my two daughters both stopped eating and looked at me with surprise.

'But we didn't talk about anything significant,' I said, with a small laugh. 'Really. We just exchanged pleasantries, that's all.'

My daughters seemed unconvinced, but they began to eat again. Noriko glanced over to her elder sister, then Setsuko said: 'Dr Saito was well?'

'He appeared to be.'

We ate on quietly for a while. Perhaps Ichiro began to talk about the movie again. In any case, it was a little later in the meal that I said:

'An odd thing. It turns out Dr Saito met a former pupil of mine. Kuroda, in fact. It seems Kuroda's taking up a post at the new college.'

I looked up from my bowl and saw my daughters had again stopped eating. It was clear they had just exchanged glances, and it was one of those instances last month when I got a distinct impression they had at some point been discussing certain things about me.

That night, my two daughters and I were sitting around the table again, reading our newspapers and magazines, when we were disturbed by a dull thudding noise coming rhythmically from somewhere within the house. Noriko looked up in alarm, but Setsuko said:

'It's just Ichiro. He does that when he can't fall asleep.'

'Poor Ichiro,' Noriko said. 'I expect he keeps dreaming of the monster. It was so wicked of Father to take him to see a film like that.'

'Nonsense,' I said. 'He enjoyed it.'

'I think Father just wanted to see it himself,' Noriko said to her sister with a grin. 'Poor Ichiro. Being dragged along to a nasty film like that.'

Setsuko turned towards me with an embarrassed look. 'It was so kind of Father to take Ichiro,' she murmured.

'But now he can't sleep,' Noriko said. 'Ridiculous to take him to a film like that. No, you stay, Setsuko. I'll go.'

Setsuko watched her sister leave the room, then said:

'Noriko is so good with children. Ichiro will miss her when we go home.'

'Yes, indeed.'

'She was always good with children. Do you remember, Father, how she used to play those games with the Kinoshitas' little children?'

'Yes, indeed,' I said, with a laugh. Then I added: 'The Kinoshita boys are far too big these days to want to come around here.'

'She's always been so good with children,' Setsuko repeated. 'How sad to see her reach this age and still unmarried.'

'Indeed. The war came at a bad time for her.'

For a few moments we continued with our reading. Then Setsuko said:

'It was fortuitous to have met Dr Saito on the tram this afternoon. He sounds an admirable gentleman.'

'He is indeed. And from all accounts, the son is well worthy of his father.'

'Is that so?' Setsuko said, thoughtfully.

We returned to our reading for a few more moments. Then my daughter again broke the silence.

'And Dr Saito is acquainted with Mr Kuroda?'

'Only slightly,' I said, not looking up from my paper. 'It seems they met somewhere.'

'I wonder how Mr Kuroda is these days. I can remember how he used to come here, and you would talk together for hours in the reception room.'

'I've no idea about Kuroda these days.'

'Forgive me, but I wonder if it may not be wise if Father were to visit Mr Kuroda soon.'

'Visit him?'

'Mr Kuroda. And perhaps certain other such acquaintances from the past.'

'I'm not sure I follow what you're saying, Setsuko.'

'Forgive me, I simply meant to suggest that Father may wish to speak to certain acquaintances from his past. That is to say, before the Saitos' detective does. After all, we do not wish any unnecessary misunderstandings to arise.'

'No, I suppose we don't,' I said, returning to my paper.

I believe we did not discuss the matter further after that. Neither did Setsuko raise it again for the remainder of her stay last month.

Yesterday, as I took the tram down to Arakawa, the carriage was filled with bright autumn sunshine. I had not made the journey to Arakawa for a little while – in fact, not since the end of the war – and as I gazed out of my window, I noticed many changes in what had once been familiar scenery. Passing through Tozaka-cho and Sakaemachi, I could see brick apartment blocks looming above the small wooden houses I remembered from before. Then, as we passed the backs of the factories in Minamimachi, I saw how abandoned many of them had become; one factory yard went by after another, untidily stacked with broken timber, old sheets of corrugated metal, and often what looked to be plain rubble.

But then, after the tramline crosses the river at the THK Corporation Bridge, the atmosphere changes dramatically. You are travelling amidst fields and trees, and before long, the suburb of Arakawa will become visible at the bottom of the long steep hill where the tramline ends. The tram will move very slowly down the hill, then brake to a halt, and as you step out on to those cleanly swept pavements, you will be overcome by the distinct feeling you have left the city behind.

Arakawa, I have heard, completely escaped the bombings; and indeed, yesterday the place looked just as it had always done. A short walk up a hill, pleasantly shaded by cherry trees, brought me to Chishu Matsuda's house and that too was quite unchanged.

Matsuda's house, not as large or full of eccentricity as my own, is typical of the sort of solid, respectable house to be found in Arakawa. It stands on its own grounds, circled by a board fence, at a reasonable distance from the neighbouring properties: at the gateway, there is a bush of azaleas and a thick post sunk in the ground giving the family inscriptions. I pulled the bell and was answered by a woman of around forty whom I did not recognize. She showed me into the reception room, where she slid back the screen to the veranda, allowing the sun to enter and giving me a glimpse of the garden outside. Then she left me, saying: 'Mr Matsuda will not be a moment.'

I had first met Matsuda while living at Seiji Moriyama's villa, where the Tortoise and I had gone after leaving the Takeda firm. In fact, when Matsuda first came to the villa that day, I must already have been living there for some six years. It had been raining throughout the morning, and a group of us had been passing the time drinking and playing cards in one of the rooms. Then shortly after lunch, just as we had opened another large bottle, we heard a stranger's voice calling out in the yard.

The voice was strong and assured, and we all of us fell

silent and looked at each other in panic. For the fact was we had all leapt to the same thought – that the police had come to reprimand us. This was of course an utterly irrational idea, for we had not committed any sort of crime. And had, say, someone challenged our lifestyle during a conversation in a bar, any one of us would have been able to put up a spirited defence on its behalf. But that firm voice calling 'Anyone home?' had caught us unawares, causing us to betray our sense of guilt concerning our late nights of drinking, the way we slept through many of our mornings, the way we lived a life without routine in a decaying villa.

It was some moments then before one of my companions nearest the screen opened it, exchanged a few words with the caller, then turned and said: 'Ono, a gentleman wishes to speak with you.'

I went out on to the veranda to find a lean-featured young man of around my own age standing in the middle of the large square yard. I have retained a vivid picture of that first time I saw Matsuda. The rain had stopped and the sun was out. All around him were puddles of water and wet leaves fallen from the cedar trees overlooking the villa. He was dressed too dandyishly to be a policeman; his overcoat was sharply tailored with a high upturned collar, and he wore his hat slanted down over his eyes in a somewhat mocking manner. As I emerged, he was glancing around with interest at his surroundings, and something in the way he did this immediately suggested to me, that first time I saw him, Matsuda's arrogant nature. He saw me and came unhurriedly towards the veranda.

'Mr Ono?'

I asked what I could do for him. He turned, cast his eyes around the grounds again, then smiled up at me.

'An interesting place. This must have been a grand building once. Owned by a lord of some sort.'

'Indeed.'

'Mr Ono, my name is Chishu Matsuda. We have, in fact,

been in correspondence. I work for the Okada-Shingen Society.'

The Okada-Shingen Society no longer exists today – one of many such victims of the occupying forces – but quite possibly you will have heard of it, or at least of the exhibition it held each year until the war. The Okada-Shingen exhibition was for a time the principal means in this city by which artists emerging in painting and printmaking came to win public acclaim. Indeed, such was its reputation that in its latter years, most of the city's leading artists were displaying their latest works there alongside those of the newer talents. It was in connection with this same exhibition that the Okada-Shingen Society had written to me a few weeks prior to the afternoon of Matsuda's visit.

'I was made a little curious by your reply, Mr Ono,' Matsuda said. 'So I thought I'd call by and discover what it was all about.'

I looked at him coldly and said: 'I believe I made all the necessary points in my letter of reply. It was, however, most kind of you to have approached me.'

A slight smile appeared around his eyes. 'Mr Ono,' he said, 'it seems to me you are forgoing an important opportunity to enhance your reputation. So please tell me, when you insist you wish to have nothing to do with us, is that your own personal opinion? Or is it what your teacher happened to decree?'

'Naturally, I sought my teacher's advice. I am perfectly confident that the decision conveyed in my recent letter is the correct one. It was very good of you to come out here, but unfortunately I am occupied at this moment and cannot ask you to step up. I'll therefore bid you a good day.'

'One moment please, Mr Ono,' Matsuda said, his smile looking ever more mocking. He took a few more steps, coming right up to the veranda, and looked up at me. 'To be frank, I am not bothered about the exhibition. There are many others worthy of it. I came here, Mr Ono, because I wished to meet you.'

'Really? How good of you.'

'Indeed. I wished to say I am very struck by what I have seen of your work. I believe you have much talent.'

'You're most kind. No doubt I owe much to the excellence of my teacher's guidance.'

'No doubt. Now, Mr Ono, let us forget this exhibition. You must appreciate I do not merely work for the Okada-Shingen as a kind of clerk. I am a true lover of art. I have my beliefs and passions. And when every once in a while I come across a talent that truly excites me, then I feel I must do something about it. I would very much like to discuss certain ideas with you, Mr Ono. Ideas which may never have occurred to you before, but which I modestly suggest will be of benefit to your development as an artist. But I'll keep you no longer for the moment. Let me at least leave my calling card.'

He took his card from his wallet, placed it on the edge of the veranda, then with a quick bow, took his leave. But before he was half-way across the yard, he turned and called to me: 'Please consider my request carefully, Mr Ono. I merely wish to discuss certain ideas with you, that's all.'

That was almost thirty years ago, when we were both young and ambitious. Yesterday, Matsuda looked a very different man. His body has become broken down by ill-health, and his once handsome, arrogant face has become distorted by a lower jaw that seems no longer able to align itself with the upper. The woman who had answered the door to me helped him into the room and assisted him to sit down. When we were alone, Matsuda looked at me and said:

'You seem to have preserved your health well. As for myself, you can see I've deteriorated even further since our last meeting.'

I expressed sympathy, but stated he did not look as bad as all that.

'Don't try and fool me, Ono,' he said with a smile. 'I know

exactly how feeble I'm growing. There's little to be done, apparently. I have to just wait and see if my body recovers or else goes on getting worse. Still, enough about such cheerless matters. This is something of a surprise, to have you visit me again. I suppose we didn't part on the easiest of terms.'

'Really? But I wasn't aware we'd quarrelled.'

'Of course not. Why would we quarrel? I'm glad you've come to see me again. It must be three years since we last saw each other.'

'I believe so. It wasn't my intention to avoid you. I'd been meaning for some time to come out and pay a visit. But what with one thing and another . . .'

'Naturally,' he said. 'You had a lot to attend to. You must forgive me, of course, for failing to attend Michiko-san's funeral. I'd meant to write and express my apologies. The fact of the matter is, I didn't hear what had occurred until several days later. And then, of course, my own health . . .'

'Naturally, naturally. Indeed, I'm sure she would have been embarrassed by a large ostentatious ceremony. In any case, she would have known your thoughts would have been with her.'

'I can remember when you and Michiko-san were brought together.' He gave a laugh, nodding to himself. 'I was very happy for you that day, Ono.'

'Indeed,' I said, also laughing. 'You were to all intents our go-between. That uncle of yours just couldn't cope with the job.'

'That's right,' Matsuda said, smiling, 'you're bringing it all back to me. He'd get so embarrassed, he couldn't say or do anything without flushing scarlet. You remember that marriage meeting at the Yanagimachi Hotel?'

We both laughed. Then I said:

'You did a lot on our behalf. I doubt if it would have been brought off without you. Michiko always thought of you with gratitude.'

'A cruel thing,' Matsuda said, sighing. 'And with the war

all but over. I heard it was something of a freak raid.'

'Indeed. Hardly anyone else was hurt. It was as you say, a cruel thing.'

'But I'm bringing back terrible thoughts, I'm sorry.'

'Not at all. It's something of a comfort to remember her with you. I remember her back in the old days then.'

'Indeed.'

The woman brought in the tea. As she was laying down the tray, Matsuda said to her: 'Miss Suzuki, this is an old colleague of mine. We were very close once.'

She turned to me and bowed.

'Miss Suzuki doubles as my housekeeper and nurse,' Matsuda said. 'She's responsible for the fact that I'm still breathing.'

Miss Suzuki gave a laugh, bowed again and took her leave.

For a few moments after she had gone, Matsuda and I sat quietly, both gazing out between the screens Miss Suzuki had opened earlier. From where I sat, a pair of straw sandals were visible, left out on the veranda in the sun. But I could not see much of the garden itself, and for a moment felt tempted to rise to my feet and go out on the veranda. But realizing Matsuda would wish to accompany me and find difficulty doing so, I remained seated, wondering to myself if the garden was as it had been. As I remembered it, Matsuda's garden, though small, was arranged with much taste: a floor of smooth moss, a few small shapely trees and a deep pond. While sitting with Matsuda, I had caught an occasional splashing sound coming from outside and I was about to ask him if he still kept carp, when he said:

'I wasn't exaggerating when I told you Miss Suzuki was responsible for my life. She's been quite crucial on more than one occasion. You see, Ono, despite everything, I managed to hold on to some savings and assets. As a result, I'm able to employ her. Not so lucky for some others. I'm not exactly wealthy, but then, if I knew an old colleague was in difficulties, I'd do what I could to assist. After all, I have no children to leave money to.'

I gave a laugh. 'Same old Matsuda. Very forthright. It's kind of you, but that's not what brought me here. I too managed to hold on to my assets.'

'Ah, I'm pleased to hear that. You remember Nakane, the principal at Minami Imperial College? I see him from time to time. These days he's little better than a beggar. Of course, he tries to keep up appearances, but he lives entirely off borrowed money.'

'How terrible.'

'Some very unjust things have occurred,' Matsuda said. 'Still, we both managed to hold on to our assets. And you have more reason to be thankful, Ono. You appear to have held on to your health.'

'Indeed,' I said. 'I have much to be thankful for.'

Again, a splashing sound came from the pond outside, and it occurred to me it could be birds bathing at the water's edge.

'Your garden sounds distinctly different to mine,' I remarked. 'I can tell just listening to it that we're out of the city.'

'Is that so? I hardly remember what the city sounds like. This has been the extent of my world for the past few years. This house and this garden.'

'As a matter of fact, I did come to ask your help. But not in the way you implied earlier.'

'I see you've taken offence,' he said, nodding. 'Much the same as ever.'

We both laughed. Then he said: 'So what can I do for you?'

'The fact is,' I said, 'Noriko, my younger daughter, is at this moment involved in marriage talks.'

'Is that so?'

'To be frank, I'm a little concerned for her. She's already twenty-six. The war made things difficult for her. Otherwise, there's no doubting she'd have been married by now.'

'I believe I recall Miss Noriko. But she was just a little girl.

Twenty-six already. As you say, the war has made things difficult, even for the best prospects.'

'She was almost married last year,' I said, 'but the talks fell through at the last moment. I wonder, while we're on the subject, did anyone approach you last year concerning Noriko? I don't mean to be impertinent, but . . .'

'Not impertinent in the least, I quite understand. But no, I never spoke to anyone. But then I was very ill this time last year. If some detective had appeared, Miss Suzuki would no doubt have sent him away.'

I nodded, then said: 'It's just possible someone may call on you this year.'

'Oh? Well, I'll only have the best things to say about you. After all, we were good colleagues once.'

'I'm very grateful.'

'It's good of you to have called like this,' he said. 'But so far as Miss Noriko's marriage is concerned, it was quite unnecessary. We may not have parted on the easiest of terms, but things like that shouldn't come between us. Naturally, I'd say only the best things about you.'

'I didn't doubt it,' I said. 'You were always a generous man.'

'Still, if it's brought us together again, I'm glad.'

With some effort, Matsuda reached forward and began to refill our teacups. 'Forgive me, Ono,' he said, eventually, 'but you still seem uneasy about something.'

'I do?'

'Forgive me for putting it so bluntly, but the fact is very soon Miss Suzuki will be coming in to warn me I should retire again. I'm afraid I'm not able to entertain guests for prolonged periods, not even old colleagues.'

'Of course, I'm very sorry. It's most inconsiderate of me.'

'Don't be ridiculous, Ono. You can't go for a while yet. I was saying this because if you came here with a particular point to raise, it would be best if you'd do so soon.' Suddenly, he burst into laughter, saying: 'Really, you look aghast at my bad manners.'

'Not at all. It's most inconsiderate of me. But the truth is, I came simply to talk about my daughter's marriage prospects.'

'I see.'

'But I suppose,' I continued, 'it was my intention to mention certain eventualities. You see, the present negotiations may be quite delicate in nature. I'd be extremely beholden to you if you'd answer any queries which may come your way with delicacy.'

'Of course.' His gaze was on me, and there was a touch of amusement in his eyes. 'With utmost delicacy.'

'Particularly, that is, with regards to the past.'

'But I've said already,' Matsuda said, and his voice had become a little colder, 'I have only the best of things to report of you from the past.'

'Of course.'

Matsuda continued to look at me for a while, then he sighed.

'I've hardly moved from this house for the last three years,' he said. 'But I still keep my ears open for what's happening in this country of ours. I realize there are now those who would condemn the likes of you and me for the very things we were once proud to have achieved. And I suppose this is why you're worried, Ono. You think perhaps I will praise you for things perhaps best forgotten.'

'No such thing,' I said hastily. 'You and I both have a lot to be proud of. It's merely that where marriage talks are concerned, one has to appreciate the delicacy of the situation. But you've put my mind at rest. I know you'll exercise your judgement as well as ever.'

'I will do my best,' Matsuda said. 'But, Ono, there are things we should both be proud of. Never mind what people today are all saying. Before long, a few more years, and the likes of us will be able to hold our heads high about what we tried to do. I simply hope I live as long as that. It's my wish to see my life's efforts vindicated.'

'Of course. I feel quite the same. But in respect to marriage negotiations . . .'

'Naturally', Matsuda broke in, 'I'll do my best to exercise delicacy.'

I bowed, and we fell silent for a moment. Then he said:

'But tell me, Ono, if it's the case that you're worried about the past, I assume you've been visiting a few of the others from those days?'

'In fact, you're the first I've come to. I've no idea where many of our old friends are these days.'

'What about Kuroda? I hear he's living in the city somewhere.'

'Is that so? I haven't been in touch with him since . . . since the war.'

'If we're worrying about Miss Noriko's future, perhaps you'd best seek him out, painful as it may be.'

'Indeed. It's simply that I have no idea where he is.'

'I see. Hopefully their detective will be equally lost as to where to find him. But then sometimes those detectives can be very resourceful.'

'Indeed.'

'Ono, you look deathly pale. And you looked so healthy when you first arrived. That's what comes of sharing a room with a sickly man.'

I laughed and said: 'Not at all. It's just that one's children can be a great worry.'

Matsuda sighed again and said: 'People sometimes tell me I've missed out on life because I never married and had children. But when I look around me, children seem to be nothing but worry.'

'That's not far from the truth.'

'Still,' he said, 'it would be a comfort to think one had children to leave one's assets to.'

'Indeed.'

A few minutes later, as Matsuda had predicted, Miss Suzuki came in and said something to him. Matsuda smiled and said with resignation:

'My nurse has come to fetch me. Of course, you're welcome to remain here as long as you wish. But you must excuse me, Ono.'

Later, as I waited at the terminus for a tram to take me up the steep hill and back into the city, I felt a certain comfort in recalling Matsuda's assurance that he would have 'only the best of things to report from the past'. Of course, I could have been reasonably confident of this without my having gone to visit him. But then again, it is always good to re-establish contact with old colleagues. All in all, yesterday's trip to Arakawa was surely well worthwhile.

APRIL, 1949

On three or four evenings a week I still find myself taking that path down to the river and the little wooden bridge still known to some who lived here before the war as 'the Bridge of Hesitation'. We called it that because until not so long ago, crossing it would have taken you into our pleasure district, and conscience-troubled men – so it was said – were to be seen hovering there, caught between seeking an evening's entertainment and returning home to their wives. But if sometimes I am to be seen up on that bridge, leaning thoughtfully against the rail, it is not that I am hesitating. It is simply that I enjoy standing there as the sun sets, surveying my surroundings and the changes taking place around me.

Clusters of new houses have appeared towards the foot of the hill down which I have just come. And further along the riverbank, where a year ago there was only grass and mud, a city corporation is building apartment blocks for future employees. But these are still far from completion, and when the sun is low over the river, one might even mistake them for the bombed ruins still to be found in certain parts of this city.

But then such ruins become more and more scarce each week; indeed, one would probably have to go as far north as the Wakamiya district, or else to that badly struck area between Honcho and Kasugamachi to encounter them now in any number. But only a year ago, I am sure bombed ruins were still a commonplace sight all over this city. For instance, that area across from the Bridge of Hesitation – that area where our pleasure district had been – was this time last year still a desert of rubble. But now, work progresses there steadily every day. Outside Mrs Kawakami's, where once throngs of pleasure-seekers had squeezed past one another, a wide concrete road is being built, and along both sides of it, the foundations for rows of large office buildings.

I suppose by the time Mrs Kawakami informed me one evening not so long ago of the corporation's offer to buy her out for a generous sum, I had long since accepted she would sooner or later have to close up and move.

'I don't know what I should do,' she had said to me. 'It would be terrible to leave here after all this time. I was awake thinking about it all last night. But then again, Sensei, when I thought about it, I said to myself, well, now with Shintaro-san gone, Sensei's the only dependable customer I have left. I really don't know what I should do.'

I am indeed her only real customer these days; Shintaro has not shown his face at Mrs Kawakami's since that small episode last winter – lacking the courage, no doubt, to face me. This was, I suppose, unfortunate for Mrs Kawakami, who had had nothing to do with the affair.

It had been one evening last winter, while we were drinking together as was usual then, that Shintaro first mentioned to me his ambition to gain a teaching post at one of the new high schools. He then went on to reveal that in fact he had already made several applications for such posts. Now it is, of course, many years since Shintaro was my pupil, and there is no reason why he should not have gone about such matters without consulting me; I was fully aware there were others now – his employer, for instance – far more suitably placed to act as guarantor in such matters. Nevertheless, I confess I was somewhat surprised he should not have confided in me at all about these applications. And so, when Shintaro presented himself at my house that winter's day shortly after New Year, when I found him standing giggling nervously in my entryway, saying: 'Sensei, it is a great impertinence of me to come here like this,' I felt something akin to relief, as though things were returning to a more familiar footing.

In the reception room I lit a brazier, and we both sat over it warming our hands. I noticed some snowflakes melting on the overcoat Shintaro was continuing to wear, and asked him:

'The snow has started again?'

'Just a little, Sensei. Nothing like this morning.'

'I'm sorry it's so cold in here. The coldest room in the house, I fear.'

'Not at all, Sensei. My own rooms are far colder.' He smiled happily and rubbed his hands together over the charcoal. 'It's good of you to receive me like this. Sensei has been very good to me over the years. I cannot begin to calculate what you have done for me.'

'Not at all, Shintaro. In fact, I sometimes think I rather neglected you in the old days. So if there's some way I can redeem my negligence, even at this late stage, I'd be pleased to hear of it.'

Shintaro laughed and went on rubbing his hands. 'Really, Sensei, you say the most absurd things. I can never begin to calculate what you have done for me.'

I watched him for a moment, then said: 'So tell me, Shintaro, what is it I can do for you?'

He looked up with a surprised expression, then laughed again.

'Excuse me, Sensei. I was getting so comfortable here, I'd quite forgotten my purpose in coming to trouble you like this.'

He was, he told me, most optimistic about his application to Higashimachi High School; reliable sources gave him to believe it was being viewed with much favour.

'However, Sensei, there appear to be just one or two small points on which the committee seem still a little unsatisfied.'

'Oh?'

'Indeed, Sensei. Perhaps I should be frank. The small points I refer to concern the past.'

'The past?'

'Indeed, Sensei.' At this point, Shintaro gave a nervous laugh. Then with an effort, he continued: 'You must know,

Sensei, that my respect for you is of the very highest. I have learnt so much from Sensei, and I will continue to be proud of our association.'

I nodded and waited for him to go on.

'The fact is, Sensei, I would be most grateful if you would yourself write to the committee, just to confirm certain statements I have made.'

'And what sort of statements are these, Shintaro?'

Shintaro gave another giggle, then reached his hands out over the brazier again.

'It is simply to satisfy the committee, Sensei. Nothing more. You may recall, Sensei, how we once had cause to disagree. Over the matter of my work during the China crisis.'

'The China crisis? I'm afraid I don't recall our quarrelling, Shintaro.'

'Forgive me, Sensei, perhaps I exaggerate. It was never as pronounced a thing as a quarrel. But I did indeed have the indiscretion to express my disagreement. That is to say, I resisted your suggestions concerning my work.'

'Forgive me, Shintaro, I don't recall what it is you're referring to.'

'No doubt such a trivial matter would not remain in Sensei's mind. But as it happens, it is of some importance to me at this juncture. You may remember better if I remind you of the party we had that night, the party to celebrate Mr Ogawa's engagement. It was that same night – I believe we were at the Hamabara Hotel – I perhaps drank a little too much and had the rudeness to express my views to you.'

'I have a vague recollection of that night, but I cannot say I remember it clearly. Still, Shintaro, what has a small disagreement like that to do with anything now?'

'Forgive me, Sensei, but as it happens, the matter has come to have some significance. The committee is obliged to be reassured of certain things. After all, there are the American authorities to satisfy . . .' Shintaro trailed off nervously. Then he said: 'I beg you, Sensei, to try and recall that little disagreement. Grateful as I was – and still remain – for the wealth of things I learnt under your supervision, I did not always, in fact, concur with your view. Indeed, I may not be exaggerating to say that I had strong reservations about the direction our school was taking at that time. You may recall, for instance, that despite my eventually following your instructions over the China crisis posters, I had misgivings and indeed went so far as to make my views known to you.'

'The China crisis posters,' I said, thinking to myself. 'Yes, I remember your posters now. It was a crucial time for the nation. A time to stop dithering and decide what we wanted. As I recall, you did well and we were all proud of your work.'

'But you will recall, Sensei, I had serious misgivings about the work you wished me to do. If you will recall, I openly expressed my disagreement that evening at the Hamabara Hotel. Forgive me, Sensei, for worrying you with such a trivial matter.'

I suppose I remained silent for some moments. I must have stood up at around this point, for when I next spoke, I recall I was standing across the room from him, over by the veranda screens.

'You wish me to write a letter to your committee,' I said eventually, 'disassociating you from my influence. This is what your request amounts to.'

'Nothing of the sort, Sensei. You misunderstand. I am as proud as ever to be associated with your name. It's simply that over the matter of the China poster campaign, if the committee could just be reassured . . . .'

He trailed off again. I slid open a screen just far enough to form a tiny gap. Cold air came blowing into the room, but for some reason this did not concern me. I gazed through the gap, across the veranda and out into the garden. The snow was falling in slow drifting flakes.

'Shintaro,' I said, 'why don't you simply face up to the past? You gained much credit at the time for your poster campaign. Much credit and much praise. The world may now have a different opinion of your work, but there's no need to lie about yourself.'

'Indeed, Sensei,' Shintaro said. 'I take your point. But getting back to the matter in hand, I would be most grateful if you would write to the committee concerning the China crisis posters. In fact, I have here with me the name and address of the committee chairman.'

'Shintaro, please listen to me.'

'Sensei, with every respect, I am always very grateful for your advice and learning. But at this moment, I am a man in the midst of my career. It is all very well to reflect and ponder when one is in retirement. But as it happens, I live in a busy world and there are one or two things I must see to if I am to secure this post, which by all other counts is mine already. Sensei, I beg you, please consider my position.'

I did not reply, but continued to look out at the snow falling on my garden. Behind me, I could hear Shintaro getting to his feet.

'Here is the name and address, Sensei. If I may, I will leave them here. I would be most grateful if you would give the matter due consideration when you have a little time.'

There was a pause while, I suppose, he waited to see if I would turn and allow him to take his leave with some dignity. I went on gazing at my garden. For all its steady fall, the snow had settled only very lightly on the shrubs and branches. Indeed, as I watched, a breeze shook a branch of the maple tree, shaking off most of the snow. Only the stone lantern at the back of the garden had a substantial cap of white on it.

I heard Shintaro excuse himself and leave the room.

It may perhaps appear as if I was unnecessarily hard on Shintaro that day. But then if one bears in mind what had been taking place in the weeks immediately prior to that visit of his, it is surely understandable why I should have felt so unsympathetic towards his efforts to shirk his responsibilities.

For in fact, Shintaro's visit had come only a few days after Noriko's *miai*.

The negotiations around Noriko's proposed marriage to Taro Saito had progressed successfully enough throughout last autumn; an exchange of photographs had taken place in October and we had subsequently received word via Mr Kyo, our go-between, that the young man was keen to meet Noriko. Noriko, of course, made a show of thinking this over, but by that point, it had become obvious that my daughter – already twenty-six – could hardly pass over lightly a prospect like Taro Saito.

I thus informed Mr Kyo that we were agreeable to a *miai*, and eventually a date in November and the Kasuga Park Hotel were agreed upon. The Kasuga Park Hotel, you may agree, has these days a certain vulgar air about it, and I was somewhat unhappy with the choice. But then Mr Kyo had assured me a private room would be booked, and had gone on to suggest that the Saitos were much fond of the food there, and I finally gave my consent, albeit without enthusiasm.

Mr Kyo had also made the point that the *miai* looked to be heavily weighted towards the prospective groom's family – his younger brother, as well as his parents, intended to be present. It would be perfectly acceptable, he gave me to understand, if we were to bring a relative or close friend to give Noriko additional support. But of course, with Setsuko so far away, there was no one we could properly ask to attend such an occasion. And it may well have been this feeling that we would somehow be at a disadvantage at the *miai*, together with our unhappiness with the venue, that caused Noriko to be more tense about the matter than she might otherwise have been. In any case, the weeks leading up to the *miai* were difficult ones.

Often, she would come home from her office and immediately make some remark like: 'What have you been doing all day, Father? Just moping around as usual, I expect.' Far from 'moping around', as it happened, I would have been busy in my efforts to secure a good outcome to the marriage negotiations. But because at that time I believed it important not to worry her with details of how matters were proceeding, I would talk only vaguely concerning my day, thus allowing her to continue with her insinuations. In retrospect, I see that our not openly discussing certain matters may well have made Noriko all the more tense, and a franker approach on my part may well have prevented many of the unpleasant exchanges that took place between us around that time.

I recall one afternoon, for instance, Noriko arriving home as I was pruning some shrubs out in the garden. She had greeted me from the veranda in a perfectly civil way, before disappearing again into the house. Then a few minutes later I was sitting on the veranda, looking out at the garden to assess the effect of my work, when Noriko, now changed into a kimono, appeared again with some tea. She put the tray down between us and seated herself. It was, as I recall, one of the last of those splendid autumn afternoons we had last year, and a tender light was falling across the foliage. Following my gaze, she said:

'Father, why have you cut the bamboo like that? It looks unbalanced now.'

'Unbalanced? Do you think so? I think it looks balanced enough. You see, you have to take into account where the younger shoots are dominant.'

'Father tends to meddle too much. I think he's going to ruin that bush too.'

'Ruin that bush too?' I turned towards my daughter. 'Whatever do you mean? You're saying I've ruined others?'

'The azaleas have never regained their looks. That's what comes of Father having so much time on his hands. He ends up meddling where it's not required.'

'Excuse me, Noriko, I don't quite see your point. You're saying the azaleas are unbalanced too?'

Noriko looked at the garden again and gave a sigh. 'You should have left things as they were.'

'I'm sorry, Noriko, but to my eyes, both the bamboo and the azaleas are much improved. I'm afraid I don't see your "unbalanced" aspect at all.'

'Well then, Father must be going blind. Or perhaps it's just poor taste.'

'Poor taste? Now that's curious. You know, Noriko, people have not on the whole associated poor taste with my name.'

'Well, to my eyes, Father,' she said tiredly, 'the bamboo is unbalanced. And you've spoiled the way the tree hangs over it too.'

For a moment, I sat gazing at the garden in silence. 'Yes,' I said, eventually, and gave a nod. 'I suppose you might see it that way, Noriko. You never did have an artistic instinct. Neither you nor Setsuko. Kenji was another matter, but you girls took after your mother. In fact, I remember your mother used to make just such misguided comments.'

'Is Father such an authority on how to cut shrubs? I didn't realize that. I'm sorry.'

'I didn't claim to be an authority. It's simply that I'm a little surprised to be accused of poor taste. It's an unusual accusation in my own case, that's all.'

'Very well, Father, I'm sure it's all a matter of opinion.'

'Your mother was rather like you, Noriko. She had no bones about saying whatever came into her head. It's quite honest, I suppose.'

'I'm sure Father knows best about such things. That's beyond dispute, no doubt.'

'I remember, Noriko, your mother would sometimes even make her comments while I was painting. She would try to make some point and make me laugh. Then she'd laugh, too, and concede she knew little about such things.'

'So Father was always right about his paintings too, I suppose.'

'Noriko, this is a pointless discussion. Besides, if you don't like what I've done in the garden, you're welcome to go out there and do what you like to set things right.'

'That's very kind of Father. But when do you suggest I do it? I don't have all day long as Father does.'

'What do you mean, Noriko? I've had a busy day.' I glared at her for a moment, but she went on looking at the garden, a weary expression on her face. I turned away and gave a sigh. 'But this is a pointless discussion. Your mother at least could say such things and we would laugh together.'

At such moments, it was indeed tempting to point out to her the extent to which I was in fact exerting myself on her behalf. Had I done so, my daughter would no doubt have been surprised – and, I dare say, ashamed at her behaviour towards me. That very day, for instance, I had actually been to the Yanagawa district, where I had discovered Kuroda was now living.

It had not, in the end, been a difficult task to discover Kuroda's whereabouts. The art professor at Uemachi College, once I had assured him of my good intentions, had given me not only the address, but an account of what had been happening to my former pupil over these past years. Kuroda, it seemed, had not fared at all badly since his release at the end of the war. Such are the ways of this world that his years in prison gave him strong credentials, and certain groups had made a point of welcoming him and seeing to his needs. He had thus experienced little difficulty finding work – mainly small tutoring jobs – or the materials to recommence his own painting. Then, towards the early part of last summer, he had been given the post of art teacher at Uemachi College.

Now, it may seem somewhat perverse of me to say so, but I was pleased – and indeed rather proud – to hear Kuroda's career was progressing well. But then it is only natural after all that his former teacher should continue to take pride in such things, even if circumstances have caused teacher and pupil to become estranged.

Kuroda did not live in a good quarter. I walked for some time through little alleys filled with dilapidated lodging houses before coming to a concrete square resembling the forecourt of a factory. Indeed, across the square, I could see some trucks had been parked, and farther on, behind a mesh fence, a bulldozer was churning up the ground. I recall I was standing watching the bulldozer for some moments before realizing the large new building above me was in fact Kuroda's apartment block.

I climbed to the second floor, where two small boys were riding a tricycle up and down the corridor, and searched out Kuroda's door. My first ring was not answered, but I was by then firmly resolved to go ahead with the encounter and rang again.

A fresh-faced young man of around twenty opened the door.

'I'm very sorry' – he spoke very earnestly – 'but Mr Kuroda isn't home at present. I wonder, sir, are you perhaps a work associate?'

'In a manner of speaking. There were a few matters I wished to discuss with Mr Kuroda.'

'In that case, perhaps you'd be so good as to come in and wait. I'm sure Mr Kuroda will not be gone long, and he would very much regret it if he were to miss you.'

'But I don't wish to put you to any bother.'

'Not at all, sir. Please, please come in.'

The apartment was small, and like many of these modern affairs, had no entryway as such, the tatami starting a little way inside the front door with only a shallow step up. There was a tidy look to the place, and a number of paintings and hangings adorned the walls. Plenty of sunlight came into the apartment through the large windows, which I could see opened on to a narrow balcony. The noise of the bulldozer could be heard coming from outside.

'I hope you were not in a hurry, sir,' the young man said, placing a cushion for me. 'But Mr Kuroda would never forgive me if he returned to learn I had let you go. Please allow me to make you some tea.'

'How very kind,' I said, seating myself. 'You are a student of Mr Kuroda's?'

The young man gave a small laugh. 'Mr Kuroda is kind enough to refer to me as his protégé, although I am myself doubtful if I am worthy of such a title. My name is Enchi. Mr Kuroda used to tutor me, and now, despite his heavy commitments at his college, he most generously continues to take an interest in my work.'

'Is that so?'

From outside came the noise of the bulldozer at work. For a moment or two, the young man hovered awkwardly, then excused himself, saying: 'Please, I will prepare some tea.'

A few minutes later, when he reappeared, I pointed to a painting on the wall, saying: 'Mr Kuroda's style is quite unmistakable.'

At this, the young man gave a laugh and looked awkwardly towards the painting, the tea tray still in his hands. Then he said:

'I'm afraid that painting is far from Mr Kuroda's standards, sir.'

'It isn't Mr Kuroda's work?'

'I'm afraid, sir, that is one of my own efforts. My teacher has been so good as to deem it worthy of display.'

'Really? Well, well.'

I went on gazing up at the painting. The young man put the tray down on a low table near me, and seated himself.

'Really, that is your own work? Well, I must say you have much talent. Much talent indeed.'

He gave another embarrassed laugh. 'I'm very fortunate in having Mr Kuroda for a teacher. But I fear I still have much to learn.'

'And I was so sure it was an example of Mr Kuroda's own

work. The brush strokes have that quality to them.'

The young man was fussing rather clumsily with the teapot, as though unsure how to proceed. I watched him lift up the lid to peer inside.

'Mr Kuroda is always telling me,' he said, 'I should try and paint in a style more distinctly my own. But I find so much to admire in Mr Kuroda's ways, I can hardly help mimicking him.'

'It's no bad thing to mimic one's teacher for a while. One learns a lot that way. But all in good time, you'll develop your own ideas and techniques, for you're undoubtedly a young man of much talent. Yes, I'm sure you have a most promising future. It's no wonder Mr Kuroda takes an interest in you.'

'I cannot begin to tell you, sir, what I owe to Mr Kuroda. Why, as you can see, I am now even lodging here in his apartment. I have been here for almost two weeks. I was thrown out of my previous lodgings, and Mr Kuroda came to my rescue. It is impossible to tell you, sir, all he has done for me.'

'You say you were thrown out of your lodgings?'

'I assure you, sir,' he said, with a small laugh, 'I paid my rent. But you see, as much as I tried, I could not avoid getting paint on the tatami, and eventually the landlord threw me out.'

We both laughed at this. Then I said:

'I'm sorry, I don't mean to be unsympathetic. It's just that I remember just such problems myself when I was starting out. But you'll soon acquire the right conditions to work if you persevere, I assure you.'

We both laughed again.

'You're very encouraging, sir,' the young man said, and began to pour the tea. 'I don't suppose Mr Kuroda will be long now. I beg you not to hurry away. Mr Kuroda will be most glad for the opportunity to thank you for all you have done.'

I looked at him in surprise. 'You think Mr Kuroda wishes to thank me?'

'Excuse me, sir, but I was assuming you are from the Cordon Society.'

'The Cordon Society? I'm sorry, what is that?'

The young man glanced towards me, some of his earlier awkwardness returning. 'I'm sorry, sir, it's my mistake. I assumed you were from the Cordon Society.'

'I'm afraid I'm not. I'm simply an old acquaintance of Mr Kuroda's.'

'I see. An old colleague?'

'Indeed. I suppose you could say that.' I gazed up again at the young man's painting on the wall. 'Yes, indeed,' I said. 'Very talented. Very talented indeed.' I had become aware that the young man was now looking at me carefully. Eventually, he said:

'I'm sorry, sir, but may I ask your name?'

'I'm sorry, you must think me most rude. My name is Ono.'

'I see.'

The young man rose to his feet and went over to the window. For a moment or two, I watched the steam rising from the two cups on the table.

'Will Mr Kuroda be long now?' I asked, eventually.

At first, I did not think the young man was going to reply. But then he said, without turning from the window: 'Perhaps if he has not returned soon, you should not detain yourself further from your other business.'

'If you don't mind, I'll wait a little longer, now that I've made the journey out here.'

'I will inform Mr Kuroda of your visit. Perhaps he will write to you.'

Out in the corridor, the children seemed to be banging their tricycle against the wall not far from us and shouting at each other. It struck me then how much like a sulking child the young man at the window looked.

'Forgive me for saying this, Mr Enchi,' I said. 'But you are very young. Indeed, you could only have been a boy when Mr Kuroda and I first knew each other. I would ask you not to jump to conclusions about matters of which you do not know the full details.'

'The full details?' he said, turning to me. 'Excuse me, sir, but are you yourself aware of the full details? Do you know what he suffered?'

'Most things are more complicated than they appear, Mr Enchi. Young men of your generation tend to see things far too simply. In any case, there seems little point in the two of us debating such matters at this moment. I will, if you don't mind, wait for Mr Kuroda.'

'I would suggest, sir, you delay yourself no further from your other business. I will inform Mr Kuroda when he returns.' Until this point, the young man had managed to maintain a polite tone in his voice, but now he seemed to lose his self-control. 'Frankly, sir, I am amazed at your nerve. To come here as though you were simply a friendly visitor.'

'But I am a friendly visitor. And if I may say so, I think it is for Mr Kuroda to decide whether or not he wishes to receive me as such.'

'Sir, I have come to know Mr Kuroda well, and in my judgement it is best you leave. He will not wish to see you.'

I gave a sigh and rose to my feet. The young man was again looking out of the window. But as I was removing my hat from the coat stand, he turned to me once more. 'The full details, Mr Ono,' he said, and his voice had a strange kind of composure. 'It is clearly you who are ignorant of the full details. Or else how would you dare come here like this? For instance, sir, I take it you never knew about Mr Kuroda's shoulder? He was in great pain, but the warders conveniently forgot to report the injury and it was not attended to until the end of the war. But of course, they remembered it well enough whenever they decided to give him another beating. Traitor. That's what they called him. Traitor. Every minute of every day. But now we all know who the real traitors were.'

I finished lacing my shoes and started for the door.

'You're too young, Mr Enchi, to know about this world and its complications.'

'We all know now who the real traitors were. And many of them are still walking free.'

'You will tell Mr Kuroda I was here? Perhaps he will be so good as to write to me. Good day, Mr Enchi.'

Naturally, I did not allow the young man's words to upset me unduly, but in the light of Noriko's marriage negotiations, the possibility that Kuroda was as hostile to my memory as Enchi had suggested was indeed a disturbing one. It was, in any case, my duty as a father to press on with the matter, unpleasant though it was, and on returning home that afternoon, I composed a letter to Kuroda, expressing my desire that we should meet again, particularly since I had a matter of some delicacy and importance to discuss with him. The tone of my letter had been friendly and conciliatory, and so I was disappointed by the cold and offensively brief reply I received a few days later.

'I have no reason to believe a meeting between us would produce anything of value,' my former pupil had written. 'I thank you for your courtesy in calling the other day, but I feel I should not trouble you further to fulfil such obligations.'

This matter with Kuroda did, I confess, cast something of a shadow over my mood; it certainly marred my optimism concerning Noriko's negotiations. And though, as I have said, I kept from her the details of my attempts to meet with Kuroda, my daughter undoubtedly sensed the matter had not been resolved satisfactorily, and this no doubt contributed to her anxiety.

On the actual day of the *miai* itself, my daughter seemed so tense, I became concerned as to the impression she would make that evening in front of the Saitos – who were themselves bound to display a smooth and relaxed assurance. Towards the latter part of the afternoon, I felt it would be prudent to try and lighten Noriko's mood somewhat, and this was the impulse behind my remarking to her as she passed through the dining room where I was sat reading:

'It's astonishing, Noriko, how you can spend the whole day doing nothing but preparing your appearance. You'd think this was the marriage ceremony itself.'

'It's just like Father to mock then not be properly ready himself,' she snapped back.

'I'll only need a little time to be ready,' I said, with a laugh. 'Quite extraordinary, your taking the whole day like this.'

'That's Father's trouble. He's too proud to prepare properly for these things.'

I looked up at her in astonishment. 'What do you mean, "too proud"? What are you suggesting, Noriko?'

My daughter turned away, adjusting her hairclasp.

'Noriko, what do you mean, "too proud"? What are you suggesting?'

'If Father doesn't want to make a fuss over something as trivial as my future, then that's quite understandable. After all, Father hasn't even finished his newspaper yet.'

'But you're changing your tack now. You were saying something about my being "too proud". Why don't you say more about it?'

'I just hope Father's presentable when the time comes,' she said, and went purposefully out of the room.

On that occasion, as often during those difficult days, I was obliged to reflect on the marked contrast of Noriko's attitude with that she had displayed the previous year, during the negotiations with the Miyake family. Then, she had been relaxed almost to the point of complacency; but of course, she had known Jiro Miyake well; I dare say she had been confident the two of them would marry, and had regarded the discussions between families as nothing more than cumbersome formalities. No doubt the shock she subsequently received was a bitter one, but it seems to me unnecessary for her to have made insinuations such as she did that afternoon. In any case, that little altercation hardly helped to put us in the right frame of mind for a *miai*, and in all likelihood contributed to what took place that evening at the Kasuga Park Hotel.

For many years, the Kasuga Park Hotel had been amongst the most pleasant of the Western-style hotels in the city; these days, though, the management has taken to decorating the rooms in a somewhat vulgar manner – intended, no doubt, to strike the American clientele with whom the place is popular as being charmingly 'Japanese'. For all that, the room Mr Kyo had booked was pleasing enough, its main feature being the view from the wide bay windows down the west slope of Kasuga Hill, the lights of the city visible far below us. Otherwise, the room was dominated by a large circular table and high-backed chairs, and a painting on one wall which I recognized to be by Matsumoto, an artist I had known slightly before the war.

It may well be that the tension of the occasion made me drink a little more quickly than I intended, for my memories of the evening are not as clear as they might be. I do remember forming immediately a favourable impression of Taro Saito, the young man I was being asked to consider for a son-in-law. Not only did he seem an intelligent, responsible sort, he possessed all the assured grace and manners I admired in his father. Indeed, observing the unworried, yet highly courteous way Taro Saito received myself and Noriko as we first arrived, I was reminded of another young man who had impressed me in a parallel situation some years earlier – that is to say, Suichi at Setsuko's *miai* at what was in those days the Imperial Inn. And for a moment, I considered the possibility that Taro Saito's courtesy and good-naturedness would fade with time as surely as Suichi's has done. But then, of course, it is to be hoped that Taro Saito will never have to endure the embittering experiences Suichi is said to have done.

As for Dr Saito himself, he seemed as commanding a presence as ever. Despite our never having been properly introduced prior to that evening, Dr Saito and I had in fact been acquainted for some years, having taken to greeting one another in the street out of mutual recognition of our respective reputations. His wife, a handsome woman in her fifties, I had likewise exchanged greetings with, but little else; I could see she was, like her husband, someone of considerable poise, confident of handling any awkward situation that might arise. The only member of the Saito family who did not impress me was the younger son – Mitsuo – whom I guessed to be in his early twenties.

Now that I think back to that evening, I am sure my suspicions about young Mitsuo were aroused as soon as I saw him. I am still uncertain as to what first set off a warning – perhaps it was that he reminded me of young Enchi whom I had encountered in Kuroda's apartment. In any case, as we began to eat, I found myself becoming increasingly confirmed in these suspicions. Although at this point Mitsuo was behaving with all due decorum, there was something in the way I would catch him looking at me, or about the way he would pass a bowl to me across the table, that made me sense his hostility and accusation.

And then, after we had been eating for several minutes, I was struck by a sudden thought; that Mitsuo's attitude was not in fact any different from that of the rest of his family – it was simply that he was not as skilled in disguising it. From then on, I took to glancing over at Mitsuo, as though he were the clearest indicator of what the Saitos were really thinking. However, because he was sitting at some distance across the table, and because Mr Kyo, next to him, appeared to be engaging him in prolonged conversation, I did not have any significant exchanges with Mitsuo at that stage of the proceedings.

'We hear you're fond of playing the piano, Miss Noriko,' I remember Mrs Saito remarking at one point.

Noriko gave a small laugh and said: 'I don't practise nearly enough.'

'I used to play when I was younger,' said Mrs Saito. 'But now I too am out of practice. We women are given so little time for such pursuits, don't you think?'

'Indeed,' my daughter said, rather nervously.

'I have very poor appreciation of music myself,' Taro Saito put in, gazing unflinchingly at Noriko. 'In fact, my mother always accuses me of being tone-deaf. As a result, I have no confidence in my own taste, and I'm obliged to consult her about which composers to admire.'

'What nonsense,' said Mrs Saito.

'You know, Miss Noriko,' Taro went on, 'I once acquired a set of recordings of a Bach piano concerto. I was very fond of it, but my mother was forever criticizing it and chastising my poor taste. Naturally my opinions stood little chance against the likes of Mother here. Consequently I now hardly listen to Bach. But perhaps you could come to my rescue, Miss Noriko. Aren't you fond of Bach?'

'Bach?' For a second, my daughter looked at a loss. Then she smiled and said: 'Yes, indeed. Very much so.'

'Ah,' Taro Saito said triumphantly, 'now Mother will need to reconsider things.'

'My son is talking nonsense, Miss Noriko. I've never criticized Bach's work as a whole. But tell me, don't you agree Chopin is more eloquent so far as the piano is concerned?'

'Indeed,' said Noriko.

Such stiff responses typified my daughter's performance for much of the earlier part of the evening. This was not, I might say, altogether unexpected. When amongst family, or in the company of close friends, Noriko is in the habit of adopting her somewhat flippant manner of address, and often achieves a wit and eloquence of sorts; but in more formal settings, I have often known her to have difficulty finding an appropriate tone, thus giving the impression she is a timid young woman. That this was precisely what was occurring on this of all occasions was reason for concern; for it seemed to me clear – and Mrs Saito's own high profile appeared to confirm this – the Saitos were not the old-fashioned sort of family who preferred their female members to be silent and demure. I had in fact anticipated this, and in our preparations for the *miai*, had stressed my opinion that Noriko should as far as appropriate emphasize her lively, intelligent qualities. My daughter had been in full agreement with such a strategy, and indeed, had declared so determinedly her intention to behave in a frank and natural way, I had even feared she would go too far and outrage the proceedings. So, as I watched her struggling to produce simple, compliant replies to the Saitos' promptings, her gaze rarely leaving her bowl, I could imagine the frustration Noriko was experiencing

Noriko's problems aside, however, talk seemed to flow easily around the table. Dr Saito in particular proved so expert at generating a relaxed atmosphere, that, had it not been for my awareness of young Mitsuo's gaze on me, I might well have forgotten the gravity of the occasion and lowered my guard. At one point during the meal, I can recall Dr Saito leaning back comfortably in his chair, saying:

'It seems there were more demonstrations in the city centre today. You know, Mr Ono, I was on the tram this afternoon and a man got in with a large bruise over his forehead. He sat next to me, so naturally I asked him if he was all right and advised him to visit the clinic. But you know, it turned out he had just been to a doctor, and he was now determined to rejoin his companions in the demonstrations. What do you make of that, Mr Ono?'

Dr Saito had spoken casually enough, but I got for a moment the impression that the whole table – Noriko included – had stopped eating to hear my reply. It is quite possible, of course, that I imagined this; but then I do recall quite distinctly that when I threw a glance towards young Mitsuo, he was watching me with a peculiar intensity.

'It's regrettable indeed,' I said, 'that people are getting hurt. No doubt feelings are running high.'

'I'm sure you're right, Mr Ono,' Mrs Saito put in. 'Feelings may well be running high, but people seem to be going too far now. So many getting injured. But my husband here claims it's all for the good. I really don't understand what he means.'

I expected Dr Saito to react to this, but instead there was another pause during which attention seemed once more to focus in my direction.

'It is, as you say,' I remarked, 'a great pity so many have been injured.'

'My wife is misrepresenting me as usual, Mr Ono,' Dr Saito said. 'I never claimed all this fighting was a good thing. But I've been trying to convince my wife there's more to these things than simply people getting injured. Of course, one doesn't want to see people hurt. But the underlying spirit – that people feel the need to express their views openly and strongly – now that's a healthy thing, don't you think so, Mr Ono?'

Perhaps I hesitated for a moment; in any case, Taro Saito spoke before I could reply.

'But surely, Father, things are getting out of hand now. Democracy is a fine thing, but it doesn't mean citizens have a right to run riot whenever they disagree with something. In this respect, we Japanese have been shown to be like children. We've yet to learn how to handle the responsibility of democracy.'

'Here's an unusual case,' Dr Saito said, laughing. 'It seems on this question at least, it's the father who's far more liberal than the son. Taro may be right. At this moment, our country is like a young boy learning to walk and run. But I say the underlying spirit is healthy. It's like watching a growing boy running and grazing his knee. One doesn't wish to prevent him and keep him locked indoors. Don't you think so, Mr Ono? Or am I being too liberal, as my wife and my son insist?'

Perhaps again I was mistaken – for as I say, I was drinking a little faster than I had intended – but there seemed to me a curious lack of disharmony about the Saito's supposed difference of views. Meanwhile, young Mitsuo, I noticed, was once more watching me.

'Indeed,' I said. 'I hope no more people are injured.'

I believe at this point Taro Saito changed the subject by asking Noriko her opinion on one of the city's recently opened department stores, and for a while the conversation reverted to smaller topics.

These occasions are not, of course, easy for any prospective bride – it seems unfair to ask a young woman to make judgements so crucial to her future happiness while under such scrutiny herself – but I must admit I had not expected Noriko to take the tension quite so badly. As the evening progressed, her confidence seemed to wane further and further, until she seemed unable to say little more than 'yes' or 'no'. Taro Saito, I could see, was doing his best to get Noriko to relax, but the occasion demanded he should not appear overly persistent, and time and again, his attempts to start a humorous exchange would end in awkward silences. As I watched my daughter's distress, I was struck again by the contrast of the proceedings with the *miai* the previous year. Setsuko, down on one of her visits then, had been present to give her sister support, but Noriko had seemed in little need of it that night. Indeed, I could recall my irritation at the way Noriko and Jiro Miyake had continued to exchange mischievous glances across the table, as though to mock the formality of the occasion.

'You remember, Mr Ono,' Dr Saito said, 'the last time we met, we discovered we had a mutual acquaintance. A Mr Kuroda.'

We were by this time nearing the end of the meal.

'Ah yes, indeed,' I said.

'My son here' – Dr Saito indicated young Mitsuo with whom I had so far exchanged barely a word – 'is presently studying at Uemachi College, where, of course, Mr Kuroda is now teaching.'

'Is that so?' I turned to the young man. 'So you know Mr Kuroda well?'

'Not well,' the young man said. 'Regrettably, I have no ability in the arts, and my contact with the art professors is limited.'

'But Mr Kuroda is well spoken of, isn't he, Mitsuo?' Dr Saito put in.

'He is indeed.'

'Mr Ono here was a close acquaintance of Mr Kuroda once. Did you know that?'

'Yes, I'd heard,' Mitsuo said.

At this point, Taro Saito changed the subject again by saying:

'You know, Miss Noriko, I've always had a theory about my poor ear for music. When I was a child, my parents never kept the piano tuned. Every day, throughout my most formative years, Miss Noriko, I was obliged to listen to Mother here practising on an out-of-tune piano. It's quite possible, don't you think, this is behind all my troubles?'

'Yes,' Noriko said, and looked back down at her food.

'There. I always maintained it was Mother's fault. And she's constantly chastised me all these years for having a bad ear. I've been most unfairly treated, wouldn't you say, Miss Noriko?'

Noriko smiled, but said nothing.

Around this point, evidently, Mr Kyo, who had thus far kept in the background, began to tell one of his comic anecdotes. According at least to Noriko's account of things, he was still in the midst of his story when I interrupted by turning to young Mitsuo Saito and saying:

'Mr Kuroda has no doubt spoken to you about me.'

Mitsuo looked up with a puzzled expression.

'Spoken about you, sir?' he said, hesitantly. 'I'm sure he often mentions you, but I'm afraid I'm not well acquainted with Mr Kuroda and consequently . . .' He trailed off, and looked towards his parents for help.

'I'm sure,' Dr Saito said, in what struck me as a rather deliberate voice, 'Mr Kuroda remembers Mr Ono well enough.'

'I do not think,' I said, looking at Mitsuo again, 'that Mr Kuroda would have a particularly high opinion of me.'

The young man turned awkwardly once more towards his parents. This time, it was Mrs Saito who said:

'On the contrary, I'm sure he would have the highest opinion of you, Mr Ono.'

'There are some, Mrs Saito,' I said, perhaps a little loudly, 'who believe my career to have been a negative influence. An influence now best erased and forgotten. I am not unaware of this viewpoint. Mr Kuroda, I would think, is one who would hold it.'

'Is that so?' Perhaps I was mistaken about this, but I thought Dr Saito was watching me rather like a teacher waiting for a pupil to go on with a lesson he has learnt by heart.

'Indeed. And as for myself, I am now quite prepared to accept the validity of such an opinion.'

'I'm sure you're being unfair on yourself, Mr Ono,' Taro Saito began to say, but I quickly went on:

'There are some who would say it is people like myself who are responsible for the terrible things that happened to this nation of ours. As far as I am concerned, I freely admit I made many mistakes. I accept that much of what I did was ultimately harmful to our nation, that mine was part of an influence that resulted in untold suffering for our own people. I admit this. You see, Dr Saito, I admit this quite readily.'

Dr Saito leaned forward, a puzzled expression on his face.

'Forgive me, Mr Ono,' he said. 'You're saying you are unhappy about the work you did? With your paintings?'

'My paintings. My teachings. As you see, Dr Saito, I admit this quite readily. All I can say is that at the time I acted in good faith. I believed in all sincerity I was achieving good for my fellow countrymen. But as you see, I am not now afraid to admit I was mistaken.'

'I'm sure you're too harsh on yourself, Mr Ono,' Taro Saito said cheerfully. Then turning to Noriko, he said: 'Tell me, Miss Noriko, is your father always so strict with himself?'

Noriko, I realized, had been staring at me in astonishment. Perhaps as a result of this, she was taken off guard by Taro, and her customary flippancy came to her lips for the first time that evening.

'Father's not strict at all. It's me that has to be strict with him. Otherwise he'd never be up for breakfast.'

'Is that so?' Taro Saito said, delighted to have drawn a less formal response from Noriko. 'My father is also a late riser. They say older people sleep less than we do, but from our experience this seems quite incorrect.'

Noriko laughed and said: 'I think it's just fathers. I'm sure Mrs Saito has no trouble getting up.'

'A fine thing,' Dr Saito remarked to me. 'They're making fun of us and we're not even out of the room.'

I would not wish to claim that the whole engagement had hung in the balance until that point, but it is certainly my feeling that that was when the *miai* turned from being an awkward, potentially disastrous one into a successful evening. We went on talking and drinking sake for a good while after the meal, and by the time taxis were called, there was a clear feeling that we had all got on well. Most crucially, although they had kept an appropriate distance, it was obvious Taro Saito and Noriko had taken to one another.

Of course, I do not pretend certain moments of that evening were not painful for me; nor do I claim I would so easily have made the sort of declaration I did concerning the past had circumstances not impressed upon me the prudence of doing so. Having said this, I must say I find it hard to understand how any man who values his self-respect would wish for long to avoid responsibility for his past deeds; it may not always be an easy thing, but there is certainly a satisfaction and dignity to be gained in coming to terms with the mistakes one has made in the course of one's life. In any case, there is surely no great shame in mistakes made in the best of faith. It is surely a thing far more shameful to be unable or unwilling to acknowledge them.

Consider Shintaro, for instance – who appears, incidentally, to have secured the teaching post he was so coveting. Shintaro would in my view be a happier man today if he had the courage and honesty to accept what he did in the past. It is, I suppose, possible that the cold reaction he received from me that afternoon just after New Year may have persuaded him to change tack in dealing with his committee over the matter of his China crisis posters. But my guess is that Shintaro persisted with his small hypocrisies in pursuit of his goal. Indeed, I have come to believe now that there has always been a cunning, underhand side to Shintaro's nature, which I had not really noticed in the past.

'You know, Obasan,' I said to Mrs Kawakami when I was down there one evening not so long ago, 'I rather suspect Shintaro was never quite the unworldly sort he would have us believe. That's just his way of gaining an advantage over people and getting things to go his way. People like Shintaro, if they don't want to do something, they pretend they're helplessly lost about it and they're forgiven everything.'

'Really, Sensei.' Mrs Kawakami gave me a disapproving look, understandably reluctant to think ill of someone who had for so long been her best customer.

'For instance, Obasan,' I went on, 'think how cleverly he avoided the war. While others were losing so much, Shintaro just went on working in that little studio of his as though nothing was happening.'

'But Sensei, Shintaro-san has a bad leg . . .'

'Bad leg or not, everyone was being called up. Of course, they found him in the end, but then the war was over within days. You know, Obasan, Shintaro told me once he lost two working weeks on account of the war. That's what the war cost Shintaro. Believe me, Obasan, there's far more to our old friend beneath his childish exterior.'

'Well, in any case,' Mrs Kawakami said tiredly, 'it looks as though he won't be returning here any more now.'

'Indeed, Obasan. It seems you've lost him for good.'

Mrs Kawakami, a cigarette burning in her hand, leaned on her edge of the counter and cast an eye around her little bar. We were as usual alone in the place. The early evening sun was coming in through the mosquito nets on the windows, making the room look more dusty and older than it does once darkness has set in and Mrs Kawakami's lamps are illuminating it. Outside, the men were still working. For the past hour, the sound of hammering had been echoing in from somewhere, and a truck starting or a burst of drilling would frequently cause the whole place to shake. And as I followed Mrs Kawakami's glance around the room that summer's evening, I was struck by the thought of how small, shabby and out of place her little bar would seem amidst the large concrete buildings the city corporation was even at that moment erecting around us. And I said to Mrs Kawakami:

'You know, Obasan, you really must think seriously about accepting this offer and moving elsewhere now. It's a great opportunity.'

'But I've been here so long,' she said, and waved a hand to clear the smoke from her cigarette.

'You could open a fine new place, Obasan. In the Kitabashi district, or even in Honcho. You can be sure I'll drop in whenever I'm passing by.'

Mrs Kawakami was quiet for a moment, as though listening for something amidst the sounds the workmen were making outside. Then a smile spread over her face and she said: 'This was such a splendid district once. You remember, Sensei?'

I returned her smile, but did not say anything. Of course, the old district had been fine. We had all enjoyed ourselves and the spirit that had pervaded the bantering and those arguments had never been less than sincere. But then perhaps that same spirit had not always been for the best. Like many things now, it is perhaps as well that that little world has passed away and will not be returning. I was tempted to say as much to Mrs Kawakami that evening, but decided it would be tactless to do so. For clearly, the old district was dear to her heart – much of her life and energy had been invested in it – and one can surely understand her reluctance to accept it has gone for ever.

NOVEMBER, 1949

My recollection of the first time I ever met Dr Saito remains quite vivid, and I am thus confident enough of its accuracy. It must have been all of sixteen years ago now, on the day after I moved into my house. I recall it being a bright summer's day, and I was outside adjusting the fence, or perhaps fixing something to the gateway, and exchanging greetings with those of my new neighbours who passed by. Then at one point, after my back had been turned to the path for some time, I became aware that someone was standing behind me, apparently to watch me work. I turned to find a man of around my own age studying with interest my newly inscribed name on the gatepost.

'So you are Mr Ono,' he remarked. 'Well now, this is a real honour. A real honour to have someone of your stature here in our neighbourhood. I am myself, you see, involved in the world of fine art. My name is Saito, from the Imperial City University.'

'Dr Saito? Why, this is a great privilege. I have heard much about you, sir.'

I believe we went on talking for several moments there outside my gateway, and I am sure I am not mistaken in recalling that Dr Saito, on that same occasion, made several more references to my work and career. And before he went on his way down the hill, I remember his repeating words to the effect of: 'A great honour to have an artist of your stature in our neighbourhood, Mr Ono.'

Thereafter, Dr Saito and I always greeted each other respectfully whenever we chanced to meet. It is true, I suppose, that after that initial encounter – until recent events gave us cause for greater intimacy – we rarely stopped for prolonged conversations. But my memory of that first meeting, and of Dr Saito recognizing my name on the gatepost, is sufficiently clear for me to assert with some confidence that my elder daughter, Setsuko, was quite mistaken in at least some of the things she tried to imply last month. It is hardly possible, for instance, that Dr Saito had no idea who I was until the marriage negotiations last year obliged him to find out.

Because her visit this year was so brief, and because she spent it staying at Noriko and Taro's new home in the Izumimachi district, my walk with Setsuko that morning through Kawabe Park was really my only chance to speak properly with her. It is not surprising then that I should be turning that conversation over in my mind for some time afterwards, and I do not think it unreasonable that I now find myself becoming increasingly irritated by certain things she said to me that day.

At the time, however, I could not have been dwelling too deeply on Setsuko's words, for I recall being in a good enough mood, happy to be in my daughter's company again, and enjoying walking through Kawabe Park, which I had not done for a while. This was just over a month ago, when as you will recall, the days were still sunny, though the leaves were already falling. Setsuko and I were making our way down the wide avenue of trees that runs through the middle of the park, and because we were well ahead of the time we had agreed to meet Noriko and Ichiro beside the statue of the Emperor Taisho, we were walking at an easy pace, stopping every now and then to admire the autumn scenery.

Perhaps you will agree with me that Kawabe Park is the most rewarding of the city parks; certainly after one has been walking around those crowded little streets of the Kawabe district for a time, it is most refreshing to find oneself in one of those spacious long avenues hung over with trees. But if you are new to this city, and unfamiliar with the history of

Kawabe Park, I should perhaps explain here why the park has always held a special interest for me.

Here and there around the park, you will no doubt recall passing certain isolated patches of grass, none larger than a school yard, visible through the trees as you walk down any of those avenues. It is as though those who planned the park had become confused and abandoned some scheme or other half-completed. This, in fact, was more or less the case. Some years ago, Akira Sugimura – he whose house I had bought shortly after his death – had the most ambitious of plans concerning Kawabe Park. I realize Akira Sugimura's name is rarely heard these days, but let me point out that not so long ago he was unquestionably one of the most influential men in the city. At one stage, so I heard, he possessed four houses, and it was hardly possible to walk around this city for long before stumbling across some enterprise or other owned by or connected heavily with Sugimura. Then, around 1920 or 1921, at the peak of his success, Sugimura decided to gamble much of his wealth and capital on a project that would allow him to leave his mark for ever on this city and its people. He planned to convert Kawabe Park – which was then a rather drab neglected place – into the focus of the city's culture. Not only would the grounds be enlarged to contain more natural areas for people to relax, the park was to become the site for several glittering cultural centres – a museum of natural science; a new kabuki theatre for the Takahashi school, who had recently lost their venue in Shirahama Street through fire; a European-style concert hall; and also, somewhat eccentrically, a cemetery for the city's cats and dogs. I cannot remember what else he planned, but there was no mistaking the sweeping ambition of the scheme. Sugimura hoped not only to transform the Kawabe district, but the whole cultural balance of the city, bringing a new emphasis to the northern side of the river. It was, as I have said, nothing less than the attempt of one man to stamp his mark for ever on the character of the city.

Work on the park was well underway, it seems, when the scheme ran into terrible financial difficulties. I am not clear on the details of the affair, but the result was that Sugimura's 'cultural centres' were never built. Sugimura himself lost a great deal of money and never again regained his old influence. After the war, Kawabe Park came under the direct control of the city authorities who built the avenues of trees. All that remain today of Sugimura's schemes are those oddly empty patches of grass where his museums and theatres would have stood.

I may have said before that my dealings with Sugimura's family after his death – on the occasion of my buying the last of his houses – were not of the kind to make me particularly well disposed to the man's memory. Nevertheless, whenever I find myself wandering around Kawabe Park these days, I start to think of Sugimura and his schemes, and I confess I am beginning to feel a certain admiration for the man. For indeed, a man who aspires to rise above the mediocre, to be something more than ordinary, surely deserves admiration, even if in the end he fails and loses a fortune on account of his ambitions. It is my belief, furthermore, that Sugimura did not die an unhappy man. For his failure was quite unlike the undignified failures of most ordinary lives, and a man like Sugimura would have known this. If one has failed only where others have not had the courage or will to try, there is a consolation – indeed, a deep satisfaction – to be gained from this observation when looking back over one's life.

But it was not my intention to dwell on Sugimura. As I say, I was by and large enjoying my walk through Kawabe Park with Setsuko that day, notwithstanding certain of her remarks – whose significance I did not fully grasp until I reflected on them some time later. In any case, our conversation was brought to an end by the fact that in the middle of our path only a short distance ahead loomed the statue of the Emperor Taisho where we had arranged to meet Noriko and Ichiro. I was casting my gaze towards the benches that circled the statue when I heard a boy's voice shout: 'There's Oji!'

Ichiro came running towards me, his arms outstretched as though to anticipate an embrace. But then as he reached me, he appeared to check himself, and fixing a solemn expression on his face, held out his hand to be shaken.

'Good day,' he said, in a businesslike manner.

'Well, Ichiro, you're indeed growing into a man. How old are you now?'

'I believe I'm eight. Please come this way, Oji. I have a few things to discuss with you.'

His mother and I followed him to the bench where Noriko was waiting. My younger daughter was wearing a bright dress I had never seen before.

'You're looking very cheerful, Noriko,' I said to her. 'It seems when a daughter leaves home, she immediately begins to get unrecognizable.'

'There's no need for a woman to dress drably simply because she marries,' Noriko said quickly, but she seemed pleased by my compliment none the less.

As I recall, we all sat down for a while beneath the Emperor Taisho and conversed for a while. The reason for our meeting in the park was that my two daughters had wished to spend some time together shopping for fabrics, and I had thus agreed to take Ichiro to lunch at a department store, then spend the afternoon showing him the city centre. Ichiro was impatient to leave, and continued to nudge my arm as we sat talking, saying:

'Oji, let the women chatter between themselves. We have things to attend to.'

My grandson and I found ourselves at the department store slightly after the usual time for lunch, and the restaurant floor was no longer crowded. Ichiro took his time choosing between the various dishes displayed in the cabinets, at one point, turning to me and saying:

'Oji, you guess what my favourite food is now.'

'Hmm. I don't know, Ichiro. Hot-cake? Ice-cream?'

'Spinach! Spinach gives you strength!' He puffed out his chest and flexed his biceps.

'I see. Well now, the Junior Lunch here has some spinach.'

'Junior Lunch is for small children.'

'That may be so, but it's very nice. Oji may order one for himself.'

'All right. I'll have Junior Lunch too. To keep Oji company. But tell the man to give me lots of spinach.'

'Very well, Ichiro.'

'Oji, you're to eat spinach as often as possible. It gives you strength.'

Ichiro chose for us one of the tables beside the row of wide windows, and while waiting for our lunch, continued to place his face against the glass to observe the busy main street four storeys below. I had not seen Ichiro since Setsuko's visit to my home over a year ago – he had not been present at Noriko's wedding on account of a virus – and I was struck by how much he had grown in that time. Not only was he significantly taller, his whole manner had become calmer and less childlike. His eyes in particular seemed to have a much older gaze.

In fact, as I watched Ichiro that day, pressing his face against the glass to see the street below, I could see how much he was coming to resemble his father. There were traces of Setsuko too, but these were to be found mainly in his mannerisms and little facial habits. And of course, I was struck yet again by the similarity Ichiro bore to how my own son, Kenji, had been at that age. I confess I take a strange comfort from observing children inherit these resemblances from other members of the family, and it is my hope that my grandson will retain them into his adult years.

Of course, it is not only when we are children that we are open to these small inheritances; a teacher or mentor whom one admires greatly in early adulthood will leave his mark, and indeed, long after one has come to re-evaluate, perhaps even reject, the bulk of that man's teachings, certain traits will tend to survive, like some shadow of that influence, to remain with one throughout one's life. I am aware, for instance, that certain of my mannerisms – the way I poise my hand when I am explaining something, certain inflexions in my voice when I am trying to convey irony or impatience, even whole phrases I am fond of using that people have come to think of as my own – I am aware these are all traits I originally acquired from Mori-san, my former teacher. And perhaps I will not be flattering myself unduly were I to suppose many of my own pupils will in turn have gained such small inheritances from me. I would hope, furthermore, that in spite of any reassessments they may have come to make concerning those years under my supervision, most of them will have remained grateful for much of what they learnt. Certainly, for my own part, whatever the obvious shortcomings of my former teacher, Seiji Moriyama, or 'Mori-san' as we always called him, whatever occurred between us in the end, I would always acknowledge that those seven years I spent living at his family villa out in the hilly countryside of the Wakaba prefecture were some of the most crucial to my career.

When I try today to summon a picture of Mori-san's villa, I tend to recall one particularly satisfying view of it from up on the mountain path leading to the nearest village. As one climbed that path, the villa would appear down in the hollow below, a dark wooden rectangle set amidst the tall cedar trees. The three long sections of the villa linked to form three sides of the rectangle around a central yard; the fourth side was completed by a cedar fence and gateway, so that the yard was entirely enclosed, and one could imagine how in olden times, it would have been no easy task for hostile visitors to gain entry once that heavy gate had swung shut.

A modern intruder, however, would have found little such difficulty. For though one would have been unable to see this from up on that path, Mori-san's villa was in a state of considerable dilapidation. From up on that path, one would not have guessed how the interiors of the building comprised room after room of torn papering, of tatami floors so worn that in several places there was a danger of falling right through if one trod carelessly. In fact, when I try to recall a picture of the villa seen at closer quarters, what comes to me is an impression of broken roof tiles, decaying latticework, chipped and rotting verandas. Those roofs were forever developing new leaks and after a night of rain, the smell of damp wood and mouldering leaves would pervade every room. And there were those months when insects and moths would invade in such numbers, clinging everywhere to the woodwork, burrowing into every crevice, so that one feared they would cause the place to collapse once and for all.

Of all those rooms, only two or three were in a condition to suggest the splendour the villa must once have possessed. One such room, which filled with a clear light through much of the day, was reserved for special occasions, and I remember how from time to time Mori-san would summon all his pupils – there were ten of us – into that room whenever he had completed a new painting. I recall how before we stepped inside, each of us would pause at the threshold and gasp in admiration at the picture mounted at the centre of the floor. Mori-san, meanwhile, would be attending to a plant perhaps, or looking out of the window, seemingly oblivious to our arrival. Before long, we would all be seated on the floor around the painting, pointing things out to each other in hushed tones: 'And look at the way Sensei has filled in that corner there. Remarkable!' But no one would actually say: 'Sensei, what a marvellous painting,' for it was somehow the convention of these occasions that we behave as though our teacher were not present.

Often a new painting would feature some striking innovation, and a debate of some passion would develop among us. Once, for example, I remember we came into the room to be confronted by a picture of a kneeling woman seen from a peculiarly low point of view – so low that we appeared to be looking up at her from floor level.

'Clearly,' I remember someone asserting, 'the low perspective lends the woman a dignity she would otherwise not have. It is a most astonishing achievement. For in all other respects, she looks a self-pitying sort. It is this tension that gives the painting its subtle power.'

'This may be so,' someone else said. 'The woman may well have a sort of dignity, but that hardly derives from the low viewpoint. It seems clear that Sensei is telling us something much more pertinent. He is saying that the perspective appears low only because we have become so attuned to a particular eye level. It is clearly Sensei's desire to liberate us from such arbitrary and confining habits. He's saying to us, "there's no need to always see things from the usual tired angles". This is why this painting is so inspiring.'

Soon we were all shouting and contradicting each other with our theories about Mori-san's intentions. And although as we argued, we continually stole glances towards our teacher, he gave no indication as to which of our theories he approved of. I recall him simply standing there at the far end of the room, his arms folded, gazing out across the yard through the wood-lattice bars of the window, an amused look on his face. Then, after he had listened to us argue for some time, he turned and said: 'Perhaps you'd all leave me now. There are certain matters I wish to attend to.' At which we all filed out of the room, once more muttering our admiration for the new painting.

As I recount this I am aware that Mori-san's behaviour may strike you as somewhat arrogant. But it is perhaps easier to understand the aloofness he displayed on such occasions if one has oneself been in a position in which one is constantly looked up to and admired. For it is by no means desirable that one be always instructing and pronouncing to one's pupils; there are many situations when it is preferable to remain silent so as to allow them the chance to debate and ponder. As I say, anyone who has been in a position of large influence will appreciate this.

The effect was, in any case, that arguments about our teacher's work could go on for weeks on end. In the continued absence of any explication from Mori-san himself, the tendency was for us to look to one of our number, an artist called Sasaki, who at that point enjoyed the status of being Mori-san's leading pupil. Although as I have said, some arguments could go on a long time, once Sasaki finally made up his mind on a matter, that would usually mark the end of the dispute. Similarly, if Sasaki were to suggest a person's painting was in any way 'disloyal' to our teacher, this would almost always lead to immediate capitulation on the part of the offender – who would then abandon the painting, or in some cases, burn it along with the refuse.

In fact, as I recall, the Tortoise, for several months after our arrival together at the villa, was repeatedly destroying his work under such circumstances. For while I was able to settle easily enough into the way of things there, my companion would again and again produce work displaying elements clearly contrary to our teacher's principles, and I remember many times pleading to my new colleagues on his behalf, explaining that he was not intentionally being disloyal to Mori-san. Often during those early days, the Tortoise would approach me with a distressed air and lead me off to see some half-completed work of his, saying in a low voice: 'Ono-san, please tell me, is this as our teacher would do it?'

And at times, even I became exasperated to discover he had unwittingly employed yet some other obviously offensive element. For it was not as though Mori-san's priorities were at all hard to grasp. The label, 'the modern Utamaro', was often applied to our teacher in those days, and although this was a title conferred all too readily then on any competent artist who specialized in portraying pleasure district women, it tends to sum up Mori-san's concerns rather well. For Mori-san was consciously trying to 'modernize' the Utamaro tradition; in many of his most notable paintings – 'Tying a Dance Drum', say, or 'After a Bath' – the woman is seen from the back in classic Utamaro fashion. Various other such classic features recur in his work: the woman holding a towel to her face, the woman combing out her long hair. And Mori-san made extensive use of the traditional device of expressing emotion through the textiles which the woman holds or wears rather than through the look on her face. But at the same time, his work was full of European influences, which the more staunch admirers of Utamaro would have regarded as iconoclastic; he had, for instance, long abandoned the use of the traditional dark outline to define his shapes, preferring instead the Western use of blocks of colour, with light and shade to create a three-dimensional appearance. And no doubt, he had taken his cue from the Europeans in what was his most central concern: the use of subdued colours. Mori-san's wish was to evoke a certain melancholy, nocturnal atmosphere around his women, and throughout the years I studied under him, he experimented extensively with colours in an attempt to capture the feel of lantern light. Because of this, it was something of a hallmark of Mori-san's work that a lantern would always figure somewhere in the picture, by implication if not in actuality. It was perhaps typical of the Tortoise's slowness in grasping the essentials of Mori-san's art that even after a year at the villa, he was using colours that created quite the wrong effect, then wondering why he was again being accused of disloyalty when he had remembered to include a lantern in his composition.

For all my pleadings, the likes of Sasaki had little patience for the Tortoise's difficulties and at times the atmosphere threatened to become as hostile for my companion as any he had experienced at Master Takeda's firm. And then – I believe it was some time during our second year at the villa – a change came over Sasaki, a change that was to lead to his suffering hostility of an altogether harsher and darker nature than anything he had ever orchestrated against the Tortoise.

One supposes all groups of pupils tend to have a leader figure – someone whose abilities the teacher has singled out as an example for the others to follow. And it is this leading pupil, by virtue of his having the strongest grasp of his teacher's ideas, who will tend to function, as did Sasaki, as the main interpreter of those ideas to the less able or less experienced pupils. But by the same token, it is this same leading pupil who is most likely to see shortcomings in the teacher's work, or else develop views of his own divergent from those of his teacher. In theory, of course, a good teacher should accept this tendency – indeed, welcome it as a sign that he has brought his pupil to a point of maturity. In practice, however, the emotions involved can be quite complicated. Sometimes, when one has nurtured a gifted pupil long and hard, it is difficult to see any such maturing of talent as anything other than treachery, and some regrettable situations are apt to arise.

Certainly, what we did to Sasaki following his dispute with our teacher was quite unwarranted, and there seems little to be gained in my recalling such things here. I do, however, have some vivid recollections of that night when Sasaki finally left us.

Most of us had already turned in. I was myself lying awake in the darkness in one of those dilapidated rooms, when I heard Sasaki's voice calling to someone a little way down the veranda. He seemed to receive no answer from whoever it was he was addressing, and eventually there came the sounds of a screen sliding shut and Sasaki's footsteps coming nearer. I heard him stop at another room and say something, but again he seemed to be met only with silence. His footsteps came still closer, then I heard him slide open the screen of the room next to mine.

'You and I have been good friends for many years,' I heard him say. 'Won't you at least speak to me?'

There was no response from the person he had addressed. Then Sasaki said:

'Won't you just tell me where the paintings are?'

There was still no response. But as I lay there in the

darkness, I could hear the sound of rats scuttling under the floorboards of that neighbouring room, and it seemed to me this noise was some sort of reply.

'If you find them so offensive,' Sasaki's voice continued, 'there's no sense in your keeping them. But they happen to mean a great deal to me at this moment. I wish to take them with me, wherever it is I'm going. I've nothing else to take with me.'

Again, there came the scuttling noise of rats in reply, then a long silence. Indeed, the silence went on for so long, I thought perhaps Sasaki had walked off into the darkness and I had failed to hear him. But then I heard him say again:

'These past few days, the others have done some terrible things to me. But what has hurt me the most has been your refusal to give me even one word of comfort.'

There was another silence. Then Sasaki said: 'Won't you even look at me now and wish me well?'

Eventually, I heard the screen slide shut, and the sounds of Sasaki stepping down from the veranda and walking away across the yard.

After his departure, Sasaki was hardly mentioned at the villa and on the few occasions he was, he tended to be referred to simply as 'the traitor'. Indeed, I am reminded of just how much Sasaki's memory was prone to cause offence amongst us when I recall what occurred once or twice during those slanging contests we often indulged in.

On warmer days, because we tended to leave the screens of our rooms wide open, several of us congregating in a room might catch sight of another group similarly gathered on the opposite wing. This situation would soon lead to someone calling out across the yard a witty provocation, and before long, both groups would be assembled out on their respective verandas, shouting insults across at each other. This behaviour may sound absurd when I recount it, but there was something about the architecture of the villa and the echoing acoustics it produced when one shouted from one wing to another, that somehow encouraged us to indulge in these childish contests. The insults could be far-ranging – making fun of someone's manly prowess, say, or of a painting someone had just completed – but for the most part were devoid of any intent to wound, and I recall many highly amusing exchanges which had both sides red with laughter. Indeed, by and large, my memories of these exchanges sum up well enough the competitive yet family-like intimacy we enjoyed during those years at the villa. And yet, when once or twice Sasaki's name was invoked during the course of these insults, things suddenly got out of hand, with colleagues abandoning boundaries and actually scrapping in the yard. It did not take us long to learn that to compare someone to 'the traitor', even in fun, was never likely to be received in good humour.

You may gather from such recollections that our devotion to our teacher and to his principles was fierce and total. And it is easy with hindsight – once the shortcomings of an influence have become obvious – to be critical of a teacher who fosters such a climate. But then again, anyone who has held ambitions on a grand scale, anyone who has been in a position to achieve something large and has felt the need to impart his ideas as thoroughly as possible, will have some sympathy for the way Mori-san conducted things. For though it may seem a little foolish now in the light of what became of his career, it was Mori-san's wish at that time to do nothing less than change fundamentally the identity of painting as practised in our city. It was with no less a goal in mind that he devoted so much of his time and wealth to the nurturing of pupils, and it is perhaps important to remember this when making judgements concerning my former teacher.

His influence over us was not, of course, confined merely to the realms of painting. We lived throughout those years almost entirely in accordance with his values and lifestyle, and this entailed spending much time exploring the city's 'floating world' – the night-time world of pleasure, entertainment and drink which formed the backdrop for all our paintings. I always feel a certain nostalgia now in recalling the city centre as it was in those days; the streets were not so filled with the noise of traffic, and the factories had yet to take the fragrance of seasonal blossoms from the night air. A favourite haunt of ours was a small teahouse beside the canal in Kojima Street called 'Water Lanterns' – for indeed, the lanterns of the establishment could be seen reflected in the canal as one approached. The proprietress was an old friend of Mori-san's, which ensured we always received generous treatment, and I recall some memorable nights there, singing and drinking with our hostesses. Our other regular haunt was an archery parlour in Nagata Street, where the proprietress never tired of reminding us how years before, when she had been working as a geisha in Akihara, Mori-san had used her as a model for a series of wood-block prints which had proved immensely popular. Some six or seven young women hosted that archery parlour and after a while we each had our own favourites with whom to exchange pipes and pass away the night.

Neither was our merrymaking limited to these expeditions into the city. Mori-san seemed to have a never-ending line of acquaintances from the world of entertaining, and impoverished troupes of wandering actors, dancers and musicians were forever arriving at the villa to be greeted as long-lost friends. Large quantities of liquor would then be produced, our visitors would sing and dance through the night, and before long someone would have to be sent out to awaken the wine seller at the nearest village for replenishments. One regular visitor of those days was a story-teller called Maki, a fat jolly man who could reduce us all to helpless laughter one moment and tears of sadness the next with his renderings of the old tales. Years later, I came across Maki a few times at the Migi-Hidari, and we would reminisce with some amazement about those nights at the villa. Maki was convinced he remembered many of those parties continuing straight through one night, through the following day and into a second night. Although I could not be so certain of this, I had to admit to recollections of Mori-san's villa in the daytime, littered everywhere with sleeping or exhausted bodies, some of them collapsed out in the yard with the sun beating down on them.

I have, however, a more vivid memory concerning one such night. I can recall walking alone across the central yard, grateful for the fresh night air, having for a moment escaped the revellings. I remember I walked over to the entrance of the storeroom, and before going in, glanced back across the yard towards the room where my companions and our visitors were entertaining each other. I could see numerous silhouettes dancing behind the paper screens, and a singer's voice came drifting out through the night to me.

I had made my way to the storeroom because it was one of the few places in the villa where there was a chance of remaining undisturbed for any length of time. I imagine in days gone by, when the villa had housed guards and retainers, the room had been used for storing weapons and armour. But when I stepped inside that night and lit the lantern hanging above the door, I found the floor so cluttered with every sort of object it was impossible to cross it without hopping from space to space; everywhere were stacks of old canvasses tied together with rope, broken easels, all manner of pots and jars with brushes or sticks protruding. I negotiated my way to a clearing on the floor and sat down. The lantern above the door, I noticed, was causing the objects around me to throw exaggerated shadows; it was an eerie effect, as though I were sitting in some grotesque miniature cemetery.

I suppose I must have become quite lost in my broodings, for I recall being startled by the sound of the storeroom door sliding open. I looked up to see Mori-san in the doorway and said hurriedly: 'Good evening, Sensei.'

Possibly the lantern above the door did not give sufficient

light to illuminate my part of the room, or perhaps it was simply that my face was in shadow. In any case, Mori-san peered forward and asked:

'Who is that? Ono?'

'Indeed, Sensei.'

He continued to peer forward for a moment. Then, taking the lantern down from the beam and holding it out before him, he began to make his way towards me, stepping carefully through the objects on the floor. As he did so, the lantern in his hand caused shadows to move all around us. I hastened to clear a space for him, but before I could do so, Mori-san had seated himself a little way away on an old wooden chest. He gave a sigh and said:

'I stepped out for a little fresh air, and I saw this light on in here. Darkness everywhere, except this one light. And I thought to myself, now that storeroom's hardly a place for lovers to be hiding away. Whoever's in there must be in a lonely mood.'

'I suppose I must have been sitting here in a dream, Sensei. I had no intention of remaining here so long.'

He had placed the lantern on the floor beside him, so that from where I sat, I could see only his silhouette. 'One of those dancing girls appeared very taken with you earlier,' he said. 'She'll be disappointed to find you've vanished now the night's here.'

'I didn't mean to appear rude to our guests, Sensei. Like yourself, I simply came out for some fresh air.'

We were silent for a moment. Across the yard, our companions could be heard singing and clapping their hands in time.

'Well, Ono,' Mori-san said eventually, 'what do you make of my old friend Gisaburo? Quite a character.'

'Indeed, Sensei. He seems a most affable gentleman.'

'He may be dressed in rags these days, but he was once quite a celebrity. And as he showed us tonight, he still has much of his old skill left.'

'Indeed.'

'So then, Ono. What is it that worries you?'

'Worries me, Sensei? Why, nothing at all.'

'Can it be that you find something a little offensive about old Gisaburo?'

'Not at all, Sensei.' I laughed self-consciously. 'Why, not at all. A most charming gentleman.'

For a little time after that, we talked of other matters, of anything which came to mind. But when Mori-san had turned the conversation back once more to my 'worries', when it became clear he was prepared to sit there waiting until I unburdened myself, I finally said:

'Gisaburo-san does indeed appear to be the most good-hearted gentleman. He and his dancers have been most kind to entertain us. But then I cannot help thinking, Sensei, we have been visited by their like so often these past few months.'

Mori-san gave no reply, so I continued:

'Forgive me, Sensei, I mean no disrespect to Gisaburo-san and his friends. But at times I am a little puzzled. I am puzzled that we artists should be devoting so much of our time enjoying the company of those like Gisaburo-san.'

I believe it was around this point that my teacher rose to his feet and, lantern in hand, made his way across the floor towards the back wall of the storeroom. The wall had previously been in darkness, but as he held the lantern up to it, three wood-block prints, hung one below the other, became sharply illuminated. Each of these portrayed a geisha adjusting her coiffure, each seated on the floor and viewed from the back. Mori-san studied the pictures for a few moments, moving the lantern from one to the next. Then he shook his head and muttered to himself: 'Fatally flawed. Fatally flawed by trivial concerns.' A few seconds later, he added without turning from the pictures: 'But one always feels affection for one's early works. Perhaps you'll feel the same one day for the work you've done here.' Then he shook his head again, saying: 'But these are all fatally flawed, Ono.'

'I cannot agree, Sensei,' I said. 'I think those prints are marvellous examples of how an artist's talent can transcend the limitations of a particular style. I've often thought it a great shame Sensei's early prints should be confined to such rooms as these. Surely they should be open to display along with his paintings.'

Mori-san remained absorbed by his pictures. 'Fatally flawed,' he repeated. 'But I suppose I was very young.' He moved his lantern again, causing one picture to fade into shadow and another to appear. Then he said: 'These are all scenes from a certain geisha house in Honcho. A very well-regarded one in my younger days. Gisaburo and I often used to visit such places together.' Then after a moment or two, he said again: 'These are fatally flawed, Ono.'

'But Sensei, I cannot see what faults even the most discerning eye would see in these prints.'

He continued to study the pictures for a few moments more, then began to come back across the room. It seemed to me that he took an inordinate amount of time negotiating his way through the objects on the floor; at times, I would hear him mumbling to himself and the sound of his feet pushing away a jar or box. Indeed, I once or twice thought Mori-san was actually searching for something – perhaps more of his early prints – amidst the chaotic piles, but eventually he seated himself back on the old wooden chest and drew a sigh. After a few further moments of silence, he said:

'Gisaburo is an unhappy man. He's had a sad life. His talent has gone to ruin. Those he once loved have long since died or deserted him. Even in our younger days, he was already a lonely, sad character.' Mori-san paused a moment. Then he went on: 'But then sometimes we used to drink and enjoy ourselves with the women of the pleasure quarters, and Gisaburo would become happy. Those women would tell him all the things he wanted to hear, and for the night anyway, he'd be able to believe them. Once the morning came, of course, he was too intelligent a man to go on believing such things. But Gisaburo didn't value those nights any the less for that. The best things, he always used to say, are put together of a night and vanish with the morning. What people call the floating world, Ono, was a world Gisaburo knew how to value.'

Mori-san paused again. As before, I could see his form only in silhouette, but it was my impression he was listening to the sounds of the merrymaking from across the yard. Then he said: 'He's older and sadder now, but he's changed little in many respects. Tonight he's happy, just as he used to be in those pleasure houses.' He drew a long breath, as though he were smoking tobacco. Then he went on: 'The finest, most fragile beauty an artist can hope to capture drifts within those pleasure houses after dark. And on nights like these, Ono, some of that beauty drifts into our own quarters here. But as for those pictures up there, they don't even hint at these transitory, illusory qualities. They're deeply flawed, Ono.'

'But Sensei, to my eyes, those prints suggest most impressively these very things.'

'I was very young when I prepared those prints. I suspect the reason I couldn't celebrate the floating world was that I couldn't bring myself to believe in its worth. Young men are often guilt-ridden about pleasure, and I suppose I was no different. I suppose I thought that to pass away one's time in such places, to spend one's skills celebrating things so intangible and transient, I suppose I thought it all rather wasteful, all rather decadent. It's hard to appreciate the beauty of a world when one doubts its very validity.'

I thought about this, then said: 'Indeed, Sensei, I admit what you say may well apply in respect to my own work. I will do all I can to put matters right.'

Mori-san appeared not to hear me. 'But I've long since lost all such doubts, Ono,' he continued. 'When I am an old man, when I look back over my life and see I have devoted it to the task of capturing the unique beauty of that world, I believe I will be well satisfied. And no man will make me believe I've wasted my time.'

It is possible, of course, that Mori-san did not use those exact words. Indeed, on reflection, such phrases sound rather more like the sort of thing I myself would declare to my own pupils after we had been drinking a little at the Migi-Hidari. 'As the new generation of Japanese artists, you have a great responsibility towards the culture of this nation. I am proud to have the likes of you as my pupils. And while I may deserve only the smallest praise for my own paintings, when I come to look back over my life and remember I have nurtured and assisted the careers of all of you here, why then no man will make me believe I have wasted my time.' And whenever I made some such statement, all those young men congregated around the table would drown each other out in protest at the way I had dismissed my own paintings – which, they clamoured to inform me, were without doubt great works assured of their place in posterity. But then again, as I have said, many phrases and expressions which came to be most characteristic of me I actually inherited from Mori-san, and so it is quite possible that those were my teacher's exact words that night, instilled in me by the powerful impression they made on me at the time.

But again I have drifted. I was trying to recall the lunch I had at the department store with my grandson last month following that annoying conversation with Setsuko in Kawabe Park. In fact, I believe I was remembering in particular Ichiro's extolling of spinach.

Once our lunch had arrived, I recall, Ichiro sat there preoccupied with the spinach on his plate, sometimes prodding at it with his spoon. Then he looked up and said: 'Oji, you watch!'

My grandson proceeded to pile as much spinach as possible on to the spoon, then raised it high into the air and began pouring it into his mouth. His method resembled someone drinking the last dregs from a bottle.

'Ichiro,' I said, 'I'm not sure that's such good manners.'

But my grandson continued putting more spinach into his mouth, all the time chewing vigorously. He put down his spoon only when it was empty and his cheeks were full to bursting. Then, still chewing, he fixed a stern expression on his face, thrust out his chest and began punching at the air around him.

'What are you doing, Ichiro? You tell me now what you're up to.'

'You guess, Oji!' he said, through the spinach.

'Hmm. I don't know, Ichiro. A man drinking sake and fighting. No? Then you tell me. Oji can't guess.'

'Popeye Sailorman!'

'What's that, Ichiro? Another of your heroes?'

'Popeye Sailorman eats spinach. Spinach makes him strong.' He thrust out his chest again and threw more punches at the air.

'I see, Ichiro,' I said, laughing. 'Spinach is a wonderful food indeed.'

'Does sake make you strong?'

I smiled and shook my head. 'Sake can make you believe you're strong. But in reality, Ichiro, you're no stronger than before you drank it.'

'Why do men drink sake then, Oji?'

'I don't know, Ichiro. Perhaps because for a little while, they can believe they're stronger. But sake doesn't really make a man stronger.'

'Spinach makes you really strong.'

'Then spinach is much better than sake. You go on eating spinach, Ichiro. But look, what about all these other things on your plate?'

'I like drinking sake too. And whisky. At home, there's a bar I always go to.'

'Is that so, Ichiro. I think it's better you go on eating spinach. As you say, that makes you really strong.'

'I like sake best. I drink ten bottles every night. Then I drink ten bottles of whisky.'

'Is that so, Ichiro. Now that's real drinking indeed. This must be a real headache for Mother.'

'Women never understand about us men drinking,' Ichiro said, and turned his attention to the lunch in front of him. But soon he looked up again and said: 'Oji's coming for supper tonight.'

'That's right, Ichiro. I expect Aunt Noriko will prepare something very nice.'

'Aunt Noriko's bought some sake. She said Oji and Uncle Taro will drink it all up.'

'Well, we may do indeed. I'm sure the women will like a little too. But she's right, Ichiro. Sake's mainly for the men.'

'Oji, what happens if women drink sake?'

'Hmm. There's no telling. Women aren't as strong as we men are, Ichiro. So perhaps they'll get drunk very quickly.'

'Aunt Noriko might get drunk! She might have a tiny cupful and get completely drunk!'

I gave a laugh. 'Yes, that's quite possible.'

'Aunt Noriko might get completely drunk! She'll sing songs then fall asleep at the table!'

'Well, Ichiro,' I said, still laughing, 'we men had better keep the sake to ourselves then, hadn't we?'

'Men are stronger, so we can drink more.'

'That's right, Ichiro. We'd best keep the sake to ourselves.'

Then, after I had thought for a moment, I added: 'I suppose you're eight years old now, Ichiro. You're growing to be a big man. Who knows? Perhaps Oji will see to it you get some sake tonight.'

My grandson looked at me with a slightly threatened expression, and said nothing. I smiled at him, then glanced out at the pale grey sky through the large windows beside us.

'You never met your Uncle Kenji, Ichiro. When he was your age, he was as big and strong as you are now. I remember he had his first taste of sake at around your age. I'll see to it, Ichiro, you get a small taste tonight.'

Ichiro seemed to consider this for a moment. Then he said:

'Mother might be trouble.'

'Don't worry about your mother, Ichiro. Your Oji will be able to handle her.'

Ichiro shook his head wearily. 'Women never understand men drinking,' he remarked.

'Well, it's time a man like you tasted a little sake. Don't you worry, Ichiro, you leave your mother to Oji. We can't have the women bossing us around now, can we?'

My grandson remained absorbed in his thoughts for a moment. Then suddenly he said very loudly:

'Aunt Noriko might get drunk!'

I laughed. 'We'll see, Ichiro,' I said.

'Aunt Noriko might get completely drunk!'

It was perhaps fifteen minutes or so later, as we were waiting for ice-cream, that Ichiro asked in a thoughtful voice.

'Oji, did you know Yujiro Naguchi?'

'You must mean Yukio Naguchi, Ichiro. No, I never knew him personally.'

My grandson did not respond, apparently absorbed by his reflection in the glass pane beside him.

'Your mother,' I went on, 'also seemed to have Mr Naguchi on her mind when I was speaking with her in the park this morning. I take it the adults were discussing him at supper last night, were they?'

For a moment, Ichiro went on gazing at his reflection. Then he turned to me and asked:

'Was Mr Naguchi like Oji?'

'Was Mr Naguchi like me? Well, your mother for one doesn't seem to think so. It was just something I said to your Uncle Taro once, Ichiro, it was nothing very serious. Your mother seems to have picked it up far too earnestly. I hardly remember what I was talking to Uncle Taro about at the time, but Oji just happened to suggest he had one or two things in common with people like Mr Naguchi. Now you tell me, Ichiro, what were the adults all saying last night?'

'Oji, why did Mr Naguchi kill himself?'

'That's hard to say for sure, Ichiro. I never knew Mr Naguchi personally.'

'But was he a bad man?'

'No. He wasn't a bad man. He was just someone who worked very hard doing what he thought was for the best. But you see, Ichiro, when the war ended, things were very different. The songs Mr Naguchi composed had become very famous, not just in this city, but all over Japan. They were sung on the radio and in bars. And the likes of your Uncle Kenji sang them when they were marching or before a battle. And after the war, Mr Naguchi thought his songs had been – well – a sort of mistake. He thought of all the people who had been killed, all the little boys your age, Ichiro, who no longer had parents, he thought of all these things and he thought perhaps his songs were a mistake. And he felt he should apologize. To everyone who was left. To little boys who no longer had parents. And to parents who had lost little boys like you. To all these people, he wanted to say sorry. I think that's why he killed himself. Mr Naguchi wasn't a bad man at all, Ichiro. He was brave to admit the mistakes he'd made. He was very brave and honourable.'

Ichiro was watching me with a thoughtful expression. I gave a laugh and said: 'What's the matter, Ichiro?'

My grandson seemed about to speak, but then turned again to look at his face reflected in the glass.

'Your Oji never meant anything by saying he was like Mr Naguchi,' I said. 'It was a sort of joke he was making, that's all. You tell your mother that, the next time you hear her talking about Mr Naguchi. Because from what she was saying this morning, she's picked the whole thing up quite wrongly. What's the matter, Ichiro? Suddenly so quiet.'

After lunch we spent some time wandering around shops in the city centre, looking at toys and books. Then, towards the latter part of the afternoon, I treated Ichiro to another ice-cream at one of those smart refectories along Sakurabashi Street, before making our way to Taro and Noriko's new apartment in Izumimachi.

The Izumimachi area, as you may be aware, has now become very popular with young couples from the better backgrounds, and there is certainly a clean, respectable atmosphere there. But most of the newly-built apartment blocks that have drawn these young couples seem to me unimaginative and constrictive. Taro and Noriko's apartment, for instance, is a small two-room affair on the third floor: the ceilings are low, sounds come in from neighbouring apartments and the view from the window is principally of the opposite block and its windows. I am sure it is not simply because I am accustomed to my more spacious, traditional house that even after a short time I begin to find the place claustrophobic. Noriko, however, seems very proud of her apartment, and is forever extolling its 'modern' qualities. It is, apparently, very easy to keep clean, and the ventilation most effective; in particular, the kitchens and bathrooms throughout the block are of Western design and are, so my daughter assures me, infinitely more practical than, say, the arrangements in my own house.

However convenient the kitchen, it is very small, and when I stepped inside it that evening to see how my daughters were progressing with the meal, there seemed no space for me to stand. Because of this, and because my daughters both seemed busy, I did not remain chatting with them long. But I did remark at one point:

'You know, Ichiro was telling me earlier he's keen to taste a little sake.'

Setsuko and Noriko, who had been standing side by side slicing vegetables, both stopped and glanced up at me.

'I gave it some thought and decided we could let him have a small taste,' I went on. 'But perhaps you should dilute it with some water.'

'I'm sorry, Father,' Setsuko said, 'but you're suggesting Ichiro drink sake tonight?'

'Just a little. He's a growing boy after all. But as I say, you'd best dilute it.'

My daughters exchanged glances. Then Noriko said: 'Father, he's only eight years old.'

'There's no harm so long as you mix it with water. You women may not understand, but these things mean a great deal to a young boy like Ichiro. It's a question of pride. He'll remember it for the rest of his life.'

'Father, this is nonsense,' said Noriko. 'Ichiro would just be sick.'

'Nonsense or not, I've thought this over carefully. You women sometimes don't have enough sympathy for a boy's pride.' I pointed to the sake bottle standing on a shelf above their heads. 'Just a small drop will do.'

With that, I began to leave. But then I heard Noriko say: 'Setsuko, it's out of the question. I don't know what Father can be thinking.'

'Why all this fuss?' I said, turning at the doorway. Behind me, from the main room, I could hear Taro and my grandson laughing over something. I lowered my voice and continued:

'Anyway, I've promised him now, he's looking forward to it. You women sometimes just don't understand about pride.'

I was making to leave again, when this time it was Setsuko who spoke.

'It is very kind of Father to consider Ichiro's feelings so carefully. However, I wonder if it wouldn't perhaps be best to wait till Ichiro is a little older.'

I gave a small laugh. 'You know, I remember your mother protesting in just the same way when I decided to let Kenji have a taste of sake at this age. Well, it certainly did your brother no harm.'

I regretted immediately introducing Kenji into such a trivial disagreement. Indeed, I believe I was momentarily quite annoyed with myself, and it is possible I did not pay much attention to what Setsuko said next. In any case, it seems to me she said something like:

'There is no doubt Father devoted the most careful thought to my brother's upbringing. Nevertheless, in the light of what came to pass, we can perhaps see that on one or two points at least, Mother may in fact have had the more correct ideas.'

To be fair, it is possible she did not say anything quite so unpleasant. Indeed, it is possible I misinterpreted entirely what she actually said, for I distinctly recall Noriko not reacting at all to her sister's words other than to turn wearily back to her vegetables. Besides, I would not have thought Setsuko capable of introducing so gratuitously such a note to the conversation. Then again, when I consider the sort of insinuations Setsuko had been making in Kawabe Park earlier that same day, I suppose I have to admit the possibility that she did say something along such lines. In any case, I recall Setsuko concluding by saying:

'Besides, I fear Suichi would not wish Ichiro to drink sake until he is a little older. But it is most kind of Father to have given such consideration to Ichiro's feelings.'

Conscious that Ichiro might overhear our conversation, and not wishing to put a cloud over what was a rare family reunion, I let the argument rest there and left the kitchen. For a while after that, as I recall, I sat in the main room with Taro and Ichiro, exchanging enjoyable talk as we awaited supper.

We eventually sat down to eat an hour or so later. As we were doing so, Ichiro reached over to the sake flask on the table, tapped it with his fingers and looked over at me knowingly. I smiled at him, but said nothing.

The women had prepared a splendid meal and the conversation was soon flowing effortlessly. At one point, Taro had us all laughing with the story of a colleague of his at work, who through a mixture of misfortune and his own comical stupidity, had gained a reputation for never meeting deadlines. Once, while relating this story, Taro said:

'Indeed, things have got to such a state it seems our superiors have taken to calling him "the Tortoise". During a meeting recently, Mr Hayasaka forgot himself and actually announced: "We'll hear the Tortoise's report, then break for lunch." '

'Is that so?' I exclaimed with some surprise. 'That's very curious. I myself once had a colleague who had that nickname. For much the same reasons, it would seem.'

But Taro did not seem particularly struck by this coincidence. He nodded politely, and said: 'I remember at school, too, there was a pupil we all called "the Tortoise". In fact, just as every group has a natural leader, I suspect every group has its "Tortoise".'

With that, Taro returned to the relating of his anecdote. Of course, now I come to think of it, I suppose my son-in-law was quite correct; most groups of peers would have their 'Tortoise', even if the name itself is not always used. Amongst my own pupils, for instance, it was Shintaro who fulfilled such a role. This is not to deny Shintaro's basic competence; but when placed alongside the likes of Kuroda, it was as though his talent lacked an entire dimension.

I suppose I do not on the whole greatly admire the Tortoises of this world. While one may appreciate their plodding steadiness and ability to survive, one suspects their lack of frankness, their capacity for treachery. And I suppose, in the end, one despises their unwillingness to take chances in the name of ambition or for the sake of a principle they claim to believe in. Their like will never fall victim to the sort of grand catastrophe that, say, Akira Sugimura suffered over Kawabe Park; but by the same token, notwithstanding the small sorts of respectability they may sometimes achieve as schoolteachers or whatever, they will never accomplish anything above the mediocre.

It is true, I grew quite fond of the Tortoise during those years we spent together at Mori-san's villa, but then I do not believe I ever respected him as an equal. This had to do with the very nature of our friendship, which had been forged during the days of the Tortoise's persecution at Master Takeda's firm and then through his difficulties in our early months at the villa; somehow, after a time, it had cemented itself into one in which he was perpetually indebted to me for some undefined 'support' I gave him. Long after he had grasped how to paint without arousing the hostility of the others at the villa, long after he had come to be generally well liked for his pleasant, obliging nature, he was still saying to me things like:

'I'm so grateful to you, Ono-san. It's due to you I'm treated so well here.'

In one sense, of course, the Tortoise *was* indebted to me; for clearly, without my initiative, he would never have considered leaving Master Takeda's to become Mori-san's pupil. He had been extremely reluctant to take such an adventurous step, but once having been compelled to do so, he had never doubted the decision. Indeed, the Tortoise held Mori-san in such reverence that for a long time – for the first two years at least – I cannot recall his being able to hold a conversation with our teacher, other than to mumble: 'Yes, Sensei' or 'No, Sensei.'

Throughout those years, the Tortoise continued to paint as slowly as he ever did, but it did not occur to anyone to hold this against him. In fact, there were a number of others who worked just as slowly, and this faction actually had a tendency to mock those of us with faster working habits. I remember they labelled us 'the engineers', comparing the intense and frantic way we worked once an idea had struck with an engine driver shovelling on coal for fear the steam would at any moment run out. We in turn named the slow faction 'the backwarders'. A 'backwarder' was originally a term used at the villa for someone who, in a room crowded with people working at easels, insisted on stepping backwards every few minutes to view his canvas – with the result that he continually collided with colleagues working behind him. It was of course quite unfair to suggest that because an artist liked to take time with a painting – stepping back, as it were, metaphorically – he was any more likely to be guilty of this antisocial habit, but then we enjoyed the very provocativeness of the label. Indeed, I recall a lot of good-humoured bantering concerning 'engineers' and 'back-warders'.

In truth, though, just about all of us were prone to be guilty of 'backwarding', and because of this, we would as far as possible avoid crowding together when working. In the summer months, many of my colleagues would set up easels spaced out at points along the verandas, or else out in the yard itself, while others insisted on reserving large numbers of rooms because they liked to circulate from room to room according to the light. The Tortoise and I always tended to work in the disused kitchen – a large, barn-like annex behind one of the wings.

The floor as one entered was of trodden earth, but towards the back was a raised boarded platform, wide enough for our two easels. The low crossbeams with their hooks – from which once hung pots and other kitchen utensils – and the bamboo racks on the walls, proved most useful for our brushes, rags, paints and so on. And I can recall how the Tortoise and I would fill a large old blackened pot full of water, carry it on to the platform and suspend it on the old pulleys so that it hung at shoulder height between us as we painted.

I remember one afternoon, we were painting in the old kitchen as usual, when the Tortoise said to me:

'I'm very curious, Ono-san, about your present painting. It must be something very special.'

I smiled without taking my eyes from my work. 'Why do you say that? It's just a little experiment of mine, that's all.'

'But Ono-san, it's a long time since I've seen you working with such intensity. And you've requested privacy. You haven't requested privacy now for at least two years. Not since you were preparing "Lion-dance" for your first exhibition.'

I should perhaps explain here that occasionally, whenever

an artist felt a particular work would be hampered by comments of any sort before its completion, he would 'request privacy' for that work, and it was then understood that no one would attempt to look at it until such time as the artist withdrew his request. This was a sensible arrangement, living and working as we did so closely, and gave one room to take risks without fear of making a fool of oneself.

'Is it really so noticeable?' I said. 'I thought I was hiding my excitement rather well.'

'You must be forgetting, Ono-san. We've been painting side by side for almost eight years now. Oh yes, I can tell this is something quite special for you.'

'Eight years,' I remarked. 'I suppose that's right.'

'Indeed, Ono-san. And it's been a privilege to work so close to one of your talent. More than a little humbling at times, but a great privilege nonetheless.'

'You exaggerate,' I said, smiling and continuing to paint.

'Not at all, Ono-san. Indeed, I feel I would never have progressed as I have over these years without the constant inspiration of seeing your works appearing before my eyes. No doubt you've noted the extent to which my modest "Autumn Girl" owes itself to your magnificent "Girl at Sunset". One of many attempts on my part, Ono-san, to emulate your brilliance. A feeble attempt, I realize, but then Mori-san was good enough to praise it as a significant step forward for me.'

'I wonder now.' I ceased my brush strokes for a moment and looked at my work. 'I wonder if this painting here will also inspire you.'

I continued to regard my half-finished painting for a moment, then glanced across to my friend over the ancient pot suspended between us. The Tortoise was painting happily, unaware of my gaze. He had put on a little more flesh since the days I had first known him at Master Takeda's, and the harassed, fearful look of those days had been largely replaced by an air of childlike contentment. In fact, I recall someone around that time comparing the Tortoise to a puppy who had just been petted, and indeed, this description was not inappropriate to the impression I received as I watched him paint that afternoon in the old kitchen.

'Tell me, Tortoise,' I said to him. 'You're quite happy with your work at present, are you?'

'Most happy, thank you, Ono-san,' he replied immediately. Then glancing up, he added hastily with a grin: 'Of course, it has a long way to go before it can stand alongside your work, Ono-san.'

His eyes returned to his painting and I watched him working for a few more moments. Then I asked:

'You don't consider sometimes trying some . . . some new approaches?'

'New approaches, Ono-san?' he said, not looking up.

'Tell me, Tortoise, don't you have ambitions to one day produce paintings of genuine importance? I don't mean simply work that we may admire and praise amongst ourselves here at the villa. I refer to work of real importance. Work that will be a significant contribution to the people of our nation. It's to this end, Tortoise, I talk of the need for a new approach.'

I had watched him carefully as I said all this, but the Tortoise did not pause in his painting.

'To tell you the truth, Ono-san,' he said, 'someone in my humble position is always trying new approaches. But over this past year, I believe I'm beginning to find the right path at last. You see, Ono-san, I've noticed Mori-san looking at my work more and more closely this past year. I know he's pleased with me. Who knows, sometime in the future, I may even be permitted to exhibit alongside yourself and Mori-san.' Then at last he looked across to me and laughed self-consciously. 'Forgive me, Ono-san. Just a fantasy to keep me persevering.'

I decided to let the matter drop. I had intended to try again at some later date to draw my friend into my confidence, but as it turned out, I was pre-empted by events.

It was a sunny morning a few days after the conversation I have just recounted, when I stepped into the old kitchen to discover the Tortoise standing up on the platform at the back of that barn-like building, staring towards me. It took my eyes a few seconds to adjust to the shade after the brightness of the morning outside, but I soon noticed the guarded, almost alarmed expression he was wearing; indeed, there was something in the way he raised an arm awkwardly towards his chest before letting it fall again that suggested he expected me to attack him. He had made no attempt to set up his easel or otherwise prepare for the day's work, and when I greeted him he remained silent. I came nearer and asked:

'Is something wrong?'

'Ono-san . . .' he muttered, but said no more. Then as I came up to the platform, he looked nervously to his left. I followed his gaze to my unfinished painting, covered over and stacked faced against the wall. The Tortoise gestured nervously towards it and said:

'Ono-san, is this a joke of yours?'

'No, Tortoise,' I said, climbing up on to the platform. 'It's no joke at all.'

I walked over to the painting, pulled off the drapes and turned it around to face us. The Tortoise immediately averted his eyes.

'My friend,' I said, 'you were once brave enough to listen to me and we took together an important step in our careers. I'd ask you now to consider taking another step forward with me.'

The Tortoise continued to hold his face away. He said:

'Ono-san, is our teacher aware of this painting?'

'No, not yet. But I suppose I may as well show it to him. From now on, I intend to always paint along these lines. Tortoise, look at my painting. Let me explain to you what I'm trying to do. Then perhaps we can again take an important step forward together.'

At last he turned to look at me.

'Ono-san,' he said, in a near whisper, 'you are a traitor. Now please excuse me.'

With that, he hurried out of the building.

The painting which had so upset the Tortoise was one entitled 'Complacency', and although it did not remain in my possession for long, such was my investment in it at that time that its details have stayed imprinted on my memory; indeed, had I the desire to do so, I feel I could quite accurately recreate that painting today. The inspiration behind it had been a small scene I had witnessed some weeks previously, something I had seen while out walking with Matsuda.

We were, I recall, on our way to meet some of Matsuda's colleagues from the Okada-Shingen Society to whom he wished to introduce me. It was towards the end of summer; the hottest days were past, but I can recall following Matsuda's steady stride along the steel bridge at Nishizuru, mopping the sweat from my face and wishing my companion would walk more slowly. Matsuda was dressed that day in an elegant white summer jacket and, as ever, wore his hat slanted down stylishly. For all his pace, his strides had an effortless quality with no suggestion of hurry. And when he paused, half-way across the bridge, I saw he did not seem even to be suffering from the heat.

'You get an interesting view from up here,' he remarked. 'You agree, Ono?'

The view below us was framed by two factory plants looming one to our right, the other to our left. Wedged in between was a dense muddle of roofs, some of the cheap shingled variety, others improvised out of corrugated metals. The Nishizuru district still has today a certain reputation as a deprived area, but in those days, things were infinitely worse. Viewed from the bridge, a stranger may well have assumed that community to be some derelict site half-way to demolition were it not for the many small figures, visible on closer inspection, moving busily around the houses like ants swarming around stones.

'Look down there, Ono,' Matsuda said. 'There are more and more places in our city like this. Only two or three years ago, this was not such a bad place. But now it's growing into a shanty district. More and more people become poor, Ono, and they are obliged to leave their houses in the countryside to join their fellow sufferers in places like this.'

'How terrible,' I said. 'It makes one want to do something for them.'

Matsuda smiled at me – one of his superior smiles which always made me feel uncomfortable and foolish. 'Well-meaning sentiments,' he said, turning back to the view. 'We all utter them. In every walk of life. Meanwhile, places like these grow everywhere like a bad fungus. Take a deep breath, Ono. Even from here, you can smell the sewage.'

'I'd noticed an odour. Is it really coming from down there?'

Matsuda did not reply, but continued to look down at that shanty community with a strange smile on his face. Then he said:

'Politicians and businessmen rarely see places like this. At least if they do, they stand at a safe distance, as we are now. I doubt if many politicians or businessmen have taken a walk down there. Come to that, I doubt if many artists have either.'

Noticing the challenge in his voice, I said:

'I wouldn't object if it won't make us late for our appointment.'

'On the contrary, we will save ourselves a kilometre or two by cutting through down there.'

Matsuda had been correct in supposing the odour derived from the sewers of that community. As we climbed down to the foot of the steel bridge and began making our way through a series of narrow alleys, the smell grew ever stronger until it became quite nauseous. There was no longer a trace of wind to combat the heat, the only movement in the air around us being the perpetual buzzing of flies. Again, I found myself struggling to keep up with Matsuda's strides, but this time felt no desire for him to slow down.

On either side of us were what might have been stalls at some marketplace, closed down for the day, but which in fact constituted individual households, partitioned from the alleyway sometimes only by a cloth curtain. Old people sat in some of the doorways, and as we went past gave interested, though never hostile, stares; small children appeared to be coming and going in all directions, while cats too seemed forever to be scurrying away from around our feet. We walked on, dodging blankets and washing hung out along coarse pieces of string; past crying babies, barking dogs and neighbours chatting amiably across the alleyway to each other, seemingly from behind closed curtains. After a while, I grew increasingly aware of the open-sewer ditches dug on either side of the narrow path we were walking. There were flies hovering all along their length and as I continued to follow Matsuda, I had the distinct feeling the space between the ditches was growing more and more narrow, until it was as though we were balancing along a fallen tree trunk.

Eventually we came to a kind of yard where a crowd of shanty huts closed off the way ahead. But Matsuda pointed to a gap between two of the huts through which was visible an open piece of wasteground.

'If we cut across there,' he said, 'we'll come up behind Kogane Street.'

Near the entrance of the passage Matsuda had indicated, I noticed three small boys bowed over something on the ground, prodding at it with sticks. As we approached, they spun round with scowls on their faces and although I saw nothing, something in their manner told me they were torturing some animal. Matsuda must have drawn the same conclusion, for he said to me as we walked past: 'Well, they have little else to amuse themselves with around here.'

I gave those boys little further thought at the time. Then some days later, that image of the three of them, turning towards us with scowls on their faces, brandishing their sticks, standing there amidst all that squalor, returned to me with some vividness, and I used it as the central image of 'Complacency'. But I might point out that when the Tortoise stole a look at my unfinished painting that morning, the three boys he saw would have differed from their models in one or two important respects. For although they still stood in front of a squalid shanty hut, and their clothes were the same rags the original boys wore, the scowls on their faces would not have been guilty, defensive scowls of little criminals caught in the act; rather, they would have worn the manly scowls of samurai warriors ready to fight. It is no coincidence, furthermore, that the boys in my picture held their sticks in classic kendo stances.

Above the heads of these three boys, the Tortoise would have seen the painting fading into a second image – that of three fat, well-dressed men, sitting in a comfortable bar laughing together. The looks on their faces seem decadent; perhaps they are exchanging jokes about their mistresses or some such matter. These two contrasting images are moulded together within the coastline of the Japanese islands. Down the right-hand margin, in bold red characters, is the word 'Complacency'; down the left-hand side, in smaller characters, is the declaration: 'But the young are ready to fight for their dignity.'

When I describe this early and no doubt unsophisticated work, certain of its features may perhaps strike you as familiar. For it is possible you are acquainted with my painting, 'Eyes to the Horizon' which, as a print in the thirties, achieved a certain fame and influence throughout this city. 'Eyes to the Horizon' was indeed a reworking of 'Complacency', though with such differences as might be expected given the passage of years between the two. The later painting, you may recall, also employed two contrasting images merging into one another, bound by the coastline of Japan; the upper image was again that of three well-dressed men conferring, but this time they wore nervous expressions, looking to each other for initiative. And these faces, I need not remind you, resembled those of three prominent politicians. For the lower, more dominant image, the three poverty-stricken boys had become stern-faced soldiers; two of them held bayoneted rifles, flanking an officer who held out his sword, pointing the way forward, west towards Asia. Behind them, there was no longer a backdrop of poverty; simply the military flag of the rising sun. The word 'Complacency' down the right-hand margin had been replaced by 'Eyes to the Horizon!' and on the left-hand side, the message, 'No time for cowardly talking. Japan must go forward.'

Of course, if you are new to this city, it is possible you will not have come across this work. But I do not think it an exaggeration to say that a great many of those living here before the war would be familiar with it, for it did receive much praise at the time for its vigorous brush technique and, particularly, its powerful use of colour. But I am fully aware, of course, that 'Eyes to the Horizon', whatever its artistic merits, is a painting whose sentiments are now outdated. Indeed, I would be the first to admit that those same sentiments are perhaps worthy of condemnation. I am not one of those who are afraid to admit to the shortcomings of past achievements.

But I did not wish to discuss 'Eyes to the Horizon'. I mention it here only because of its obvious relationship to that earlier painting, and I suppose, to acknowledge the impact my meeting Matsuda had on my subsequent career. I had begun to see Matsuda regularly some weeks prior to that morning in the kitchen when the Tortoise had made his discovery. It is, I suppose, a measure of the appeal his ideas had for me that I continued to meet him, for as I recall, I did not at first take much of a liking to him. Indeed, most of our earlier meetings would end with our becoming extremely antagonistic towards one another. I remember one evening, for instance, not long after that day I followed him through the poverty of Nishizuru, going with him to a bar somewhere in the city centre. I do not recall the name or the whereabouts of the bar, but I remember it vividly as a dark, dirty place, frequented by what looked to be the city's low life. I felt apprehensive as soon as I walked in, but Matsuda seemed to be familiar with the place, saluting to some men playing cards around a table, before leading me to an alcove containing a small, unoccupied table.

My apprehension was not eased when shortly after we had sat down, two rough-looking men, both fairly drunk, came staggering into the alcove, wishing to engage us in conversation. Matsuda told them quite flatly to go away, and I fully expected trouble, but something about my companion seemed to unnerve the men, and they left us without comment.

After that, we sat drinking and conversing for some time, and before long, I recall, our exchanges had become abrasive. At one point I remember saying to him:

'No doubt, we artists may at times deserve mockery from the likes of you. But I'm afraid you're mistaken in assuming we're all so naïve about the world.'

Matsuda laughed and said:

'But you must remember, Ono, I come across many artists. You are on the whole an astonishingly decadent crowd. Often with no more than a child's knowledge of the affairs of this world.'

I was about to protest, but Matsuda continued: 'Take for instance, Ono, this scheme of yours. The one you were proposing so earnestly just now. It's very touching, but if I may say so, displays all the naïveté typical of you artists.'

'I fail to see why my idea is so worthy of your mockery. But then I obviously made a mistake in assuming you felt concern for the poor of this city.'

'No need for such childish jibes. You know very well my concern. But let's consider your little scheme for a moment. Let's suppose the unlikely occurs and your teacher is sympathetic. So then all of you at your villa will spend a week, perhaps two, producing – what? – twenty paintings? Thirty at the most. There seems little point in producing more, you won't sell more than ten or eleven in any case. What will you do then, Ono? Wander the poor areas of this city with a little purse of coins you've raised from all this hard work? Give a sen to each poor person you meet?'

'Forgive me, Matsuda, but I must repeat – you're quite wrong to assume me so naïve. I wasn't for a moment suggesting the exhibition be confined simply to Mori-san's group. I'm fully aware of the scale of the poverty we're seeking to alleviate, and this is why I'm coming to you with this suggestion. Your Okada-Shingen Society is ably placed to develop such a scheme. Large exhibitions held regularly throughout the city, attracting ever more artists, would bring significant relief to these people.'

'I'm sorry, Ono,' Matsuda said, smiling and shaking his head, 'but I fear I was correct in my assumption after all. As a breed, you artists are desperately naïve.' He leaned back in his seat and gave a sigh. The surface of our table was covered in cigarette ash and Matsuda was thoughtfully sweeping patterns in it with the edge of an empty matchbox left by previous occupants. 'There's a certain kind of artist these days,' he went on, 'whose greatest talent lies in hiding away from the real world. Unfortunately, such artists appear to be in dominance at present, and you, Ono, have come under the sway of one of them. Don't look so angry, it's true. Your knowledge of the world is like a child's. I doubt, for instance, if you could even tell me who Karl Marx was.'

I gave him what must have been a sulky look, but said nothing. He gave a laugh and said: 'You see? But don't be too upset. Most of your colleagues know no better.'

'Don't be ridiculous. Of course I know of Karl Marx.'

'Why, I'm sorry, Ono. Perhaps I did underestimate you. Please, tell me about Marx.'

I shrugged and said: 'I believe he led the Russian revolution.'

'Then what about Lenin, Ono? Was he perhaps Marx's second-in-command?'

'A colleague of some kind.' I saw Matsuda was grinning again, and so said quickly, before he could speak: 'In any case, you're being preposterous. These are the concerns of some far-away country. I'm talking about the poor here in our own city.'

'Indeed, Ono, indeed. But there again, you see, you know very little about anything. You were quite correct in assuming the Okada-Shingen Society was concerned to wake up artists and introduce them to the real world. But I have misled you if I ever suggested our society wished to be turned into a large begging bowl. We're not interested in charity.'

'I fail to see what there is to object to in a little charity. And if at the same time it opens the eyes of us decadent artists, then so much the better, I would have thought.'

'Your eyes are indeed far from open, Ono, if you believe a little good-hearted charity can help the poor of our country. The truth is, Japan is headed for crisis. We are in the hands of greedy businessmen and weak politicians. Such people will see to it poverty grows every day. Unless, that is, we, the emerging generation, take action. But I'm no political agitator, Ono. My concern is with art. And with artists like you. Talented young artists, not yet irreversibly blinkered by that enclosed little world you all inhabit. The Okada-Shingen exists to help the likes of you open your eyes and produce work of genuine value for these difficult times.'

'Forgive me, Matsuda, but it strikes me it's you who are in fact the naïve one. An artist's concern is to capture beauty wherever he finds it. But however skilfully he may come to do this, he will have little influence on the sort of matters you talk of. Indeed, if the Okada-Shingen is as you claim it is, then it seems to me ill-conceived indeed. It seems to be founded on a naïve mistake about what art can and cannot do.'

'You know full well, Ono, we do not see things so simply. The fact is, the Okada-Shingen does not exist in isolation. There are young men like us in all walks of life – in politics, in the military – who think the same way. We are the emerging generation. Together, it is within our capability to achieve something of real value. It just so happens that some of us care deeply about art and wish to see it responding to the world of today. The truth is, Ono, in times like these, when people are getting poorer, and children are growing more hungry and sick all around you, it is simply not enough for an artist to hide away somewhere, perfecting pictures of courtesans. I can see you're angry with me, and even now you're searching for some way to come back at me. But I mean well, Ono. I hope later on you'll think carefully about these things. For you, above all, are someone of immense talent.'

'Well, do tell me then, Matsuda. How can we decadent foolish artists help bring about your political revolution?'

To my annoyance, Matsuda was once more smiling disparagingly across the table. 'Revolution? Really, Ono! The communists want a revolution. We want nothing of the sort. Quite the opposite, in fact. We wish for a restoration. We simply ask that his Imperial Majesty the Emperor be restored to his rightful place as head of our state.'

'But our Emperor is precisely that already.'

'Really, Ono. So naïve and confused.' His voice, though it remained, as ever, perfectly calm, seemed at this point to grow harder. 'Our Emperor is our rightful leader, and yet what in reality has become of things? Power has been grasped from him by these businessmen and their politicians. Listen, Ono, Japan is no longer a backward country of peasant farmers. We are now a mighty nation, capable of matching any of the Western nations. In the Asian hemisphere, Japan stands like a giant amidst cripples and dwarfs. And yet we allow our people to grow more and more desperate, our little children to die of malnutrition. Meanwhile, the businessmen get richer and the politicians forever make excuses and chatter. Can you imagine any of the Western powers allowing such a situation? They would surely have taken action long ago.'

'Action? What sort of action do you refer to, Matsuda?'

'It's time for us to forge an empire as powerful and wealthy as those of the British and the French. We must use our strength to expand abroad. The time is now well due for Japan to take her rightful place amongst the world powers. Believe me, Ono, we have the means to do so, but have yet to discover the will. And we must rid ourselves of these businessmen and politicians. Then the military will be answerable only to his Imperial Majesty the Emperor.' Then he gave a small laugh and turned his gaze back down to the patterns he was weaving in the cigarette ash. 'But this is largely for others to worry over,' he said. 'The likes of us, Ono, we must concern ourselves with art.'

It is my belief, though, that the reason for the Tortoise's upset in the disused kitchen two or three weeks later had not so much to do with these issues I discussed with Matsuda that night; the Tortoise would not have had the perception to have seen so far into that unfinished painting of mine. All he would have recognized was that it represented a blatant disregard for Mori-san's priorities; abandoned had been the school's collective endeavour to capture the fragile lantern light of the pleasure world; bold calligraphy had been introduced to complement the visual impact; and above all, no doubt, the Tortoise would have been shocked to observe that my technique made extensive use of the hard outline – a traditional enough method, as you will know, but one whose rejection was fundamental to Mori-san's teaching.

Whatever the reasons for his outrage, I knew after that morning I could no longer hide my rapidly developing ideas from those around me, and that it was only a matter of time before our teacher himself came to hear of it all. Thus, by the time I had that conversation with Mori-san inside the pavilion at Takami Gardens, I had turned over in my mind many times what I might say to him, and was firmly resolved not to let myself down.

It was a week or so after that morning in the kitchen. Mori-san and I had spent the afternoon in the city on some errand – perhaps to select and order our materials, I do not remember. What I do recall is that as we went about our business, Mori-san did not behave in any way oddly towards me. Then, with the evening drawing in, finding ourselves with a little time before our train, we climbed the steep steps behind Yotsugawa Station up to the Takami Gardens.

In those days there stood up on Takami Gardens a most pleasing pavilion, just on the rim of the hill overlooking the area – not far, in fact, from where the peace memorial stands today. The most noticeably attractive feature of the pavilion was the way the eaves of its elegant roof were hung all the way round with lanterns – although on that particular night, as I recall, the lanterns were all unlit as we approached. Stepping in under the roof, the pavilion was as spacious as a large room, but since it was not enclosed on any side, only the arched posts supporting the roof broke one's view out over the district below.

Quite possibly, that evening with Mori-san was the occasion I first discovered that pavilion. It was to remain a favourite spot for me over the years, until it was eventually destroyed during the war, and I often took my own pupils there whenever we happened to be passing that way. Indeed, I believe it was in that same pavilion, just before the start of the war, that I was to have my last conversation with Kuroda, the most gifted of my pupils.

In any case, that first evening I followed Mori-san inside it, I recall the sky had become a pale crimson colour and lights were coming on amidst the muddle of roofs still visible down below in the gloom. Mori-san took a few further steps towards the view, then leaning a shoulder against a post, looked up at the sky with some satisfaction and said without turning to me:

'Ono, there are some matches and tapers in our kerchief. Kindly light these lanterns. The effect, I imagine, will be most interesting.'

As I made my way around the pavilion, lighting lantern after lantern, the gardens around us, which had become still and silent, steadily faded into darkness. All the while, I continued to glance towards the silhouette of Mori-san outlined against the sky, gazing out thoughtfully at the view. I had lit perhaps half of the lanterns when I heard him say:

'So then, Ono, what is this matter troubling you so much?'

'I'm sorry, Sensei?'

'You mentioned earlier today, there was something troubling you.'

I gave a small laugh as I reached up towards a lantern.

'Just a small thing, Sensei. I wouldn't bother Sensei with it, but then I am not sure what to make of it. The fact is, two days ago, I discovered that certain of my paintings had been removed from where I always store them in the old kitchen.'

Mori-san remained silent for a moment. Then he said:

'And what did the others have to say about this?'

'I asked them, but no one seemed to know anything. Or at least, no one seemed willing to tell me.'

'So what did you conclude, Ono? Is there some conspiracy against you?'

'Well, as a matter of fact, Sensei, the others do appear anxious to avoid my company. Indeed, I have been unable to have a single conversation with any of them over these past few days. When I enter a room, people go silent or else leave altogether.'

He made no comment on this, and when I glanced towards him, he appeared to be still absorbed by the setting sky. I was in the process of lighting another lantern when I heard him say:

'Your paintings are presently in my possession. I'm sorry if I caused you alarm by taking them. It just so happened I had a little spare time the other day and thought it a good opportunity to catch up on your recent work. You appeared to be out somewhere at the time. I suppose I should have told you when you returned, Ono. My apologies.'

'Why, not at all, Sensei. I'm most grateful you should take such an interest in my work.'

'But it's only natural I should take interest. You are my most accomplished pupil. I have invested years nurturing your talent.'

'Of course, Sensei. I cannot begin to estimate what I owe you.'

Neither of us spoke for a few moments, while I continued to light lanterns. Then I paused and said:

'I am very relieved no harm has come to my paintings. I should have known there was some simple explanation of this kind. I can now put my mind at rest.'

Mori-san said nothing to this, and from what I could make of his silhouette, he did not take his eyes from the view. It occurred to me he had not heard me, so I said a little more loudly:

'I am glad I can put my mind at rest regarding the safety of my paintings.'

'Yes, Ono,' Mori-san said, as though startled out of some far-away thoughts. 'I had a little spare time on my hands. So I had someone go and fetch me your recent work.'

'It was foolish of me to have worried. I'm glad the paintings are safe.'

He did not speak for some time so that I again thought he had not heard me. But then he said: 'I was a little surprised by what I saw. You seem to be exploring curious avenues.'

Of course, he may well not have used that precise phrase, 'exploring curious avenues'. For it occurs to me that expression was one I myself tended to use frequently in later years and it may well be that I am remembering my own words to Kuroda on that later occasion in that same pavilion. But then again, I believe Mori-san did at times refer to 'exploring avenues'; in fact, this is probably another example of my inheriting a characteristic from my former teacher. In any case, I recall I did not respond other than to give a self-conscious laugh and reach for another lantern. Then I heard him saying:

'It's no bad thing that a young artist experiment a little. Amongst other things, he is able to get some of his more superficial interests out of his system that way. Then he can return to more serious work with more commitment than ever.' Then, after a pause, he muttered as though to himself: 'No, it's no bad thing to experiment. It's all part of being young. It's no bad thing at all.'

'Sensei,' I said, 'I feel strongly that my recent work is the finest I have yet done.'

'It's no bad thing, no bad thing at all. But then again, one shouldn't spend too much time with such experiments. One can become like someone who travels too much. Best return to serious work before too long.'

I waited to see if he would say anything more. After a few moments, I said: 'I was no doubt foolish to worry so much for the safety of those paintings. But you see, Sensei, I am more proud of them than anything else I have done. All the same, I should have guessed there would be some such simple explanation.'

Mori-san remained silent. When I glanced at him past the lantern I was lighting, it was difficult to tell whether he was pondering my words or thinking about something else altogether. There was a strange mixture of light in the pavilion as the sky continued to set and I lit more and more lanterns. But Mori-san's figure remained in silhouette, leaning against a post, his back to me.

'Incidentally, Ono,' he said, eventually, 'I was told there were one or two other paintings you've completed recently that were not with those I have now.'

'Quite possibly, there are one or two I did not store with the others.'

'Ah. And no doubt these are the very paintings you are most fond of.'

I did not reply to this. Then Mori-san went on:

'Perhaps when we return, Ono, you will bring me these other paintings. I would be most interested to see them.'

I thought for a moment, then said: 'I would, of course, be most grateful for Sensei's opinions of them. However, I am not at all certain as to where I left them.'

'But you will endeavour to find them, I trust.'

'I will, Sensei. In the meantime, I will perhaps relieve Sensei of the other paintings to which he was so kind as to give his attention. No doubt they are cluttering up his quarters, so I shall remove them as soon as we return.'

'No need to bother with those paintings, Ono. It will be sufficient if you find the remaining ones and bring them to me.'

'I regret, Sensei, that I will not be able to find the remaining paintings.'

'I see, Ono.' He gave a tired sigh, and I could see him once again gazing up at the sky. 'So you do not think you will be able to bring me those paintings of yours.'

'No, Sensei. I fear not.'

'I see. Of course, you have considered your future in the event of your leaving my patronage.'

'It had been my hope that Sensei would understand my position and continue to support me in pursuing my career.'

He remained silent, so eventually I went on:

'Sensei, it would cause me the greatest pain to leave the villa. These past several years have been the happiest and most valuable of my life. My colleagues I look upon as brothers. And as for Sensei himself, why, I can hardly begin to estimate what I owe him. I would beg you to look once more at my new paintings and reconsider them. Perhaps, in fact, Sensei will allow me when we return to explain my intentions in each picture.'

He still gave no sign of having heard me. So I continued:

'I have learnt many things over these past years. I have learnt much in contemplating the world of pleasure, and recognizing its fragile beauty. But I now feel it is time for me to progress to other things. Sensei, it is my belief that in such troubled times as these, artists must learn to value something more tangible than those pleasurable things that disappear with the morning light. It is not necessary that artists always occupy a decadent and enclosed world. My conscience, Sensei, tells me I cannot remain forever an artist of the floating world.'

With that, I turned my attention back to the lanterns. After a few moments, Mori-san said:

'You have been for some time now my most accomplished pupil. It will be a matter of some pain to me to see you leave. Let us say, then, that you have three days to bring me those remaining paintings. You will bring those to me, then turn your mind back to more proper concerns.'

'As I have already said, Sensei, it is to my deep regret that I will be unable to bring you those paintings.'

Mori-san made a sound as though he were laughing to himself. Then he said: 'As you point out yourself, Ono, these are troubled times. All the more so for a young artist, practically unknown and without resources. If you were less talented, I would fear for your future after leaving me. But you are a clever fellow. No doubt you have made arrangements.'

'As a matter of fact, I have made no arrangements whatsoever. The villa has been my home for so long, I never seriously contemplated it ceasing to be so.'

'Is that so. Well, as I say, Ono, were you less talented, there would be cause for worry. But you are a clever young man.' I saw Mori-san's silhouette turn to face me. 'You will no doubt succeed in finding work illustrating magazines and comic books. Perhaps you will even manage to join a firm like the one you were employed by when you first came to me. Of course, it will mean the end of your development as a serious artist, but then no doubt you've taken all this into account.'

These may sound unnecessarily vindictive words for a teacher to use to a pupil whose admiration he knows he still commands. But then again, when a master painter has given so much in time and resources to a certain pupil, when furthermore he has allowed that pupil's name to be associated in public with his own, it is perhaps understandable, if not entirely excusable, that the teacher lose for a moment his sense of proportion and react in ways he may later regret. And though the manoeuvrings over the possession of the paintings will no doubt appear petty, it is surely understandable if a teacher who has actually supplied most of the paints and materials should forget in such a moment that his pupil has any right whatever over his own work.

For all that, it is clear that such arrogance and possessiveness on the part of a teacher – however renowned he may be – is to be regretted. From time to time, I still turn over in my mind that cold winter's morning and the smell of burning growing ever stronger in my nostrils. It was the winter before the outbreak of war and I was standing anxiously at the door of Kuroda's house – a shabby little affair he used to rent in the Nakamachi area. The burning smell, I could tell, originated from somewhere within the house, from where also came the sound of a woman sobbing. I pulled the bell rope repeatedly and shouted for someone to come and receive me, but there was no response. Eventually I decided to let myself in, but as I pulled back the outer door, a uniformed policeman appeared in the entryway.

'What do you want?' he demanded.

'I came looking for Mr Kuroda. He is home?'

'The occupant has been taken to police headquarters for questioning.'

'Questioning?'

'I advise you to go home,' the officer said. 'Or else we'll be wanting to start checking on you too. We're interested now in all close associates of the occupant.'

'But why? Has Mr Kuroda committed any crime?'

'No one wants his sort around. If you don't go on your way, we'll have you in for questioning too.'

Inside the house, the woman – Kuroda's mother, I assumed – continued to sob. I could hear someone shouting something at her.

'Where is the officer in charge?' I asked.

'On your way. You want to be arrested?'

'Before we go any further,' I said, 'let me explain that my name is Ono.' The officer showed no recognition, so I continued a little uncertainly: 'I am the man on whose information you have been brought here. I am Masuji Ono, the artist and member of the Cultural Committee of the Interior Department. Indeed, I am an official adviser to the Committee of Unpatriotic Activities. I believe there's been some sort of mistake here and I would like to speak with whoever is in charge.'

The officer looked at me suspiciously for a moment, then turned and disappeared into the house. Before long, he came back and gestured for me to step up.

As I followed him through Kuroda's house, I saw everywhere the contents of cupboards and drawers emptied out over the floor. Some books, I noticed, had been piled up and tied into bundles, while in the main room, the tatami had been lifted and an officer was investigating the floorboards beneath with a torch. From behind a closed partition, I could hear more clearly Kuroda's mother sobbing and an officer shouting questions at her.

I was led out to the veranda at the back of the house. In the middle of the small yard another uniformed officer and a man in plain clothes were standing around a bonfire. The plain-clothes man turned and came a few steps towards me.

'Mr Ono?' he asked, quite respectfully.

The officer who had led me in seemed to sense his earlier rudeness had been inappropriate and quickly turned back into the house.

'What has happened to Mr Kuroda?'

'Taken for questioning, Mr Ono. We'll take care of him, don't you worry.'

I stared past him at the fire, now almost burnt out. The uniformed officer was poking the pile with a stick.

'Did you have authorization to burn those paintings?' I asked.

'It's our policy to destroy any offensive material which won't be needed as evidence. We've selected a good enough sample. The rest of this trash we're just burning.'

'I had no idea', I said, 'something like this would happen. I merely suggested to the committee someone come round and give Mr Kuroda a talking-to for his own good.' I stared again at the smouldering pile in the middle of the yard. 'It was quite unnecessary to burn those. There were many fine works amongst them.'

'Mr Ono, we're grateful for your help. But now the investigations have been started, you must leave them in the hands of the appropriate authorities. We'll see to it your Mr Kuroda is treated fairly.'

He smiled, and turning back to the fire, said something to the uniformed officer. The latter poked the fire again and said something under his breath which sounded like: 'Unpatriotic trash.'

I remained on the veranda, watching with unbelieving eyes. Eventually, the plain-clothes officer turned to me again and said: 'Mr Ono, I suggest you return home now.'

'Things have gone much too far,' I said. 'And why are you interrogating Mrs Kuroda? What has she to do with anything?'

'This is a police matter now, Mr Ono. It doesn't concern you any longer.'

'Things have gone much too far. I intend to discuss this with Mr Ubukata. Indeed, I may well take it straight up to Mr Saburi himself.'

The plain-clothes man called to someone in the house and the officer who had answered the door to me appeared at my side.

'Thank Mr Ono for his help and show him out,' the

plain-clothes man said. Then as he turned back to the fire, he gave a sudden cough. 'Bad paintings make bad smoke,' he said with a grin, beating at the air about his face.

But this is all of limited relevance here. I believe I was recalling the events of that day last month when Setsuko was down on her short visit; in fact, I was recounting how Taro had got us all laughing around the supper table with his anecdotes about his work colleagues.

As I remember, supper continued to proceed in a most satisfactory manner. I could not, however, avoid some discomfort in observing Ichiro whenever Noriko poured out sake. For the first few times, he would glance across the table at me with a conspiratorial smile, which I did my best to return in as neutral a way as possible. But then as the meal progressed, and sake continued to be poured, he ceased to look at me, but would stare crossly at his aunt as she refilled our cups.

Taro had told us several more amusing stories about his colleagues, when Setsuko said to him:

'You make such fun, Taro-san. But I learn from Noriko that morale is very high at your company just now. Surely, it must be most stimulating to work in such an atmosphere.'

At this, Taro's manner became suddenly very earnest. 'It is indeed, Setsuko-san,' he said, nodding. 'The changes we made after the war are now beginning to bear fruit at all levels of the company. We feel very optimistic about the future. Within the next ten years, provided we all do our best, KNC should be a name recognized not just all over Japan but all over the world.'

'How splendid. And Noriko was telling me your branch director is a very kindly man. That too must make a big difference to morale.'

'You're indeed right. But then Mr Hayasaka is not only a kindly man, he is someone of the greatest ability and vision. I can assure you, Setsuko-san, to work for an incompetent superior, however kindly, can be a demoralizing experience. We are very fortunate to have someone like Mr Hayasaka to lead us.'

'Indeed, Suichi too is very fortunate in that he has a very capable superior.'

'Is that so, Setsuko-san? But then I would expect as much of a company like Nippon Electrics. Only the best sort of people would hold responsibility in such a firm.'

'We are so fortunate that seems to be the case. But I am sure it is equally true at KNC, Taro-san. Suichi always speaks highly of KNC.'

'Excuse me, Taro,' I put in at this point. 'Of course, I'm sure you have every reason to be optimistic at KNC. But I've been meaning to ask you, is it in your opinion entirely for the good that so many sweeping changes were made at your firm after the war? I hear there is hardly any of the old management left.'

My son-in-law smiled thoughtfully, then said: 'I appreciate very much Father's concern. Youth and vigour alone will not always produce the best results. But in all frankness, Father, a complete overhaul was called for. We needed new leaders with a new approach appropriate to the world of today.'

'Of course, of course. And I've no doubt your new leaders are the most capable of men. But tell me, Taro, don't you worry at times we might be a little too hasty in following the Americans? I would be the first to agree many of the old ways must now be erased for ever, but don't you think sometimes some good things are being thrown out with the bad? Indeed, sometimes Japan has come to look like a small child learning from a strange adult.'

'Father is very right. At times, I'm sure, we have been a little hasty. But by and large, the Americans have an immense amount to teach us. Just in these few years, for instance, we Japanese have already come a long way in understanding such things as democracy and individual rights. Indeed,

Father, I have a feeling Japan has finally established a foundation on which to build a brilliant future. This is why firms like ours can look forward with the greatest confidence.'

'Indeed, Taro-san,' Setsuko said. 'Suichi has just that same feeling. He has expressed on a number of occasions recently his opinion that after four years of confusion, our country has finally set its sights on the future.'

Although my daughter had addressed this remark to Taro, I had the distinct impression it had been made for my benefit. Taro too seemed to take it that way, for rather than reply to Setsuko, he continued:

'In fact, Father, just the other week I attended a reunion dinner of my school graduation year and for the first time since the surrender, all those present from every walk of life were expressing optimism for the future. It is then by no means just at KNC there is a feeling things are coming right. And while I fully understand Father's worries, I'm confident that by and large the lessons of these past years have been good ones and will lead us all on to a splendid future. But perhaps I am to be corrected, Father.'

'Not at all, not at all,' I said, and gave him a smile. 'As you say, no doubt your generation has a splendid future. And you are all so confident. I can only wish you the best.'

My son-in-law seemed about to respond to this, but just then, Ichiro reached across the table and tapped the sake flask with his finger, as he had done once before. Taro turned to him, saying: 'Ah, Ichiro-san. Just who we needed for our discussions. Tell us, what do you think you'll be when you grow up?'

My grandson continued to regard the sake flask for a moment, then glanced over towards me with a sullen look. His mother touched his arm, whispering to him: 'Ichiro, Uncle Taro's asking you. You tell him what you want to be.'

'President of Nippon Electrics!' Ichiro declared loudly.

We all laughed.

'Now are you sure of that, Ichiro-san?' Taro asked. 'You don't instead wish to lead us at KNC?'

'Nippon Electrics is the best company!'

We all laughed again.

'A great shame for us,' Taro remarked. 'Ichiro-san is just who we'll need at KNC in a few years.'

This exchange seemed to take Ichiro's mind off the sake, and from then on, he seemed to enjoy himself, joining in loudly whenever the adults laughed at something. Only towards the very end of our meal did he ask in a quite disinterested voice:

'Is the sake all finished now?'

'All gone,' Noriko said. 'Would Ichiro-san like more orange juice?'

Ichiro refused this offer in a well-mannered way, and turned back to Taro, who had been explaining something to him. For all that, I could imagine his disappointment and felt a wave of irritation at Setsuko for not being a little more understanding of her little boy's feelings.

I got my chance to talk alone with Ichiro an hour or so later when I went into the small spare room of the apartment to say good-night to him. The light was still on, but Ichiro was under the quilt, on his front, a cheek pressed against his pillow. When I turned off the light, I discovered the blinds did not prevent light from the opposite apartment block coming into the room to throw shadowy bars across the walls and ceiling. From the next room came the sounds of my daughters laughing over something, and as I knelt down beside Ichiro's quilt he whispered:

'Oji, is Aunt Noriko drunk?'

'I don't think so, Ichiro. She's just laughing at something, that's all.'

'She might be a little bit drunk. Don't you think, Oji?'

'Well, perhaps. Just a little. There's no harm in that.'

'Women can't handle sake, can they, Oji?' he said, and giggled into his pillow.

I gave a laugh, then said to him: 'You know, Ichiro, there's no need to be upset about the sake tonight. It really doesn't matter. Soon you'll be older, and then you'll be able to drink sake as much as you like.'

I rose and went to the window to see if the blinds could not be made more effective. I opened and shut them a few times, but the slats remained sufficiently separated so that I could always see the lighted windows of the block opposite.

'No, Ichiro, it's really nothing to get upset about.'

For a moment, my grandson gave no response. Then I heard his voice say behind me: 'Oji's not to worry.'

'Oh? Now what do you mean by that, Ichiro?'

'Oji's not to worry. Because if he worries, he won't get to sleep. And if old people don't sleep, they get ill.'

'I see. Very well then, Ichiro. Oji promises not to worry. But you're not to be upset either. Because really, there's nothing to be getting upset about.'

Ichiro remained silent. I opened and closed the blinds again.

'But then, of course,' I said, 'if Ichiro had actually insisted on sake tonight, Oji was ready to step in and see to it he got some. But as it was, I think we were right to let the women have their way this time. It's not worth getting them upset over such little things.'

'Sometimes at home,' Ichiro said, 'Father wants to do something and Mother tells him it's not allowed. Sometimes, even Father's no match for Mother.'

'Is that so,' I said, with a laugh.

'So Oji's not to worry.'

'There's nothing for either of us to worry about, Ichiro.' I turned away from the window and knelt down again beside his quilt. 'Now you try and fall asleep.'

'Is Oji staying the night?'

'No, Oji's going back to his own house soon.'

'Why can't Oji stay here too?'

'There's not enough room here, Ichiro. Oji has a large house all to himself, remember.'

'Will Oji come to say goodbye at the station tomorrow?'

'Of course, Ichiro. I'll do that. And no doubt, you'll be down to visit again before long.'

'Oji's not to worry he couldn't make Mother give me sake.'

'You seem to be growing up very fast, Ichiro,' I said, laughing. 'You'll be a fine man when you're grown. Perhaps you really will be head of Nippon Electrics. Or something just as grand. Now, let's keep quiet for a while and see if you fall asleep.'

I went on sitting beside him for several more moments, giving quiet replies whenever he spoke. And I believe it was during those moments, as I waited in that darkened room for my grandson to fall asleep, listening to the occasional burst of laughter from the neighbouring room, that I began turning over in my mind the conversation I had had that morning with Setsuko in Kawabe Park. That was probably the first opportunity I had had to do so, and until that point, it had not really occurred to me to be so irritated by Setsuko's words. But by the time I left my sleeping grandson to rejoin the others in the main room, I believe I had become quite annoyed with my elder daughter, and this no doubt accounts for my saying to Taro, not long after I had sat down:

'You know, it's odd when one thinks about it. Your father and I must have been acquainted for over sixteen years, and yet it's only over this past year we've become such good friends.'

'Indeed,' said my son-in-law, 'but I suppose it's often that way. One always has so many neighbours one does no more than exchange good mornings with. A great pity when you think about it.'

'But then of course,' I said, 'as regards Dr Saito and myself, it wasn't simply that we were neighbours. Connected as we both were with the art world, we knew of each other by reputation. All the more pity then that your father and I didn't make more effort to be friends from the beginning. Don't you think so, Taro?'

As I said this, I gave a quick glance towards Setsuko to make sure she was listening.

'A great pity indeed,' Taro said. 'But at least you had the chance to become friends in the end.'

'But what I mean, Taro, is that it's all the more pity since we knew each of other's reputations in the art world all that time.'

'Yes, a great pity indeed. One would think the knowledge that a neighbour was also a distinguished colleague would lead to more intimate relations. But then I suppose, what with busy schedules and the next thing, this is too often not the case.'

I glanced with some satisfaction towards Setsuko, but my daughter showed no sign at all of registering the significance of Taro's words. It is possible, of course, that she was not really attending; my guess, though, is that Setsuko had indeed understood, but was too proud to return my glance, confronted as she was with proof that she had been quite mistaken in making her insinuations that morning in Kawabe Park.

We had been walking down the wide central avenue of the park at an easy pace, admiring the autumnal trees lined on either side of us. We had been comparing our impressions on how Noriko was taking to her new life, and had agreed that to all appearances, she was very happy indeed.

'It's all very gratifying,' I was saying. 'Her future was becoming a grave worry to me, but now everything looks very good for her. Taro is an admirable man. One could hardly have hoped for a better match.'

'It seems strange to think', Setsuko said with a smile, 'it was only a year ago we were all so worried for her.'

'It's all very gratifying. And you know, Setsuko, I'm grateful to you for your part in it all. You were a great support to your sister when things weren't going so well.'

'On the contrary, I could do so little, being so far away.'

'And of course,' I said, with a laugh, 'it was you who

warned me last year. "Precautionary steps" – you remember that, Setsuko? As you see, I didn't ignore your advice.'

'I'm sorry, Father, what advice was this?'

'Now Setsuko, there's no need to be so tactful. I'm quite prepared now to acknowledge there are certain aspects to my career I have no cause to be proud of. Indeed, I acknowledged as much during the negotiations, just as you suggested.'

'I'm sorry, I'm not at all clear what Father is referring to.'

'Noriko hasn't told you about the *miai*? Well, I made sure that evening there'd be no obstacles to her happiness on account of my career. I dare say I would have done so in any case, but I was nevertheless grateful for your advice last year.'

'Forgive me, Father, but I don't recall offering any advice last year. As for the matter of the *miai*, however, Noriko has indeed mentioned it to me a number of times. Indeed, she wrote to me soon after the *miai* expressing surprise at Father's . . . at Father's words about himself.'

'I dare say she was surprised. Noriko always did underestimate her old father. But I'm hardly the sort to allow my own daughter to suffer simply because I'm too proud to face up to things.'

'Noriko told me she was extremely puzzled by Father's behaviour that night. It seems the Saitos were equally puzzled. No one was at all sure what Father meant by it all. Indeed, Suichi also expressed his bewilderment when I read him Noriko's letter.'

'But this is extraordinary,' I said, laughing. 'Why, Setsuko, it was you yourself who pushed me to it last year. It was you who suggested I take "precautionary steps" so that we didn't slip up with the Saitos as we did with the Miyakes. Do you not remember?'

'No doubt I am being most forgetful, but I am afraid I have no recollection of what Father refers to.'

'Now, Setsuko, this is extraordinary.'

Setsuko suddenly stopped walking and exclaimed: 'How wonderful the maples look at this time of year!'

'Indeed,' I said. 'No doubt they'll look even better further into the autumn.'

'So wonderful,' my daughter said, smiling, and we began to walk again. Then she said: 'As a matter of fact, Father, it so happened that last night we were discussing one or two things, and Taro-san happened to mention a conversation he had had with you just last week. A conversation concerning the composer who recently committed suicide.'

'Yukio Naguchi? Ah yes, I remember that conversation. Now let me see, I believe Taro was suggesting the man's suicide was pointless.'

'Taro-san was somewhat concerned Father should be so interested in Mr Naguchi's death. Indeed, it would seem Father was drawing a comparison between Mr Naguchi's career and his own. We all felt concern at this news. In fact, we have all been somewhat concerned lately that Father is not becoming a little downhearted following his retirement.'

I laughed and said: 'You can put your mind at rest, Setsuko. I am not for one moment contemplating taking the sort of action Mr Naguchi did.'

'From what I understand,' she continued, 'Mr Naguchi's songs came to have enormous prevalence at every level of the war effort. There would thus appear to have been some substance to his wish that he should share responsibility along with the politicians and generals. But Father is wrong to even begin thinking in such terms about himself. Father was, after all, a painter.'

'Let me assure you, Setsuko, I wouldn't for a moment consider the sort of action Naguchi took. But then I am not too proud to see that I too was a man of some influence, who used that influence towards a disastrous end.'

My daughter seemed to consider this for a moment. Then she said:

'Forgive me, but it is perhaps important to see things in a proper perspective. Father painted some splendid pictures, and was no doubt most influential amongst other such painters. But Father's work had hardly to do with these larger matters of which we are speaking. Father was simply a painter. He must stop believing he has done some great wrong.'

'Well now, Setsuko, this is very different advice from last year. Then it seemed my career was a great liability.'

'Forgive me, Father, but I can only repeat I do not understand these references to the marriage negotiations last year. Indeed, it is some mystery to me why Father's career should have been of any particular relevance to the negotiations. The Saitos, it would seem, were certainly not concerned and, as we have said, they were very puzzled by Father's behaviour at the *miai*.'

'This is quite astonishing, Setsuko. The situation was that Dr Saito and I had been acquainted for a long time. As one of the city's most eminent art critics, he would have followed my career over the years and have been fully aware of its more regrettable aspects. It was therefore right and proper that I should make my attitude clear at that point in the proceedings. Indeed, I'm quite confident Dr Saito much appreciated my doing so.'

'Forgive me, but it would appear from what Taro-san has said that Dr Saito was never so familiar with Father's career. Of course, he always knew Father as a neighbour. But it would seem he was unaware that Father was connected with the art world at all until last year when the negotiations began.'

'You're quite wrong, Setsuko,' I said with a laugh. 'Dr Saito and I have known about each other for many years. We often used to stop in the street and exchange news about the art world.'

'No doubt then I am mistaken. Forgive me. But it is nevertheless important to stress that no one has ever considered Father's past something to view with recrimination. One hopes then that Father will cease to think of himself in terms of men like that unfortunate composer.'

I did not persist in arguing with Setsuko, and I seem to recall we soon moved on to discussing more casual topics. However, there is surely no doubt that my daughter was in error over much of what she asserted that morning. For one thing, it is impossible that Dr Saito could have been ignorant of my reputation as a painter for all those years. And when that evening after supper I contrived to get Taro to confirm this, I did so merely to make the point clear to Setsuko; for there was never any doubt in my mind. I have, for instance, the most vivid recollection of that sunny day some sixteen years ago when Dr Saito first addressed me as I stood adjusting the fence outside my new house. 'A great honour to have an artist of your stature in our neighbourhood,' he had said, recognizing my name on the gatepost. I remember that meeting quite clearly, and there can be no doubt that Setsuko is mistaken.

JUNE, 1950

After receiving the news of Matsuda's death late yesterday morning, I made myself a light lunch, then went out for a little exercise.

The day was pleasantly warm as I made my way down the hill. On reaching the river, I stepped up on to the Bridge of Hesitation and looked around me. The sky was a clear blue, and a little way down the bank, along where the new apartment blocks began, I could see two small boys playing with fishing poles at the water's edge. I watched them for some moments, turning over in my mind the news about Matsuda.

I had always meant to pay Matsuda further visits since re-establishing contact with him during Noriko's marriage negotiations, but in fact had not managed to get out to Arakawa again until just a month or so ago. I had gone on sheer impulse, having no idea at the time he was so near his end. Perhaps Matsuda would have died a little happier for having shared his thoughts with me that afternoon.

On my arrival at his house, Miss Suzuki had recognized me instantly and shown me in with some excitement. The way she did this seemed to suggest Matsuda had not had many callers since my visit eighteen months earlier.

'He's much stronger than the last time you were here,' she said happily.

I was shown into the reception room and a few moments later, Matsuda came in unaided, dressed in a loose kimono. He was clearly glad to see me again,and for some moments we talked of small matters and of mutual acquaintances. I believe it was not until Miss Suzuki had brought our tea and left again that I remembered to thank Matsuda for his letter of encouragement during my recent illness.

'You appear to have made a good recovery, Ono,' he remarked. 'To look at you, I'd never guess you'd been ill so recently.'

'I'm much better now,' I said. 'I have to be careful not to overexert myself. And I'm obliged to carry this stick around with me. Otherwise I feel as well as I ever did.'

'You disappoint me, Ono. And I thought we could be two old men discussing our ill health together. But here you are and it's just like the last time you came. I have to sit here and envy you your health.'

'Nonsense, Matsuda. You're looking very well.'

'You'll hardly convince me of that, Ono,' he said with a laugh, 'though it's true I've regained a little weight over this past year. But tell me, is Noriko-san happy? I heard her marriage went through successfully. When you last came here, you were very worried for her future.'

'Things have turned out very well. She's now expecting a child in the autumn. After all that worry, things have gone as well as I could ever have hoped for Noriko.'

'A grandchild in the autumn. Now that must be something to look forward to.'

'As a matter of fact,' I said, 'my elder daughter is expecting her second child next month. She's been longing for another child, so it's particularly good news.'

'Indeed, indeed. Two grandchildren to look forward to.' For a moment, he sat there smiling and nodding to himself. Then he said: 'No doubt you remember, Ono, I was always far too busy improving the world to think about marriage. Do you remember those arguments we used to have, just before you and Michiko-san were married?'

We both laughed.

'Two grandchildren,' Matsuda said again. 'Now, there's something to look forward to.'

'Indeed. I've been most fortunate as regards my daughters.'

'And tell me, Ono, are you painting these days?'

'A few watercolours to pass the time. Plants and flowers mostly, just for my own amusement.'

'I'm glad to hear you're painting again in any case. When you last came to see me, you seemed to have given up painting for good. You were very disillusioned then.'

'No doubt I was. I didn't touch paints for a long time.'

'Yes, Ono, you seemed very disillusioned.' Then he looked up at me with a smile and said: 'But then of course, you wanted so badly to make a grand contribution.'

I returned his smile, saying: 'But so did you, Matsuda. Your goals were no less grand. It was you, after all, who composed that manifesto for our China crisis campaign. Those were hardly the most modest of aspirations.'

We both laughed again. Then he said:

'No doubt you'll remember, Ono, how I used to call you naïve. How I used to tease you for your narrow artist's perspective. You used to get so angry with me. Well, it seems in the end neither of us had a broad enough view.'

'I suppose that's right. But if we'd seen things a little more clearly, then the likes of you and I me, Matsuda – who knows? – we may have done some real good. We had much energy and courage once. Indeed, we must have had plenty of both to conduct something like that New Japan campaign, you remember?'

'Indeed. There were some powerful forces set against us then. We might easily have lost our nerve. I suppose we must have been very determined, Ono.'

'But then I for one never saw things too clearly. A narrow artist's perspective, as you say. Why, even now, I find it hard to think of the world extending much beyond this city.'

'These days', Matsuda said, 'I find it hard to think of the world extending much beyond my garden. So perhaps you're the one with the wider perspective now, Ono.'

We laughed together once more, then Matsuda took a sip from his teacup.

'But there's no need to blame ourselves unduly,' he said.

'We at least acted on what we believed and did our utmost. It's just that in the end we turned out to be ordinary men. Ordinary men with no special gifts of insight. It was simply our misfortune to have been ordinary men during such times.'

Matsuda's earlier reference to his garden had drawn my attention in that direction. It was a mild spring afternoon, and Miss Suzuki had left a screen partially open, so that from where I sat I could see the sun reflected brightly on the polished boards of the veranda. A soft breeze was coming into the room, and with it a faint odour of smoke. I rose to my feet and went over to the screens.

'The smell of burning still makes me uneasy,' I remarked. 'It's not so long ago it meant bombings and fire.' I went on gazing out on to the garden for a moment, then added: 'Next month, it will be five years already since Michiko died.'

Matsuda remained silent for a while. Then I heard him say behind me:

'These days, a smell of burning usually means a neighbour is clearing his garden.'

Somewhere within the house, a clock began to chime.

'It's time to feed the carp,' Matsuda said. 'You know, I had to argue with Miss Suzuki for a long time before she would allow me to start feeding the carp again. I used to do it regularly, but then a few months ago, I tripped on one of those stepping stones. I had to argue with her a long time after that.'

Matsuda rose to his feet, and putting on some straw sandals left out on the veranda, we stepped down into the garden. The pond lay amidst sunshine at the far end of the garden and we proceeded with care along the stepping stones that ran across the smooth mounds of moss.

It was while we were standing at the edge of the pond, looking into the thick green water, that a sound made us both glance up. At a point not far from us, a small boy of about four or five was peering over the top of the garden fence, clinging with both arms to the branch of a tree. Matsuda smiled and called out:

'Ah, good afternoon, Botchan!'

The boy went on staring at us for a moment, then vanished. Matsuda smiled and began to throw feed into the water. 'Some neighbour's boy,' he said. 'Every day at this time, he climbs up on that tree trunk to watch me come out and feed my fish. But he's shy and if I try and speak to him he runs away.' He gave a small laugh to himself. 'I often wonder why he makes the effort like that every day. There's nothing much for him to see. Just an old man with a stick, standing by his pond feeding the carp. I wonder what he finds so fascinating in such a scene.'

I looked over to the fence again to where a moment ago the small face had been, and said: 'Well, today he got a surprise. Today, he saw two old men with sticks, standing by the pond.'

Matsuda laughed happily and went on throwing feed into the water. Two or three splendid carp had come to the surface, their scales glistening in the sunlight.

'Army officers, politicians, businessmen,' Matsuda said. 'They've all been blamed for what happened to this country. But as for the likes of us, Ono, our contribution was always marginal. No one cares now what the likes of you and me once did. They look at us and see only two old men with their sticks.' He smiled at me, then went on feeding the fish. 'We're the only ones who care now. The likes of you and me, Ono, when we look back over our lives and see they were flawed, we're the only ones who care now.'

But even as he uttered such words, there remained something in Matsuda's manner that afternoon to suggest he was anything but a disillusioned man. And surely there was no reason for him to have died disillusioned. He may indeed have looked back over his life and seen certain flaws, but surely he would have recognized also those aspects he could feel proud of. For, as he pointed out himself, the likes of him and me, we have the satisfaction of knowing that whatever we did, we did at the time in the best of faith. Of course, we took some bold steps and often did things with much single-mindedness; but this is surely preferable to never putting one's convictions to the test, for lack of will or courage. When one holds convictions deeply enough, there surely comes a point when it is despicable to prevaricate further. I feel confident Matsuda would have thought along these same lines when looking back over his life.

There is a particular moment I often bring to my mind – it was in the May of 1938, just after I had been presented with the Shigeta Foundation Award. By that point in my career I had received various awards and honours, but the Shigeta Foundation Award was in most people's view a major milestone. In addition, as I recall, we had finished that same week our New Japan campaign, which had proved a great success. The night after the presentation, then, was one of much celebrating. I remember sitting in the Migi-Hidari, surrounded by my pupils and various of my colleagues, being plied with drink, listening to speech after speech in tribute to me. All manner of acquaintances called in to the Migi-Hidari that night to offer their congratulations; I even recall a chief of police I had never met before coming in to pay his respects. But happy as I was that night, the feeling of deep triumph and fulfilment which the award should have brought was curiously missing. In fact, I was not to experience such a feeling until a few days later, when I was out in the hilly countryside of the Wakaba province.

I had not been back to Wakaba for some sixteen years – not since that day I had left Mori-san's villa, determined, but nevertheless fearful that the future held nothing for me. Over the course of those years, though I had broken all formal contacts with Mori-san, I had remained curious of any news concerning my old teacher, and so was fully aware of the steady decline of his reputation in the city. His endeavours to bring European influence into the Utamaro tradition had come to be regarded as fundamentally unpatriotic, and he would be heard of from time to time holding struggling exhibitions at ever less prestigious venues. In fact, I had heard from more that one source that he had begun illustrating popular magazines to maintain his income. At the same time, I could be quite confident Mori-san had followed the course of my career and there was every chance he had heard of my receiving the Shigeta Foundation Award. It was then with a keen awareness of the changes time had brought on us that I stepped off the train at the village station that day.

It was a sunny spring afternoon as I set off towards Mori-san's villa along those hilly paths through the woodland. I went slowly, savouring the experience of that walk I had once known so well And all the while I turned over in my mind what might occur when I came face to face with Mori-san once more. Perhaps he would receive me as an honoured guest; or perhaps he would be as cold and distant as during my final days at the villa; then again, he might behave towards me in much the way he had always done while I had been his favourite pupil – that is, as though the great changes in our respective status had not occurred. The last of these possibilities struck me as the most likely and I remember considering how I would respond. I would not, I resolved, revert to old habits and address him as 'Sensei'; instead, I would simply address him as though he were a colleague. And if he persisted in failing to acknowledge the position I now occupied, I would say, with a friendly laugh, something to the effect of: 'As you see, Mori-san, I have not been obliged to spend my time illustrating comic books as you once feared.'

In time I found myself at that spot on the high mountain path that gave a fine view of the villa standing amongst trees in the hollow below. I paused a moment to admire that view, as I had often done years before. There was a refreshing wind, and down in the hollow, I could see the trees swaying gently. I wondered to myself if the villa had been renovated, but it was impossible to ascertain from such a distance.

After a while, I seated myself amidst the wild grass growing along the ridge and went on gazing at Mori-san's villa. I had bought some oranges at a stall by the village station, and taking these from my kerchief, I began to eat them one by one. And it was as I sat there, looking down at the villa, enjoying the taste of those fresh oranges, that that deep sense of triumph and satisfaction began to rise within me. It is hard to describe the feeling, for it was quite different from the sort of elation one feels from smaller triumphs – and, as I say, quite different from anything I had experienced during the celebrations at the Migi-Hidari. It was a profound sense of happiness deriving from the conviction that one's efforts have been justified; that the hard work undertaken, the doubts overcome, have all been worthwhile; that one has achieved something of real value and distinction. I did not go any further towards the villa that day – it seemed quite pointless. I simply continued to sit there for an hour or so, in deep contentment, eating my oranges.

It is not, I fancy, a feeling many people will come to experience. The likes of the Tortoise – the likes of Shintaro – they may plod on, competent and inoffensive, but their kind will never know the sort of happiness I felt that day. For their kind do not know what it is to risk everything in the endeavour to rise above the mediocre.

Matsuda, though, was a different case. Although he and I often quarrelled, our approaches to life were identical, and I am confident he would have been able to look back on one or two such moments. Indeed, I am sure he was thinking along these lines when he said to me that last time we spoke, a gentle smile on his face: 'We at least acted on what we believed and did our utmost.' For however one may come in later years to reassess one's achievements, it is always a consolation to know that one's life has contained a moment or two or real satisfaction such as I experienced that day up on that high mountain path.

Yesterday morning, after standing on the Bridge of

Hesitation for some moments thinking about Matsuda, I walked on to where our pleasure district used to be. The area has now been rebuilt and has become quite unrecognizable. The narrow little street that once ran through the centre of the district, crowded with people and the cloth banners of the various establishments, has now been replaced by a wide concrete road along which heavy trucks come and go all day. Where Mrs Kawakami's stood, there is now a glass-fronted office building, four storeys high. Neighbouring it are more such large buildings, and during the day, one can see office workers, delivery men, messengers, all moving busily in and out of them. There are no bars now until one reaches Furukawa, but here and there, one may recognize a piece of fencing or else a tree, left over from the old days, looking oddly incongruous in its new setting.

Where the Migi-Hidari once stood is now a front yard for a group of offices set back from the road. Some of the senior employees leave their cars in this yard, but it is for the most part a clear space of tarmac with a few young trees planted at various points. At the front of this yard, facing the road, there is a bench of the sort one may find in a park. For whose benefit it has been placed there, I do not know, for I have never seen any of these busy people ever stopping to relax on it. But it is my fancy that the bench occupies a spot very close to where our old table in the Migi-Hidari would have been situated, and I have taken at times to sitting on it. It may well not be a public bench, but then it is close to the pavement, and no one has ever objected to my sitting there. Yesterday morning, with the sun shining pleasantly, I sat down on it again and remained there for a while, observing the activity around me.

It must have been approaching the lunch hour by then, for across the road I could see groups of employees in their bright white shirtsleeves emerging from the glass-fronted building where Mrs Kawakami's used to be. And as I watched, I was struck by how full of optimism and enthusiasm these young people were. At one point, two young men leaving the building stopped to talk with a third who was on his way in. They stood on the doorsteps of that glass-fronted building, laughing together in the sunshine. One young man, whose face I could see most clearly, was laughing in a particularly cheerful manner, with something of the open innocence of a child. Then with a quick gesture, the three colleagues parted and went their ways.

I smiled to myself as I watched these young office workers from my bench. Of course, at times, when I remember those brightly-lit bars and all those people gathered beneath the lamps, laughing a little more boisterously perhaps than those young men yesterday, but with much the same good-heartedness, I feel a certain nostalgia for the past and the district as it used to be. But to see how our city has been rebuilt, how things have recovered so rapidly over these years, fills me with genuine gladness. Our nation, it seems, whatever mistakes it may have made in the past, has now another chance to make a better go of things. One can only wish these young people well.